멍고전집

이 책은 2016~2018년도 정부(교육부)의 재원으로 한국고전번역원의 지원을 받아
수행된 '권역별거점연구소협동번역사업'의 결과물임.

This work was supported by Institute for the Translation of Korean Classics - Grant funded by the Korean Government.

한국고전번역원 한국문집번역총서/성균관대학교 대동문화연구원

명고전집 5

明皐全集

서형수 지음 장성덕 옮김
徐瀅修

일러두기

1. 이 책의 번역 대본은 한국고전번역원에서 간행한 한국문집총간 261집 소재《명고전집(明皐全集)》으로 하였다. 번역 대본의 원문 텍스트와 원문 이미지는 한국고전종합DB(http://db.itkc.or.kr)에서 확인할 수 있다.
2. 내용이 간단한 역주는 간주(間註)로, 긴 역주는 각주(脚註)로 처리하였다.
3. 한자는 필요한 경우 이해를 돕기 위하여 넣었으며, 운문(韻文)은 원문을 병기하였다.
4. 맞춤법과 띄어쓰기는 한글 맞춤법과 표준어 규정을 따랐다.
5. 이 책에서 사용한 부호는 다음과 같다.
   ( ) : 번역문과 음이 같은 한자를 묶는다.
   〔 〕: 번역문과 뜻은 같으나 음이 다른 한자를 묶는다.
   " " : 대화 등의 인용문을 묶는다.
   ' ' : " " 안의 재인용 또는 강조 문구를 묶는다.
   「 」: ' ' 안의 재인용 또는 강조 문구를 묶는다.
   《 》: 책명 및 각주의 전거(典據)를 묶는다.
   〈 〉: 책의 편명 및 운문·산문의 제목을 묶는다.

명고전집 제14권

전 傳

명고전집 제15권

명고전집 제16권

명고전집 제17권

강의 講義

명고전집 제18권

강의 講義

명고전집

제14권

傳 전

전傳

평량자전[1]

平凉子傳

평량자(平凉子)는 세계(世系)를 모르고 그 성명도 모르는데, 평량립(平凉笠)을 쓰고 다녔기 때문에 평량자로 불렸다고 한다. 숙종(肅宗) 중엽에 판서 윤공 계(尹公堦)[2]와 상국(相國) 조공 사석(趙公師錫),[3] 참판 경공 모(慶公某)[4]가 모두 약관의 나이로[5] 서로 친하게 지냈다.

1 【작품해제】 해박한 지식을 가졌음에도 불구하고 이름 없이 살다간 평량자(平凉子)에 대한 전기이다. 저자는 역대 은자들을 거론하며 몸을 숨기기는 쉬우나 이름을 숨기기는 어려운데, 평량자가 뛰어난 재주를 가졌음에도 끝내 이름을 숨긴 점을 찬양하였다.

2 윤공 계(尹公堦) : 1622~1692. 자는 태승(泰升), 호는 하곡(霞谷), 본관은 해평(海平)이다. 1680년 경신대출척으로 서인이 정권을 장악한 후 형조 판서·광주 유수 등을 지냈다. 1689년 기사환국으로 남인이 정권을 장악한 뒤, 이윤수(李允修) 등의 탄핵을 받아 강진에 유배되었다가 그곳에서 죽었다. 시호는 익정(翼正)이다.

3 조공 사석(趙公師錫) : 1632~1693. 자는 공거(公擧), 호는 만회(晩悔)·향산(香山), 본관은 양주(楊州)이다. 소론이며 좌의정에 올랐다. 기사환국으로 인해 남인이 지지하는 경종이 1690년(숙종16) 동궁으로 책봉되자 동궁책봉하례(東宮冊封賀禮)에 참석하지 않아 고성(固城)에 유배되었고, 그곳에서 죽었다. 시호는 충헌(忠憲)이다. 아들 조태구(趙泰耉)는 신임사화(辛壬士禍) 때 노론과 첨예한 대립각을 이루었다.

4 경공 모(慶公某) : 숙종조에 도승지를 지낸 경최(慶最)를 말하는 듯하나, 미상이다.

세 사람이 장단(長湍)의 화장사(華藏寺)에서 함께 독서하기로 약속하여 힘센 장정에게 양식을 짊어지게 하고 각자 책 하나씩을 지니고 나란히 느릿느릿 걸어갔다. 고양(高陽)의 벽제점(碧蹄店) 근처에 갔을 무렵, 평량자가 어디서부터 따라왔는지 양식을 짊어진 이에게 "공자들께서 어디를 가시는가?" 하고 물었다. 양식을 짊어진 이가 "화장사에 독서하러 가십니다." 하고 대답하였다. 평량자가 "나도 화장사 근방에 가는 길일세." 하였다.

벽제점에 이르러 잠시 쉴 적에 조공이 품에서 《주역》을 꺼내 두 공에게 "정자(程子)의 역전(易傳)과 주자(朱子)의 본의(本義)는 각각 주장하는 바가 다르네. 누구의 해석을 정설로 삼아야 하겠는가?" 하고 물으니, 두 공이 미처 대답하지 못하였다. 평량자가 구부정히 모퉁이에 앉아 있다가 불쑥 몸을 돌려 미소 지으며 "오래도록 산사에서 지내다 보니 노사숙유(老師宿儒)들이 《주역》에 대해 논한 것을 들은 적이 있습니다. 《주역》은 본래 점치기 위해 만들었으니, 정자의 역전은 한낱 정자 나름의 《주역》일 뿐입니다. 만일 《주역》을 해석하고자 한다면 주자의 본의일 뿐이라고 합디다." 하였다. 제공(諸公)이 본래 이 사람을 기이하게 여기고 있었는데, 이 말을 듣고는 더욱 기이하게 여겼다.

윤공(尹公)이 소매에서 《장자(莊子)》를 꺼내 시험하기를 "〈소요유(逍遙遊)〉 가운데 '아지랑이와 티끌〔野馬塵埃〕'부터 '멀어서 끝이 없다〔遠而無所至極〕'까지[6] 제가(諸家)의 해석이 분분하네. 어떤 이는 '아지

5 약관의 나이로 : 숙종 원년이 1675년인데, 이 당시에 윤계는 이미 쉰 살이 넘었고 조사석도 마흔 살이 넘었다. 숙종 중엽이라고 한 것은 구전되는 과정에서의 오류로 보인다.

랑이와 티끌을 붕새가 타고 날아가는 것이다.'라고 하고, 어떤 이는 '생물들이 입김을 서로 불어준다 이상의 말을 푸른 하늘이 정색인가 멀어서 끝이 없는가를 이끌어내는 구절이다.'라고 하네. 그러나 전설을 따르면 '푸른 하늘이 정색인가 멀어서 끝이 없는가' 이하의 구절이 끝내 귀착할 곳이 없고, 후설을 따르면 이 몇 구는 곤어와 붕새에 대한 제해(齊諧)의 말[7]과 연결되지 않아서 갑자기 생뚱맞은 말이 나오게 되네. 노사숙유들이 여기에 대해 논한 것도 들어본 적이 있는가?" 하였다.

평량자가 흔쾌히 웃으며 "역시 들어봤지요. 이는 붕새가 날아가는 것을 아래에서 쳐다보는 것을 두고 한 말입니다. 붕새는 아득히 높이 날아서 아무리 바라봐도 까마득하여 종잡을 수 없습니다. 이 때문에 '저것이 아지랑이인가? 먼지인가? 생물들이 입김을 서로 불어주는 것인가?'라고 의심하였으니, 저것만을 분별할 수 없을 뿐이 아닙니다. '하늘이 검푸른 것이 하늘의 정색인가? 또 멀어서 끝이 없는가?' 한 것은 모두 까마득한 형상을 잘 나타낸 말입니다. 그리고 아래 문구에서

6 아지랑이와……없다까지 : 《장자(莊子)》 〈소요유(逍遙遊)〉 앞부분에 보이는 말로 전문은 다음과 같다. "공중에 떠 있는 아지랑이와 티끌은 천지 사이의 살아 있는 생물들이 입김을 서로 내뿜는 데서 생겨나는 현상이다. 하늘이 푸르고 푸른 것은 그 본래의 제 빛깔인가. 아니면 멀어서 끝이 없기 때문인가. 붕새가 아래를 내려다볼 때에도 또한 이와 같을 것이다.〔野馬也, 塵埃也, 生物之以息相吹也. 天之蒼蒼, 其正色耶? 其遠而無所至極耶? 其視下也, 亦若是則已矣.〕"

7 곤어와……말 : 제해(齊諧)의 말은 아지랑이와 티끌〔野馬塵埃〕 바로 앞에 나온다. 전문은 다음과 같다. "붕새가 남쪽 바다로 날아 옮겨갈 때에는 큰 날개로 바다의 수면을 3천 리나 치고 회오리바람을 타고 9만 리 꼭대기까지 올라간다. 그리하여 여기 북쪽 바다 상공을 떠나서 6개월을 계속 난 뒤에 비로소 한 번 크게 숨을 내쉰다.〔鵬之徙於南冥也, 水擊三千里, 摶扶搖而上者九萬里. 去以六月息者也.〕"

끝맺기를 '봉새가 내려다보는 것도 이러할 뿐이다.' 하였습니다. 주석을 붙인 자들이 왜곡된 설을 많이 하였고 읽는 사람들도 글 뜻을 자세히 살피지 않았을 뿐 어찌 해석할 수 없는 구절이겠습니까." 하였다. 제공이 더욱더 기이하게 여겼다.

경공(慶公)이 또 소매에서 두시(杜詩)를 꺼내 더욱 시험하기를 "'푸른 등불은 가물가물 꺼지려 하고 이지러진 날은 희미하게 빛을 잃었네〔靑燈死分翳 缺月殊未生〕'[8] 두 구는 뜻을 참으로 풀이하기 어렵네. 노사숙유들이 이에 대해 논한 것도 들어보았는가?" 하니, 평량자가 더욱 기뻐하며 "역시 들어봤지요. 불이 꺼지려 할 때는 반드시 그을음이 이리저리 날린 뒤에야 꺼집니다. 이 때문에 '가물가물 꺼지려 하고〔死分翳〕'라고 하였으니, 두 구에서 '사(死)'와 '수(殊)'가 바로 대를 이룹니다. 수(殊)는 《한서(漢書)》의 '물 위에서 군사가 죽음을 각오하고 싸웠다〔水上軍殊死戰〕'[9]의 수(殊)와 같으니, 곧 절반쯤 죽은 뜻입니다. 이지러진 달이 절반쯤 죽고 아직 되살아나지 못함을 말한다고 하더이다." 하였다. 세 공이 크게 기이하게 여기다가 더욱 기이하게 여겼다.

밥을 먹은 뒤에 파주점(坡州店)에 함께 투숙하여 고금을 넘나들며 경서와 역사서를 두루 논하느라 새벽닭이 울 때까지도 잠자리에 들지 않았다. 세 공이 성명을 누차 물었으나 평량자는 대답하지 않고, 화장사에 함께 가기를 청하니 승낙하였다. 아침에 세 공이 평량자를 데리고

8 푸른……잃었네 : 두보의 〈착석포에서 묵으며〔宿鑿石浦〕〉라는 시의 네 번째 구절이다. 이른 봄 초승달이 뜬 밤 풍경을 묘사한 부분이다.

9 물……싸웠다 : 《한서》 〈한신전(韓信傳)〉에 "물 위에서 군사들이 모두 죽음을 각오하고 싸워 패하지 않았다.〔水上軍軍, 皆殊死戰, 不可敗.〕" 하였는데, 안사고(顔師古)가 그 주(注)에서 "수(殊)는 반드시 죽기를 결의한 것이다."라고 하였다.

출발하여 윤공(尹公)의 별장에서 묵었다. 다음 날 산에 들어가려고 하였는데, 잠에서 깨어보니 평량자는 어디로 갔는지 알 수 없었다. 지금까지도 세 공의 집에서는 특이한 일로 전한다고 한다.

다음과 같이 논한다.

천고의 일민(逸民) 중에 끝까지 출사하지 않았던 소부(巢父), 허유(許由), 장저(長沮), 걸익(桀溺), 엄자릉(嚴子陵), 진희이(陳希夷)[10] 같은 이들은 모두 이름을 숨기지 못했으나, 하궤자(荷簣者), 하조자(荷蓧者), 한음장인(漢陰丈人)[11]만은 이름을 숨겼다. 몸을 숨기기는 오

10 소부(巢父)……진희이(陳希夷) : 소부(巢父)와 허유(許由)는 요(堯)임금 때의 은자이다. 소부와 허유가 기산(箕山) 영수(潁水)에 숨어 살았는데, 요임금이 제위를 맡기려 하자 허유가 이를 거절하고서 더러운 소리를 들었다고 하여 귀를 씻었고, 이 말을 들은 소부는 귀를 씻은 더러운 물을 마시게 할 수 없다고 하여 소를 끌고 상류로 올라가서 물을 먹였다고 한다. 장저(長沮)와 걸익(桀溺)은 《논어》 〈미자(微子)〉에 보이는데, 농사를 지으며 초야에 은둔한 인물이다. 엄자릉(嚴子陵)은 한 광무제(漢光武帝)의 친구로, 광무제가 즉위하여 그를 초대했을 때 광무제의 배 위에 발을 걸쳐두고 함께 잠을 잤다고 한다. 광무제가 벼슬을 권했으나 끝내 은둔하였다. 진희이(陳希夷)는 사호(賜號)가 희이 선생(希夷先生)인 송나라 진단(陳摶)으로, 은둔하여 도를 닦았다고 한다. 한(漢)나라 위백양(魏伯陽)이 만든 태극도(太極圖)가 그에게 전수되고, 다시 여러 사람을 거쳐 주돈이(周敦頤)에게 전해졌다고 한다.

11 하궤자(荷簣者)……한음장인(漢陰丈人) : 하궤자(荷簣者)는 《논어》 〈헌문(憲問)〉에 보인다. 공자가 위(衛)나라에서 경쇠를 치고 있을 때 '삼태기를 맨 자〔荷簣者〕'가 공자의 문 앞을 지나가다가 경쇠 소리를 듣고는 세상에 미련을 둔 마음이 소리에 녹아 있다고 비판하였다. 하조자(荷蓧者)는 《논어》 〈미자(微子)〉에 보인다. 자로(子路)가 공자를 따라다니다가 뒤처졌을 때 길에서 '지팡이에 삼태기를 맨 자〔荷蓧者〕'를 만나 스승의 행방을 물었는데, 그가 자로에게 공자는 몸뚱이를 놀리며 농사를 짓지 않고, 오곡도 분간할 줄 모르는 인간이라고 비판하였다. 한음장인(漢陰丈人)의 '한음'은 중국 한수(漢水)의 남쪽을 말하며, '장인'은 농사를 짓는 노인을 뜻한다. 《장자(莊子)》 〈천지

히려 숨겨도 이름을 숨기기는 참으로 어려운 것이다. 평량자는 이름을 숨겼으니 그 어려운 일을 거의 해냈다고 할 수 있다.
그러나 나는 평량자를 위해 아쉬워한다. 우리나라의 풍속이 선비는 절풍건(折風巾)[12]을 쓰고 백성은 평량립을 쓰므로, 경서와 역사서를 논하는 자리에서 절풍건을 쓴 사람이 경서와 역사서를 논하면 담담히 예삿일로 여기지만 평량립을 쓴 사람이 경서와 역사서를 논하는 것을 만나면 다투어 떠들썩하게 기이한 일로 여긴다. 평량자는 어찌하여 절풍건을 쓰지 않았음에도 평량자라고만 일컬어지고 이름이 일컬어지지 않았는가? 내가 비록 전을 짓고 싶지만 지을 수 있겠는가.

(天地)〉에 "자공(子貢)이 초(楚)나라를 유람하고 진(晉)나라로 돌아가는 길에 한수의 남쪽에서 밭이랑을 일구고 있는 한음장인을 만났다. 굴속으로 물동이를 안고 들어가 우물을 퍼다 붓는 모습을 보고, 자공이 힘들이지 않고 하루에 100이랑의 물을 댈 수 있는 용두레라는 기계를 만들어 퍼 올릴 것을 권하자, 한음장인이 '기계란 것이 있으면 반드시 꾀를 부리는 일이 있게 되고, 꾀를 부리는 일이 있게 되면 반드시 꾀를 내는 마음이 생기게 된다. 내가 그것을 모르는 것이 아니라 부끄러워서 사용하지 않을 뿐이다.' 하였다."라고 하였다.

12 절풍건(折風巾) : 문맥상 '갓〔笠子〕'을 말한다. 《임하필기(林下筆記)》 권28 〈절풍건설(折風巾說)〉에 "원래 절풍건은 옛날에는 도자(陶磁)를 사용하였는데 뒤에는 변하여 대나무를 사용하였다. 앞머리를 꺾고 철추(鐵樞)로 장식하여 바람이 불면 나부꼈으므로 이와 같이 불렀다. 우전성(尤展成, 우동(尤侗))의 《외국죽지사(外國竹枝詞)》 중 '고려(高麗)'라는 제목의 글에서 '긴 적삼과 넓은 소매에 절풍건〔長衫廣袖折風巾〕'이라고 한 것이 이것이다. 그 제도가 지금은 없어져서 비록 우리나라에서도 사용하는 사람을 볼 수 없다. 건(巾)과 갓〔笠〕은 모두 머리 장신구의 통칭이다. 그러나 제도는 서로 다르니, 하나를 고집해서 말할 수가 없다. 중국 사람들이 쓰는 것은 통틀어 모자(帽子)라고 하니, 이는 마래기〔抹額〕의 명칭이다."라고 하였다.

최생전[13]

崔生傳

최생(崔生)은 우리나라 문종(文宗) 때의 인물이다. 문종의 아우 중에 안평공자(安平公子) 용(瑢)이 있었는데, 글씨에 뛰어나 그것을 얻은 사람은 다투어 비단보에 싸서 보관하였다. 또 풍류를 즐기고 빈객을 좋아하여 당대의 이름난 사대부들이 서로 떠받들고 예우하였다. 최생이 하루는 낡은 옷에 비뚜름한 두건 차림으로 찾아가 문지기에게 "나는 최생이다. 공자를 뵈려고 왔다." 하였다. 문지기가 눈웃음치며 "수재(秀才)께서는 담도 크시군요. 공자님을 뵈어 무엇 하려 하오?" 하였다. 최생이 "기별이나 하거라." 하였다.

문지기가 들어가 "문밖에 최생이란 자가 공자님을 뵙고자 합니다." 하였다. 공자가 즉시 맞이하여 들어와 앉게 하고서 찾아온 연유를 물었다. 최생이 "다른 이유는 없고 단지 공자님의 서법을 보고 싶어서입니다." 하였다. 공자가 "뭐가 어렵겠나." 하고는 즉시 궤짝을 열어 각 체의 글씨를 가져다 최생에게 보여주었다. 최생이 "비록 위항(委巷)에 사는 천한 유생이지만 어찌 공자님의 글씨를 본 적이 없겠습니까. 제가 보고 싶은 것은 바로 공자님께서 붓을 잡으실 때 손바닥을 비우고 움켜 쥐는 형상과 마음이 바르고 기운이 온화한 용모입니다." 하였다. 공자가 곧

13 【작품해제】 조선 전기에 이름난 명필이었던 안평대군을 찾아가 그보다 나은 재능을 뽐낸 최생(崔生)에 관한 전기이다. 저자는 잡기(雜技)에 뛰어난 최생에 대해 그 재주로 당대의 뛰어난 학자나 문인들과 어울려 큰 이상을 실현하지 못하고, 자잘한 재주나 뽐내고 으스대려는 그의 마음가짐을 비판하였다.

붓을 빨고 먹을 갈아 대여섯 장을 써서 최생에게 보여주니, 최생이 다 보고는 "단아하고 힘찬 것이 속에서 우러났고 획의 꺾임과 뭉침이 모두 참된 깨달음에서 나왔으니, 참으로 뛰어난 솜씨이십니다." 하였다.

공자가 "자네가 서법의 묘미를 말할 줄 아니, 필시 글씨를 잘 쓰는 사람이겠구려." 하였다. 최생이 "과분한 말씀입니다." 하였다. 공자가 억지로 쓰게 하니 최생도 대여섯 장을 써서 공자에게 보여주었다. 공자가 크게 놀라 "자네가 실로 나보다 낫구나. 어째서 세상에 이름이 나지 않았는가?" 하고는 이름을 물어보았으나, 대답하지 않았다. 공자가 "이름은 듣지 못한다 하더라도 나에게 묵적(墨跡)을 남겨놓고 가기를 바라네. 내가 늘 보면서 아침저녁으로 자네를 만나겠네." 하였다. 최생이 "소생은 묵적을 남에게 보여주지 않습니다. 공자님의 명성을 가릴까 두려운데, 지금 도리어 공자님께 남겨두겠습니까." 하고는 갑자기 끌어다가 찢어버리고 일어나 읍하고 나가니, 공자가 만류할 수가 없었다.

그 일이 있은 지 한참 뒤에 공자가 기성(箕城 평양)에 열일곱 살의 명기(名妓)가 재주와 미모가 나라 안에 으뜸인데 좀처럼 남을 인정하지 않아, 관찰사를 위시한 그 이하의 사람들이 감히 위세로 절개를 꺾지 못한다는 소문을 들었다. 그리하여 목욕하고 말미를 청하여 서쪽으로 떠나려 하는데, 최생이 어디에선가 불쑥 나타났다. 공자가 그를 보고 매우 기뻐서 "자네는 어찌하여 오래도록 찾아오지 않았는가?" 하니, 최생이 "저는 아무 일 없이 온 적이 없습니다. 지금 온 이유는 공자님을 따라가서 기성을 유람하고 싶기 때문입니다." 하였다. 공자가 더욱 기뻐 "내가 자네에게 좋은 말과 양식을 대주겠네." 하였다. 최생이 "몸에 다리가 있고 자루에 돈이 있으니, 어찌 번거롭게 공자님께 신세를 지겠습니까. 기성에서 만날 약속이나 했으면 합니다." 하였다. 공자는 그의 뜻을 꺾기가 어려움을 헤아리고서 기다릴 약속하고 헤어졌다.

공자가 기성에 도착하니 관찰사가 감영의 물력을 다 쏟아 공자를 맞이하여, 수레와 말이 끝없이 늘어섰고 군졸이 길을 인도하였으며 병풍을 둘러치고 접대하고 악기와 노랫소리가 가득하여 모두 사람들의 이목을 현란하게 하였다. 연광정(練光亭)[14]에 오른 뒤에 최생이 왔는지를 물으니, 최생이 이미 문밖에 와 있었다. 불러들여 한자리에서 매우 기쁘게 마주하였다. 술자리가 무르익을 무렵, 명기(名妓)가 본래 자리에 있었는데, 흥취 없이 거문고를 안고 억지로 곡을 타기는 했으나 머리를 숙이고 이맛살을 찌푸린 채 한 번도 사람들에게 눈길을 주지 않으니 공자가 불쾌해하였다. 최생이 지인(知印)을 불러 "명기가 안고 있는 거문고를 가져와라." 하였다. 가져오자 최생이 손수 거문고를 타서 번갈아 두세 곡을 연주하니, 명기가 갑자기 몸을 기울여 듣더니 일어나 최생에게 나아가서 웃음을 머금고 "거문고 연주 솜씨가 정말 훌륭하십니다. 한 곡을 더 타서 소첩이 맞추어 노래할 수 있게 해주시겠습니까?" 하였다. 최생이 따랐다. 최생의 거문고에 명기의 노랫소리가 어우러져 더욱 처량하고 구성져서 거문고의 신령한 바람과 차가운 파도 소리가 마치 학이 울고 용이 우는 듯하였다. 최생과 명기가 또 서로 바라보면서 웃자, 공자의 안색이 더욱 불쾌해졌다.

최생이 갑자기 공자에게 읍하며 "저는 술기운을 이기지 못해 먼저 여관으로 돌아가려 합니다." 하니, 공자가 허락하였다. 최생이 나간 지 얼마 되지 않아 명기도 일어나 청하기를 "소첩이 배 속에 병이 있는

14 연광정(練光亭) : 평양 내성(內城)의 동문인 대동문(大同門) 곁에 있는 정자이다. 관서(關西) 8경의 하나로 풍광이 빼어나다.

데, 하필 지금 발작했습니다. 우선 물러갔다가 좀 나으면 다시 뵙겠습니다." 하니, 공자가 역시 허락해주고는 사람을 시켜 명기가 어디로 가는지 엿보게 하였다.

명기가 곧장 최생이 묵는 여관으로 달려가 최생에게 "소첩은 거문고의 묘리를 대강 알기에 지음(知音)을 만나 몸을 의탁하기를 원했습니다. 이 때문에 공경대부들이 매우 강하게 요구했지만 소첩은 달갑게 여기지 않았습니다. 오늘 다행히 군자님을 만났으니, 첩은 죽을지언정 맹세코 다른 사람에게 가지 않겠습니다." 하였다. 최생이 웃으며 "앞서는 내가 너를 시험해본 것뿐이다. 공자가 어찌 너를 버리겠느냐. 그리고 설령 공자가 너를 버린다 한들 내가 어찌 너를 취하겠느냐. 쓸데없는 말을 말거라." 하였다. 곧바로 뿌리치고 나가 뒤돌아보지 않고 대동강을 건너갔다. 이 뒤로 최생은 더 이상 세상에 나타나지 않았다.

다음과 같이 논한다.

괴이하도다. 최생이여. 글씨로 은둔한 자인가. 거문고로 은둔한 자인가. 무얼 하든 글씨와 거문고처럼 못하는 게 없는 자인가. 우리나라의 인재는 일찍이 세종과 문종조에 성대하였다. 그 당시 김숙자(金叔滋), 임수겸(林守謙) 같은 유림과 변계량(卞季良), 하연(河演) 같은 문사는 모두 뛰어난 중의 뛰어난 분들이었다. 최생은 이 몇 분들과 교유하지 않고 보잘것없는 한두 가지 말단 재주를 가지고 귀공자에게 의탁했으니, 뽐내려는 마음이 드러난 것인가. 기예가 이 정도에 그쳐서 이름은 감추었으나 실상은 감추지 못한 자가 아니겠는가. 그러나 이 또한 방기(方技)에 포함시킬 만하니, 내가 어찌 전을 짓지 않을 수 있겠는가.

송운대사전[15]

松雲大師傳

대사의 이름은 유정(惟政), 자는 이환(離幻), 호는 송운(松雲)이다. 별호는 사명(四溟) 또는 종봉(鍾峯)이며, 홍제당(弘濟堂)이라는 칭호는 소경왕(昭敬王 선조(宣祖))이 하사한 것이다. 임씨(任氏)의 일족으로 본관은 풍천(豐川)이다. 부친은 증 판서(贈判書) 임수성(任守城)이고 모친은 서씨(徐氏)이다. 가정(嘉靖) 갑진년(1544, 중종39)에 태어났다. 11세에 머리를 깎고 서산대사(西山大師) 휴정(休靜)에게 구계(具戒)[16]를 받았다.

만력(萬曆) 임진년(1592, 선조25)에 대사가 금강산 유점사(楡岾寺)에 머물고 있었다. 어느 날 왜구가 대규모로 들이닥쳐 승려들을 결박하고 재화를 내놓으라고 혹독하게 요구하였다. 대사가 왜구에게 "중은 온 산을 지팡이 하나에 의지해 다녀서 몸도 스스로 소유하지 못하는데, 빼앗아갈 만한 재화가 무엇이 있겠느냐." 하였다.

왜구가 "너는 선가(禪家)의 칠조(七祖)를 알고 있는가?" 하니, 대사가 "육조(六祖)라고 하거늘 어찌 칠조라고 하는가?" 하였다. 왜구가

15 【작품해제】 임진왜란 때 승병장으로 큰 공을 세운 사명대사(四溟大師) 유정(惟政)에 대한 전기이다. 저자는 나라와 백성이 어려움에 처했을 때 그 속으로 뛰어들어 전쟁을 종식시키는 데 일조하고, 전후에는 붙잡혀갔던 백성 수천 명을 쇄환한 공로를 가리켜 진정한 자비라고 칭송하는 동시에 참선하여 번뇌나 잊으려 하는 중들을 비난하였다.

16 구계(具戒) : 구족계(具足戒)의 약칭으로 비구와 비구니들이 받는 250가지 대계(大戒)를 말한다.

함께 이야기를 나눠보고 대사를 매우 기이하게 여겨 승려들을 풀어주었다. 그리고 절 문에다 '이 절은 도를 아는 고승이 있으니, 군사들은 부디 침범하지 말라.'라고 썼다.

얼마 뒤에 대사가 영동(嶺東)으로 들어가 승려 700여 명을 모집해놓고 비분강개하여 눈물을 흘리며 "나라가 위태롭다. 비록 우리가 중이라고는 하나 어찌 가만히 앉아 구경만 하겠느냐." 하였다. 즉시 이들을 이끌고 순안(順安) 법흥사(法興寺)로 달려갔다. 당시에 서산대사가 각 도의 승군을 총괄하고 있다가 대사가 당도하자 자신을 대체할 인물로 천거하여, 대사가 그 군사를 거느리게 되었다.

체찰사 유성룡(柳成龍)을 따라 평양(平壤) 모란봉(牧丹峯) 아래에서 왜적 소서행장(小西行長)을 격파하고, 도원수 권율(權慄)을 따라 영남(嶺南)으로 달려가 지나가는 곳마다 적을 베고 사로잡았다. 그 공으로 통정대부(通政大夫)에 올랐다.

갑오년(1594, 선조27) 4월에 명(明)나라 도독(都督) 유정(劉綎)이 대사에게 왜적의 동태를 정탐하게 하였다. 대사가 북부(北部)의 왕부(王簿)·이겸수(李謙受)와 함께 20여 명을 이끌고 울산(蔚山) 서생포(西生浦)로 가서 왜장 가등청정(加藤淸正)을 만나기를 청하였다. 그 부장(副將) 희팔랑(喜八郞)이 대사에게 "대사는 무엇 하는 분이오?" 물었다. 대사가 "유 독부(劉督府 유정(劉綎))와 일찍이 친분이 있었기에 지금 유 독부를 위해 강화를 논의하러 온 것이오. 다른 뜻은 없소." 하였다. 희팔랑이 기쁜 얼굴로 "우리나라는 큰일이 있으면 반드시 고승에게 의지하는데 귀국(貴國)도 고승을 보냈으니, 그 일을 중대하게 여기는가 봅니다." 하였다. 들어가 가등청정에게 전달하고 나와서 "독부와 왕자의 편지를 가지고 오셨습니까?" 하고 물었다. 대사가 "독부의 편지는 여기에 있으나, 왕자는 천자의 부름을 받아 지금 명(明)나라에 가 있습니다." 하였다.

가등청정이 곧 대사를 불러 보고 먼 길을 온 것을 위로하고, 또 소서비(小西飛)[17]와 심 유격(沈遊擊 심유경(沈惟敬)) 사이에 강화(講和)가 성사되었는지를 물었다. 대사가 성사되지 않았다고 대답하자, 가등청정도 희색이 돌았다. 다음 날 아침 가등청정에게 다시 들어가 강화의 일에 대해 말하였다. 가등청정이 심 유격이 약조한 글을 내보였는데, '천자가 일본과 혼인하고, 조선은 세 도(道)를 떼어 일본에 주고, 조선의 왕자를 볼모로 삼고, 조선의 고관을 볼모로 삼고, 대대로 우호적으로 지내자'는 내용이었다.

대사가 혼인 관계를 맺고 땅을 떼어주는 조항에 대해 거부하며 가등청정의 뜻을 꺾었다. 가등청정이 "강화가 성사되지 않으면 우리 군대가 곧장 명나라로 향할 것이오." 하였다. 대사가 "우리나라는 귀국의 군대가 우리 땅에 건너오리라 생각지 못했기 때문에 패배하게 되었습니다. 그러나 지금은 명나라에서 군사 50만을 징발하고 군량 수만 석을 갖추어 육지와 바다로 끊임없이 오고 있습니다. 그리고 우리나라에서도 사방에서 의병들이 일어나 성원이 대단합니다. 대비가 있는 자는 근심이 없다는 말을 듣지 못했습니까?" 하였다.

가등청정이 묵묵히 듣고 있다가 "조선에도 보물이 있소?" 하고 물었다. 대사가 "조선에서는 천금을 내걸고 상관(上官 가등청정)의 머리를 사고 있으니, 이보다 더한 보물이 없지요." 하였다. 가등청정이 "독부가

17 소서비(小西飛) : 소서행장(小西行長, 고니시 유키나가)의 부장이다. 일본어 발음은 고니시 히.

남원(南原)으로 돌아가 주둔한 이유는 무엇이오?" 하였다. 대사가 "호남에서 군사를 징발하기 위해서지요." 하였다. 가등청정이 "평안(平安)·영안(永安 함경)·경기(京畿)·충청(忠淸) 4도의 군사는 누구에게 통솔을 받소?" 하였다. 대사가 "경략(經畧) 고양겸(顧養謙)이 군사 30여만 명을 거느리고 있는데, 4도의 군사는 모두 그에게 소속되어 있습니다." 하였다.

가등청정이 "대사는 어찌하여 독부의 본심을 대신 말하지 않소?" 하였다. 대사가 "독부는 매번 상관께서 호걸이라고 칭찬합니다. 또 다만 일개 범부인 관백(關白)에게 상관이 도리어 부림을 받는 것을 매우 애석해합니다." 하니, 가등청정이 미소 지을 뿐이었다. 대사가 "소서행장이 우리에게 은혜를 갚기를 요구하며 '내가 가등청정에게 왕자를 풀어 돌려보내도록 하였다.' 하였기에, 명나라와 우리나라가 모두 소서행장의 은덕으로 여겼는데, 독부만은 상관의 은덕으로 여깁니다." 하였다. 가등청정이 웃으며 "왕자는 내 스스로 풀어준 것이니, 소서행장이 무슨 상관이 있는가." 하였다. 토산품과 부채를 대사에게 후하게 주며, 소서행장이 주도하는 강화의 성사 여부를 정탐하여 알려달라고 요청하였다. 대사가 가등청정과 헤어지고 돌아와 독부에게 보고하니, 유공(劉公)이 매우 기뻐하며 요광효(姚廣孝)의 일[18]을 가지고 면려하였다.

7월에 대사가 또 37명을 이끌고 서생포(西生浦)로 들어갔다. 희팔랑

18 요광효(姚廣孝)의 일 : 승려로서 나라를 위해 공을 세우는 것을 말한다. 명(明)나라 성조(成祖, 영락제) 때의 승려이다. 원래 이름은 도연(道衍)으로 14세 때 불문(佛門)에 들어갔다가, 태조(太祖, 주원장)의 넷째 아들인 연왕(燕王) 즉 성조를 도와, 태조의 황태손(皇太孫)으로 제위에 오른 혜제(惠帝, 건문제)를 축출하고 정난(靖難) 일등공신에 책봉되었으며, 이때 광효라는 이름을 하사받았다. 《明史 卷145》

이 반갑게 맞이하며 "상관께서 대사를 기다린 지 오래입니다." 하였다. 바로 들어가 가등청정에게 전달하고 나와서 "대사께서는 어찌 이리도 늦게 오셨소? 소서행장과 모의를 한 것은 아니오?" 하였다. 대사가 "소서행장이 처음 전쟁을 일으켰기 때문에 우리나라 백성들이면 누구나 할 것 없이 이를 갈고 있습니다. 그런데 차마 이 적과 강화를 하겠습니까?" 하였다.

날이 저물자 희팔랑이 대사를 이끌고 들어가 가등청정을 만나게 하였다. 대사가 독부의 편지를 꺼내 건네주자, 가등청정이 "심 유격의 강화하는 일은 성사되었소?" 하고 물었다. 대사가 "결코 성사될 수 없을 것입니다." 하였다. 가등청정이 "지난번 안변(安邊)에 있을 때, 명나라 부신(部臣) 풍(馮)·원(袁) 양 공(公)[19]이 문서를 가지고 와서 화친을 구한 뒤에 결국 약속을 어겼으니 첫 번째로 나를 속인 것이고, 심

19 풍(馮)·원(袁) 양 공(公) : 풍중영(馮仲纓)과 원황(袁黃)을 말한다. 원황은 자가 곤의(坤儀), 호가 요범(了凡)이다. 절강(浙江) 가흥부(嘉興府) 가선현(嘉善縣) 사람으로 만력 병술년(1586)에 진사가 되었으며, 임진년에 흠차경략찬획방해어왜군무 병부 직방청리사 주사(主事)로 유 원외(劉員外)와 함께 나왔다. 일로(一路)의 관참(館站)에 표하차관(標下差官)을 두어 난동을 부리지 못하도록 금하였으며, 불도(佛道)를 좋아하는 성품으로서 몸가짐이 산승과 같았다. 일찍이 우리나라 의정(議政) 최흥원(崔興源)에게 "중국은 과거에는 모두 주원회(朱元晦, 주희(朱熹))를 종주로 여겼지만 요즘 와서는 점차 그렇게 여기지 않고 있다." 하였는데, 흥원이 말하기를 "주자에게는 트집 잡힐 만한 점이 없을 듯하다." 하니, 주사가 성낸 얼굴로 좋아하지 않고는 다음날 이자(移咨)하여 사서(四書)의 주소(註疏)를 조목조목 들어가며 비난하고 헐뜯었다. 풍중영(馮仲纓)을 안변(安邊)의 적루(賊壘)에 보내 두 왕자를 돌려보내도록 꾀하려 하였으나 성과 없이 나오고 말았다. 얼마 뒤에 좌도(左道)로 대중을 현혹시킨다는 언관의 탄핵을 받고 혁직(革職)된 뒤 계사년 6월에 돌아갔다. 풍중영은 미상이다.《象村集 卷57 天朝詔使將臣先後去來姓名記自壬辰至庚子》

유격이 반드시 화친하겠다고 스스로 다짐하며 나에게 군사를 물리게 하였는데 지금 몇 해가 지나도록 끝내 결행하지 않았으니 두 번째로 나를 속인 것이고, 왕자가 돌아갈 때 나에게 한 말이 많았는데 간 뒤로는 기별이 없으니 세 번째로 나를 속인 것입니다. 비록 대사라고 한들 어찌 나를 속이지 않겠소?" 하였다.

대사가 "중이 어찌 감히 남을 속이겠습니까. 그러나 약조 가운데 교린(交隣)의 일은 허락할 수 있지만 그 나머지는 모두 더 이상 말하지 마시오." 하였다. 가등청정이 화를 내며 "대사의 말처럼 한다면 삼 년간의 전쟁에서 이룬 일이 무엇이오? 소서행장과 종의지(宗義智)는 모두 섬에서 소금 장사하던 자들이니 평양의 패전은 본래 당연한 것이오. 나는 싸우면 반드시 이겼고 공격하면 반드시 빼앗았소. 왕자와 고관 중에 내 손아귀에서 벗어난 자가 거의 없었소. 지금 바닷가 구석에 주둔하고 있는 이유가 어찌 힘이 부족해서겠소. 실로 기다림이 있기 때문이오. 진실로 급히 군사를 일으켜 승부를 결정짓고자 한다면 나는 한강 이북 땅이 더 이상 조선의 소유가 아닐 것이라고 보오." 하였다. 대사가 "항우(項羽)는 백전백승했으나 천하를 잃었고 한고조(漢高祖 유방(劉邦))는 백전백패했으나 천하를 얻었으니, 성패가 덕에 있고 힘에 있지 않은 것은 예로부터 이치가 그러했습니다. 하물며 힘마저도 믿을 수 없는 상황이겠습니까." 하였다.

가등청정이 "그렇다면 독부가 말하는 강화라는 것은 어찌하려는 것이오?" 하였다. 대사가 "독부가 근래에 천문을 관찰하여 상관이 계신 곳에 남쪽의 신이한 기운이 모인 것을 알고는 천자께 아뢰어 상관을 일본의 국왕으로 봉하고 조선과 형제국의 우호를 맺게 하여, 두 나라가 함께 명나라를 섬기면서 후대에도 대대로 변치 않게 하려고 하였습니다." 하니, 가등청정이 다른 사람을 돌아보며 이야기할 뿐 가타부타하지 않았다.

잠시 뒤에 "반드시 독부를 경주(慶州)에서 만나봐야 강화가 성사될 것이오. 대사께서는 우선 여기에 남아 있으면서 사람을 보내 독부에 알리도록 하오." 하였다. 대사가 기뻐하는 척하며 "매우 좋습니다만, 독부께서 사자(使者)를 믿지 않을 듯합니다." 하였다. 가등청정이 웃으며 "앞서 한 말은 대사를 떠보기 위해서였소. 대사의 말이 옳소. 또 전쟁이 일어나게 된 것은 본래 종의지 무리들 때문이고 소서행장은 패전하자 처벌을 두려워하여 감히 귀국하지 못하고 도리어 강화를 핑계로 전쟁을 늦추려고 합니다. 그러니 실제로는 강화가 성사된다 하더라도 머물 것이고, 강화가 성사되지 않는다 하더라도 머물 것입니다. 나는 이들과 다르오. 만일 도움을 받아 출정한 군사들이 집으로 돌아갈 수 있다면, 어찌 잠시라도 머물러 있겠소?" 하였다.

희팔랑이 귀에다 대고 말하기를 "왕자를 볼모로 삼으려는 것은 명분을 빌리려는 것일 뿐입니다. 어찌 반드시 진짜 왕자를 원하는 것이겠습니까. 일은 신속히 결정하는 것이 중요합니다." 하였다. 대사가 "독부도 독단적으로 결정할 수 없고, 고 경략(顧經畧), 손 시랑(孫侍郎)과 상의해서 결정해야 합니다. 그런 뒤에야 경주에서 만날 수 있을 것입니다." 하였다. 희팔랑이 "반드시 10월로 약속 시기를 정해야 합니다." 하니, 대사가 "그리하겠소." 하였다. 대사가 돌아와 독부에게 보고하였다.

9월에 서울로 가서 상소하기를 "신이 재차 왜군의 진영에 들어가 서기승(書記僧) 일진(日眞)에게 왜군의 실제 숫자를 물었더니, 일진이 가등청정이 거느린 군사가 1만 8천이고, 포수(砲手)가 5천이며, 동래(東萊)와 부산(釜山)에 주둔한 장수들이 거느린 군사가 도합 5만이고,

김해(金海), 웅천(熊川), 천성(泉城), 가덕(加德)에 주둔한 장수들이 거느린 군사도 4만 6천은 된다고 하기는 했습니다. 그러나 이는 필시 부풀린 숫자일 것입니다. 신의 추측으로는 왜장들이 거느린 군사가 도합 4, 5만을 넘지 않으리라 봅니다.

그러나 생각건대, 우리나라의 형편은 군량이 극심하게 고갈되었고 백성들이 거의 다 죽었으며 군대에서 전쟁에 대비하는 군사가 2, 3천을 넘지 않습니다. 왜적과 우리의 강약의 형세가 현격히 달라 소탕할 가망이 없습니다. 지금의 급선무로는 오직 두 길이 있습니다.

첫째, 평안・함경・황해・강원 4도의 백성을 모두 징발하되, 해당 도의 감사와 병사(兵使)에게 몇 달 치의 양식을 가지고 정한 날짜에 모이게 하고, 별도로 노약자들을 외병(外兵)으로 편성하여 군세(軍勢)를 과시하며, 정예병 3만 5, 6천을 뽑아 모두 절강(浙江)에서 온 보병(步兵)인 양 꾸며 군실(軍實)을 채워야 합니다. 그리한다면 비록 왜적을 시원하게 소탕할 수는 없을지라도 국가의 수치를 조금은 씻을 수 있을 것입니다.

둘째, 가등청정의 계략을 자세히 들여다보면 그는 교린(交隣)의 명분을 얻어 소서행장과 종의지가 패전에 대한 처벌을 받게 하고 자신은 강화를 성사시킨 공로를 독차지하려고 합니다. 따라서 우선은 교린을 허락하여 눈앞의 급한 불을 끈 다음 힘써 개간하고 부지런히 농사지어 군량을 더욱 비축하고, 무기를 만들고 진지를 잘 갖추어 무비(武備)를 더욱 튼튼히 해야 합니다. 그렇게 한다면 종묘사직의 원수를 갚고 중흥의 기업을 이룰 것이니, 어찌 반드시 그런 날이 오지 않을 줄 알겠습니까.

이 두 길을 버리고 조개와 도요새처럼 서로 버틴 채[20] 구차히 시간만 끌게 된다면, 신은 수백 년간 예악과 문물을 이룩했던 우리나라가 초목과 짐승으로 뒤덮인 땅이 될까 두렵습니다. 생각이 여기에 미치니, 통곡을 금할 수 없습니다." 하였다.

임금께서 답하기를 "네가 의기에 발분하여 왜적을 치고, 갖은 위험을 겪으면서 신의에 의지해 화친을 도모하여 사직을 보존하고자 하는구나. 옛날 유병충(劉秉忠)[21], 요광효(姚廣孝)[22]가 모두 승려로서 큰 공을 세웠는데, 그들 못지않구나. 네가 만일 머리를 길러 속세로 돌아온다면 백 리의 고을을 맡기고 삼군(三軍)을 줄 것이니, 너는 생각해보라." 하였다. 대사가 감당할 수 없다고 힘써 사양하니, 임금도 대사의 뜻을 꺾을 수 없었다.

이때 심유경과 소서행장 사이에 강화가 성사되었으므로 조정에서는 더욱 가등청정을 우려하여 대사에게 왕자의 편지를 가지고 가서 가등청정에게 알리도록 하였다. 12월에 대사가 이겸수(李謙受) 등 30여 명과 함께 곧장 울산(蔚山)의 왜군 진영에 이르렀다.

희팔랑이 나와 맞으며 먼 길을 온 것을 위로하였다. 이어서 가등청정의 뜻을 전하기를 "듣자 하니, 심 유격이 주도한 강화가 이미 성사되었

20 조개와……채 : 서로 적대하여 버티면서 양보하지 않다가 둘 다 망한다는 뜻이다. 도요새가 방합을 먹으려고 껍질 안에 주둥이를 넣는 순간 방합이 껍질을 닫는 바람에 도리어 물려서 서로 다투다가 지나가던 어부에게 모두 잡혔다는 고사에서 온 말이다. 《戰國策 燕策》

21 유병충(劉秉忠) : 원 세조(元世祖, 쿠빌라이)를 도와 중원을 평정한 승려이다. 원(元)이라는 국호를 정하는 등 모든 문물과 제도를 새로 정비하였으며, 뒷날 중서성의 일을 맡아볼 때까지 승려의 행색을 바꾸지 않았던 것으로 유명하다. 원 헌종(元憲宗) 6년(1256)에 지금의 내몽고 지역에 길지를 택해서 개평성(開平城), 즉 뒤의 상도(上都)를 건설하였다. 《元史 卷157 劉秉忠列傳》

22 요광효(姚廣孝) : 26쪽 주18 참조.

다고 하지요? 그런데 대사께서 또 무슨 말로 나를 꼬드기려 하시오?" 하였다. 대사가 "병이 들어 바깥일을 듣지 못했습니다. 지금 본의 아니게 실로 상관과의 약조를 거듭 어기게 되었습니다." 하였다. 희팔랑이 "함부로 말하지 마시오. 앞서 말한 일이 결정되지 않았으니, 아무리 백번 요청한다고 하더라도 상관을 만날 수는 없을 것이오." 하였다. 대사가 어찌할 수 없음을 알고 이겸수에게 왜군 진영에 왕자의 편지를 보내게 하였다.

대사가 또 직접 편지를 써서 가등청정에게 보내어 "제가 장군의 편지를 받고 울산 성황당(城隍堂) 강어귀에서 만나고자 하는 것을 알았습니다. 이 때문에 온갖 병에 시달리는 몸으로 풍찬노숙(風餐露宿)하며 어렵사리 왔습니다. 지금 장군께서는 스스로 약속을 어기셨습니다. 불세출의 영웅이신 장군께서 세인(細人)에게 현혹되어 공을 세운 저를 이렇게까지 저버리신단 말입니까. 아, 일의 성패와 득실은 모두가 운명입니다. 그러나 삼가 장군을 위해 이 일을 애석하게 여깁니다. 조정에서 최상 등급의 좋은 매 12마리, 금문점호피(金紋點虎皮) 1장을 장군께 드리고, 좋은 매 1마리와 금문점표피(金紋點豹皮) 1장을 아장(亞將) 희팔랑에게, 황주(黃紬) 2단과 백주(白紬) 1단을 일진(日眞)・재전(在田)・천우(天祐) 세 선사(禪師)에게 주어, 왕자와 대신(大臣)을 예우하여 돌려보내준 후의에 사례를 하려 합니다. 장군께서 허락해주시기를 바랍니다." 하였다.

가등청정이 편지를 보고 재전과 천우를 보내 "나는 실로 만나보기를 원하지만 조선에서 소서행장과 강화하였으니, 혐의를 돌아보지 않을 수 있겠소? 만일 할 말이 있거든 이 두 승려에게 다 털어놓으면 될 것이오." 하였다. 두 승려가 대사에게 "조선 사람은 일 처리에 거짓이 많으니, 가등청정이 대사를 만나보려 하지 않는 것은 당연합니다. 지금 만일 순화군(順和君)과 사신(使臣) 서너 명을 데리고 온다면 화의(和議)는 즉시 이루어질 것입니다. 우리를 믿지 못하겠다고 하신다면 가등청정도 아들을 볼모로 보낼 것입니다." 하였다. 대사가 즉시 돌아가 조정에 보고하였다.

을미년(1595, 선조28)에 전쟁이 그치자, 비변사에서 "승군 대장 유정이 지난번 영남에서 왔을 때 거느렸던 군사는 모두 전투에 익숙한 정예병이었습니다. 그러나 본래 정착하지 않는 무리들이니, 지금 만일 해산해 보낸다면 나중에 징발하기 어렵습니다. 그대로 유정에게 이들을 이끌고 남한산성에 들어가 지내게 하고 필요한 군량은 체찰사가 계획하여 조처하게 하소서. 또 전투에 공이 있는 휘하의 군사에 대해서는 머리를 길러 정규군에 편입되도록 하고, 직첩(職牒)을 만들어주는 것이 좋을 것입니다." 하니, 임금께서 허락하였다.

대사가 또 상소하여 "신 유정은 산속에서 인륜을 저버리고 살던 자입니다. 다만 망극한 변고를 만났기 때문에 혈기가 모두 끓어올랐고 깊은 산중에서도 편히 지낼 만한 곳이 없었으니, 나무를 깎아 일어났던 것은 형세상 절박해서일 뿐이었습니다. 그런데 성상의 은혜는 하늘 같아서 윤음이 내려왔습니다. 그러나 전장에 뛰어든 4년 동안 조그마한 공도 세우지 못했으니, 국가와 임금을 저버린 죄를 무슨 수로 갚겠습니까. 더구나 온갖 질병에 걸려 목숨을 보존하기도 어려운 지금 같은 경우이겠습니까. 갑옷을 벗고 도로 송관(松冠)을 쓰고 산속으로 물러가 죽기를 원하오니, 이것이 곧 신의 본분입니다. 그런데 나라를 근심하고 성상을 아끼는 정성을 감히 주제넘게 스스로 감추지 못하는 것은 유독 어째서이겠습니까.

신은 듣으니, 위 문공(衛文公)은 인재를 육성하고 농사를 가르쳤으며, 월 구천(越句踐)은 인구를 증가시키고 재물을 비축하여 백성을 가르쳤다고 합니다.[23] 그 두 임금도 회복하는 근본이 백성을 길러주는 데서 벗어나지 않음을 알았습니다. 하물며 밝으신 우리 성상께서 위에 계신 경우이겠습니까. 수백 년간 아끼고 돌보신 백성들이 지금 거의 다 죽게 되었건만 수령이 된 자들은 오히려 모질세도 기회를 틈타 이익을 챙기느라 백성들을 더욱 도탄에 빠트리고 심장의 살을 발라 범과 이리의 배를 채우고 있으니, 누가 농사를 가르치며 언제 백성들을 불리고 재물을 축적하겠습니까. 수령을 신중히 뽑고 엄중하게 평가하여 못된 자를 내쫓고 훌륭한 이를 올려서 백성들을 쉬게 하고 나라의 근본을 견고히 해야 합니다.

신은 듣으니, 오랑캐는 인(仁)으로 결약할 수 없고 의(義)로도 교화시킬 수 없다고 하였습니다. 어찌 잠시 강화했다 하여 오래도록 걱정이 없으리라 보장할 수 있겠습니까. 군부(君父)의 원수가 모두 깊고 백성들의 수치가 적지 않으니,[24] 이는 바로 와신상담해야 할 시기입니다. 옛날의 성왕(聖王)은 사방의 오랑캐가 조회하러 오는 안정된 시기라 하더라도 밤낮으로 경계하며 무력을 갖추기에 힘썼습니다. 더구나 지금이겠습니까. 중신(重臣)에게 강가에서 군대를 살펴 군졸을 잘 위무

23 월 구천(越句踐)은……합니다 : 원문의 생취(生聚)와 교훈(敎訓)은 인구를 증가시키고 재물을 비축하며 백성을 교육시킴으로써 부강한 나라를 만드는 일을 말한다. 춘추 시대에 오원(伍員, 오자서)이 "월(越)나라가 십 년 동안 생취(生聚)하고 십 년 동안 교훈(敎訓)할 것이니, 이십 년 뒤에는 오(吳)나라가 분명히 망하고 말 것이다."라고 한탄했던 고사가 있다. 《春秋左氏傳 哀公 元年》

24 적지 않으니 : 원문은 한유(罕有)인데, 오자가 있는 듯하다.

하고 무기를 익숙히 다루는 자를 속히 높이 등용하게 하고, 내실 없고 경박한 자들과 탐욕스럽고 가렴주구하는 자들을 모두 내쫓아, 선을 권장하고 악을 징계하는 조정의 정책을 알게 해야 할 것입니다.

신은 들으니, 사람을 등용하는 법도에 있어서 그 사람의 기량을 따져야지 그 사람의 문벌을 따져서는 안 된다고 하였습니다. 이 때문에 백정 일을 하다 등용된 이도 있고[25] 은거하는 중에 뽑힌 이도 있으며, 도둑의 무리에서 발탁된 이도 있고 창고지기를 하다 벼슬을 얻은 이도 있습니다.[26] 지금은 그렇지가 않아서 얼룩소의 새끼라면 빛깔이 불그스레하고 뿔이 반듯해도 거들떠보지 않고,[27] 한혈마(汗血馬)의 새끼라면 절룩거려도 문제삼지 않습니다.[28] 궁궐에 쓰일 좋은 재목이 종종 황량하고 적막한 물가에 방치되고 개와 양의 가죽이 대부분 호랑이와 표범의 무늬를 입었습니다. 사람을 쓰는 것이 이러한데 국가의 위급한

25 백정……있고 : 강태공(姜太公)이 미천했을 때 조가(朝歌)에서 도축(屠畜)하는 일을 한 적이 있으므로 이와 같이 말하였다.

26 창고지기를……있습니다 : 《예기(禮紀)》 단궁 하(檀弓下)에, 진(晉)나라 문자(文子)가 인재를 잘 알아보아서 창고지기 중에서 70여 명을 천거해 대부로 삼았다고 하는 기록이 보인다.

27 얼룩소의……않고 : 출신 가문이 한미하면 잘난 인물이라도 등용되지 못한다는 말이다. 《논어》 〈옹야(雍也)〉에, 공자가 제자 중궁(仲弓, 염옹)을 가리켜 "얼룩소의 새끼가 털이 불그스름하고 뿔이 반듯하면, 아무리 쓰지 않으려 한들 산천의 신이 버려두겠는가.〔犂牛之子, 騂且角, 雖欲勿用, 山川其舍諸.〕" 하였다.

28 한혈마(汗血馬)의……않습니다 : 배경이 좋으면 능력이 없어도 발탁된다는 말이다. 한혈마는 하루 천 리를 간다는 좋은 말의 별칭이다. 옛날 중국 한(漢)나라 장군 이광리(李廣利)가 대완왕(大宛王)의 머리를 베고 그가 타던 좋은 말을 얻었는데, 땀이 피 흐르듯 하였기 때문에 이와 같이 불렀다고 한다.

일에 도움을 받고자 한다면 될 일이겠습니까. 파격적으로 인재를 찾아내어 재주만을 보고 등용하여 조정에 헛된 자리가 없고 재야에 버려진 인재가 없게 해야 할 것입니다.

신은 들으니, 산성을 험한 곳에 만들어놓은 것은 열성조들의 원대한 계책에서 나온 것이라고 하였습니다. 그러나 산성은 반드시 물자를 비축해놓아야 하고 둔전(屯田)을 갖추어놓아야 합니다. 옛날의 둔전은 군사를 통솔하는 자가 경작하면서 지키게 하였는데, 지금의 둔전은 대부분 농부의 노동력을 빼앗아 경영하여 농부들이 본업을 잃은 한탄을 많이 합니다. 옛날의 제도를 복원하여 둔전을 군사들에게 전담시켜서 군사와 농부 모두 그 이익을 얻게 해야 할 것입니다.

신은 들으니, 삶을 침범하면 도적이 되고 편안히 해주면 양민이 된다고 하였습니다. 일반 백성들도 그러한데, 하물며 까마귀 떼처럼 모였다 흩어지는 중들이겠습니까. 지금 명목 없는 징수와 불법적인 수탈이 천 갈래 만 갈래로 자행되어 편안히 정착할 기약이 없습니다. 장정들은 군대에 가서 군사 훈련을 하고 노약자들은 보오법(保伍法)으로 군량미를 보조하게 하며 수탈하고 학대하는 행위를 일체 엄금하여, 쓸모없는 것이 모두 쓸모 있게 해야 할 것입니다." 하였다. 그러나 받아들여지지 않았다.

뒤에 조정에서 공산(公山), 용기(龍起), 금오(金烏)에 성을 쌓자고 논의가 되어 대사에게 그 일을 감독하게 하였다. 성을 다 쌓고 난 뒤에 바로 인수(印綬)를 반납하고 벼슬에서 물러나기를 청하니, 윤허하지 않았다. 정유년(1597, 선조30)에 제독 마귀(麻貴)를 따라가 울산에서 싸웠고, 무술년(1598)에 도독 유정(劉綎)을 따라가 순천(順天)에서 싸웠는데, 모두 큰 공을 세웠다. 그 공로로 가선대부(嘉善大夫) 동지중추부사(同知中樞府事)에 올랐다. 기해년(1599)에 군량미 3천여 석(石)을 바치는 데 협조하였고, 신축년(1601)에 명을 받고 부산성(釜山城) 축성을 감독하였다.

갑진년(1604)에 서산대사의 열반(涅槃)을 당해, 문상하러 달려가다가 양근(楊根)에 이르러 성상의 유지를 받고 서울로 불려 들어갔다. 이때 원가강(源家康 덕천가강)이 관백(關白)이 되어 평씨(平氏) 족속들을 다 제거하고 귤지정(橘智正)을 보내와 통신(通信)을 요청하였다. 조정에서 대사에게 가서 저들의 허실을 살펴보게 하였다. 대사가 3월에 어명을 받들어 바다를 건너갔는데, 제국(諸國)을 유람하고 산천을 감상하기 위해서라고 했지만 위의(威儀)와 행장은 모두 왕명을 봉행하고 가는 사신의 행차와 같았다.

왜국의 도읍에 도착하니, 왜인이 공구(供具)들을 가득 설치하여 수놓은 장막과 금은으로 장식한 병풍이 30리나 길게 뻗어 있었다. 대사가 지나가면서 병풍에 이것저것 써놓은 왜인의 시를 보고 모두 암기하였다. 접빈관에 들어가 왜의 접반사와 시를 얘기하는 자리에서 병풍에 쓰여 있던 시를 바로 외자, 왜국의 접반사가 놀랍고 특이하게 생각하여 관백에게 고하였다.

관백이 평소 대사의 명성을 숭모해왔으므로 더욱 시험해보고 싶어 하였다. 그리하여 깊이가 10여 길 되는 구덩이를 파서 그 속에다 징그러운 독사를 가득 넣어놓고 그 위에 유리를 덮어 독사들이 물 위를 이리저리 다니는 듯이 만든 뒤, 대사를 불러 그 옆에 앉게 하였다. 대사가 처음에는 물인가 의심하다가 염주를 담가보니 아니나 다를까 유리였다. 그리하여 편안히 나아가 앉았다.

또 넓은 거리에 철마(鐵馬)를 세우고 숯불을 네 겹이나 둘러놓은 뒤 대사에게 철마를 타고 들어가게 하였다. 대사가 변함없는 안색으로 서쪽을 향해 묵묵히 기도하자 갑자기 장대비가 쏟아져 불이 다 꺼졌다. 왜인들이 생불(生佛)이라고 서로 전하였다. 관백도 더욱더 존숭하여 금련(金輦)에 모셔 내정(內庭)으로 들어갔고, 말하는 것을 모두 들어주었다.

대사가 몇 달을 머무르면서 이들이 통신(通信)하려는 마음이 진실임을 확인하게 되었다. 기일이 되어 고국으로 돌아가려 하자, 관백과 신하들이 준 재화와 보물이 수없이 많았는데 대사가 모두 물리쳤다. 관백이 "대사께서도 바라는 것이 있습니까?" 하고 묻자, 대사가 "있지요. 하나는 두 나라 간에 우호를 체결하여 약속을 등지지 말기로 맹세하는 것이고, 하나는 가등청정의 머리를 잘라 우리의 마음을 후련하게 하는 것이고, 또 하나는 포로로 잡아간 우리 백성들을 찾아내어 우리나라에 데리고 돌아가는 것입니다." 하였다.

관백이 즉시 임진년(1592)과 계사년(1593) 이후로 잡아갔던 백성 3천여 명을 데리고 돌아가게 하였다. 이어서 대사에게 "임진년의 전쟁은 풍신수길이 주동하였습니다. 내가 무슨 관련이 있겠습니까. 두 나라가 사이좋게 지내면서 함께 태평을 누리는 일은 대사께서 말씀하지 않았더라도 제가 청했을 것입니다. 그러나 요시라(要時羅)의 일은 귀국(貴國)도 책임을 회피할 수 없을 것입니다." 하였다.

대사가 "전쟁 중에 사신이 그 사이를 오간 것은 예로부터 있던 일이었습니다. 더구나 군사가 물러간 뒤에 사신 한 명의 목숨이 승패와 무슨 관련이 있다고 굳이 죽였겠습니까. 모년 모월에 요시라가 중원(中原)에서 돌아와 우리나라를 거쳐 부산(釜山)에서 배에 올랐으니, 잘 도착했는지의 여부는 우리나라가 알 바 아닙니다." 하였다.

을사년(1605, 선조38)에 귀국하여 조정에 왜의 정세를 보고하고 아울러 백성들을 쇄환하니, 가의대부(嘉義大夫)에 올려주고 원종일등공신(原從一等功臣)에 봉하였다. 대사가 서울에 3일을 머물다가 가야산(伽倻山)에 들어가기를 청하였다. 경술년(1610, 광해군2) 가을에 입적하니, 세수(世壽)는 67세이고, 승랍(僧臘)은 57세이다. 사리는 탑에 보관하였다. 영취산(靈鷲山) 삼강동(三綱洞)에 영당(影堂)이 있는데, 나라에서 사액하여 '표충(表忠)'이라 하고, 제수를 내려 제사 지내고 복호(復戶)를 두어 수호하게 하였다. 《분충서난록(奮忠紓難錄)》 1권이 있는데, 일을 기록한 것이 매우 상세하다. 지금 인출되어 세상에 돌아다닌다.

다음과 같이 논한다.

내가 듣기로, 부처의 교리는 자비(慈悲)를 으뜸으로 한다고 하였는데, 자비는 살생하지 않는 것이다. 생명체 중에 사람보다 귀중한 것이 없건만, 죽임을 당하지 않은 사람이 거의 없는데도 내가 죽인 것이 아니라 병장기가 죽인 것이라고 한다면 자비가 무슨 소용이겠는가. 대사와 같은 이는 부처의 문도에 가깝다 할 만하다. 한 번의 거사에 왜적의 세력을 꺾어 서쪽 땅을 조금 안정시켰고, 두 번의 거사에 화의를 성사시켜 남쪽의 요기(妖氣)를 조금 막았고, 세 번의 거사에 위엄과 영험함을 보여 붙잡혀간 백성 수천 명을 쇄환하였다. 대사는 고심과 정성으로 단 하루도 이 백성을 잊은 적이 없었다. 큰비가 모든 생명체를 윤택하게 해주고 큰 구름이 세상을 감싸주는 것이라 하더라도 어찌 이보다 더하랴. 벽을 향해 앉아 염주를 굴리면서 억겁의 세월을 뛰어넘고 번뇌를 소멸하는 저 중들을 가리켜 불도(佛徒)라고 하는 것이겠는가.

우온전[29]

禹媼傳

우온(禹媼)은 이름이 합정(合貞)이다. 관서(關西) 의주(義州) 사람으로 평산(平山) 우하형(禹夏亨)의 소실이다. 본래 천민 집안 출신으로 의주 관아에 적을 둔 주탕비(酒湯婢)[30]였다. 당시에 우하형이 처음 무과에 급제하여 의주 부윤의 막부에 부름을 받아 갔을 때, 우온이 우하형에게 사랑을 받았다. 그리하여 우하형은 밥 짓고 빨래하는 등 필요로 하는 모든 일을 일체 우온에게 맡겼다. 우온은 부지런히 노력하여 우하형이 입고 먹는 것을 근심하지 않게 하였다.

의주에 함부로 국경을 넘나든 죄로 참형을 당할 죄수 아홉 명이 있었는데, 부윤이 우하형에게 형장(刑場)을 감독하게 하였다. 우하형이 형장에 가서 죄수들에게 "너희는 살기를 도모하다가 죽을죄에 걸린 것이냐?" 하니, 죄수들이 "그렇습니다." 하였다. 우하형이 "살기를 도모하다가 죽을죄에 걸렸는데, 죽을죄에 걸려서도 죽음을 피하지 않는 것은 사내가 아니다." 하고는 결박을 풀어주며 "너희는 속히 달아나라." 하였다. 죄수들이 모두 황당하고 의아하여 도망가지 않자 군졸들에게 쫓아

29 【작품해제】 천한 신분에도 불구하고 뛰어난 재주를 갖고 두루 잘 처신한 여인 우온(禹媼)에 관한 전기이다. 저자는 명(明)나라 학자 모곤(茅坤)이 여인에 대한 묘지(墓誌)를 지은 유종원(柳宗元)을 나무란 것을 비판하고, 재능과 절개를 동시에 모두 구현하여 자신뿐만 아니라 타인까지도 잘되게 해준 이라면, 여인이라 할지라도 당연히 인정해줘야 한다고 설파하였다.

30 주탕비(酒湯婢) : 관아에 소속된 관비(官婢)를 말한다.

버리도록 하고는 돌아와 부윤에게 보고하기를 "죄수들이 모두 도망갔습니다." 하였다.

부윤이 그 사실을 듣고는 크게 기이하게 여겼고 요속(僚屬)들도 누구나 기이하다고 하였는데, 우온만은 우하형을 위해 짐을 꾸렸다. 우하형이 괴이하여 물어보니, 우온이 "공께서 아홉 명의 목숨을 멋대로 살려주셨으니, 머지않아 참소하는 말이 나올 것입니다." 하였다. 며칠 못 가서 과연 뇌물을 받고 사형수들을 풀어주었다는 유언비어를 퍼뜨리는 자가 있었으므로 우하형이 부윤에게 고하지 않고 곧장 떠났다.

우온이 우하형에게 "공께서 지금 떠나시는데, 상경하여 벼슬을 구하시렵니까? 아니면 고향으로 돌아가 집안에서 지내시겠습니까?" 하니, 우하형이 "내가 가난하여 밑천이 없으니, 상경한들 무엇에 의지해 살겠는가? 다만 곧장 평산(平山)으로 돌아가 낡고 작은 집에서 늙어 죽어야지." 하였다.

우온이 "그렇지 않습니다. 첩이 상을 볼 줄 아는데, 공의 골격을 살펴보면 아무리 못 되어도 변방을 다스리는 인재가 되기에는 부족함이 없습니다. 첩이 일찍이 직접 고생해가며 한 푼 두 푼 모아 조만간 몸을 의탁하는 데 쓸 경비 6백 은자(銀子)가 있습니다. 공께서 이 돈을 가지고 동쪽으로 가시면 화려한 옷을 입고 날랜 말을 타고 서울에서 지내며 사람들에게 알려지기를 구할 수 있을 것입니다. 첩은 아무개의 집에 몸을 의탁하여 공께서 서쪽 고을에 수령으로 오기를 기다리겠습니다." 하였다. 우하형이 몹시 기뻐 "그 말대로 된다면 매우 다행이다." 하였다. 우온이 곧 자루에 담아두었던 재물을 우하형에게 주었는데, 말한 대로 은자 6백 냥이었다.

우하형이 떠난 뒤에 우온은 고을의 늙은 홀아비 장교(將校)에게 시집갔다. 처음 그 집에 들어섰을 때 장교에게 "제가 당신의 처를 대신하여 당신의 집안 살림을 맡겠으니, 재산을 장부에 기록하여 인수인계를 명확히 하겠습니다." 하였다. 장교가 "본래 자네 재산이고 자네와 함께 죽을 터인데 무엇 때문에 명확히 해야 한단 말인가?" 하였다.

우온이 그 말을 듣지 않고 장교에게 굳이 수량을 정확히 파악하도록 하여 콩과 조, 피와 기장의 한 해 수확량이 얼마인지, 포백(布帛)과 사시(絲枲)의 세과(歲課)가 얼마인지, 솥과 광주리가 현재 있는 것이 몇 개인지에서부터 자잘한 닭과 돼지, 잡동사니, 소금과 장에 이르기까지 직접 기록하고 모두 문권을 만들어 보관하였다. 그런 뒤에 곳간 열쇠를 잡고 하나하나 점검하면서 물건을 절약하여 살림을 운영하고 때에 맞추어 재물을 불리는 등 일찍부터 밤늦도록 부지런히 일하니 집안일은 더욱 다스려지고 재산은 더욱 넉넉해졌다.

얼마 뒤에 장교에게 "제가 글을 약간 아는데, 조보(朝報)의 정목(政目 인사 발령 명단)을 보기를 좋아합니다. 당신께서 꼭 읍인(邑人)에게서 빌려와 저에게 보여주었으면 합니다." 하니, 장교가 "어려울 것 없네." 하였다. 빌려다줄 때마다 묵묵히 우하형의 이름이 있는지를 살폈다. 몇 해 되지 않아 우하형이 선전관(宣傳官)에서 누차 승진하여 7년 만에 관서(關西)의 초산 군수(楚山郡守)로 나가게 되었다.

이에 우온이 방에 들어가 문권을 가지고 장교를 불러, 장교가 오자 우하형과 약속했던 일을 매우 소상하게 말해주고는 "제가 당신의 처가 된 지 7년 동안 비록 당신의 사발 하나와 표주박 하나를 깨뜨려 부끄러움이 없지 않지만, 당신이 지금 문권을 가지고 물건을 대조해보면 어떤 물건은 두 배 내지 다섯 배로, 어떤 물건은 열 배 내지 백 배로 불어나 있을 것입니다. 그렇다면 당신의 처로서 부끄럽지 않았다 하겠습니다.

부디 당신 스스로 살림을 돌보기를 바랍니다. 저는 여기에서 떠나가겠습니다." 하였다. 장교가 너무 놀라 만류하려 했으나 돌이킬 수 없음을 깨닫고 눈물을 흘리며 이별할 뿐이었다.

우온이 드디어 사내의 의관으로 바꾸어 입고 짐을 진 힘센 장정을 데리고 서둘러 초산으로 달려가니, 우하형이 부임한 지 겨우 이틀째였다. 우온이 관아에 소송하는 백성처럼 꾸며 관아의 뜰에 들어간 뒤에, "비밀리에 아뢸 일이 있으니, 주변 사람을 물리치고 마루로 올라가고 싶습니다." 하였다. 우하형이 이상하게 생각하여 허락하였다. 마루에 올라간 뒤에는 "방에 들어가기를 청합니다." 하니, 우하형이 더욱 이상하게 생각하였다. 방에 들어간 뒤에 "공께서는 의주에서 옛날에 시침(侍寢)했던 소첩을 모르십니까?" 하니, 우하형이 깜짝 놀라고 기뻐서 크게 소리치기를 "참으로 기이하구나!"라고 하였고, 다시 한참을 바라보고는 "옳거니 옳아! 내가 너를 찾고 있는 참이었는데, 너가 먼저 나를 찾아왔구나." 하였다.

이 일이 있기 전에 우하형은 처가 죽어서 며느리에게 살림을 주관하게 하였는데, 우온을 만나자 서둘러 부인의 옷을 입히고 이끌고 들어가 안에서 살림을 맡게 하고 며느리에게 명을 따르게 하였다. 그리하여 우온이 담담히 일문(一門)의 안주인이 되어, 공경히 제사를 받들고 온순히 적자들과 친척들을 섬겼으며 은혜롭게 비복(婢僕)들을 부리니, 남녀노소 누구나 입이 닳도록 어질다고 칭찬하였다.

그 뒤에 우하형이 관서(關西)에서 여러 고을을 맡았고 절도사(節度使)까지 올랐다가 일흔에 가까운 나이로 집에서 임종하였다. 우온은 그리 슬퍼하지 않고 성복(成服)할 무렵에 적자에게 "선공께서는 시골의 무부(武夫)로 아장(亞將)까지 지냈고 일흔 가까이 사셨으니, 공은 아쉬울 것이 없고 자손들도 아쉬울 게 없을 것이다. 나로 말한다면 선공께서 불우했던 시절에 선공을 뵈어 벼슬에 오르도록 도왔고, 말이 끝내 우연히 들어맞아서 내가 의탁하였으니, 이것으로 이미 만족스럽다. 죽지 않고 무얼 기다리랴." 하고는 방에 들어가 문을 닫고 곡기를 끊고 죽었다.

이에 우하형의 종인(宗人)들이 다 보여서 "이 사람이 아니었던들 절도사가 어찌 오늘 같은 영화를 누렸겠는가. 이 사람에 대해 특별히 보답하지 않으면 예에 비추어볼 때 뭐라고 하겠는가." 하였다. 그리하여 평산(平山) 동쪽 10리 마당리(馬堂里)에 있는 절도사의 묘에서 10여 보 오른쪽에다 우온을 장사 지내고 따로 사당을 세워 지금까지도 변함없이 대대로 우온을 제사 지낸다고 한다.

다음과 같이 논한다.

유종원(柳宗元)이 마숙(馬淑)의 묘비명을 지었는데, 모곤(茅坤)이 명을 짓는 법에 합당하지 않은 사례를 열어놓았다고 비판하였다.[31] 명을 짓는 것이 불가하다면 전을 짓는 것은 더욱 불가할 것이다.

그러나 녹주(綠珠)가 석숭(石崇)을 위해 죽자 오히려 전을 지었고,[32]

31 유종원(柳宗元)이……비판하였다 : 《당송팔대가 유유주문초(唐宋八代家柳柳州文抄)》 권11 〈대부이경외부마숙지(大府李卿外婦馬淑誌)〉에 대하여 모곤(茅坤)이 비판하기를 "마숙(馬淑)은 노래 부르는 여자이다. 명(銘)을 짓는 법도에 비춰볼 때 이 여자는 명을 짓기에 합당하지 않으니, 유종원이 명을 지은 것은 잘못되었다. 그러나 문장은 특별히 아름답다." 하였다.

32 녹주(綠珠)가……지었고 : 녹주는 진 무제(晉武帝) 때의 부자였던 석숭(石崇)의 애첩이다. 석숭이 녹주를 달라는 권신 손수(孫秀)의 요구를 거절한 일로 인해 그의 모함에 걸려 죄를 얻게 되자, 녹주가 자책하여 울면서 "나리 앞에서 죽을 것입니다." 하고는 누대 아래로 투신해 죽었다. 《晉書 卷33 卒喬傳》. 전(傳)을 지었다는 말은

관반반(關盼盼)이 연자루(燕子樓)에 머물면서 열흘을 먹지 않고 마침내 죽자 그 일을 노래하였다.[33] 저들은 평소의 은혜와 사랑 때문에 감격하여 한순간 자결하였는데도 노래하고 전을 지어주는 것이 안 될 게 없었다.

그렇다면 사람을 잘 알아보는 안목과 일을 잘 처리하는 재능을 갖추어 자신을 성취시킨 뒤 남도 성취시켜주고 끝내는 마지막 절개까지 이룩한 우온 같은 이는 두 여자에 비해 더욱 탁월하여 비교하지 못하리라. 누가 감히 우온의 전을 지어서는 안 된다 하겠는가. 아, 내 말이 부끄러울 것이 없으리라.

미상이다.

33 관반반(關盼盼)이……노래하였다 : 관반반은 당(唐)나라 정원(貞元) 연간의 상서(尙書) 장건봉(張建封)의 가기(歌妓)이다. 장건봉이 연자루(燕子樓)에 관반반을 데려다놓고 몹시 사랑하였는데, 장건봉이 죽자 관반반이 옛사랑을 잊지 못하여 시집가지 않고 10여 년을 연자루에서 머물며 시를 지어 지조를 드러냈다고 한다.《山堂肆考 卷99 念愛不嫁》

옥영전[34]
玉英傳

옥영(玉英)은 북경(北京) 순천부(順天府) 사람으로, 명(明)나라 금의 전호(錦衣千戶) 이웅(李雄)의 차녀이다. 정덕(正德) 연간에 이웅이 서역(西域)에 출정했다가 진중에서 죽었다. 남은 자식이 다섯으로 아들은 승조(承祖), 아노(亞奴)이고, 딸은 계영(桂英), 옥영(玉英), 도영(桃英)이다. 자녀들 중 아노만 후처 초씨(焦氏) 소생이었고 나머지는 이웅의 전처 소생이었다. 초씨는 아노가 집안을 이어받기를 원했으므로 이웅이 죽었다는 소식을 듣자 승조에게 전장(戰場)으로 달려가 유해를 수습하게 하였는데, 승조가 위험에 빠지기를 바랐던 것이다. 그러나 승조가 끝내 유해를 안고 살아 돌아오자, 초씨가 승조를 짐독으로 죽이고 팔다리를 절단하여 몰래 묻었다. 또 계영을 부호가에 종으로 팔아넘겼다.

옥영은 이 당시 겨우 16세였다. 재주와 미모를 겸비하고 글을 익혔으나, 신세가 외로워 눈물을 흘리며 운명으로 받아들였다. 하루는 다음과 같은 '봄을 떠나보내는 시〔送春詩〕'를 지었다.

저무는 봄날에 적적한 사립문은 잠겨 있고　　　柴門寂寂鎖殘春

34 **【작품해제】** 계모에게 무함을 받아 참형을 받을 처지에 놓였다가 옥중에서 직접 상소하여 누명을 벗은 명(明)나라 여인 옥영(玉英)에 관한 전기이다. 대부분의 여인은 누명을 쓰더라도 세상의 눈이 무서워 생명을 포기하고 만다며 탄식하고, 스스로 운명을 개척해낸 옥영의 여장부다운 모습을 칭찬하였다.

땅에 가득 떨어진 느릅나무 열매는 가난을 구제하지 못하네

滿地楡錢不療貧

구름 같은 머리에 아름다운 치마 입은 여인이 속세 사람과 짝이 되니

雲鬢霞裳伴泥土

들꽃은 어쩌면 이리도 근심스런 내 처지와 같은가 野花何似一愁人

또 다음과 같은 '제비를 송별하는 시〔別燕詩〕'를 지었다.

새 둥지엔 진흙 가득하고 옛 둥지는 기울었는데 新巢泥滿舊巢欹
진흙 가득한 성근 발을 더디 내리려 하네 泥滿疎簾欲掩遲
지지배배 울어대는 제비를 시름 속에 이별하니 愁對呢喃終一別
단청한 집은 그대로이나 주인은 아니구나 畫堂依舊主人非

초씨가 두 시를 보고는 시 속에 외간 사내와 정을 통한 뜻이 녹아 있다고 하여, 자신의 오라비 초용(焦榕)을 시켜 옥영을 잡아 금의위(錦衣衛)에 보내 간음을 저지르고 불효했다고 무고하자, 관아에서 능지처참하기로 정하였다.

이때가 가정(嘉靖) 4년으로, 조정에서 태감(太監)을 파견해 죄수의 기록을 살피게 하여 판결이 잘못되어 억울한 사람은 모두 조정에 아뢰도록 하였다. 옥영이 즉시 감옥 안에서 초본을 만들어 여동생 도영에게 주어 소장(疏章)을 올려 원통함을 소송하게 하였다.

소장의 내용은 다음과 같다.

신이 열두 살 때, 황제께서 보위에 올라 재주 있는 사람을 두루 선발하는 시기를 만났습니다. 부윤(府尹)이 신을 선발 명단에 넣었는데,

예부(禮部)에서 신이 어려서 시어(侍御)할 줄 모르는 것을 딱하게 여겨 신을 빼내어 집으로 돌려보냈습니다. 신이 열여섯 살에 의지할 곳 없이 외로웠기에 닥치는 대로 시를 읊어 심신에 감동한 것을 필찰에 드러내었으니, 이는 어쩔 수 없어서 말을 한 것입니다. 그런데 큰 은혜를 주신 모친께서 어이하여 신의 진심을 살피지 않고 단지 지은 시구만으로 외간 남자와 정을 통했다고 하여 금의위에 붙잡아 보낸단 말입니까. 본 고을의 수령이 사리를 알지 못하여 신에게 간음하고 불효하였다는 죄목을 뒤집어씌워 살을 발라내는 처벌을 하기로 정했습니다.

신이 오래도록 옥에 갇혀 있자, 외롭고 잔약한 신의 처지를 업신여겨 불량한 생각을 품은 자가 있었습니다. 신이 가슴을 치며 몹시 애통해 하니, 옥 안 사람들이 모두 놀라고 두려워하였습니다. 신이 본래 재주가 없지만 이웃에 어찌 잘못을 지적해 말하는 이가 없었습니까. 몇 구의 시를 가지고 터무니없는 말을 꾸며 신을 죽을죄에 빠트린 것은 신의 어미가 한 짓이었습니다. 이에 신이 감히 말하지 않고 《시경》 〈개풍(凱風)〉의 뜻에 따라 자책하였습니다. 폐하께서는 신의 사정을 굽어살피셔서 신이 지은 시구를 유사(有司)에게 주어 간음의 실정이 있었는지 없었는지를 조사하게 하고, 신의 어미의 마음이 말하지 않은 속에 다 드러나 있음을 자세히 헤아려주신다면 죽은 신의 부모의 혼령도 지하에서 위로받을 것입니다.

소장이 상주되자, 유지(有旨)를 내려 삼법사(三法司)에게 초씨를 조사하여 참수토록 하였다. 또 옥영을 금의위에 두고 훌륭한 인재를 뽑아 짝을 지어주었다.

군자가 다음과 같이 논한다.

제영(緹縈)이 글을 올려 부친을 형벌에서 벗어나게 하자, 사씨(史

氏)가 그 일을 기록하여[35] 후세 사람들이 그 효성을 칭송하며 살았다. 한(漢)나라 이후로 그 유풍을 듣고 그 일을 따라서 한 자도 한둘이 있다. 그렇다면 여자의 몸으로서 남자들도 하기 어려운 일을 하는 것은 더욱 감격시키기가 쉽다.

그러나 여자의 몸으로서 감옥에 갇혀 억울함을 안고 하늘에 호소한 일이 고금에 또 얼마나 많았겠는가? 그런데 스스로 송사하여 천자의 귀에 전달되게 함으로써 심한 원통함을 호소하여 악명을 씻어버렸다는 이가 있다는 것은 한 사람도 들어보지 못했으니, 어찌된 까닭인가? 아마도 부모를 위해서는 인(仁)으로 귀의할 줄 알지만 자신을 위해서는 목숨을 아낀다는 혐의를 얻을까 염려하여, 좁은 성품에 국한되어 차라리 죽을지언정 감히 발설하지 않았기 때문이 아니랴.

옥영으로 말하면 천고에 하나뿐인 여자이다. 더구나 옥영이 올린 소장의 말이 매우 간곡하고 조금도 분노와 원망의 뜻이 없음에랴. 왕홍서(王鴻緖)와 장정옥(張廷玉)[36]이 끝내 《명사(明史)》 〈열녀전(烈女傳)〉에 채록하지 않은 것은 어째서인가. 이 일을 어찌 야사(野史)에다 방치하여 호사가들의 이야깃거리로 남겨두고 말 수 있겠는가.

35 제영(緹縈)이……기록하여 : 제영은 한 문제(漢文帝) 때 제군(齊郡) 태창령(太倉令)을 지낸 순우의(淳于意)의 다섯째 딸이다. 순우의가 형벌을 받게 되자, 제영이 천자에게 글을 올리기를 "사람이 한번 죽으면 다시 개과천선할 기회조차 없어집니다. 더구나 제 아비는 청렴하다고 이름났는데 지금 죄에 걸려 형벌을 받게 되었습니다. 부디 제가 관비(官婢)가 되어 아비의 벌을 대신 받게 해주소서." 하자, 문제가 가엽게 여겨 벌을 면해주고 일체의 육형(肉刑)을 철폐하였다. 《漢書 卷23 刑法志》

36 왕홍서(王鴻緖)와 장정옥(張廷玉) : 명말청초의 학자들로, 《명사(明史)》 편찬 사업을 담당하였다.

아추전[37]

阿丑傳

아추(阿丑)는 명(明)나라 성화(成化) 연간의 환관이다. 익살을 잘 부려 매번 황제 앞에서 연극을 하였다. 당시에 왕직(汪直)이 정국을 주도하여 나라 안에 세력이 대단하였다.

하루는 아추가 술 취한 사람의 모습을 흉내 내었다. 한 사람이 거짓으로 "아무개 관원이 온다." 하니 여전히 욕하였고, "어가가 당도했다." 해도 여전히 욕하였다. 그리하여 또다시 "왕 태감(汪太監)이 온다." 하자, 취한 자가 허둥지둥 물러나 조용해졌다. 곁에 있던 한 사람이 "어가가 온다 해도 두려워하지 않더니 왕 태감을 두려워하는 까닭은 무엇이오?" 하자, "나는 왕 태감이 있는 줄은 알지만 천자가 있는 줄은 모르오." 하였다.

조신(朝臣) 중에 왕월(王鉞)과 진월(陳鉞)이라는 자가 있었는데, 왕직에게 아첨하여 생사를 같이하는 무리가 되었다. 아추가 또 왕직의 모습을 흉내 내어 쌍도끼를 들고 종종걸음으로 돌아다녔다. 어떤 이가 그 까닭을 묻자, "내가 군사를 거느리는 데는 오직 이 두 도끼를 믿을 뿐이다."라고 대답하였다. 도끼의 이름을 물어보니, "왕월(王鉞)과 진월(陳鉞)이오." 하였다. 황제가 빙그레 웃었다.

37 【작품해제】 연극을 통해 풍자를 잘했던 명(明)나라 환관 아추(阿丑)에 관한 전기이다. 저자는 아추의 풍자에도 불구하고 이해하지 못했던 당시의 황제를 통해 풍자도 알아듣는 수준의 임금에게 해야 한다고 탄식하고 있다.

보국공(保國公) 주영(朱永)이 12단영(團營)을 관장하였는데, 병사를 동원해 사저를 지었다. 아추가 유생을 흉내 내어 큰 소리로 읊기를 "6천의 병사가 초나라 노랫소리에 흩어졌도다.〔六千兵散楚歌聲.〕" 하였다. 한 사람이 "6천이 아니라 8천이다." 하며 다투기를 그치지 않았다. 아추가 천천히 "너는 2천 명이 보국공 집에서 지붕을 덮고 있는 줄 모르는구나." 하였다. 황제가 몰래 사람을 보내 살펴보게 하니, 보국공이 즉시 집 짓는 일을 그만두었다.

당시에 사의(私意)가 자행되어 정령과 법령이 너무 많았다. 아추가 황제의 앞에서 육부(六部)에서 관리를 뽑아 보내는 모습을 짓고는 정밀히 선택하라 하였다. 한 사람을 뽑은 뒤에 성명을 물어보니 공론주(公論主)였는데, "공론이 지금 같아서는 쓸모없다." 하였다. 다음 사람은 공도주(公道主)였는데, "공도(公道)가 지금 같아서는 또한 시행하기 어렵다." 하였다. 마지막 한 사람은 호도주(胡塗主)였는데, 고개를 끄덕이며 "호도(胡塗)는 지금 같아서는 다 없애야 한다." 하였다. 황제가 역시 빙그레 웃을 뿐이었다.

다음과 같이 논한다.

범수(范睢)가 영항(永巷 궁중에 죄가 있는 궁녀를 유폐시키는 곳)에 들어갔을 때 환관이 "왕께서 납신다." 하며 화를 내어 내쫓았다. 범수가 짐짓 "진(秦)나라에 어디 왕이 있는가? 태후(太后)와 양후(穰侯)가 있을 뿐이지." 하자, 왕이 가만히 그 말을 듣고는 주변 사람을 물리친 뒤 무릎 꿇고 가르침을 청하였다. 아추의 일은 범수의 옛 지혜를 따른 것이다. 그러나 황제가 빙그레 웃기만 하고 깨닫지를 못했으니, 어찌하랴. 휼간(譎諫)과 풍간(諷諫)을 중등 이상의 자질을 가진 군주에게 시행할 수 있다고 하는 것이 참으로 옳은 말이다.

환관들 중에 사대부들이 처리하기 어려워하는 일을 훌륭히 처리한 이들이 한(漢)나라와 당(唐)나라 이후로 종종 있었으니, 인재의 출현이 사람들의 신분과 관계되지 않는 것이 이와 같다. 이 사람의 전(傳)을 어찌 짓지 않을 수 있으랴.

생각해보니, 《대학유의(大學類義)》를 교열하다가 성상께서 붙인 찌에 "진서산(眞西山 진덕수)은 환관 피(披) 이하의 여덟 명을 충직과 근면의 조항에 실었다. 이는 환관에게 있어서는 실로 본보기가 될 만하지만, 환관을 멀리해야 하는 군주의 도리에 있어서는 충직하고 근면하다고 하여 조정의 정사에 간섭하게 해서는 안 된다." 하신 것을 본 적이 있다. 성상의 말씀이 참으로 훌륭하다. 그러나 이는 군주가 환관을 대하는 것을 위주로 말한 것이다. 역사가가 전을 지을 경우, 이러한 인물을 버리고 누구를 기록하겠는가.

범익전[38]

范益傳

범익(范益)은 원(元)나라 지정(至正) 연간의 사람이다. 맥 짚는 법에 정통하여 70여 세에 노련한 의원으로 서울에 명성이 자자하였다. 하루는 어떤 노파가 찾아와 "집에 딸이 둘 있는데 모두 병이 들었습니다. 공을 모시고 가서 치료했으면 합니다." 하였다. 어디에 사는지를 물으니, 서산(西山)에 산다고 하였다. 범익이 거리가 먼 것을 꺼려 늙어서 가기 어렵다고 거절하면서 "데리고 와서 진료 받도록 하면 어떻겠는가?" 하니, 노파가 그러겠노라 하고 돌아갔다.

한참 뒤에 두 딸을 데려왔는데, 두 딸 모두 젊고 얼굴이 예뻤다. 범익이 진맥을 하고는 놀라 "모두 인간의 맥과 다르니, 도대체 어찌된 까닭이냐? 너는 내게 숨기지 말고 사실대로 고하라." 하였다. 노파가 "첩은 사실 인간이 아니라 서산에 사는 늙은 여우입니다. 공의 신비한 의술이 제 딸을 살릴 수 있음을 알기에 찾아온 것입니다. 이제 탄로 났으니, 부디 인자하신 의원께서 불쌍히 여겨주시기 바랍니다." 하였다.

범익이 "만물을 구제해주는 것이 내 마음이니, 실로 너를 거절하지 않겠다. 그러나 이 도성은 제왕께서 계시는 곳이어서 모든 신들이 가호하는데, 너가 어떻게 들어올 수 있었단 말이냐?" 하였다. 노파가 "진짜

38 【작품해제】 원(元)나라 때 의술에 뛰어났던 범익(范益)에 관한 전이다. 범익이 맥을 잘 짚어 사람으로 둔갑한 여우를 알아냈다는 다소 황당한 이야기이다. 그러나 저자는 믿을 만한 문헌인 육찬(陸粲)의 《경기편(庚己編)》에 나온다고 하여, 실화로 간주하려는 모습을 보인다.

천자께서 호주(濠州)에 계시므로 성황사령(城隍社令)들이 모두 그곳으로 옮겨가 수호하고 이곳은 텅 비어 있으므로 제가 드나들 수 있었습니다." 하였다. 범익이 그 말을 이상하게 여기며 약을 건네주자, 노파와 두 딸이 절하고 떠나갔다. 이 당시에 명(明)나라 태조 고황제(太祖高皇帝)가 이미 회수(淮水) 가에서 세력을 키우고 있었다.

다음과 같이 논한다.

제왕이 계신 곳을 위에서는 구름이 신비로운 기운을 보이고 아래에서는 귀신이 가호한다고 사람들 누구나 말한다. 그러나 구름의 신비로운 기운은 역사서의 전(傳)에 많이 나온다. 이를테면 한 고조(漢高祖)의 근거지인 망탕(芒碭), 당 태종(唐太宗)의 근거지인 봉천(奉天), 송 태조(宋太祖)의 근거지인 수주(隨州), 송 태종(宋太宗)의 근거지인 제주(齊州)가 바로 그것이다. 그러나 유독 귀신의 가호만은 기록에 보이지 않는다.

범익이 맥을 짚는 법에 정통하여 늙은 여우가 귀신의 비밀을 발설하게 하였으니, 명나라 태조가 일어나는 상서로운 조짐을 알리는 데 공이 없었다고 할 수는 없다. 더구나 그가 가진 의술이 둔갑한 형체에 속지 않고 인간과 짐승의 맥을 분별해내는 수준이었음에랴. 어찌 방기류(方伎類)에 그의 전을 싣지 않을 수 있겠는가. 이는 육찬(陸粲)의 《경기편(庚己編)》에 나오는데, 이 책은 황당무계하여 믿을 수 없는 《이견지(夷堅志)》[39]나 《낙고기(諾皐記)》[40]와는 다르기 때문에 특별히 채록하

39 이견지(夷堅志) : 송(宋)나라 용재(容齋) 홍매(洪邁)가 지은 필기(筆記)이다. 본래 420권이었으나 206권만 현존한다. 고금의 전문(傳聞)을 수집해서 엮은 것으로, 내용은 신선(神仙)과 괴이(怪異)한 고사 및 기문(奇聞), 잡록(雜錄)을 기록한 것이 많다.

여 사료로 보충한 자료를 갖추어놓는다.

시민의 생활상이나 일사(佚事)를 기록한 것이 많아 참고 가치가 높다. 정지(正志)가 10집(集)에 각 20권, 지지(支志)가 10집에 각 10권, 3지(志)가 10집에 각 10권, 4지(志)가 갑·을 2집에 20권이다.《四庫全書總目提要 卷142 子部52 小說家類3》《揅經室外集 卷3 四庫未收書提要》

40 낙고기(諾皐記) : 당(唐)나라 단성식(段成式)이 지은 필기(筆記)《유양잡저(酉陽雜著)》(본집 20권, 속집 10권)의 편명인 낙고기를 줄여 부른 것으로, 낙고는 태음신(太陰神)의 이름이라 한다. 이 책에는 괴력(怪力)과 난신(亂神)에 관한 내용이 많이 수록되어 있다.《四庫全書總目提要 卷142 子部52 小說家類3》

기효람전[41]

紀曉嵐傳

기윤(紀匀)은 호가 효람(曉嵐)이니, 직례헌현(直隸獻縣) 사람이다. 고조 곤(坤)은 호가 후제(厚齋)이니, 숭정(崇禎) 유민(遺民)으로 그의 저서 《화왕각승고(花王閣賸稿)》가 세상에 돌아다닌다. 효람은 중키를 넘지 않고, 용의가 단정하고 깔끔하며 타고난 기운이 빼어나 일흔 살이 넘어서도 안경을 쓰지 않고 파리 대가리만한 작은 글자를 썼다. 담배를 좋아하여 담배통의 크기가 거의 작은 종지만하였으며, 종일토록 입에서 떼지 않았다. 사람들이 한모려 담(韓慕廬菼)[42]에 비유하였다.

벼슬이 광록대부(光祿大夫) 경연강관 예부상서 겸 문연각 직각사(經筵講官禮部尙書兼文淵閣直閣事)에 이르렀다. 30여 년 동안 사고관(四庫館)에서 제조(提調)를 맡았다. 《간명서목(簡明書目)》을 지었고, 또 저술한 다섯 종류의 책을 모아 간행한 것이 있는데, 《난양소하록(灤

41 【작품해제】 1799년(정조23) 저자가 청나라에 사신으로 갔을 때 교유한 인물이다. 당시 저자는 휘(徽)・민(閩)에서 간행된 주자서(朱子書) 고본을 구해오라는 정조의 특명을 받고 가서, 청나라 학계를 대표할 만한 인물을 수소문 끝에 만났으니, 그가 바로 이 전의 주인공인 기윤(紀匀)이었다. 저자는 기윤에게 시문집 서문을 받았고, 귀국 후에도 그가 구해 보내주는 책을 받기도 하였다. 저자는 기윤의 학식에 깊은 감명을 받았는데, 기윤에 대해 양명학자인지 주자학자인지 따질 필요는 없다 하여 주자학 일변도에 골몰하지는 않은 면모를 보여주었다.

42 한모려 담(韓慕廬菼) : 강희(康熙) 연간에 진사(進士)로 예부 상서(禮部尙書)를 지냈으며 문장(文章)으로 유명하다. 심한 애연가였다.

陽銷夏錄》이 특히 해박한 지식이 담긴 대작으로 일컬어진다.

정조(正祖) 기미년(1799, 정조23)에 내가 사은 부사(謝恩副使)로서 연경(燕京)에 갔다. 이때 성상께서 휘(徽)・민(閩)에서 간행된 고본(古本)의 주자서(朱子書)를 구매하시려 하여, 나에게 당대 문원(文苑)의 종장(宗匠)을 찾아가 구하게 하였다. 이 때문에 산해관(山海關)을 지나고부터 글을 좀 아는 관인(官人)과 서생(書生)을 길에서 만나기만 하면 천하제일의 경술과 문장을 지닌 이가 누구인지를 물었다. 그랬더니 누구나 한목소리로 효람을 추천하였다.

내가 연경에 들어간 뒤, 먼저 편지를 보내 뜻을 전하고 아울러 초고(抄稿)를 보내어 서문을 부탁하였다. 이어서 작은 수레를 타고 집으로 찾아갔더니 효람이 반갑게 나와 맞으며 옛 친구처럼 반겼다. 탁자를 마주하고 앉자, 효람이 써 보이기를 "선생의 시문(詩文)과 어록(語錄)을 거듭 읽어보니 탁월한 유자(儒者)의 말이었습니다. 그리고 입론(立論)과 용사(用事)는 일체 작자의 틀을 따랐으니, 매우 탄복하였습니다." 하였다. 내가 "수십 년 공부를 하고도 문장가의 울타리 안을 엿보지 못했는데, 각하의 칭찬을 이토록 받으니 매우 부끄럽습니다. 서문은 다 지으셨는지요?" 하였다. 효람이 "마음속으로는 다 지어놓고 연일 쓸데없이 바빠서 아직 종이에 옮겨 쓰지 못했습니다. 대지(大旨)는 선생의 우황(牛黃)의 설[43]을 벗어나지 않습니다." 하였다.

43 우황(牛黃)의 설 : 고생을 겪은 소만이 황(黃)이 생기듯이, 작가도 고뇌를 통해 축적한 뒤에야 훌륭한 문장이 나온다는 주장이다. 《명고전집》 권2 〈소청문의 '전원에 머물며'에 화답하다〔和邵靑門田居〕 8수〉의 두 번째 시에 "윤달이라 추위 일찍 찾아와, 가난한 선비 배자(背子)를 입었네. 쌓인 책 읽을 만하고, 햇살 향해 창문 열었네. 문장의 묘를 말하고자 하면, 결집이 없이는 빛을 이루지 못하네. 그래서 유여언은 손뼉

내가 "우황의 설은 제가 한 말이 아니라 바로 명(明)나라 말기의 유자 유여언(兪汝言)의 말인데, 천고의 명언이라 할 만합니다. 문장도 반드시 이 황(黃)이 있어야 하니, 그런 뒤에야 자질구레한 고루함을 면할 수 있습니다. 근래의 문체는 대개 진부함을 바로잡고자 하여 참신하게 하는 데 힘쓰나, 경박하고 부화하여 도리어 실마리가 없으니, 저들은 모두 황이 없기 때문입니다. 일찍이 각하께서 지은 〈이계시문집서(耳溪詩文集序)〉를 읽어보니, 참으로 옛사람이 말한 '베틀에서 나오기만 하면 일가의 풍격이 생긴다.〔自出機杼 成一家風骨.〕'라는 것이었고, 편장(篇章)과 자구(字句)의 이면에 마치 속에 결집되어 있는 어떤 물건에서 빛이 널리 퍼져 나가고 아름다움이 외면에 드러나는 듯했습니다. 제가 진심으로 감복한 것은 이 점입니다. 제 초고의 서문을 속히 받아 읽어보고 싶습니다." 하였다.

효람이 "이는 유공(兪公)의 말이 아닙니다. 유 사인(劉舍人)이 이르기를 '경의(經義)를 가져다 녹여 스스로 훌륭한 말을 주조해낸다.' 하였으니, '녹인다〔鎔〕'는 말은 이치로부터 단련하는 것이고 '주조한다〔鑄〕'는 말은 붓으로 만들 수 있다는 것입니다. 대략 어록(語錄)과 문장은 본래 상통하지 않는데, 남송(南宋) 이후에 문장으로 세상에 이름난 이들이 모두 어록을 섞어 넣는 것을 면치 못했습니다. 대가(大家)로 일컬어지는 당형천(唐荊川 당순지(唐順之))도 만년의 저작에 이러한 병

치며 타인의 문장 보잘것없음을 비웃었네.〔閏歲知寒早, 貧士對襟衣. 等身書堪披, 向陽牖暫開. 獨有農馬知, 鉤深與研幾. 欲說文章妙, 無結不成輝. 所以兪汝言, 皷掌笑人非.〕" 하였는데, 그 주에 "명유(明儒) 유여언(兪汝言)이 한 명사(名士)의 글을 읽다가 박장대소하기를 '이 글은 황(黃)이 없다.' 하였으니, 후세에 전해지는 문장은 소〔牛〕에 황(黃)이 있듯이 반드시 결집된 어떤 물건이 있어야 한다." 하였다.

통이 있습니다. 한번 이러한 병통이 있으면 어록이라고 할 수는 있어도 문장이라고 할 수는 없습니다. 선생의 제편(諸篇)은 다른 것을 논하기 전에 경술(經術)에 근거하고 어록을 한 글자도 섞어 넣지 않았으니, 이것을 가장 따라 하기 어렵습니다. 서문에서도 이러한 뜻을 언급할 예정이니, 곧 보내드리겠습니다." 하였다.

내가 "부탁드린 주자(朱子)의 책과 《전한서(前漢書)》, 《후한서(後漢書)》는 각하의 확실한 승낙을 이미 받았으니 감사합니다. 몇 종이나 구할 수 있는지요?" 물으니, 효람이 "《주자문집대전유편(朱子文集大全類篇)》은 건양(建陽)에서 판각하였는데, 그 서문을 제가 지었습니다. 현재 시중(市中)에 돌아다니는 것은 없지만, 민인(閩人)에게 구매할 수는 있을 것입니다. 《주자오경어류계(朱子五經語類係)》는 죽은 벗 정징군 춘담(程徵君春曇)의 집에서 그 글을 판각하였는데, 모두 《주자어류》에서 채록한 것이지만 경(經)으로써 편을 나누었을 뿐입니다. 그 아들에게 편지를 보내 찾아보겠습니다. 《옹계록(翁季錄)》은 오래전부터 그 본이 없었습니다. 《전한서》와 《후한서》는 현재 돌아다니는 관본(官本) 외에는 다만 남감판(南監板)과 북감판(北監板), 모판(毛板)이 있는데, 판형이 큰 본은 모두 송각본(宋刻本)이어서 대를 이어온 장서가가 아니면 없습니다." 하였다.

내가 "강희(康熙) 연간에 용촌(榕村) 이공(李公)이 소를 올려 《옹계록》 간행을 청하여 윤허를 받았습니다. 어찌하여 아직도 거행하지 않는지요?" 물었다. 효람이 "제가 바로 계문정(李文貞)의 재전 제자입니다. 연전에 복건 독학(福建督學)으로 있을 때 그 집에 가서 물어보았지만, 역시 《주자문집대전유편》을 보지 못했습니다. 어제 부헌(副憲 좌부도어사(左副都御史)) 진춘서(陳春溆 진사룡(陳嗣龍))에게 물었더니, '민(閩)

에서 한 부를 구하긴 했지만 현재 어느 상자에 들어 있는지 기억이 안 납니다.' 하기에 찾아보도록 부탁하였으니, 대략 다음번에 오는 사신이 가지고 돌아갈 수 있을 것입니다." 하였다. 내가 "진 부헌은 주자를 사숙(私淑)한 분입니까?" 하고 묻자, 효람이 "진 부헌은 절강(浙江) 평호(平湖) 사람으로, 육가서(陸稼書 육농기(陸隴其)) 선생과 같은 지역 사람입니다." 하였다.

내가 "《주자전집》과 《주자어류》에 실리지 않고 따로 돌아다니는 유편(遺編)과 영간(零簡)들이 혹시 있는지요? 송판본(宋板本) 《전한서》와 《후한서》는 끝내 구할 방도가 없는지요?" 물으니, 효람이 "주자의 설을 채록하여 책을 만든 자를 일일이 셀 수 없지만 모두 자신의 뜻으로 취하고 버려서, 반드시 합당한 줄은 모르겠습니다. 《주자전집》과 《주자어류》에 실리지 않은 영간으로 말하면 아직 보지 못했습니다. 송판본 《전한서》와 《후한서》는 오직 대내(大內)에 1부가 있고 주 총재(朱冢宰)의 집에 반 부가 있을 뿐이니, 지금 어찌 구할 수 있겠습니까." 하였다. 내가 "주 총재의 이름을 알고 싶습니다." 하자, 효람이 "주규(朱珪)[44]입니다." 하였다.

44 주규(朱珪) : 1731~1807. 자는 석군(石君), 호는 남애(南崖)·반타노인(盤陀老人)이다. 소산(蕭山) 출신으로 부친 주문병(朱文炳)을 따라 북경(北京)에서 성장하였다. 1748년(건륭13)에 진사가 된 이후, 50여 년을 정계에서 활동하며 양광 총독(兩廣總督), 이부 상서(吏部尙書), 안휘 순무(安徽巡撫) 등 요직을 두루 역임하였다. 태자태보(太子太保)를 지냈으므로, 가경황제(嘉慶皇帝)가 그의 죽음을 몹시 애통해하였다. 시호는 문정(文正)이다. 가경황제가 지은 제문(祭文)에 "반평생을 홀로 잤고, 한평생 돈을 입에 담지 않았다." 하였는데, 이는 주규가 40대에 상처(喪妻)한 뒤로 처첩을 들이지 않고 일생 청렴하게 살아온 것을 언급한 것이다. 형 주균(朱筠)과 함께 당시에 '이주(二朱)'로 불렸다.

내가 "우리 임금께서 일념으로 주자를 높이시니 거의 지공혈성(至公血誠)이라 할 수 있는데, 주자의 학문을 일국을 다스리는 중심 사상으로 삼고자 하십니다. 지금 사신으로 와서 여러 종의 고본을 널리 구하려는 것은 실로 임금의 명을 받들기 위함이지 제 개인이 갖고자 해서가 아닙니다. 각하께서 저를 대신해 널리 찾아 구해지는 대로 나중에 오는 사신의 편에 부쳐주셔서, 제가 임금의 명을 저버린 죄를 면할 수 있게 해주십시오. 저의 바람입니다." 하자, 효람이 "해마다 사신의 왕래가 이어지니, 구하는 대로 부쳐드리겠습니다." 하였다.

내가 "각하의 시문(詩文)은 간행된 것이 있습니까? 저서는 몇 종이 있는지요?" 물으니, 효람이 "젊은 시절에는 의기(意氣)가 호방하여 고인과 우열을 매우 다투어보려 하였습니다. 그러나 나중에 명을 받들고 사고관(四庫館)에 전교(典校)가 되어 고금의 문집 수천 종을 보고 난 뒤에야 넓은 천지간에 감히 함부로 말할 수 없음을 알았습니다. 그리하여 문장도 간행하는 것을 감히 가벼이 말할 수 없었습니다. 수필과 잡저로 말하면 우선 그저 나의 뜻을 펼친 것일 뿐이니, 이는 저작이라고 말할 게 못 됩니다." 하였다.

내가 "박식한 고녕인(顧寧人)[45]과 문장이 탁월한 위숙자(魏叔子)[46]와

45 고녕인(顧寧人) : 고염무(顧炎武, 1613~1682)를 말한다. 명말청초의 사상가이자 학자로, 본명은 강(絳)이고 자는 충청(忠淸)이며 강소성(江蘇省) 곤산(崑山) 출신이다. 명나라 멸망 이후 이름을 염무(炎武), 자를 영인(寧人)으로 고쳤다. 서명(署名)은 장산용(蔣山傭), 호는 정림(亭林)인데 세상에는 정림선생으로도 알려져 있다. 청대 고증학의 개조(開祖)로 평가되고 있으며, 왕부지(王夫之) 및 황종희(黃宗羲)와 함께 삼대 유로(遺老)로 알려져 있다. 그의 저작은 경학·사학·문학 등 다방면에 걸쳐 있는데, 《일지록(日知錄)》·《천하군국이병서(天下郡國利病書)》·《음학오서(音學五書)》

경학에 출중한 육가서(陸稼書)[47]를 본조(本朝)에서 삼대가(三大家)로 꼽는데, 각하 한 분께서는 세 가지를 겸하고 계시니 참으로 훌륭하십니다." 하였다. 효람이 "전혀 감당하지 못할 말씀입니다. 저는 다만 삼가 옛사람의 법도를 지켜 감히 함부로 창작하지 않을 뿐입니다." 하였다.

내가 "이계(耳溪 홍양호(洪良浩))의 시문(詩文)은 어떻습니까? 중국에서는 어떤 사람과 비교할 수 있겠습니까?" 묻자, 효람이 "이계의 시문은 문호에 그리 의지하지 않고 독창적이니, 그래서 훌륭합니다. 그의 문(文)은 중국에서는 위숙자(魏叔子 위희(魏禧))에 버금가고 그의 시는 시우산(施愚山 시윤장(施閏章))과 사초백(査初白 사신행(査愼行))에 비견될 것입니다." 하였다. 내가 "위숙자는 근래에 가장 모범이 되는 문장가이

등이 대표작으로 꼽힌다.

46 위숙자(魏叔子) : 위희(魏禧, 1624~1680)를 말한다. 명말청초의 산문가로 자는 빙숙(氷叔)·숙자(叔子), 호는 유재(裕齋)이며, 강서성(江西省) 영도(寧都) 사람이다. 명나라가 망한 뒤 취미봉(翠微峰) 작정(勺庭)에 은거하였으므로 '작정선생(勺庭先生)'이라 불린다. 강남을 주유하며 문장으로 벗을 사귀었는데, 그의 문장에는 민족의식이 농후하게 녹아 있다. 고인의 업적이나 시비곡직, 성패 득실에 대해 일정한 견해를 가지고 평가하는 글을 잘 지었다. 문장은 '지식을 내면에 축적하고 함부로 짓지 말 것'을 주장하였다. 왕완(汪琬)·후방역(侯方域)과 함께 청초의 고문 삼대가(古文三大家)로 불린다.

47 육가서(陸稼書) : 육농기(陸隴其, 1630~1692)를 말한다. 청대의 이학가(理學家)로, 원명은 용기(龍其)인데 피휘하여 농기로 고쳤으며 족보상의 이름은 세표(世穮)이다. 자는 가서(稼書), 시호는 청헌(淸獻)이며, 절강(浙江) 평호(平湖) 사람이다. 당호선생(當湖先生)으로도 불렸다. 강희(康熙) 9년(1670)에 진사가 되어 강남 가정(江南嘉定)·직례 영수 지현(直隸靈壽知縣)·사천도 감찰어사(四川道監察禦史) 등을 역임하였다. 학술 방면에서는 주자를 따르고 육구연과 왕수인을 배척하였으며, 청나라 조정으로부터 '본조이학유신제일(本朝理學儒臣第一)'이라는 칭호를 받았다. 육세의(陸世儀)와 함께 '이륙(二陸)'이라 불린다. 저서로 《곤면록(困勉錄)》·《독서지의(讀書志疑)》·《삼어당문집(三魚堂文集)》 등이 있다.

니, 소청문(邵青門 소장형(邵長衡))과 비교하면 어떤지요?" 하였다. 효람이 "각자 노선이 다릅니다. 소청문은 열객(熱客)[48]으로, 권문세가에 출입하였기 때문에 그 문장을 세상에서 그리 추중하지 않습니다." 하였다. 내가 "인품은 볼만한 점이 없지만 문장은 참으로 전할 만합니다." 하니, 효람이 "정확한 말씀입니다." 하였다.

내가 "여러 해를 뵙고 싶어 하다가 지금 가르침을 받들게 되니, 참으로 다행입니다. 다만 할 말은 많은데 한가한 자리가 아니어서 존경하는 이 마음을 다 토로할 수 없는 것이 한스럽습니다." 하였다. 효람이 "선생께서 저를 이렇게 찾아주시니 실로 감격스럽습니다. 왕자안(王子安 왕발(王勃))의 시에 '해내에 지기가 있으면, 하늘 끝에 있어도 이웃과 같다.〔海內存知己, 天涯若比隣.〕' 하였으니, 꼭 날마다 만나야 하는 것은 아닙니다." 하였다. 내가 "날이 이미 저물었으니, 할 말은 끝이 없지만 작별하지 않을 수 없습니다. 객관에 머무르는 동안에 당연히 편지를 주고받을 것이고, 귀국한 뒤에라도 사신 편에 안부 편지를 부쳐서 그리운 심사를 조금이나마 달래려고 합니다." 하였다. 효람이 "이계의 경우도 비록 만나보지는 못했으나 끊임없이 편지로 문안하였으니 만나본 것이나 다름없습니다." 하였다.

내가 드디어 읍하고 작별하며 나오니, 효람이 문밖에 나와 전송하며 애틋하게 손을 부여잡았고 수레에 오르는 것을 본 뒤에야 들어갔다.

48 열객(熱客) : 더위를 무릅쓰고 염치없이 남의 집에 손님으로 가는 사람을 말한다. 진(晉)나라 때 정효(程曉)의 조열객(嘲熱客) 시에 "지금 삿갓 쓴 사람이, 더위를 무릅쓰고 남의 집을 찾아가니, 주인이 손님 왔다는 말을 듣고는, 이맛살 찡그리며 이 일을 어쩔꼬 하네.〔只今褦襶子, 觸熱到人家, 主人聞客來, 嚬蹙奈此何.〕"라고 한 데서 온 말로, 전하여 권세에 아부하는 사람을 가리킨다.

그다음 날 시문집의 서문을 써 보내주었다. 귀국한 뒤에 편지를 주고받으며 자주 그리운 마음을 전하였고, 부탁했던 주자의 저서 여러 종류도 차례로 구해 부쳐주었다.

다음과 같이 논한다.

고증학이 명(明)나라 말엽에 성행하였다. 고증학의 근원은 양승암(楊升菴 양신(楊愼))에게서 나왔는데, 고정림(顧亭林 고염무(顧炎武))·주죽타(朱竹垞 주이준(朱彝尊))에 이르러서는 비록 정현(鄭玄)과 복건(服虔)보다 뛰어났다고 해도 지나친 말이 아니다. 효람의 학문도 고증학이 위주이지만, 그의 저술은 체제가 엄밀하여 방만한 병폐가 없고, 조어(造語)가 우아하여 기벽(奇僻)한 말이 없고, 함의(含意)가 씩씩하여 지루하고 부화한 견해가 없고, 서술이 단정하여 난잡한 글이 없다. 내면에 풍부하게 쌓은 학문을 바탕으로 하여 현란한 재주로 문채를 드러내어 성대하게 일가(一家)의 법도를 이루었다.

문채가 외부에 드러난 것을 문(文)이라 하고, 고금(古今)이 흉중에 쌓인 것을 학(學)이라고 한다. 그렇다면 효람의 성취에 대해 어느 누가 진정한 문학이라고 하지 않으랴. 어떤 이는 《간명서목》 속에 암암리에 주자(朱子)를 비판한 말이 많다는 이유를 들어 효람이 육상산(陸象山 육구연(陸九淵))의 학문을 전공한 학자라고 의심한다. 그러나 고증학자들이 주자학에 의문을 품지 않을 수 없는 이유는, 주자학은 명물과 훈고에 있어서 종종 확신이 서지 않는 곳이 있기 때문이지 반드시 모두 육상산에 동조하기 때문은 아니다. 하물며 효람의 학문은 멀리 한(漢)나라와 진(晉)나라까지 소급하여, 송(宋)나라에서 강학을 통해 전수된 학파들과는 들어간 문호가 본래 영역이 다름에랴. 주자와 육상산을 거론할 일이 또 뭐가 있겠는가.

이묵장전[49]

李墨莊傳

이정원(李鼎元)은 호가 묵장(墨莊)이니, 사천(四川) 나강(羅江) 사람이다. 종형(從兄) 이조원(李調元)이 이부 주사(吏部主事)로 있다가 그만두고 전리(田里)로 돌아와《함해(涵海)》1부(部)를 지었는데, 모두 185종(種)이다.《함해》의 시화(詩話) 안에는 우리 선형(先兄) 판서공(判書公)과 토론하고 창화(唱和)했던 일을 자세히 기록하였고, 우리나라 문인들의 빼어난 시도 많이 실어놓았다.

묵장은 인품이 꼿꼿하고 술을 즐겼으며 거리낌 없이 말하기를 좋아하였다. 이 때문에 세상 사람들과 맞지 않아 공명(功名)을 펼치지 못하였다. 한림원 시독(翰林院侍讀)으로 있다가 중서성 사인(中書省舍人)이 되어 일품(一品)의 명복(命服)을 하사받았고, 유구국(琉球國)에 사신으로 가서 그 나라 국왕을 책봉하였다. 일을 마치고 돌아와《유구역(琉球譯)》한 책을 지었는데, 매우 볼만하다.

내가 연경(燕京)에 갔을 때 편지를 주고받았다. 묵장이 제일 나중에 보낸 편지에서 "지난번 사신이 왔을 때 편지를 받아 읽고는 급히 답장하느라 회포를 다 털어놓지 못했습니다. 들으니, 각하께서 이번 사행길에 지으신 글을 많이 가져오셨다고 하는데, 빌려 보지 못하여 매우 안타깝

49 【작품해제】1799년(정조23), 저자가 청나라에 사신으로 갔을 때, 이정원(李鼎元)과 편지를 주고받은 인연으로 입전(立傳)하였다. 이정원은 외국의 뛰어난 시를 모아 중국에 유포할 계획을 하고 있던 차에 저자를 알게 되어, 자신이 원하는 인물들의 시를 저자에게 대신 발췌해 보내달라고 부탁하였다.

습니다. 엊그제 한병산(韓甹山)[50]의 기행시(紀行詩)를 받들어 읽어보니 작자의 기상이 대단하기에 이미 초록하고 시집의 서문도 지었습니다. 이로 인해 각하의 시를 얻어 보지 못한 것이 더욱 아쉬워졌습니다. 각 형제간에 두 번의 인연에서 제가 가형(家兄)만 못한 점이 바로 이것입니다.

삼가 생각건대, 예로부터 재주 있는 사람이 좋지 않은 지역에서 태어나거나 좋지 않은 때를 만나더라도 천고에 전해지는 이유는 호사가들이 드러내어 부각시켜주는 덕을 입기 때문입니다. 제가 유구국에 사신으로 갔다가 돌아온 뒤에 주제넘게 외국의 뛰어난 시문을 수집하여 문집을 간행하려고 하였습니다. 우리나라의 변방 국가 가운데 문풍이 성대하기로는 귀국(貴國)만한 나라가 없으니, 첫머리에 배치하는 것이 당연합니다. 각하께서 돌아가시거든 저 대신 수집하여 제가 아는 인물이든 모르는 인물이든 간에 시에 능한 이들은 모두 각자 자신의 시집에서 초록하게 하여 부쳐주시기 바랍니다. 각하의 형, 강산(薑山 이서구(李書九)), 연암(燕巖 박지원(朴趾源)), 영재(泠齋 유득공(柳得恭)), 청장관(青莊館 이덕무(李德懋)) 및 각하로 말하면, 특히 제가 간절히 구하는 분들입니다.

먼 후대에 중국에 유전되게 한다면 우리나라에서 널리 문교(文教)를

50 한병산(韓甹山) : 한치응(韓致應, 1760~1824)을 말한다. 자는 혜보(徯甫), 병산은 그의 호이다. 1784년(정조8) 정시 문과에 장원 급제하고 초계문신(抄啓文臣)이 되었다. 1799년(정조23) 사은사(謝恩使)의 서장관(書狀官)으로, 1817년(순조17) 동지사(冬至使)로, 1820년 진향사(進香使)로 청나라에 다녀왔다. 시문(詩文)에 뛰어나 이유수(李儒修), 홍시제(洪時濟), 윤지눌(尹持訥), 정약전(丁若銓), 채홍원(蔡弘遠) 등과 죽란시사(竹欄詩社)를 조직하여 교유하였다. 저서로 《병산집(甹山集)》이 있다.

행한 것을 칭송할 수 있을뿐더러 제가 지기를 위해 힘쓴 것을 드러낼 수도 있을 것이니, 참으로 훌륭한 일일 것입니다. 마음을 함께 해주시리라 믿습니다. 외국산 필묵 몇 종을 보내오니, 받아주시기 바랍니다. 이만 줄입니다. 사신 행차가 되돌아갈 시기가 다가왔으니 슬픔을 어이하겠습니까. 편안하시기 바랍니다. 시를 만일 초록하여 부쳐주신다면, 시에 대해 자세하게 일러주셔야 합니다. 대대로 벼슬한 집안의 묵장 이정원은 두 번 절하고 명고(明皐) 선생 각하께 올립니다." 하였다.

이 편지를 보고 그가 재주 있는 시인인 줄은 알았으나, 깊은 학술과 고취시키는 문장이 있다고는 확신할 수 없었다. 그러나 그의 우아한 뜻과 초일한 운치는 세상 사람을 고무시킬 만하니, 벼슬에 급급하여 썩고 구린내 나는 더러운 마당에서 취생몽사(醉生夢死)하는 자들과는 다르기에 특별히 기록하였다.

다음과 같이 논한다.

묵장은 우촌(雨村)의 아우로서 우수한 성적으로 과거에 급제하고 한림원을 거친 이로, 당대의 유명 인사이다. 그가 유탄소(柳彈素)[51]와 필담할 때 비분강개하여 불평하는 말이 많았는데, 곁에 있던 사람이 기휘(忌諱)에 저촉될까 경계하자, 묵장이 발끈하여 쓰기를 "목을 자르려면 사르라지. 내 자신이 의당 해야 할 말을 못한단 말인가!" 하였다는 것을 들은 적이 있다. 이를 통해 그 사람됨을 알 수 있다. 그러나 그가 성취한 것이 전각(篆刻), 반세(鞶帨), 재홍(裁紅), 훈벽(暈碧)에 그쳤

51 유탄소(柳彈素) : 유금(柳琴, 1741~1788)을 말한다. 탄소는 그의 호이다. 이덕무(李德懋)・박제가(朴齊家)・유득공(柳得恭)・이서구(李書九)의 시를 모아 《한객건연집(韓客巾衍集)》을 엮었다. 본명은 유련(柳璉)이며, 유득공의 숙부이다.

고 군자의 대도(大道)를 들어보지 못했으니, 애석하다. 사소한 소리는 밝은 임금이 공경하지 않고 연작(燕雀)의 모임은 길 가는 사람이 거들떠보지 않으니, 조화(造化)를 공장(工匠)으로 삼고 천지를 도균(陶匀)으로 삼아서 명성과 지위를 찌꺼기로 여기고 세력과 이익을 먼지로 여기는 저 사람은 도대체 어떠한 인물인가. 어찌 잗다란 재주를 지닌 구구한 이가 그렇게 할 수 있겠는가.

유송람전[52]

劉松嵐傳

유대관(劉大觀)은 호가 송람(松嵐)이니, 산동(山東) 임청(臨淸) 사람이다. 산서 안찰사(山西按察使)를 지낸 9세조 가우(嘉遇)는 명(明)나라 만력(萬曆) 연간의 명신(名臣)이다. 조부 사진(士縉)은 청(淸)나라에서 벼슬하여 사천(四川) 영경현(滎經縣) 지현(知縣)을 지냈고, 부친 섭(燮)은 안휘(安徽) 동성현(桐城縣) 지현을 지냈으니, 대대로 벼슬한 집안이다. 송람은 건륭(乾隆) 정유년(1777, 정조1) 과거에 발공(拔貢)[53]이 되어 광서(廣西) 천보현(天保縣) 지현을 지냈고, 지금은 봉천(奉天) 영원주(寧遠州) 지주(知州)가 되었다. 시에 능하고 해서를 잘 썼다. 저서에 《옥경산방집(玉磬山房集)》 몇 권이 있다. 내가 기미년(1799, 정조23)에 연경(燕京)에 갔을 때, 영원(寧遠)을 지나는 길에 첨정태평거(簷頂太平車)를 탄 어떤 관원을 보았는데, 종

52 【작품해제】 1799년(정조23), 저자가 청나라에 사신으로 갔을 때 도중에 만났던 영원 지주(寧遠知州) 유대관(劉大觀)을 입전(立傳)한 글이다. 왕복하는 길에 두 차례 만나 주로 중국의 학술과 인물에 대한 이야기를 나누었는데, 저자가 유대관에게 학문적으로 큰 인정을 받는다. 심지어 경학 부분은 육농기(陸隴其) 이후의 일인자라는 칭송까지 받은 것을 보면 저자의 학식이 상당한 수준에 올라 있음을 짐작할 수 있다.

53 발공(拔貢) : 중국에서 과거를 시행하던 시대에 부(府)·주(州)·현(縣) 등 지방에 있는 학교의 생원(生員) 중에서 학문과 행실이 뛰어난 사람을 뽑아 경사(京師)에 보내 태학(太學)에 입학시켰는데, 이에 선발된 사람을 공생(貢生)이라 한다. 이에는 부공(副貢)·발공(拔貢)·우공(優貢)·세공(歲貢)·은공(恩貢) 등의 구별이 있다. 《淸會典 禮部》

자(從者) 수십 명이 모두 말을 타고 뒤에서 옹위하고 앞에는 말 탄 이 한 명이 채찍을 휘두르며 벽제(辟除)하였다. 내가 말을 채찍질하여 나아가 종에게 누구인지 사사로이 물어보게 하니, 바로 영원 지주였다.

객점에 이르자 송람이 뒤좇아 찾아왔다. 내가 곧 문을 나가 읍하며 맞이하고 자리에 이끌어 들여 마주 앉았다. 서로 성명과 작위를 물어보고 나서 송람이 써 보이기를 "방금 전 길에서 각하(閣下)의 풍채를 멀리서 보고는 저도 모르게 마음이 경도되었습니다. 귀국(貴國)은 옛날부터 예의(禮義)의 나라라고 일컬어져왔는데, 문물과 풍속이 지금도 그러한지요?" 하였다.

내가 "우리나라는 기자(箕子) 이후로 수천 년이 흘렀는데, 중국 사람들이 따라올 수 없는 두 가지 큰일이 있습니다. 부모의 상에는 반드시 삼년복을 입고 부녀자들이 개가(改嫁)하지 않는 것입니다. 우리나라에 성스러운 임금께서 연이어 나오시자, 어진 신하들이 보필하여 법도와 기강을 세웠습니다. 송나라의 제도를 모방하여 학술은 정자(程子)와 주자(朱子)를 으뜸으로 여기고 육상산과 왕양명을 물리쳤으며, 문장은 당송 팔대가를 위주로 하고 한위 육조(漢魏六朝)를 멀리하였으며, 시는 성당(盛唐)을 숭상하고 건안(建安)을 부끄러워하였는데, 추로(鄒魯)에 비하더라도 문헌이 그리 못하지 않습니다. 듣자하니 근래 중국의 학문은 강서학파(江西學派)의 지류가 반이 넘어, 한 번 변하여 이탁오(李卓吾)가 되었고 재차 전해져 모대가(毛大可 모기령(毛奇齡))가 되어, 잘못된 것이 이미 오래되었고 물든 것이 더욱 많다고 합니다. 이 말이 참으로 사실입니까?" 하였다.

송람이 "우리나라는 성조인황제(聖祖仁皇帝 강희제)께서 주자를 중시하여 드러낸 뒤로 관학(官學)으로 채택하여 법으로 삼아 외고 스승으로 존경하는 것이 더 이상 두 갈래가 없게 되었습니다. 그러나 천하가 크니 세상 사람들을 어찌 한 궤도에 따르게 할 수 있겠습니까. 지방 학당에서 가르치는 과목으로 말하면, 주자와 육상산이 반반입니다. 그러나 이를 두고 주자의 학술이 행해지지 않는다고 해서는 안 됩니다." 하였다.

내가 "조정과 초야를 막론하고 경학과 문장으로 세상의 대표가 되는 이는 누구입니까?" 물으니, 송람이 "지금 예부 상서(禮部尙書) 기윤(紀勻) 공과 홍로 소경(鴻臚少卿) 옹방강(翁方綱) 공입니다." 하였다. 내가 "진숭본(陳崇本) 공이 일찍이 저를 위해 〈학도관서(學道關序)〉를 지어주었으니, 이는 형체를 뛰어넘어 성대하게 교유한 것입니다. 지금도 연경에 계신지요?" 하였다. 송람이 "진공은 국자 좨주(國子祭酒)로서 호북 학정(湖北學政)을 맡아 떠났으니, 각하께서 이번 행차에는 만나보지 못할 듯합니다. 이 공의 학문은 근본이 있어서 진실로 엉성하지 않습니다만 역시 육상산의 학문을 배웠습니다." 하였다.

내가 "영원(寧遠)은 명나라 원숭환(袁崇煥) 공이 여러 해를 통치하던 지역입니다. 사라지지 않고 전해오는 옛 자취가 아직도 있습니까?" 묻자, 송람이 "역사서에 드러나 사람들의 이목에 훤한 것 이외에는 달리 전해오는 것이 없습니다." 하였다. 내가 "외람되이 저를 비루하게 여기지 않고 찾아와주셔서 매우 감사합니다. 그러나 사행(使行)이 기한이 있는지라 밤까지 마주할 수 없으니 매우 아쉽습니다." 하였다. 송람이 "귀국하실 때 반드시 이곳에서 유숙할 것이니, 촛불을 밝히고 담론한다면 어찌 인생에 통쾌한 일이 아니겠습니까." 하였다. 내가 "이렇게 정중한 대우를 받고 감히 말씀을 따르지 않을 수 있겠습니까."

하였다. 송람이 일어나 가기에 내가 읍하고 문밖에 나가 전송하였다.

내가 연경에서 돌아오자, 송람이 당도하기 며칠 전부터 편지를 보내 문안하였다. 영원에 도착한 뒤에 옥경산방(玉磬山房)에서 만났는데, 옥경산방은 주(州) 성(城) 동쪽 1리쯤에 송람이 자기 봉급으로 신축한 건물이다. 손을 맞잡고 노고를 위로한 뒤 서쪽 건물에 나아가 대화하였다. 송람이 "각하께서 이번 사행에 가슴을 툭 트이게 할 만한 산천과 풍속이 많으셨을 텐데, 제가 거론치 않겠습니다. 몸소 대도(大都)에 들어가셨으니, 세상에 뛰어난 인물을 몇이나 알게 되셨는지요?" 하였다. 내가 "기효람(紀曉嵐 기윤(紀昀)) 한 분을 알게 되었습니다. 이 노인의 뱃속에는 사부(四部)와 오거(五車), 구류(九流)와 칠록(七錄), 국전(國典)과 조상(朝常), 죽두(竹頭)와 목설(木屑)[54]이 어느 하나 갖추어지지 않은 것이 없었습니다." 하였다. 송람이 "두 현자(賢者)께서 마주하여 수많은 이야기를 나누었을 터이니, 틀림없이 들을 만한 것이 많았겠지요." 하였다. 내가 "효람이 제 원고에 서문을 지어주셨으니, 선생께서 보고 평가해주시기 바랍니다." 하고 기효람이 지은 서문을 건네주었다.

송람이 다 보고 나서 "효람의 한 말을 얻어 성가(聲價)를 높이기를 원하는 이가 천하에 얼마나 많겠습니까? 그런데 각하께서는 잠깐 만난 동안에 얻었으니, 진실로 발군(拔群)의 참된 재주를 가진 뒤에야 백락(伯樂)이 한 번 돌아봐주는 법입니다. 우리는 진실로 부끄러워 죽겠습

54 죽두(竹頭)와 목설(木屑) : 댓조각과 대팻밥으로, 곧 쓸데없는 하찮은 물건을 비유한 말인데, 동진(東晉) 때 도간(陶侃)이 이런 것들을 버리지 않고 꼭 간직해두었다가 나중에 잘 이용했다고 한다. 여기서는 자질구레한 지식을 말한다.

니다." 하였다. 내가 "기공(紀公)의 문체는 법도에 어긋나고자 하지는 않지만 예사로운 말이나 진부한 표현은 달가워하지 않습니다. 그리고 평생 발걸음이 사고관(四庫館)을 떠나지 않은 채 쌓여 있는 수많은 고금의 도서를 널리 섭렵함으로써 근본을 터득하여 자유자재로 대응하니, 진실로 쉽게 얻을 수 없는 대가(大家)라고 할 만합니다. 특히 문장과 어록(語錄)이 같지 않다는 주장이 공의 독특한 견해이며 새로운 논의로서 이전의 문장가들이 미처 도달하지 못한 곳을 꿰뚫어 보았습니다. 선생도 그렇다고 생각하십니까?" 하였다. 송람이 고개를 끄덕이며 "지극히 명언입니다. 제가 이 일에 대해 마음속으로는 부러워했지만 실제로 공력을 얻지는 못하여 부끄러워하였습니다." 하였다.

이어서 탁자를 설치하여 음식을 내왔는데, 좋은 술과 맛있는 안주, 이름난 과일과 향기로운 채소였다. 함께 수작하면서 대화와 농담을 주고받았다. 송람이 "저는 왕어양(王漁洋 왕사정(王士禎)) 선생과 인척 관계가 있는 후배입니다. 예전에 선생의 집을 찾아가 선생의 작은 영정(影幀)을 뵌 적이 있는데, 지금 각하를 보니 미목(眉目)과 풍채가 어양과 조금도 차이 없이 닮았습니다. 다른 시대 다른 나라의 사람이 어쩌면 이리도 똑같이 닮았단 말입니까." 하였다. 내가 "어양은 당대의 석학으로 일컬어지나, 그의 학문은 고증학을 조금도 넘어서지 못하였고 그의 문장도 겨우 전아함을 스스로 지킬 뿐이었으며, 시만이 그의 장기였습니다. 그런데 선생께서 저를 이러한 인물로 보시니, 제가 잠자코 받아들이지 못하겠습니다." 하였다.

송람이 크게 웃으며 "각하께서 자부하시는 것이 당연히 이 정도에 그치지 않으실 줄은 알았습니다. 저도 모습이 닮은 점만을 가지고 말한 것뿐입니다. 도덕과 문장을 성취한 수준으로 말하면 제가 어찌 감히 깊은 경지를 헤아릴 수 있겠으며, 또 어찌 어양 정도로 각하께 기대하겠습니까." 하였다.

내가 웃으며 "앞서 한 말은 농담입니다. 어양을 어찌 쉽게 말할 수 있겠습니까. 여만촌(呂晩村 여유량(呂留良))의 학술은 근래의 제유(諸儒)에 비해 매우 순정(純正)하니, 아주 진지하게 공부를 한 듯합니다. 그 연원(淵源)을 이은 이가 지금 누구이며, 지은 책은 또 몇 종이 있습니까?" 하였다. 송람이 한참을 물끄러미 보더니 "여유량(呂留良)은 학문이 훌륭하지만 본조(本朝)에 죄를 얻어 감히 자세히 논할 수 없습니다." 하고는 필담 속의 이 구절을 찢어내어 불에 태우고 나를 향해 껄껄 웃었다. 나도 크게 웃었다.

송람이 "귀국의 과거 제도는 어떻습니까? 대강을 듣고 싶습니다." 하였다. 내가 "우리나라의 과거 제도는 명나라 홍무(洪武) 초기에 정한 규정을 대략 모방하여 자(子)·오(午)·묘(卯)·유(酉)년에 삼장(三場)으로 나누어 선비를 시취(試取)하는데, 경의(經義)와 문사(文詞) 두 갈래로 시험하여 아울러 취합니다. 이 밖에 나라에 큰 경사가 있으면 경과(慶科)를 시행하고, 좋은 절기에 과문(科文)의 각 체를 시험하는 절제(節製)가 있습니다. 그러나 전담 시관인 지공거(知貢擧)를 두지 않고 시험 때 임시로 임명하니, 이것이 중국의 제도와 조금 다를 뿐입니다." 하였다.

송람이 "귀국 사람은 위가 둥근 모자를 쓰기도 하고 위가 뾰족한 모자를 쓰기도 하는데, 문관과 무관을 구별하는 것인지요?" 하였다. 내가 "일반적으로 말하면 문관과 무관을 구분하는 것이지만 어떤 때에는 통용하기도 합니다. 지난번 연경에 있을 때 들으니, 귀종(貴宗)의 태학사(太學士)께서는-유용(劉墉)이다.- 연전에 고종황제(高宗皇帝 건륭

제)께서 선양하실 때 크게 공을 세워 지금 황제께서 정책원로(定策元老)로 대우한다는데, 이 말이 사실입니까?" 하였다. 송람이 "과연 이런 일이 있었지요." 하였다. 내가 "태학사는 의리학을 합니까? 사장학(詞章學)을 합니까? 경세제민학(經世濟民學)을 합니까? 고증학을 합니까?" 묻자, 송람이 "경세제민학을 주로 하는데, 식견이 있는 분이기 때문에 입언(立言)과 입공(立功)이 모두 실질적입니다." 하였다.

술이 거나해지자, 송람이 나와 함께 자신의 관사(官舍)로 가기를 원하였으므로 첨정거(簷頂車)에 올라 송람과 말머리를 나란히 하여 관아에 들어갔다. 청사당(聽事堂)을 지나고 대객청(待客廳)을 거쳐 곧장 그의 침실에 나아가니, 궤안(几案)과 도서(圖書)가 좌우로 정돈되어 있고 화분의 국화가 한창 피어서 진한 향기가 풍겼다. 배꽃이 그려진 평상 위에 함께 앉아 차 몇 잔을 마셨다. 내가 편액(扁額)과 주련(柱聯) 몇 폭을 요청하니, 송람이 즉시 '명고정거(明皐靜居)'라는 넉 자와 '옛사람의 글을 읽지 않은 것이 없으면 천하의 일을 모두 할 수 있다.[於古人書無不讀 則天下事皆可爲]'라는 연구 한 폭을 써준 뒤, 나를 돌아보고 웃으며 "글귀가 적절합니까?" 하였다. 내가 웃으며 "감당하지 못하겠습니다." 하고 대답하였다. 함께 무릎을 맞대고 한가로이 대화하였는데, 너무 많아 다 기억할 수가 없다. 닭 소리가 들린 뒤에야 그만두었다.

다음 날 아침, 또 내가 머무는 객점을 찾아와 아쉬움에 이별하지 못하였으니, 정이 많은 사람이었다. 이별할 때 매우 간절하게 내 시문(詩文)을 보기를 원하였으므로 귀국한 뒤에 사신 편에 초록하여 3책을 부쳐주었다. 송람이 다음과 같은 답장을 보내왔다.

"삼가 윤달 15일에 주신 편지를 읽어보니, 깊은 정과 아껴주시는 마음이 갈수록 돈독하여 저로 하여금 더욱 이별의 그리움을 일게 합니다. 보내주신 문집 3책을 받았을 때는 마침 병중에 있었으므로 머리는 비 맞은 버드나무처럼 축 늘어져 들 수 없었고 눈은 연기를 먹은 쥐처럼 캄캄하여 볼 수 없었습니다. 시비(侍婢)에게 부축하게 하여 은낭(隱囊)[55]에 기대어 읽었는데, 한 판(板)도 다 읽지 못하여 지탱하지 못하고 쓰러졌습니다. 누차 쓰러져 누차 중단하고 누차 중단했다 누차 읽었는데, 다 읽고 나자 병도 시원하게 나았습니다. 소옥국(蘇玉局 소식(蘇軾))이 몸속이 편치 않을 때마다 도연명(陶淵明)의 시 한두 수를 읽으면 번번이 나았다고 하더니, 그것이 빈말이 아닌 줄 이를 통해 알았습니다. 그러나 도연명은 진(晉)나라 사람이고 소동파는 송(宋)나라 사람이어서 시대가 맞지 않으므로 음성과 웃음을 보지 못했는데도 이처럼 감발(感發)할 수 있었는데, 하물며 동시대에 살고 정분이 깊은 각하와 저이겠습니까.

문집 속의 시문은 아름답기 그지없고, 〈학도관(學道關)〉[56] 한 편은 각하께서 몸을 편안히 하여 명(命)을 확립한 주재(主宰)였습니다. 제가 너무 일찍 벼슬길에 나와 성리학(性理學)에 대해서는 아직 공부를 하지 못했으니, 문외한 주제에 아첨하는 말을 하지는 못하겠습니다. 그러나 각하의 언행을 가만히 엿보니, 진실로 이른바 '말쑥하게 얼굴과 몸에 환히 나타난다.'는 것이 있었습니다. 수양한 것이 있지 않고서는 이와 같을 수 없음을 실로 알겠습니다. 기운을 기르는 공부는 도에서 벗어나지 않고 도에 들어가는 계제는 학문에서 벗어나지 않으니, 제가 각하의 순정한 인품으로 각하의 문장도 반드시 그 인품과 같음을 알았

55 은낭(隱囊) : 주머니 모양으로 된 몸을 기대는 도구이다. 곡침(靠枕)이라고도 한다.

56 〈학도관(學道關)〉 : 《명고전집》 권19에 보인다.

습니다. 제가 장차 이 문집을 중국 땅에 퍼뜨려 중국의 사대부들이 조선에 이러한 인물이 있음을 모두 알게 하고, 아울러 중국의 사대부들이 제가 이러한 벗과 교유하고 있음을 모두 알게 할 것이니, 어찌 일생의 다행스러운 일이 아니겠습니까. 사신의 행차가 돌아가기에 마음을 대략 기술하고 아울러 문안을 드립니다. 평안하시기 바랍니다. 이만 줄입니다." 하고는 척독집(尺牘集) 1책을 부쳐주었는데, 그 속에 나와 주고받은 편지 몇 편이 들어 있었다.

다음과 같이 논한다.

내가 송람의 모습을 보니, 단아하여 정신(精神)이 살아 있고 행동거지가 안정되고 단정하여 경박한 자태가 없어서 반드시 뜻한 바가 있음을 알았으니, 근세의 소품인 시와 필찰로 지목해서는 안 된다. 다만 일찍부터 주군(州郡)으로 다니느라 재능을 채우지 못하고 학문을 넓히지 못하였으니, 그가 유자(儒者)의 많은 일인 성리(性理)와 명물(名物)에 대해서 왕왕 벽 너머와 당(堂) 아래에 있는 사람이 그림자를 엿보고 소리를 찾는 것과 같았다. 한 타래의 실이 그 가닥이 몇 개인가? 송람이 어찌 작은 성공에 안주하려는 자이겠는가. 내가 크게 기대하지 않을 수 없다.

내 벗 김국보(金國寶 김재찬(金載瓚))가 내 뒤에 연경에 사신으로 가서 또 송람과 만났는데, 돌아와 '서명고(徐明皐)의 경학은 육가서(陸稼書 육농기(陸隴其)) 선생 뒤의 일인자'라고 송람이 한 말을 전해주었다. 아마도 송람이 경학에 조예가 깊지 못하기에 이처럼 말한 듯하다. 육가서 이후에는 고정림(顧亭林 고염무(顧炎武))과 이용촌(李榕村 이광지(李光地))이 있다. 내가 일찍이 그들의 책을 읽어보니, 행간의 깊은 의미가 미칠 수 없는 수준임을 깊이 알았다. 손을 꼽아 헤아려보니 열 배,

백 배, 천 배, 만 배라고 하더라도 그 차이를 다할 수 없다. 감히 나를 일인자라고 할 수 있겠는가.

명고전집

제15권

행장 行狀

행장行狀

증 병조 판서 이공의 시호를 청하기 위해 올린 행장 대작[1]

贈兵曹判書李公請諡行狀 代

성상의 즉위 5년 9월에 증 병조 판서 이완(李莞)의 후손이 그 조부가 충직하고 근면함으로 국가를 위해 죽었다고 하여 시호를 청하니, 성상께서 윤허하여 대신에게 논의토록 하였습니다. 제가 당시에 의정부에서 벼슬하고 있었으므로 상주하여 "국가에서 절의를 숭상하고 장려하여 포상하는 전례를 모두 넉넉하고 후하게 합니다. 비록 담당 관청에서 듣지 못했다 하더라도 후인이 스스로 요청할 수 있으니, 이는 관례입니다. 시호를 내려 풍교(風敎)를 길이 수립하는 것이 옳을 것입니다." 하였습니다. 성상께서 윤허하여 봉상시(奉常寺)에 논의토록 하였습니다. 이에 그 후손 영수(英秀) 등이 저에게 공의 행적을 찬차(撰次)하여 봉상시에 아뢰도록 부탁하였습니다.

삼가 아룁니다. 공의 자는 열보(悅甫)이니, 본관은 덕수(德水)입니다. 덕수 이씨(德水李氏)는 고려에서 현달한 선조 지삼사사(知三司事)

1 【작품해제】 충무공 이순신의 조카로 정묘호란 때 전사한 이완(李莞)에게 시호를 내려주기를 청한 글로서, 그 후손의 부탁을 받고 지었다.

소(卲)로부터 시작되었습니다. 우리 조선에 들어와 벼슬한 분들이 이어졌습니다. 영중추부사(領中樞府事) 정정공(貞靖公) 변(邊)에 이르러 더욱 크게 창달하였습니다. 이분이 공의 6대조입니다. 고조 거(琚)는 병조 참의를 지냈고, 증조 백록(百祿)은 평시서 봉사(平市署奉事)를 지내고 병조 참판에 추증되었으며, 조부 정(貞)은 좌의정에 추증되었고 덕연부원군(德淵府院君)입니다. 부친은 희신(羲臣)이고, 모친은 진주 강씨(晉州姜氏)이니, 세온(世溫)의 따님입니다. 공의 현달로 인해 부친은 병조 참판에 추증되고 모친은 정부인(貞夫人)에 추증되었습니다.

공은 만력(萬曆) 기묘년(1579, 선조12) 4월 11일에 태어났습니다. 어려서부터 총명함이 남들보다 월등하였고 기상도 빼어났습니다. 숙부 충무공(忠武公) 순신(舜臣)이 항상 공을 아끼며 "틀림없이 이 아이가 우리 집안을 크게 번창시킬 것이다." 하였습니다. 임진년(1592, 선조25)과 계사년(1593)의 난리 때 공이 충무공을 따라 호남(湖南)의 좌수영(左水營)에 갔습니다.

이 당시에 충무공이 누차 왜적을 쳐서 승리하여 매우 많이 베고 사로잡았습니다. 왜장 소서행장(小西行長)이 노량(露梁)의 바닷가로 후퇴하여 지켰는데, 전세가 곤궁하여 철군하려 하였습니다.

충무공이 소서행장의 전략을 정탐하여 알아내고 명(明)나라 도독(都督) 진린(陳璘), 총병(摠兵) 등자룡(鄧子龍)과 약속하여, 병사를 출진시켜 협공해서 소서행장의 귀로를 차단하기로 하였습니다. 소서행장이 사천(泗川) 일대의 왜적과 불을 신호로 서로 응하여 도독이 탄 배를 겹겹이 에워쌌습니다. 충무공이 곧장 달려가 에워싼 왜적들을 궤멸시키고 맞서 싸웠습니다. 전투가 한창 벌어질 때 느닷없이 날아온 탄환에 맞아 군막으로 들어가 일어나지 못하였습니다.

충무공이 평소 공을 의지하고 중시하여 군중(軍中)의 기밀을 반드시 허물없이 공과 상의하여 결정하였습니다. 돌아가시기 직전에도 공에게 "사태가 급박하니, 너는 나의 죽음을 감추고 나를 대신하여 전투를 독려하도록 하라." 명하였습니다. 공이 눈물을 삼키며 나가 북채를 잡고 북을 두드리면서 곧장 앞으로 나가 분투하여 공격하니, 왜적이 버티지 못하고 작은 배를 타고 달아났습니다.

도독이 포위망을 벗어난 뒤 충무공이 자기를 구원해주었다고 하여 우리 군사를 향해 사례하기를 청하였습니다. 공이 사실을 말해주고 이어서 목 놓아 곡하였습니다. 도독도 곡하며 "나는 통제사(統制使)께서 아직 살아 계시다고 생각했는데, 나를 살려준 것이 진정 그대란 말인가? 그대는 집안의 명성을 잘 이었다고 할 만하네."라고 하고, 공의 손을 붙잡고 오래도록 탄식하였습니다. 당시 공의 나이는 겨우 20세였는데, 공이 공로를 자랑하지 않았기 때문에 포상이 끝내 시행되지 않았습니다.

기해년(1599, 선조32)에 무과에 급제하여 바로 도총부 도사 겸 비변사 낭청(都摠府都事兼備邊司郎廳)에 제수되었습니다. 갑진년(1604, 선조37)에 남포 현감(藍浦縣監)으로 나가서 엄하고 분명하게 다스리니 이민(吏民)들이 사랑하고 경외하였습니다. 그 뒤에 광해군이 정사를 어지럽히자, 공은 벼슬할 뜻이 없어서 문을 닫고 나라의 녹을 먹지 않았습니다. 무오년(1618, 광해군10)에 마지못해 평안도 관찰사의 부름에 응하였는데, 군정(軍政)을 정비하는 일에 공의 도움이 컸습니다. 관찰사 박엽(朴燁)과 도원수(都元帥) 장만(張晩)이 서로 이어서 포상을 청하여 통정대부에 올려주고 곧 백령 첨사(白翎僉使)에 제수하였습니다.

계해년(1623, 인조1)에 인조 임금께서 반정(反正)하시어 먼저 공을 충청 병사(忠淸兵使)에 발탁하였습니다. 다음 해에 역적 이괄(李适)이 반란을 일으키자, 공이 병사를 동원하여 구원하러 달려갔습니다. 양재역(良才驛)에 이르러 남하(南下)하는 어가를 만나 맞이하고 위로하며 "신은 나라에 보답한 것이 없으니, 역적과 싸워 죽음으로써 보답하고자 합니다."라고 청하였습니다. 인조 임금께서 "역적의 기세가 한창 왕성하고 그 칼날이 매우 예리하니, 경이 고립무원의 군사를 거느리고 가벼이 범할 수 있겠는가? 차라리 영남과 호남의 응원군이 당도하기를 기다렸다가 그들과 협공하여 만전의 계책을 내는 것이 좋으리라." 하였습니다. 공이 눈물을 흘리며 명을 받아들여 강가에 나가 주둔하였습니다.

역적이 이미 도성을 노략하고 떠나자 공이 급히 군사를 이끌고 역적을 추격하였습니다. 이수일(李守一)이 거느린 군대와 이천(利川)에서 만났는데, 역적 이괄이 그 부하에게 살해되었다는 말을 듣고는 즉시 군사를 되돌려 공주(公州)로 달려와 행재소(行在所)에서 인조 임금을 알현하였습니다. 인조 임금께서 공을 가선대부로 올려주고 위유(慰諭)하였습니다.

당시 청(淸)나라에서 우리나라를 침공할 틈을 엿보았으므로 변방 지역을 맡길 적임자를 뽑기가 어려웠습니다. 조정 신료들이 서로 글을 올려 힘써 추천하자, 공을 의주 부윤(義州府尹)에 제수하였습니다. 사은숙배할 때 임금께서 공을 불러 "경이 무술년(1598)에 충무공을 대신하여 싸워 큰 공적을 세웠다고 들었다. 변방을 책임지는 자리에 경을 보내니, 내가 서쪽 변방을 근심할 필요 없으리라. 옛날에 경의 숙부가 진린(陳璘)을 잘 대우하여 그의 환심을 깊이 얻었다. 지금 경이 가서 모문룡(毛文龍)을 대우하기를 경의 숙부가 진린을 대우한 것과 같이 하라." 하였습니다.[2] 공이 대답하기를 "신은 선신(先臣) 충무공처럼 할 능력이 없습니다. 게다가 모문룡은 진린과는 다릅니다. 진린은 천자의 명을 받들어 우리나라를 구원하러 온 것이니 예로써 대우한 것이 옳지만, 모문룡은 외딴섬에 머물며 몰래 명나라를 배반하고 있으니 형편에 따라 대우하는 것이 옳습니다. 따라서 대우를 달리해야 합니다." 하니, 인조 임금께서 공의 말을 옳게 여겼습니다.

공이 의주에 부임한 뒤 갑옷을 손보고 병기를 갖추어 수비 태세에 힘쓰고, 모문룡을 오직 신중히 대하였습니다. 따르기 합당하지 않은 것이 있으면 매우 엄중하게 거절하니, 모문룡도 공을 꺼려 감히 포학한 짓을 멋대로 하지 못했습니다.

병인년(1626)에 임기가 차자, 전조(銓曹 이조와 병조)에서 공을 병조 참판에 의망하였습니다. 인조 임금께서 "의주는 이완이 아니면 안 된다. 우선은 체직하지 말라." 하였습니다. 의주 부윤에 유임된 지 얼마

2 지금……하였습니다 : 1618년(광해군10) 후금의 누르하치〔努爾哈赤〕가 명나라를 공격하자, 명나라는 양호(楊鎬)를 요동 경략(遼東經略)으로 삼아 10만 명의 원정군을 일으키고 조선에도 파병을 요구하였다. 조선은 1619년 강홍립(姜弘立) 등이 이끄는 1만여 명의 군사를 파견했는데, 광해군은 당시 명이 쇠퇴하고 후금이 흥기하는 동아시아의 정세 변화에 따라 강홍립에게 형세가 불리하면 후금에 투항하라고 지시하였다. 이에 강홍립은 조명(朝明) 연합군이 심하(深河) 전투에서 패배한 뒤 후금군에게 투항하고 임진왜란 때 조선을 구원해준 명의 출병 요구에 부득이 응했다고 해명하였다. 이후 강홍립은 후금에 남아 조선과의 관계를 주선하는 역할을 하였으나, 광해군의 뒤를 이은 인조가 향명배금(向明排金) 정책을 표방한 데다 요동을 수복하려는 모문룡(毛文龍) 휘하의 명나라 군대를 평북 철산(鐵山)의 가도(椵島)에 머물게 하고 원조하였으므로 관계가 틀어지게 되었다. 이러한 때에 이완이 의주 부윤으로 가게 된 것이다.

안 되어 청나라에 포로가 된 역적 강홍립(姜弘立)이 청나라 군사를 이끌고 압록강을 몰래 건너 수문(水門)을 따라 들어왔습니다. 공이 급히 군사를 모아 밤새도록 격전을 벌여 엄지손가락이 부러졌는데도 끊임없이 활을 쏘았습니다. 그러나 적은 높은 망루를 점거하고 우리는 평야에 진을 쳐서 적이 유리한 형국이 되어 형세상 대적할 수 없었습니다. 강홍립이 공에게 편지를 보내 만나기를 청하니, 공이 편지를 내동댕이치며 욕하기를 "내가 어찌 오랑캐 종놈의 낯짝을 보아 스스로 더럽히랴. 죽어서 나라에 보답할 뿐이다." 하였습니다. 직접 날아오는 화살과 돌을 무릅쓰며 의기를 더욱 불태웠습니다. 결국 힘에 부쳐 군사들이 궤멸되자 스스로 불에 뛰어들어 분사(焚死)하니, 정묘년(1627, 인조5) 1월 13일이었습니다.

공의 종제(從弟) 신(藎)이 당시 공의 휘하에 있다가 역시 공을 따라 죽었습니다. 바로 충무공의 측실에게서 난 아들입니다. 강홍립이 공의 충절을 의롭게 여겨 유해를 수습하여 성 남쪽에 묻고 표목(標木)을 세워 관작과 성명을 써서 알 수 있게 해주었습니다. 청나라 군대가 물러가자, 공의 아들 이지연(李之衍)이 유해를 안고 돌아가 용인(龍仁) 광교산(光教山) 아래 경좌(庚坐)의 언덕에 장사 지냈으니, 이곳은 선영입니다.

일이 보고되자 인조 임금께서 몹시 슬퍼하여 특별히 병조 판서에 추증하고 예관(禮官)을 보내 위로하고 제사 지내주도록 하였습니다. 숙종(肅宗) 갑신년(1704)에 대신(大臣)의 요청으로 인해 정려(旌閭)해 주었습니다. 영조(英祖) 병오년(1726)에 유생(儒生)이 상소하여 청하자 아산(牙山)의 충무공 사당에 배향하였고, 병인년(1746)에 또 충청도 관찰사의 장계로 인해 복호(復戶)해 주었습니다.

공은 효성과 우애가 있었고 행실을 삼갔으며 몸가짐을 바르고 곧게 하였습니다. 군사를 부림에 있어서는 기강과 군율을 엄숙히 하였고, 일을 도모함에 있어서는 지혜와 용기를 모두 갖추었으니, 아무리 특별하게 타고난 자질 때문이라고 해도 가정에서 전수된 가르침을 또한 속일 수 없습니다. 이 때문에 경황없는 중에도 변란을 제압하고 위난(危難) 속에서도 승리하여 겨우 약관의 나이에 세상에 없는 탁월한 공을 세웠습니다. 적의 기병이 밤중에 들이닥쳐 성을 빼앗기게 되어 기강과 군율을 시행할 곳이 없게 되고 지모와 용기를 쓸 곳이 없게 되어서는 한 번 죽음으로써 마침내 나라에 보답하겠다던 충성스러운 말을 실천하였으니, 공의 뜻이 참으로 비통하다 하겠습니다. 그동안에 세운 공로와 절조로 말하면 어찌 천고의 의열지사(義烈志士)들의 마음을 격려하고 그들의 기개를 고취시키기에 부족하겠습니까. 전해오는 말에 "천하의 큰일을 해내는 사람은 반드시 천하의 큰 절개를 지녔다." 하였으니, 오호라, 공을 두고 한 말인가 봅니다.

공이 의주 부윤으로 있을 때, 한번은 종형(從兄)에게 편지를 보내 "역적 한명련(韓明璉)의 자질(子姪)들이 오랑캐에게 달려가 일을 벌여 성을 공격할 도구를 만들고 날마다 우리나라를 침범해달라고 요청하니,[3] 올겨울에 우리나라를 침범할 조짐이 이미 싹텄습니다. 저는 죽을 뜻이 정해졌으니, 다른 것은 걱정할 게 못 됩니다." 하였는데, 2년 뒤에

3 역적……요청하니 : 한명련(韓明璉)은 구성 부사(龜城府使)로 있으면서 이괄(李适)과 난을 일으킨 인물이다. 한명련이 부하의 손에 죽고 반란이 실패로 돌아가자, 그의 조카 한윤(韓潤)이 후금으로 달아나 남침의 야욕을 자극하여 정묘호란의 빌미를 제공하였다.

오랑캐가 과연 쳐들어왔습니다. 이것을 보면 공이 세운 절개는 평소 마음속에 강구해두었던 것임을 알 수 있으니, 한순간 비분강개하여 자신의 목숨을 버린 자에 비할 게 아닙니다.

부인은 파평 윤씨(坡平尹氏)이니, 서윤(庶尹) 희(僖)의 딸입니다. 공보다 24년 뒤에 졸하여, 공의 묘에 예법대로 합장하였습니다. 공은 후사가 없어서 일족 이지연(李之衍)을 양자로 들였는데, 이지연의 후손이 지금에 와서 번성해졌다고 합니다.

제가 일찍이 역사서를 읽다가 매번 살펴보니, 성스럽고 밝은 제왕들이 상을 내릴 때 신중에 신중을 거듭했지만 유독 의리에 죽고 나랏일에 죽은 신하에 대해서만은 공과 덕을 밝혀주는 것이 오직 성대하지 못할까 걱정하였습니다. 왜 그렇겠습니까? 지금 열성조들께서 공을 높이고 공에게 보답한 것과 성상께서 공에게 한결같이 은혜를 내린 것으로 미루어 본다면, 이는 후대의 신하들이 죽어서 영화로운 명성을 얻은 분을 본받고 사모하여 스스로 생명을 버리고 국가를 위해 죽는 절개를 다하도록 하고자 해서이니, 다만 한 사람을 표창하는 일일 뿐만이 아닙니다. 이 때문에 공의 행장을 씀으로 인해 특별히 이와 같이 논하오니, 공의 행적을 채택하는 자가 감동하여 대양(對揚)하는 바가 있게 하려 합니다. 삼가 행장을 짓습니다.

이조 판서 민공의 시호를 청하기 위해 올린 행장 대작[4]

吏曹判書閔公請諡行狀 代

우리 성상께서 즉위하신 지 5년 되던 해에 전고를 살펴 제도를 확립하고 문교를 펼쳐 교화를 진작하여, 모든 일들이 빛나고 백성들은 덕에 감화되었습니다. 이에 충량(忠良)한 이들에게 크게 상을 내리고 인심을 격려하여, 국조(國朝) 이래로 절의를 지키다 죽고 나라를 위해 일하다 죽은 사람들 가운데 억울한 이에 대해서는 아뢰게 하고 잊혀진 이에 대해서는 드러내게 하여 추증하고 시호를 내려서 은전을 빠트린 경우가 없었는데, 고(故) 이조 판서 민신(閔伸) 공도 여기에 포함되었습니다.

공은 단종 임금께서 선위(禪位)하실 때 나라의 일을 하다 돌아가신 분입니다. 본관은 여흥(驪興)입니다. 증조 찬성공(贊成公) 휘 변(忭)이 아들 셋을 낳았는데, 좌의정 수문관 대제학(左議政修文館大提學) 여흥부원군(驪興府院君) 장자 휘 제(霽)가 우리 원경왕후(元敬王后)를 낳았고, 개국공신 사헌부 대사헌 집현전 학사 계자(季子) 휘 개(開)가 공의 조부입니다. 이분이 시윤(寺尹) 휘 불해(不害)를 낳았고, 불해가 안동 권씨(安東權氏)에게 장가들어 공을 낳았습니다.

단종 임금께서 어린 보령에 후사를 잇게 되어 국운이 위태로워졌지

4 【작품해제】 계유정난 때 세조에 의해 죽은 민신(閔伸)에게 시호를 내려주기를 청한 글로, 그 후손의 부탁을 받고 지었다. 이 글의 마지막 부분에서 저자는 세조와 당시 희생된 신하들을 명나라의 영락제와 그에게 희생된 건문제의 신하들에 비겨 말하였는데, 신료들의 권력을 눌러 왕권을 강화한 세조를 은근히 두둔하고 있는 점이 이채롭다.

만 여전히 고명제신(顧命諸臣)의 보필을 받았습니다. 그러나 철류(綴旒)의 형세[5]가 믿을 수 없을 만큼 두려워지자, 세조 임금께서 정난(靖難)의 뜻을 결심하시고 먼저 두세 신하를 제거하려 하였습니다. 이에 유수(柳洙), 유서(柳漵), 임운(林芸) 등과 함께 밤을 틈타 좌의정 김종서(金宗瑞)를 찾아가 불러내어 때려 죽였습니다. 이어서 승정원으로 달려가 김종서의 반란을 고변하면서 "김종서가 영의정 황보인(皇甫仁), 우찬성 이양(李穰), 이조 판서 민신(閔伸), 병조 판서 조극관(趙克寬), 군기 판사(軍器判事) 윤처공(尹處恭), 선공 부정(繕工副正) 이명민(李命敏) 등과 함께 함길도 절제사(咸吉道節制使) 이징옥(李澄玉), 종성 부사(鍾城府使) 이경유(李耕䅖), 평안도 관찰사(平安道觀察使) 조수량(趙遂良), 충청도 관찰사(忠淸道觀察使) 안완경(安完慶)과 결탁하여 단종 임금께서 어린 점을 노려 종묘사직을 위태롭게 하려 하였습니다. 이제 역적의 수괴가 제거되었으니, 그 잔당들을 치죄(治罪)하고자 합니다."라고 하였습니다. 승지(承旨) 최항(崔恒)이 문을 열고 나가 맞이하였습니다.

당시 단종 임금께서 영양위(寧陽尉) 정종(鄭悰)의 사저에 계셨습니다. 세조 임금께서 최항과 함께 들어가 단종 임금을 뵙고 토죄를 청한 뒤, 나와서 대궐의 군사를 나누어 보내 잡아들였습니다. 황보인, 이양, 조극관 등을 불러 철퇴로 때려죽이고, 윤처공과 이명민은 집으로 찾아가 죽였습니다. 공은 당시 현릉(顯陵)의 비석을 만드는 곳에 있었는데 역시 사람을 보내 베어 죽였고, 공의 세 아들 보창(甫昌), 보해(甫諧),

5 철류(綴旒)의 형세 : 깃술이 바람 따라 흔들리며 왔다 갔다 하는 것처럼 임금이 권위를 잃고 신하에게 끌려다니는 것을 말한다.

보석(甫釋)도 모두 연좌되어 죽임을 당했습니다. 경태(景泰) 계유년(1453, 단종1) 10월 10일의 일입니다.

보창의 아들 중건(仲騫)은 나이가 어렸는데, 진도(珍島)의 임소에 간 그의 외삼촌이 깊이 숨겨 두었습니다. 중건이 장성하여 해남(海南) 지역에 장가들어 자손들이 그대로 거기에 살게 되었습니다.

금상(今上) 신축년(1781, 정조5)에 중건의 후손 아무개가 조정에 원통함을 호소하자 관작을 복원해주고 시호를 내렸으니, 공이 죽은 지 300여 년이 지나서의 일입니다. 처음에는 당대에 기피하는 일이 되었고 나중에는 세대가 멀어져 고증할 길이 없었기 때문에 집안에서의 공의 행실과 조정에서의 공의 경륜에 대해 실제 사적을 고찰할 수 없습니다. 공의 자(字)와 태어난 때와 역임했던 내외의 관직으로 말하면 이 또한 기록이 사라져서 전해오지 않습니다.

그러나 사람들이 누구나 알고 있고 외사(外史)의 전기(傳記)에 흩어져 나오는 공의 절개로 말하면 비록 상략(詳略)이 다르지만, 함께 죽은 제공(諸公)이 화를 면치 못한 까닭이 어떤 이는 지략이 남보다 뛰어났기 때문이기도 하고 어떤 이는 충정을 빼앗을 수 없기 때문이기도 했습니다. 그렇다면 공이 간직했던 절개나 지모가 죽은 제공들과 우열을 가리기 어려움을 미루어 알 수 있습니다.

이보다 앞서 세종 임금께서 보위에 계실 때 왕실의 인척들을 규합하여 계첩(契帖)을 만들고 친히 서문을 지으셨는데, 공이 통례문 봉례랑(通禮門奉禮郎)으로서 계첩에 이름이 실렸습니다.

당시 세종 임금께서 하루는 손자를 안고서 근신들에게 하교하기를 "과인이 죽은 뒤에 경들이 이 아이를 보호해야 할 것이다." 하였습니다. 이 계첩에 다 들어 있지 않은 집현전의 제공들조차도 부탁하는 유음(遺

音)을 들었으니, 그렇다면 하물며 공에 있어서이겠습니까. 이것이 공의 죽음이 사육신보다 앞서지 않을 수 없는 까닭이니, 한가로운 때 모시던 날에 군신 간에 은밀히 부탁한 것을 오히려 만의 하나라도 상상해볼 수 있습니다. 그렇다면 지금에 이르러 제향하는 즈음에 세종 임금의 넋을 분주히 호위하고 따르는 이가 공이 아니면 누구이겠습니까. 아, 슬픕니다.

제가 일찍이 선대(禪代) 때의 일을 논하면서 영락(永樂) 때의 정난(靖難) 공신과 건문제(建文帝) 때 나라를 위해 죽은 충신[6]이 상충되지 않고 아울러 부각된 것은 고금이 일치한다고 생각했습니다. 당시에 주벌한 것은 민심을 안정시키기 위해서였고, 후대에 포상한 것은 인륜을 밝히기 위해서였습니다.

사람은 저마다 그 주인을 위할 뿐이니, 각자의 위치에서 목숨을 바친 것을 어느 누가 비난할 수 있겠습니까. 제태(齊泰)와 황자징(黃子澄)이 간사한 무리로 지목받았다 하여 복위를 도모한 경련(景連)의 우뚝한 절개를 의심한다면 더욱 의혹된 일이 아니겠습니까. 명(明)나라 유자가 혁제(革除)[7] 연간의 신하들에 대해 평하기를 "명망이 높고 행실

6 영락(永樂)……충신 : 건문제(建文帝)는 명나라 제2대 황제인 혜제(惠帝)를 가리킨다. 혜제는 태조(太祖) 주원장(朱元璋)의 적손으로 즉위하였으나 숙부인 연왕 체(燕王棣)에게 찬탈을 당하고 살해되었으며, 그의 충신인 방효유(方孝孺), 제태(齊泰), 황자징(黃子澄) 등도 모두 살해되었다. 연왕 체는 뒤에 성조(成祖)가 되었으며, 연호를 영락(永樂)이라 하였다.

7 혁제(革除) : 명나라 성조(成祖)가 건문제(建文帝)의 자리를 찬탈하고 조서를 내려 건문제가 사용하던 연호를 바꾸어 태조(太祖) 때의 홍무(洪武)라고 하자, 신하들이 쓰기를 꺼려하여 건문제 연간을 혁제라고 하였다.

이 뛰어난 이는 참혹한 화를 당한다." 하였으니, 공과 같은 분에게 해당되는 말이 아니겠습니까.

그러나 함께 죽은 제공에 대해 역대 임금들께서 넉넉하게 보답하여 거의 유감이 없게 되었건만, 유독 공의 경우에는 오랜 세월이 지나도록 드러나지 못한 것은 어째서입니까? 보답이 더디고 빠른 것은 시운에 달려 있어서 하늘의 이치를 기필할 수 없기 때문입니까? 아니면 드러나고 감추어지는 것은 기다림이 있어서 조금 억눌렸다 펴지려 하기 때문입니까? 제가 공에 대해, 참혹한 화를 당하고 너무 늦게 원통함을 씻은 것을 거듭 비통해하였습니다. 이 때문에 공의 후손이 행장을 지어주기를 청한 기회에 감히 흩어져버린 행적을 주워 모아 봉상시(奉常寺)에서 채택할 자료를 갖추어놓습니다.

본생 선고 문정공 부군 행장[8]

本生先考文靖公府君行狀

공의 휘는 명응(命膺)이고 자는 군수(君受)이다. 달성 서씨(達城徐氏)는 고려에서 군기 소윤(軍器少尹)을 지낸 한(閈)을 비조로 삼는다. 조선에 들어와 휘 미성(彌性)이 안주 목사(安州牧使)를 지냈다. 목사가 두 아들을 낳았는데, 휘 거광(居廣)은 현감(縣監)을 지냈고 휘 거정(居正)은 좌찬성(左贊成)을 지냈으니, 거정은 호가 사가(四佳)로 문장으로 세상에 이름을 떨쳤다. 현감공으로부터 4대를 내려와 판중추부사(判中樞府事) 충숙공(忠肅公) 휘 성(渻)에 이르러 목릉(穆陵)의 명신(名臣)이 되었으니, 바로 공의 5세조이다.

고조의 휘는 경주(景霌)이니, 정신옹주(貞愼翁主)[9]에게 장가들어 달성위(達城尉)에 봉해졌다. 증조의 휘는 정리(貞履)이니, 남원 부사(南原府使)를 지내고 좌찬성에 추증되었다. 조부의 휘는 문유(文裕)이니, 예조 판서를 지내고 좌찬성에 추증되었으며 시호는 정간(貞簡)이다. 부친의 휘는 종옥(宗玉)이니, 이조 판서를 지내고 영의정에 추증되었으며 시호는 문민(文敏)이다. 모친은 증 정경부인(贈貞敬夫人) 덕수 이씨(德水李氏)이니, 좌의정 충헌공(忠憲公) 휘 집(㙫)의 따님이다.

8 【작품해제】 저자의 생부 서명응(徐命膺, 1716~1787)의 행장이다. 주요 내용으로 평안도 관찰사로 있으면서 세운 치적, 정후겸(鄭厚謙)·홍국영(洪國榮)과의 갈등 내막, 역적 홍계능(洪啓能)과 연계되어 곤란을 겪은 상황, 정조의 신임이 두터워 보만재(保晩齋)라는 호를 받게 된 일 등이 있다.

9 정신옹주(貞愼翁主) : 선조(宣祖)의 제1서녀로, 인빈 김씨(仁嬪金氏) 소생이다.

공은 숙종(肅宗) 병신년(1716, 숙종42) 5월 2일에 태어났다. 어려서부터 행동이 단정하고 묵직하며 법도가 있었고 문예(文藝)도 일찍 이루어졌다. 10세에 매화(梅花)에 대해 시를 지었는데, 그 시에 "한 맥의 양기가 일으킨 생기, 흩어져 가지 끝의 봄꽃 백 점 되었네.〔陽心一脈生生意, 散作枝頭百點春.〕"라고 하니, 사람들이 큰 인물이 될 것을 예견하였다.

영조 을묘년(1735, 영조11)에 생원이 되었다. 정묘년(1747)에 처음 출사하여 익위사 세마(翊衛司洗馬)가 되었다. 무진년(1748)에 일로 인해 물러났고 영정도감(影幀都監)을 감조(監造)한 공로로 상의원 별제(尙衣院別提)로 승진하였으나 역시 물러났다. 기사년(1749)에 위솔(衛率)이 되었다. 경오년(1750)에 사복시 주부(司僕寺主簿)로 옮겼다.

신미년(1751, 영조27)에 호조 좌랑에서 익찬(翊贊)에 옮겨 제수되었는데, 호조에서 아뢰어 유임되었다. 얼마 뒤에 위종사 좌장사(衛從司左長史)를 겸직하였는데, 상께서 음관(蔭官)이 겸임하는 것은 관방(官方)[10]에 어긋난다 하여 실직으로 바꾸어주고 공을 호조 좌랑에서 체직하도록 명하면서 "이 사람은 강석(講席)에 출입시키는 게 좋겠다." 하였다. 그 뒤에 의흥 현감(義興縣監)으로 나가 유학을 숭상하여 학전(學田)을 설치해 늠료(廩料)를 충족하고 학규(學規)를 만들어 학업을 닦게 하니, 사민(士民)들이 기쁜 마음으로 감화되었다. 2년을 있다가 친혐(親嫌)[11] 때문에 돌아왔다.

10 관방(官方) : 관직에 있을 때 따라야 하는 법도를 말한다.

11 친혐(親嫌) : 친척 간에 한 관사(官司)에 있을 때 사정(私情)을 쓸 것이라는 혐의를 받게 되는 것을 말한다. 누구와 관련 있는지는 미상이다.

갑술년(1754, 영조30) 여름 증광 문과에 급제하여 병조 좌랑에 제수되었고 체직되어 사간원 정언이 되었다. 당시에 세자께서 대리청정을 하였는데, 공이 글을 올려 일강령(一綱令) 팔조목(八條目)의 설을 아뢰었다. 그 강령은 세자의 뜻을 분발시킬 것〔奮睿志〕이었고, 그 조목 가운데 강학을 밝힐 것〔明講學〕, 성실에 힘쓸 것〔務誠實〕, 욕심을 경계할 것〔戒逸慾〕, 청납을 넓힐 것〔恢聽納〕 4조목은 학문을 하는 요지로서 체(體)이고, 사전을 바로잡을 것〔正祀典〕, 학교를 일으킬 것〔興學校〕, 과거를 개혁할 것〔改貢擧〕, 무비를 튼튼히 할 것〔壯武略〕 4조목은 정치를 하는 도구로서 용(用)이다. 모두 수만 자인데 고금을 참작하여 자세하게 마련하지 않은 것이 없었으니, 식견 있는 이들이 훌륭하게 여겼다.

가을에 홍문관에 뽑혀 들어가 부수찬이 되자 차자(箚子)를 올려 무신(武臣)의 교만한 잘못을 논하였다. 얼마 뒤에 사간원 헌납으로 옮겨 어가를 수행하여 원묘(原廟)[12]에 갔을 때 차자를 올려 가마를 타고 반행(班行)[13]하는 종신(宗臣)에 대해 논하였다. 그 뒤에 우레의 재이(災異)로 인해 글을 올려 진계(陳啓)하기를 "지금은 백관(百官)이 관직에 태만하여 모든 공적이 이루어지지 않습니다. 조정에는 잘못인 줄 알면서도 편히 여기는 것이 풍조가 되었고 현달한 자리는 경쟁이 더욱 심하

12 원묘(原廟) : 정묘(正廟) 이외에 별도로 세운 사당으로, 경복궁 안의 문소전(文昭殿)을 말한다. 태조(太祖) 이성계(李成桂)와 신의왕후(神懿王后)의 혼전(魂殿)이다. 한 혜제(漢惠帝)가 고조(高祖)를 위하여 패궁(沛宮)을 원묘로 세운 데서 비롯하였다. 원묘의 원(原)은 재(再)의 의미로, 앞서 이미 사당을 세웠는데 이제 다시 사당을 세운다는 데서 나온 명칭이다. 《裴駰, 史記集解, 高祖本紀》

13 반행(班行) : 품계나 서열에 의해 행렬을 지어 서는 것을 말한다.

며, 탐람(貪婪)이 자행되고 사의(私意)가 횡류하여 아침저녁으로 생각하는 것이 덫을 몰래 설치하여 자신의 의견과 다른 이를 끌어다 빠트리는 일이 아님이 없는 지경에 이르렀습니다. 이러한 기상(氣象)은 진실로 음양의 괴리를 기다릴 것도 없이 인사(人事)에 드러난 것이 환하여 가릴 수 없습니다. 그러나 바로잡는 방도는 단지 공자(孔子)의 이른바 '곧은 자를 등용하여 굽은 자 위에 둔다.'[14]는 한마디면 충분합니다."라고 하였다. 상이 너그러운 비답을 내리고 가납(嘉納)하였다.

이 당시에 조정의 논의가 문란하여 편을 들어주는 것이 더욱 많아져서 작록을 고주(孤注)[15]로 삼고 치고받는 것을 성세(聲勢)로 삼으니, 공은 본래 마음속으로 천박하게 여겼다. 그러나 공이 일찍부터 사류(士流)의 기대를 받고 있어 제 당(諸黨)에서 다투어 서로 자기편으로 끌어들여 무게 있게 하려 하였으므로 이에 당습(黨習)의 못된 점을 두루 논하여 자신의 뜻을 드러내었다. 시강원(侍講院) 겸 사서(兼司書)에 제수되었다.

겨울에 중학(中學) 한학교수(漢學敎授)를 겸임하였다. 상이 춘방(春坊)에서 불러 보았는데, 공의 주대(奏對)가 성상의 뜻에 어긋났다는 이유로 체직되었다. 며칠 뒤에 상이 공의 《춘방고사》를 가져다 보시고 하교하기를 "그 속의 한 구절의 말에 나도 모르게 정좌하며 스스로 경계하게 되었으니, 그를 체직한 것이 애석하다. 다시 전임(前任)에

14 곧은……둔다 : 《논어》 〈위정(爲政)〉에 나오는 말로, 어떻게 하면 백성이 복종하겠느냐는 노 애공(魯哀公)의 질문에 대한 공자의 답변이다.

15 고주(孤注) : 도박하는 자가 꺼내놓은 판돈을 다 잃으면 마지막으로 감춰두었던 돈을 꺼내게 되는데, 이를 고주라고 한다. 《宋史 寇準傳》. 아끼고 아낀 돈이므로 중요하다는 뜻으로 쓰인다.

제수하여 나의 훌륭한 신하를 권면하게 하라." 하고, 표리(表裏) 한 벌을 하사하였다. 명을 받들어 함경도를 안렴(按廉)하였고, 도중에 부수찬(副修撰)과 문학(文學)에 제수되었으나 외직에 있다는 이유로 모두 체직되었다.

을해년(1755, 영조31) 봄에 비로소 복명(復命)하였는데, 폐정(弊政)을 개혁하고 민은(民隱)을 없애며 탐포(貪暴)한 자들을 물리치고 억울한 옥사를 다스리라고 조목조목 아뢴 몇 가지 일이 모두 시행되었다. 함흥(咸興)의 무의전(無依錢)[16]을 논함에 이르러서는 상께서 읽고 눈물을 흘리며 "어사(御史)의 붓이 백성의 실정을 그림처럼 묘사했구나. 내가 이 돈을 제거하여 풍패(豐沛)의 백성을 편하게 해주지 못한다면 장차 무슨 낯으로 고묘(高廟)에 들어가겠는가?"[17] 하고, 즉시 탕감

16 함흥(咸興)의 무의전(無依錢) : 무의전은 의거할 데가 없는 돈이란 뜻이다. 함경도 어사 서명응(徐命膺)이 복명(復命)하자, 임금이 소견하고 서계(書啓)를 읽도록 하다가 의거할 데 없는 돈[無依錢]이란 조목에 대해 물었는데, 서명응이 대답하기를 "정익하(鄭益河)가 함경 감사로 있을 적에 교제창(交濟倉)의 돈을 민간에 나누어주고 그 이자를 받아서 썼는데, 해가 오래되고 주민들이 가난해져 한층 더 바치기 어려운 지경에 이르러 아직 거둬들이지 못하고 모두 의거할 데가 없게 되었기 때문에 의거할 데 없다고 이름을 붙였습니다."라고 하였다. 이에 임금이 측은하게 여겨 즉시 탕감해주도록 명하였다. 당시 백성들이 오랜 시간이 흐르도록 납부하지 못하여, 독촉에 짓눌려 처자식을 팔거나 스스로 목매어 죽는 자까지 나올 정도로 폐단이 심하였다. 이보다 앞서 서명응의 서계로 인하여 병사(兵使) 정여직(鄭汝稷)에게는 특별히 숙마(熟馬)를 내려주고, 영흥 부사 이방수(李邦綏)와 길주 목사 이은춘(李殷春)에게는 새서 표리(璽書表裏)를 내려주었으며, 이성 현감 이숙(李潚)과 삼수(三水)의 전 부사 김광백(金光白)은 아울러 해부(該府)로 하여금 잡아다 조처하도록 하였다. 《英祖實錄 英祖 31年 2月 13日》

17 풍패(豐沛)의……들어가겠는가 : 풍패는 중국 패현(沛縣)의 풍읍(豐邑)인데 한 고조(漢高祖)의 고향이었으므로 제왕(帝王)의 고향을 일컫는 말이 되었다. 태조(太祖)

하도록 명하니, 함경도 사람들이 지금까지도 그 덕을 보고 있다. 문사 낭청(問事郎廳)으로서 국옥(鞫獄)에 참여하였다.

여름에 특명으로 사헌부 집의에 제수되어, 동료와 함께 차자를 올려 《천의소감(闡義昭鑑)》[18]을 지을 것을 청하여 찬수청 낭청(纂修廳郎廳)에 차임되었다. 얼마 뒤에 겸 필선(兼弼善)으로서 소명을 어겨 파직되었다. 가을에 서용되어 사복시 정(司僕寺正)에 제수되었고, 부응교(副應教) 겸 보덕(兼輔德)으로 옮겼으며, 집의(執義)로 전직하였다. 겨울에 필선(弼善)으로서 사은사(謝恩使) 서장관(書狀官)에 충원되어 연경(燕京)에 갔는데, 떠나기 전에 동궁(東宮)에 육잠(六箴)을 올렸다. 이내 부응교(副應教)로 옮겼으나 국경을 나감으로 인해 면직되었다.

병자년(1756, 영조32) 봄에 일을 마치고 돌아와 교리(校理)에 제수되었다. 경연에서 성경(誠敬)을 치심(治心)의 근본으로 삼고, 분발(奮發)을 권근(倦勤)의 경계로 삼고, 스스로 만족하지 않는 것을 덕(德)을

이성계(李成桂)가 함흥 출신이므로 이와 같이 말한 것이다. 《國朝寶鑑》. 제64권 영조조8 31년에는, 영조가 "한 문제(漢文帝)는 '무슨 낯으로 고묘(高廟)에 들어갈까.' 하였는데, 북방의 백성들이 이 무의전(無依錢) 때문에 살 수가 없다 하니 내가 무슨 낯으로 풍양(豐壤)의 땅을 한 걸음이라도 밟을 수 있겠는가?"라고 되어 있다.

18 천의소감(闡義昭鑑) : 영조의 명에 의해 1721년(경종1) 영조가 왕세제로 책봉된 때부터 1755년(영조31) 나주괘서 사건(羅州卦書事件)까지의 토역(討逆) 사실을 모아 1755년에 간행한 책이다. 소론(少論)과 남인(南人)의 제거 사건에 대한 영조의 태도와 언급은 전후 연교(筵教)와 《승정원일기》에서 요점을 뽑아 기록하고, 사건의 기록은 상소, 계사, 연주(筵奏), 국안(鞫案)에서 초록하고, 이에 대한 평론은 그 뒤에 기록하였으며, 중요 사건은 월일 간지(干支)를 기재하였다. 무신년(1728, 영조4) 이인좌(李麟佐)의 난에 대한 기록은 개략만 적고 있는데, 이는 《감란록(勘亂錄)》을 영조 5년에 따로 편찬하였기 때문이다.

증진시키는 요체로 삼으라고 하였는데, 문의(文義)에 헌가체부(獻可替否)[19]한 것이 많았기 때문에 상도 마음을 비우고 도움을 구하여 "지난 무신년(1728)에 선경(先卿)이 유신(儒臣)으로서 나를 위해 올린 말이 매우 상세하더니,[20] 노년에 연 강연에서 또 유신의 강설을 들었도다." 하였다.

여름에 체직되어 응교(應敎)에 제수되었다. 상이 후원에 납시어 김매는 것을 보면서 유신을 소대(召對)하였는데, 공이 나아가 아뢰기를 "전하께서 김매는 것을 와 보시고 신들에게 농정(農政)을 밝히는 시를 읽게 하시니, 뜻이 매우 훌륭합니다. 농사에 힘쓰는 도는 위로는 천시(天時)이고 아래로는 인력(人力)이니, 비록 김매는 것을 가지고 말해 보더라도 하루라도 힘쓰지 않으면 잡초가 이미 무성해집니다. 옛날의 성왕(聖王)이 백성의 노동력을 쓴 것이 한 해에 3일을 넘지 않았던 것은 이 때문입니다." 하였다. 상이 말씀하기를 "유신의 말이 옳다. 제 도(諸道)에 백성을 동원하는 것을 경계하도록 하라." 하였다. 의정부 검상(檢詳)으로 옮겼고 사인(舍人)에 올랐다가 응교(應敎)로 돌아왔다. 가을에 어제(御製)를 교간(較刊)한 공로로 통정대부(通政大夫)에 오르고 승정원 동부승지에 제수되었으며 좌부승지로 승진하였다.

정축년(1757, 영조33)에 사간원 대사간에 제수되었다. 여름에 체직

19 헌가체부(獻可替否) : 임금에게 행해야 할 일을 진헌(進獻)하고, 행해서는 안 되는 일을 폐지하도록 건의한다는 뜻이다.

20 선경(先卿)이……상세하더니 : 선경은 판서를 지낸 서명응의 부친 서종옥(徐宗玉)을 말한다. 서종옥이 당시 시독관(侍讀官)으로서 무신란(戊申亂)과 관련된 인물들의 처리 문제에 대해 아뢰고 신하들을 자주 인대(引對)하도록 청한 일이 있다. 《英祖實錄 英祖 4年 6月 16日, 18日》

되어 성천 부사(成川府使)가 되었다가 다음 해에 작은 일에 연좌되어 파직되었다.

무인년(1758)에 서용되어 대사간과 형조 참의에 제수되었다.

기묘년(1759) 봄에 좌승지가 되었고, 가을에 형조 참의에서 성균관 대사성으로 옮겼다. 상이 문묘에 배알하려고 계성사(啓聖祠)[21]에 절하는 숫자를 공에게 물으니, 공이 대답하기를 "문선선사(文宣先師)[22]는 왕의 예로 섬기므로 사배(四拜)를 하지만, 계성공(啓聖公)으로 말하면 선사로 인하여 예우하는 것이고 왕의 호칭도 없으니 그 예를 낮추어야 합니다." 하여, 마침내 재배(再拜)하는 것을 법령으로 정하였다. 겨울에 홍문관 부제학으로 옮겼으나 사직하고 숙배하지 않았다.

경진년(1760, 영조36) 여름에 대사간과 부제학을 역임하였다. 상이

21 계성사(啓聖祠) : 공자(孔子), 안자(顔子), 자사(子思), 증자(曾子), 맹자(孟子)의 부친을 제사하는 사당으로, 1739년(영조15)에 모든 도와 큰 고을의 향교마다 계성사를 세울 것을 명령하였다. 공자의 부친 제국공(齊國公) 공숙량흘(孔叔梁紇), 안자의 부친 곡부후(曲阜侯) 안무유(顔無繇), 증자의 부친 내무후(萊蕪侯) 증점(曾點), 자사의 부친 사수후(泗水侯) 공리(孔鯉), 맹자의 부친 주국공(邾國公) 맹격(孟激)이 제향되었다. 서울에 있던 계성사는 광복 후 성균관대학교를 지으면서 헐렸고 향사의 예도 폐지되었다.

22 문선선사(文宣先師) : 대성지성문선선사(大成至聖文宣先師)의 줄임말로 공자(孔子)를 일컫는 말이다. 명 세종(明世宗) 때 정립되었다. 공자의 시호는 시대마다 가감이 있었는데, 당(唐)나라 개원(開元) 연간에 이르러 처음으로 문선왕(文宣王)에 봉해졌고, 원(元)나라에 와서 '대성(大成)' 두 글자가 더해졌다. 그러나 '선(宣)'이라는 시호는 치우친 한 행실을 나타내는 데에 불과하고, '성(成)'이라는 비유는 음악의 곡이 한 차례 끝나는 것을 말하므로 공자를 일컫는 말로는 논란의 소지가 있었다. 명(明)나라에 이르러 구준(丘濬)이 "하늘에 계신 공성(孔聖)의 혼령이 필시 그 시호를 받으려 하지 않을 것이다."라고 하여, 공자의 시호를 다시 제정하게 되었다. 《月沙年譜 卷2》

가뭄을 걱정하여 기우제를 지내려고 공에게 제문을 지어 올리라고 명하고 경기도 일대에 특별히 어사(御史)를 파견하여 의옥(疑獄)을 심리하게 하였다. 공이 명을 받들어 지어 올리고 이어서 동궁(東宮)에 글을 올려 위로 대조(大朝)에 여쭈어 8도에 어사를 나누어 파견하여 의옥을 심리하는 정사를 널리 시행토록 할 것을 청하였다.

얼마 뒤에 상이 태실(太室)에서 직접 기도하려 하니, 공이 차자를 올려 "기우제의 예(禮)는 제사로 말하면 외부 제사를 먼저 지내고 내부 제사를 나중에 지내므로 '교제로부터 종묘에 가서 신을 높이지 않음이 없다.'[23] 하였고, 제관으로 말하면 아랫사람을 먼저 하고 윗사람을 뒤로 하므로 '궁한 서정(庶正)과 병든 총재(冢宰)여!'[24]라고 하였습니다. 우리나라에서 기우제를 지낼 때 3품관을 먼저 하고 2품관을 그다음으로 하고 근시(近侍)를 그다음으로 하고 의정(議政)을 그다음으로 한 뒤에 비로소 친행(親行)하는 것은 이를 참고한 것입니다. 지금 3품관과 2품관이 겨우 한 번 제사를 지냈는데 대번에 성상께서 거둥하시어 태실에

23 교제로부터……없다 : 《시경》 〈운한(雲漢)〉 편에 "가뭄이 너무도 심하여, 열기가 가득 쌓이며 성하기에, 인사를 그치지 아니하여, 교제로부터 종묘에 가서, 상하에 제사하고 예물을 올리고 묻으며, 신을 높이지 않음이 없으니, 후직이 감당해내지 못하시며, 상제가 강림하지 않으시도다. 하토에 폐해를 입히고 망하게 함이, 어찌하여 내 몸에 당하였는가.〔旱旣大甚, 蘊隆蟲蟲. 不殄禋祀, 自郊徂宮. 上下奠瘞, 靡神不宗. 后稷不克, 上帝不臨. 耗斁下土, 寧丁我躬.〕" 하였다.

24 궁한……총재(冢宰)여 : 《시경》 〈운한(雲漢)〉 편에 "가뭄이 너무도 심하여, 흩어져 기강이 없도다. 궁한 서정이며, 병든 총재며, 추마와 사씨와 선부와 좌우에, 사람마다 백성을 구원하지 않는 이가 없어, 능하지 못하다 하여 그치는 이가 없도다. 하늘을 우러러보니, 근심을 어찌할까.〔旱旣太甚, 散無友紀. 鞫哉庶正, 疚哉冢宰. 趣馬師氏, 膳夫左右. 靡人不周, 無不能止. 瞻卬昊天, 云如何里.〕" 하였다.

규벽(圭璧)을 올린다면 너무 갑작스러운 것이 아니겠습니까." 하였다. 상이 가납하지 않으시고 특별히 공을 당상 집례(堂上執禮)로 삼으니 공이 어쩔 수 없이 명을 받들었다가 한참 뒤에 정고(呈告)[25]하여 체직되었다.

겨울에 다시 부제학에 제수되었다. 상이 공에게 입직(入直)하여 고문(顧問)에 대비하라고 명하였다. 공이 《중용》을 강하는 기회를 인하여 "신이 병자년에 유신(儒臣)으로서 이 편을 진강한 적이 있는데, 5년이 지난 지금 삼가 성상의 학문을 우러러보니 더욱 진보한 아름다운 면모가 보이지 않습니다. 제왕의 학문은 포의(布衣)의 선비와는 같지 않으니, 분석하는 공을 간단히 하고 체인(體認)하는 맛을 넉넉하게 해야 합니다. 그렇지 않고서 한갓 빈말만 숭상하여 실천에 보탬이 없다면 강학을 귀하게 여길 것이 무어 있겠습니까." 하였다. 상이 말씀하기를 "내가 《중용》을 읽은 것이 적지 않으나 책은 책대로 나는 나대로 무관해지는 것을 면치 못했으니, 책을 대할 때면 부끄럽다." 하였다. 공이 일어나 말하기를 "황공하게도 이것이 비록 겸손한 분부에서 나온 말씀이지만 만일 전하께서 실천하지 않으신다면 또한 책은 책대로 나는 나대로 끝날 따름입니다." 하니, 상이 용모를 고쳤다.

공이 숙직한 지 오래되자 상이 교체를 허락하기에 앞서 사학(四學)의 유신(儒臣)과 대사성, 관학재임(館學齋任)을 불러들여 난해한 부분을 서로 발론하게 하니, 천명(天命)과 솔성(率性)의 경계부터 계구(戒懼)와 신독(愼獨)의 동정(動靜)까지 정밀하게 분석하고 반복하여 토론하지 않은 것이 없었다.

25 정고(呈告) : 벼슬아치가 휴가를 신청하는 일을 말한다.

당시에 상이 내시에게 《성학집요(聖學輯要)》[26]를 보기 위해 가져오라 하였는데 내시가 다른 책을 잘못 가져오자, 성상께서 언성을 높였다가 바로 낮추며 "장사숙(張思叔)이 종을 꾸짖자 정자(程子)가 '어찌하여 동심인성(動心忍性)하지 않는가.' 하였으니,[27] 책을 잘못 가져온 것에 대해 내 사기(辭氣)를 허비할 것이 무엇인가. 그러나 이내 잘못을 고쳤으니, 강설(講說)의 효과를 속일 수 없다." 하였다.

공이 대답하기를 "전하께서 스스로 다스리시기를 한결같이 이렇게 게을리하지 않으시니, 기질이 바로잡히지 않고 사의(私意)가 제거되지 않는 일이 있겠습니까? 또 오늘의 일은 훌륭한 거조입니다. 존귀한 임금의 신분으로 제생(諸生)과 경서를 가지고 문답하시니, 격려하고 감동시키는 데 얼마나 큰 도움이 되겠습니까. 그러나 법이 한번 시행되고 계속 이어지지 않으면 반드시 실효를 거둘 수 없으니, 지금부터 대사성이 유생을 이끌고 달마다 반드시 모여 강론을 하되 장구(章句)를 일삼지 말고 오로지 문의(文義)만을 숭상하는 것이 좋을 것입니다." 하니, 상께서 "좋다. 한 달에 세 번 강론하는 것을 법령으로 정하라." 하였다.

그 뒤에 조참(朝參)에서 대신(臺臣) 유서오(柳敍五)가 앞서 병조를 맡았던 시기에 있었던 사소한 일을 가지고 논란을 하니,[28] 공이 논박하

26 성학집요(聖學輯要) : 1575년(선조8)에 이이(李珥)가 제왕(帝王)의 학문을 위해 선조(宣祖)에게 지어 바친 책이다. 이재(李縡)와 이진오(李鎭五)가 1742년에 편집하고 1749년에 간행한 《율곡전서》 권19～26에 수록되어 있다.

27 장사숙(張思叔)이……하였으니 : 이 내용은 《근사록(近思錄)》 권5에 보인다.

28 유서오(柳敍五)가……하니 : 유서오(柳敍五, 1711～?)의 자는 계상(季常)이고 본관은 진주(晉州)이며, 1756년(영조32) 정시 문과에 급제하였다. 유서오가 문제로

기를 "지성으로 도움을 구하는 이날을 맞아 대신이 된 자는 좋은 말과 훌륭한 계책으로 마음을 비우고 기다리시는 성상의 뜻에 우러러 답해야 합니다. 지금 서오가 자잘한 일을 주워 모은 것은 대각의 체통을 무너뜨리는 일이니 파직해야 합니다." 하였다. 상이 처음에는 공의 말을 따랐으나, 이윽고 공의 말이 불공평하다고 하여 공도 파직하였다.

신사년(1761, 영조37) 봄에 서용되어 좌승지와 대사성에 제수되었다. 금상[29]께서 입학하시자, 공이 《오례의(五禮儀)》에 실린 내용이 너무 소략하다 하여 《입학의절(入學儀節)》을 고쳐 지었는데, 입학례가 끝나자 그 의절을 성균관에 보관하였다. 체직되어 부제학이 되자 명을 받들어 《양한사명(兩漢詞命)》[30]을 지어 올렸고, 이조 참의로 옮겨 갔다.

삼았던 일은 미상이나, 《영조실록》 1760년(영조36) 12월 11일 기사에, 장령(掌令)으로 있던 유서오가 관원을 따라다니는 관아의 하례(下隷)에 관한 지침과 법규인 근수법(跟隨法)을 엄히 확립할 것을 청한 것을 보면, 서명응이 규정에 넘는 하례를 둔 것이 문제가 되었던 것으로 보인다.

29 금상 : 정조(正祖)를 말한다.

30 양한사명(兩漢詞命) : 원제는 《어평양한사명(御評兩漢詞命)》이다. 서한(西漢)과 동한(東漢)의 조령(詔令)을 모은 뒤 영조가 평을 달아 1761년(영조37)에 간행하였다. 영조가 직접 지은 서문에, 당나라는 정관의 치 이후로 훌륭한 임금이 나지 않았고, 오로지 양한의 9제야말로 제왕이 모범으로 삼아야 할 바이므로 그때의 조령을 모았다고 하였다. 양한의 9제(帝)를 각 1권씩 다루었다. 제1책은 권1~5에 해당하는데, 서한(西漢)의 고제(高帝), 문제(文帝), 경제(景帝), 무제(武帝), 소제(昭帝) 때의 글을 수록하였다. 각 임금의 휘(諱)와 간략한 약력, 성품을 쌍행으로 주기(註記)하였고, 편지, 고유(告諭), 조칙(詔勅) 등을 연대순으로 적고 주를 달았으며, 영조의 평(評)도 일부 붙어 있다. 이 가운데 무제가 차지하는 분량이 제일 많다. 제2책은 권6~9에 해당하는데, 서한의 선제(宣帝)와 동한(東漢)의 광무제(光武帝), 명제(明帝), 장제(章帝) 때의 글을 실었다.

당시 감시(監試)를 설행하려고 하였는데, 적신(賊臣) 정후겸(鄭厚謙)이 13세의 아이로서 옹주(翁主 화완옹주)의 권세를 믿고 자기와 친한 사람을 시관(試官)에 의망하여 합격해보려고 하였다. 그러나 공의 뜻을 꺾을 수 없었으므로 이에 척당(戚黨)이 모여 논의하여 사단(事端)을 일으켜 공을 이조에서 제거할 것을 모의하였다. 공이 이섭원(李燮元)을 제관에 차임했을 때 이섭원의 아우 이익원(李翼元)이 승지로서 치제단자(致祭單子)를 멋대로 물리치고 하리(下吏)를 결박하여 다시 단자를 만들도록 독촉하였다. 공이 즉시 글을 올려 자인(自引)하니, 홍문관에서 둘 다 파직시키기를 청하여 마침내 공을 이조에서 제거하였다. 서용되어 예조에 들어갔다가 승지로 옮겼으며 이조로 돌아왔다. 겨울에 체직되어 예조와 승정원에 들어갔다.

임오년(1762, 영조38) 봄에 다시 이조에서 황해도 관찰사로 나갔다. 상께서 일찍이 공에게 별유(別諭)를 내려 황해도 내의 모든 죄수에 대해 사정을 간략히 뽑아 적고 의견을 덧붙여 아뢰라고 하였다. 공이 원사(爰辭)[31]를 자세히 열람하고 법리(法理)를 참고하여 전후로 죄를 경감해준 사람이 30여 명이었는데, 모두 수십 년 옥살이를 한 이들이었다.

이에 앞서 공이 전지(銓地)에 있을 때 이공 이장(李公彛章)을 경연에 통의(通擬)하였는데, 이공은 바로 공의 사돈이었으나[32] 국가 제도에 당상관은 상피(相避)하는 법이 없었다. 이때 와서 장령 김양심(金養

31 원사(爰辭) : 죄인의 범죄 사실을 조사한 공초(供招)이다. 원(爰)은 바꾼다는 뜻으로 옛날 재판관의 편파를 막기 위하여 옥서(獄書)를 서로 교환하여 보았던 데서 온 말이다.

32 이공은……사돈이었으나 : 서명응의 생자(生子) 서호수(徐浩修)가 이이장(李彛章)의 딸에게 장가들었다.

心)[33]이 이것을 가지고 공을 공격하니, 공이 상소하여 변명하고 강력하게 체직을 청하였다. 가을에 옮겨가 통신사 정사(通信使正使)에 제수되었으나 나아가지 않았고, 이조 참의와 형조 참의를 지냈다. 겨울에 승지에서 이조로 전직하였다.

계미년(1763, 영조39)에 네 차례 승정원에 들어갔고 두 차례 호조와 예조에 들어갔으며, 또 형조 참의와 부제학, 대사성이 되었다. 가을에 이조 참의로 있다가 종성부(鍾城府)에 유배되었다. 당시 조명채(曺命采)[34]가 오래도록 전조(銓曹)에 의망을 받지 못하자, 상께서 누차 바꾸어 의망하게 하였다. 공이 전관(銓官)은 전관의 품격을 지켜야지 상의 뜻을 받드는 것은 부당하다고 생각하여 소를 올려 불가하다고 쟁집(爭執)하니, 상께서 몹시 괴로워하며 이 명을 내렸다. 한 달 남짓 만에 방환되었다.

겨울에 서용되어 예조 참의에 제수되었다. 상께서 금주령을 내렸으나 범하는 자가 더욱 많아지는 것을 근심하여 제신(諸臣)을 불러 강구하여 그 법을 더욱 엄하게 하려 하였다. 공이 아뢰기를 "성왕(聖王)이 법령을 베풀 때에는 시행될 수 있기를 구하였습니다. 가령 술을 금할 수 있었다면 하(夏)나라의 우(禹)임금이 후세를 염려하여 반드시 이미 금령을 내렸을 것입니다.[35] 지금의 법령에 베풀지 않은 것은 다만 일률

33 김양심(金養心) : 1725~1777. 자는 경인(敬仁), 호는 과욕재(寡慾齋), 본관은 안산(安山)이다.

34 조명채(曺命采) : 1700~1764. 자는 주경(疇卿), 호는 난재(蘭齋), 본관은 창녕(昌寧)이다. 1762년 사도세자(思悼世子) 사건 때 옥사와 관련하여 국문을 당하였다가 풀려나 2년 뒤에 죽었다.

35 가령……것입니다 : 《맹자》 〈이루 하(離婁下)〉에 "우임금은 맛있는 술을 혐오하

(一律)[36]뿐인데, 만일 법령이 일률에 이르러서도 범하는 자가 오히려 그치지 않는다면 일국(一國)의 형극(荊棘)을 어찌 전하께서 열어준 것이 아니겠습니까." 하였다.

상께서 기뻐하지 않으며 "이는 금주령을 혁파하려는 것인가?" 하고는 한참 뒤에 하교하기를 "내가 예조 참의가 한 말에 깊이 느낀 점이 있다. 비록 백성을 보호하는 정치를 하지는 못할망정 어찌 백성의 목숨에 대해 형극을 열어주겠는가. 차율(次律)[37]로 법령을 삼으라." 하였다. 좌승지로 옮겼다가 얼마 뒤에 예조 참판 겸 동지춘추관사에 특진되었다.

갑신년(1764, 영조40)에 동지의금부사 오위도총부 부총관이 되었다. 상께서 중춘(仲春)에 적전(耤田)을 친경(親耕)하려 하자, 공이 "친경은 삼대(三代)의 예(禮)이다. 더구나 고령(高齡)에 직접 행하는 것은 고례(古禮)를 따라야만 하는데, 《오례의(五禮儀)》에 실린 것은 개원(開元)[38]의 비루한 제도를 인습한 것이고 더 이상 삼대의 옛 제도가 아니다." 하여 〈원속오례친경의변(原續五禮親耕儀辨)〉을 지어 상소와 함께 올렸다.[39] 상께서 비록 쓰지는 않았으나 그 설을 깊이 받아들였다.

시고 선한 말을 좋아하였다.〔禹惡旨酒而好善言.〕" 하였는데, 그 집주에 "《전국책(戰國策)》에 '의적(儀狄)이 술을 만들자, 우임금이 마셔보고 달콤함을 느껴서 「후세에 반드시 술 때문에 그 나라를 망칠 자가 있으리라.」 하고는 드디어 의적을 멀리하고 맛있는 술을 끊었다.' 하였다."라고 되어 있다.

36 일률(一律) : 극률(極律)과 같은 말로, 사형(死刑)을 말한다.

37 차율(次律) : 사형보다 한 단계 낮은 형벌이라는 의미로, 대체로 절지(絶地)에 유배하는 것을 말한다.

38 개원(開元) : 당 현종(唐玄宗)의 연호이다.

명을 받고 가서 경기전(慶基殿)[40]의 영정(影幀)을 배접하는 일을 감독하였다.

돌아온 뒤에 상께서 이해는 바로 명(明)나라가 망한 해라고 하여 의종(毅宗)[41]이 사직을 위해 순국한 3월 19일에 대보단(大報壇)에서 친향(親享)하려 하였다. 기일(忌日)에 음악을 연주하는 것을 저어하는 대신(大臣)이 있자, 상께서 예관(禮官)과 유신(儒臣)을 불러 함께 논의하였다.

공이 말하기를 "19일이 의종(毅宗)에게 있어서는 기일이지만 태조(太祖)와 신종(神宗)에게 있어서는 거리낄 것이 없는데, 어찌 자손의 기일 때문에 선대의 제사에 음악을 없앤단 말입니까. 또 삼대(三代)의 정제(正祭)[42]에서 천신(天神)에게 올리는 제사의 정제는 신일(辛日)로 정하고, 지신(地神)에게 올리는 제사의 정제는 갑일(甲日)이나 무일(戊日)로 정하고, 인신(人神)에게 올리는 제사의 정제는 정일(丁日)이나 해일(亥日)로 정했습니다. 황단(皇壇)에서는 본래 제천(祭天)의 예

39 원속오례친경의변(原續五禮親耕儀辨)을……올렸다 : 《보만재집(保晩齋集)》 권4에 〈진원속오례친경의변소(進原續五禮親耕儀辨疏)〉가 있는데, 이 소를 올리면서 설위(設位)와 친경(親耕) 두 조목으로 이루어진 이 의변을 덧붙였다.

40 경기전(慶基殿) : 태조(太祖) 이성계(李成桂)의 어진(御眞)을 봉안한 곳으로, 그의 본향인 전주(全州)에 있다.

41 의종(毅宗) : 명(明)나라의 마지막 황제로, 갑신년(1644)에 이자성(李自成)의 반란군이 북경으로 쳐들어오자 만수산에서 자결하였다. 연호가 숭정(崇禎)이었으므로 숭명(崇明) 의리를 내세우는 조선 후기의 학자들이 이해(숭정 원년 1628년 무진년)를 기준으로 숭정 기원(紀元)을 사용하였다.

42 정제(正祭) : 제사 의식에서 제일 첫날 지내는 제사로, 다음 날 이어 지내는 역제(繹祭)와 상대되는 개념이다.

(禮)로 천자를 제사 지내는데, 20일의 간지가 마침 신일이니, 19일에 황단에 나아가 희생을 살피고 다음 날 음악을 베풀어 제사를 지낸다면 아마도 정리(情理)와 예문(禮文)에 모두 맞을 것입니다." 하였다. 상께서 마침내 공의 말을 따랐다.

여름에 사헌부 대사헌에 옮겨 제수되었다. 공이 등대(登對)하여 삼본(三本)의 설을 아뢰었는데, 첫째 대각(臺閣)에 죄를 묻지 말고 법식(法式)을 밝게 게시하여 간언(諫言)을 오게 하는 근본을 삼으라는 것이고, 둘째 산림(山林)의 현사를 초빙하여 서연(書筵)에 두어 보도(輔導)의 근본을 삼으라는 것이고, 셋째 벼슬에만 급급한 이들을 물리치고 고요한 이들을 등용하여 용인(用人)의 근본을 삼으라는 것이었다. 상께서 매우 질책하자, 공이 즉시 인피(引避)하여 체직되었다. 대신(大臣)이 공이 아뢴 말이 거조(擧條)와 서로 어긋난다 하여 승지와 주서(注書)에게 벌을 내리기를 청하자, 상께서 공까지 함께 파직하였다. 서용되어 형조 참판에 제수되었다.

가을에 대사헌으로 옮겼는데, 공이 앞의 일을 이끌어 숙배하지 않고, 하늘에 빌어 천명(天命)을 길이 누릴 만한 치법(治法)과 정모(政謨)를 자세히 기술하여 〈기영편(祈永篇)〉이라 이름 짓고 차자를 갖추어 탄신일에 올렸는데,[43] 이는 《금감록(金鑑錄)》의 고사[44](故事)를 따

43 기영편(祈永篇)이라……올렸는데 : 《보만재집(保晩齋集)》 권4에 〈진기영편차(進祈永篇箚)〉가 있다. 〈기영편〉은 나라를 장구하게 유지하기 위해 임금이 힘써야 할 일을 경계한 내용으로, 동정(動靜), 대공(大公), 도법(道法), 청납(聽納), 현능(賢能), 명실(名實), 유일(遺逸), 상벌(賞罰), 조령(條令) 등 모두 9칙(則)으로 되어 있다.

44 금감록(金鑑錄)의 고사 : 《금감록》은 당나라 재상 장구령(張九齡)이 천추절(千秋節)에 현종(玄宗)에게 올린 《천추금감록(千秋金鑑錄)》의 약칭이다. 전국 시대 초나라

른 것이었다. 상께서 칭찬의 비답을 내리고 홍문관에 명하여 〈기영편〉을 별도로 책으로 만들어 올리도록 하였다가 이내 그만두게 하였다. 겨울에 우레가 치는 재이(災異)가 거듭되자 상께서 특별히 공을 부제학에 제수하고 "강학은 수양과 성찰의 근본이니, 강학을 하고자 한다면 이 사람을 버려두고 누구를 하겠는가." 하였다.

얼마 뒤에 승문원 제조를 겸하였는데, 공이 상소하여 사직하고 지성(至誠)으로 하늘을 섬기라는 뜻으로 상에게 권면하였다. 상이 연달아 공에게 들어와 사은숙배할 것을 재촉하여 공이 드디어 직임에 나아가서 상을 위해 학문을 증진하고 나라를 다스리는 방안을 말씀드렸는데, 정성스러워 들을 만하였다. 상께서 기뻐하기를 "이제야 강연에 법도가 있음을 알겠다." 하시고, 공에게 강연이 끝날 때까지 입직하도록 명하였다.

당시에 홍상 봉한(洪相鳳漢)이 차자를 올려 파주 목사 겸 방어사더러 임진성(臨津城)을 쌓게 하라고 청하였다. 상께서 신하들에게 두루 물으니 모두 좋다고 대답하였으나, 공에게 물어보자 공은 "신이 임진(臨津)의 형편에 대해 익히 보았습니다. 연도(沿渡)의 위아래에 얕은

충신 굴원(屈原)이 간신의 참소를 받고 회왕(懷王)으로부터 쫓겨나 번민하다가 5월 5일에 멱라강(汨羅江)에 투신하여 죽은 고사로 인해 당나라 때 조정의 공과 왕들이 양자강(揚子江)에서 청동 거울을 주조하여 임금에게 바침으로써 모든 사물을 있는 그대로 비추는 거울처럼 충신과 간신을 명철하게 구분하라는 뜻을 부여하였다. 그러나 장구령은 거울 대신에 임금을 일깨우는 내용으로 총 10장(章)의 《금감록》을 지어 바쳤다. 곧 임금의 경사스러운 날에 신하가 축하하는 정성을 표하는 것으로는 무엇보다도 임금의 마음을 깨우쳐 선정을 펼칠 수 있도록 충언을 하는 것이 제일이라는 것이다. 《新唐書 卷126 張九齡列傳》

여울이 많고 진보(鎭堡)의 좌우에 별다른 협곡이 없으니, 만일 적병이 입을 다물고 은밀히 군사를 이동하여 얕은 여울을 따라 곧장 건너온다면 임진에 성을 설치한들 오히려 무슨 도움이 되겠습니까. 청석동(靑石洞)으로 말하면 천하의 매우 험준한 곳이니, 적이 청석동을 한번 지나가려면 이른바 거의 사지에 빠졌다가 살아났다는 격이 될 것입니다. 신의 생각에는 청석동에만 치첩(雉堞)을 쌓고 관문(關門)을 설치하면 되고, 임진에는 굳이 성을 쌓지 않아도 될 듯합니다." 하였다. 상께서 공의 말을 옳다고 여겼으나 묘의(廟議)에 막혀 쓰이지 못하였다.

그 뒤에 지평 이득일(李得一)이 상소하여 군주의 덕에 대해 아뢰면서 강관(講官)이 도움 되는 바가 없다는 내용으로 말을 하니, 공이 즉시 돌아와 누차 소명(召命)을 어겨 파직되었다. 곧 전직(前職)으로 부름을 받자, 공이 또다시 상소하여 진면(陳勉)하기를 "《시경》에 '계책을 크게 하고 명령을 살펴 정하며, 계획을 장구하게 하고 때에 따라 고한다.'[45] 하였으니, 계책은 반드시 크게 한 뒤에야 그 호령(號令)을 자세히 정할 수 있고, 계획은 반드시 멀리한 뒤에야 시대에 전파하고 알릴 수 있습니다. 지금 온 조정의 신하들이 6일에 걸쳐 강론하고 상의하여 바로잡은 것이 관부(官府)의 개편과 아전의 녹봉에 불과할 뿐입니다. 이는 비록 변통하지 않을 수 없는 일이지만, 만일 천재(天災)가 이것 때문에 일어난다고 하여 이로써 재변을 막는 계책으로 삼는다면 신은 감히 믿지 못하겠습니다. 전하께서 어찌 봉행하지 말라는 금령을 중지하고 종묘와 사직의 헌례(獻禮)를 강론하지 않으신단 말입니까.

《시경》에 '군자의 수레가 이미 많고, 군자의 말이 이미 길들여졌다.'[46]

45 계책을……고한다 : 《시경》 〈억(抑)〉에 보인다.

하였으니, 신은 성상께서 다스리시는 우리 조정의 수레와 말이 과연 현자를 대우하는 도구가 되고 있는지 모르겠습니다. 펄럭이는 깃발이 혹시라도 준도(浚都)에 있는 것을 보지 못했고,[47] 졸졸 흐르는 샘물로 형문(衡門)에서 즐겁게 주리는 것을 들을 뿐이니,[48] 가령 성인(聖人)이 다시 태어나 우리나라의 국풍(國風)을 엮는다면 근래의 조정에는 끝내 현자를 초빙하는 시가 없을 것입니다. 전조(銓曹)를 신칙하여 뽑은 선비들을 자리가 비는 대로 의망하고 특별히 별유(別諭)를 내려 지성(至誠)으로 초빙하는 뜻을 보여주셔야 합니다.

《시경》에 '성인들은 덕이 있고 소인들은 일함이 있다.'[49] 하였으니, 오늘날 인재를 만드는 방법을 한번 보면 어찌 이리도 아득하단 말입니까. 총명하신 전하께서 신하들의 현・불초에 대해 어찌 제대로 보지 못하는 것이 있겠습니까. 그러나 신의 생각에 전하께서는 선한 이를

46 군자의……길들여졌다 : 《시경》 〈권아(卷阿)〉에 보인다.

47 펄럭이는……못했고 : 조정에서 현자를 예우하여 초빙하는 일을 보지 못했다는 말이다. 펄럭이는 깃발과 준도(浚都)는 《시경》 용풍(鄘風) 〈간모(干旄)〉에 나오는 말로, 준도는 위나라의 고을 이름이다. 〈간모〉는 모서(毛序)에서 "위 문공(衛文公)의 신하들이 선(善)을 좋아하는 자가 많으니, 현자(賢者)들이 선도(善道)를 말해주기를 즐거워한 시이다." 하였으니, '펄럭이는 깃발이 준도에 있다'는 것은 본디 위나라 대부가 현자를 만나기 위해 예모를 갖춘 모습을 읊은 것이다.

48 졸졸……들으니 : 임금이 뜻을 세우지 못하고 은자처럼 개인적인 단아한 삶으로 자족하고 있다는 말이다. 졸졸 흐르는 샘물로 형문(衡門)에서 즐겁게 주린다는 것은 《시경》 진풍(陳風) 〈형문(衡門)〉에 나오는 말이다. 〈형문〉은 모서(毛序)에서 "희공(僖公)을 타이른 시이니, 희공이 점잖기만 하고 뜻을 세우지 못했기 때문에 시를 지어 그를 이끌어준 것이다." 하였다.

49 성인들은……있다 : 《시경》 〈사제(思齊)〉에 보인다.

칭찬하는 방도는 간혹 부족하고, 불능(不能)한 이를 불쌍히 여기는 방도는 너무 지나치신 듯합니다. 이 때문에 재능이 없는 자가 항상 임용되고 재능이 있는 자는 항상 불우합니다. 세상의 지조 없는 자들이 어찌 꼭 노심초사하며 애써 기미를 살펴 아무런 의미도 없는 데서 황당한 의미를 끄집어내어 차마 입에 담지 못할 말을 하는 것이겠습니까. 등용되기 전에는 '내가 비록 재능은 없지만 이미 그 바탕이 있으니 청관미직(淸官美職)을 무엇을 구하든 얻지 못하랴.'라고 자부하지만, 등용된 뒤에는 '경륜은 그가 익힌 바가 아니라 경륜을 펼 수도 없고 사명(詞命)은 그가 능한 바가 아니라 사명을 담당할 수도 없다.' 하여 이에 아침에 한 사람을 사주하여 한 가지 계략을 꾸미고 저녁에 한 사람을 사주하여 한 관작(官爵)을 도모하고는 이로써 벼슬아치의 사업을 삼으니, 풍속이 어찌 피폐하지 않을 수 있으며 조정이 어찌 시끄럽지 않을 수 있겠습니까. 성상께서 깊이 유의하시어 어질고 재능 있는 사람은 오직 급히 쓰지 못할까 두려워하고, 어질지 않고 재능이 없는 자는 오직 용감히 버리지 못할까 근심해야 합니다." 하였다.

당시에 상께서 승정원에다 소장(疏章)에 '주(酒)' 자가 있는 것은 모두 봉입(捧入)하지 말라고 명하였으므로 공이 금주령을 논하면서 주(酒) 자를 한 글자도 쓰지 않았다. 상께서 그 뜻을 파악하고는 하교하기를 "나는 금주령에 대해 매우 굳게 고수한다." 하시고 특별히 파직을 명하였다.

서용되어 한성부 우윤에 제수되고 비국 당상(備局堂上)에 차임되었다. 상께서 차대(次對)로 인해 《서경》 〈홍범(洪範)〉을 강론하면서 공을 돌아보고 "내가 이 편에 대해 강론한 것이 익숙하지만 의심이 쌓여 있으니, 경은 나를 위해 개진하도록 하라." 하였다. 공이 오행(五行)의 생성과 구주(九疇)의 체·용 및 낙서(洛書)의 사정(四正)·사우(四隅)의 위치를 가지고 널리 인용하고 세세히 증명하였으며 단락을 따라 조목조목 변론하니, 상께서 더욱 칭찬해 마지않았다.

을유년(1765, 영조41)에 이조 참판 겸 동지경연사에 옮겨 제수되었다. 첫 인사 행정을 할 때 먼저 예전에 성상의 뜻을 거슬렀던 몇 사람을 천거하자, 상께서 노하여 공을 파직하였다. 곧 형조 참판 겸 홍문관 제학에 서용되었다. 여름에 연이어 홍문관 대제학과 성균관 대사성이 되어, 상소하여 관학(館學)의 병폐를 아뢰었다. 가을에 우윤을 지냈고, 겨울에 대사헌, 부제학, 도승지 겸 사역원 제조(司譯院提調)로 누차 옮겼다.

병술년(1766, 영조42)에 이조 참판으로 전직하였다. 지평 이해진(李海鎭)이 상소하여 삼전(三銓)의 통의(通擬)가 공정하지 않다고 논박하니, 공이 이조 판서 정공 홍순(鄭公弘淳)과 함께 소장(疏章)을 올려 의리를 내세웠다. 상께서 이해진을 엄히 물리치고 공이 이해진을 사헌부에 통의할 때의 전관(銓官)이었다는 이유로 특별히 체직하였다.

여름에 재차 도승지가 되었고 부제학으로 옮겼다. 당시에 정후겸(鄭厚謙)이 약관도 못 된 나이에 이미 조적(朝籍)에 오르고 《홍문관록(弘文館錄)》에도 오르니, 공이 날마다 소명(召命)을 어기고 달려가지 않았다. 5일째 되는 날에 상께서 매우 엄한 전교를 내리기를 "만일 잘못을 고칠 줄 모른다면 신하의 절조가 없다는 죄목을 세운들 무엇이 아깝겠는가." 하였다. 사람들이 모두 공을 위해 나가기를 권하였으나 공은 끝내 응하지 않았고, 새벽 2시경에 매우 급히 재촉하자 공이 또 사헌부에 나가 죄를 기다리겠다고 하니, 상께서 진노하여 공을 갑산부(甲山府)에 유배하였다. 배소에 도착하자마자 방환되었다.

가을에 서용되어 공조 참판 겸 동지성균관사에 제수되었다. 겨울에 이조 참판 겸 예문관 제학・평시서 제조(平市署提調)・해서구관 당상(海西句管堂上)으로 옮겼다. 처음에 공이 유배될 때 '만고(萬古)에 신하의 분수가 없는 자이다.'라는 죄목의 전교가 있었다. 공이 신하로서 이러한 죄명을 입었으니 다시 조반(朝班)에 낄 수 없다고 여겨 전후로 제지(除旨)가 내릴 때마다 일체 모두 물러났는데, 이때에 이르러 연신(筵臣)이 공이 주저하는 상황을 아뢰자 상께서 "한때의 칙교(飭敎)에 지나지 않거늘 감히 이로써 스스로 선을 긋는단 말인가." 하니, 공이 비로소 조정에 나아갔다.

정해년(1767, 영조43) 봄에 간통(簡通)[50]의 일을 논했다가 연루되어 파직되었다. 당시 판서 윤급(尹汲), 참의 홍낙인(洪樂仁)이 13명을 대망(臺望)에 새로 통의(通擬)하고 공에게 간통을 보내어 물었는데, 공이 인입(引入)하였기 때문에 간통을 뜯어보지 않고 돌려주었다. 대망이 나오자 공이 상소하기를 "통의하는 법은 세 당상관 중에 하나가 외부에 있으면 그에게는 간통을 보내지 않고, 아직 사은숙배하기 전이면 그에게 간통을 보내기는 하되 그는 '근실(謹悉)'이라고 쓰지 않으며,[51] 기타 사정이나 병으로 잠시 물러나 있는 경우는 그가 명단에 올리기를 허락했으면 올리고, 가부를 논하지 않았으면 명단에 올리지 않는 것이 관례입니다. 지금 신은 외부에 있었던 것도 아니고 숙배하기 전도 아닌데, 두 동료가 관원 후보를 명단에 올릴 때 신이 참여해 들었는지

50 간통(簡通) : 사헌부나 사간원의 관리가 서면으로 서로의 의견을 통하는 일 또는 그 서면을 말한다.

51 근실(謹悉)이라고 쓰지 않으며 : 자세히 잘 봤다는 말을 쓰지 않는 것이다.

듣지 않았는지 따져보지 않았으니, 어제 도목정사(都目政事)에서 관원 후보 명단에 오른 사람들은 모두 우선 무효로 하여 법도와 관례를 보존해야 합니다." 하였다. 상께서 이 때문에 이조의 두 당상관을 파직하고 공도 무효로 하라고 성급히 청했다는 이유로 파직하였다. 서용되어 예조 참판 겸 관상감 제조에 제수되었다.

가을에 조창규(趙昌逵)의 상소가 나왔는데, 조창규는 조영진(趙榮進)의 아들이다. 공이 조영진과 황해도 관찰사를 교대했기 때문에 그가 탐욕을 부려 불법을 저지른 정황을 속속들이 알아서 속으로 늘 비루하게 여기고 있었다. 공이 전조(銓曹)에 들어가자 경연관과 제조(提調)의 의망(擬望)이 있을 때 누차 조영진을 저지하였고, 조창규도 대망(臺望)에 통의했던 13명 중 한 사람이었다. 이 때문에 조영진 부자가 공을 매우 미워하여 기필코 해치려고 하였으나, 조창규가 혐의 때문에 말할 수가 없었으므로 날밤으로 그 무리들과 함께 사람을 모집하였으나 끝내 뜻을 이루지 못하였다. 조창규가 매우 군색해지자 지평이 된 뒤로 상소하여 전후로 대각(臺閣)에서 사람들을 비판했던 소계(疏啓)가 모두 공이 배포하고 지시했던 것이라고 공을 헐뜯으면서 이는 전형(銓衡)과 문임(文任)에 대한 다툼에서 야기된 것이라고 하였다. 상께서 그가 날조한 것을 애통해하여 조창규를 파직하였다. 공도 드디어 도성을 나가 재차 소장을 올려 치사(致仕)하기를 청하니, 상께서 모두 온화한 비답을 내리고 출사를 권면하였다.

얼마 뒤 이조 참판에 제수되자 또다시 전청(前請)을 거듭 요청하여 죄를 얻어 파직되었다. 곧 서용을 명하면서 특별 유지와 도타운 소명을 내렸으나 공이 뜻을 굳게 지키며 응하지 않으니, 상께서 노하여 공을 갑산 부사(甲山府使)에 보임하였다. 겨울에 중씨(仲氏) 의정공[52]이 중시(重試)에 뽑히자, 상께서 공이 외직에 오래 있었다고 생각하여 내직인 동지춘추관사(同知春秋館事)로 옮겨주었다.

무자년(1768, 영조44) 여름에 예조 참판 겸 종부시 제조(宗簿寺提調)에 제수되었다. 가을에 상께서 오래도록 환후가 있으시자, 공이 환후를 문안하기 편리하도록 서울 저택에 들어와 머물렀다. 정반(廷班)이 파한 뒤에 상소하여 임지로 돌아감을 고하면서 북방의 사정을 덧붙여 논하였는데, 하나는 망산평(望山坪)에 있는 백두산 제각(祭閣)에 대해 상단(上壇)과 하각(下閣)을 녹반치(綠礬峙)에 옮겨 설치해야 한다는 것이었고, 하나는 교제삼창(交濟三倉)[53] 사이에 있는 제읍(諸邑)의 해창(海倉)을 모두 교제창(交濟倉)으로 만들어 해창의 본읍(本邑) 곡식을 읍창(邑倉)에 저장해두고 읍창의 교제(交濟) 곡식을 해창

52 중씨(仲氏) 의정공 : 서명응의 동생 서명선(徐命善)을 말한다.

53 교제삼창(交濟三倉) : 교제곡(交濟穀)을 쌓아두는 창고로, 교제란 남쪽 지역과 북쪽 지역이 서로 돕는 것을 말한다. 교제삼창은 원산창(元山倉), 운전창(雲田倉), 외창(外倉)을 말한다. 원산창은 숙종(肅宗) 때, 북도에 있는 내노(內奴)가 바치는 베로 곡식을 사서 여러 고을에 쌓아두고 매년 방출·수납하던 것이다. 《요람(要覽)》에는 "교제창의 다른 명칭은 원산창이다." 하였다. 영조(英祖) 13년(1737) 정사년에 원산으로 옮기고 감사 서종옥(徐宗玉)에게 경리하도록 하였는데, 남북도의 흉년에 따라서 곡식을 옮겨가고 옮겨오고 했다. 그 후 임술년에 북도의 진휼을 베풀 때에 안변(安邊)·덕원(德源)·문천(文川)의 세 고을 백성에게서 받아 옮겨온 각 항의 곡식 및 도신(道臣)이 사사로 진제(賑濟)했던 곡식을 아울러 거두어서 원산창에 유치하고 정평(定平)·함흥(咸興) 두 고을은 함흥에다 창을 설치해서 운전창(雲田倉)이라 불렀다. 그리고 북청(北靑)·이원(利原)·단천(端川) 세 고을은 이원에다 창을 설치해서 외창(外倉)이라 했는데 통틀어 교제창(交濟倉)이라 하였다. 《대전통편》에 이르기를 "교제곡은 본창(本倉)에 수납하고 본 고을에 남겨두는 것을 불허하며 함부로 남겨둔 수령은 엄단한다." 하였다. 《經世遺表 卷12 地官修制 倉廩之儲1》

에 저장해두자는 것이었다. 상소의 요청을 상이 비록 따르시지는 않았으나 간곡한 비지(批旨)를 내려 문민공(文敏公)과의 만남을 회고하면서 여러 말씀을 하였다.[54]

공의 재종질 문청공(文清公) 지수(志修)가 졸하자 상께서 이를 계기로 공을 부르려고 하여 공에게 서둘러 도성으로 들어오라고 하였으나 역시 나아가지 않았다. 성절(聖節 영조의 생일)을 맞아 상소를 올리면서 〈천우시(天佑詩)〉 5장(章)을 올리니,[55] 상께서 공을 꾸짖으면서 "이 날의 행사에도 불참한단 말인가." 하였다.

기축년(1769, 영조45) 여름에 형조 참판에서 좌천되어 충청 수사(忠淸水使)에 보임되었는데, 강교(江郊)에서 머물며 엄명(嚴命)을 거듭 어겼기 때문이다. 보임된 다음 달에 특별히 동지정사(冬至正使)에 발탁하고 하교하기를 "충청 수사를 사신으로 임명한 것은 늙은 내가 보고자 하는 마음에서이다. 사행(使行)을 어찌 감히 마다할 수 있겠는가. 무신년[56] 봄부터 지금까지 삼대가 나를 섬겼도다. 일찍이 올린 송축하

54 상소의……하였다 : 문민공(文敏公)은 서명응의 부친 서종옥(徐宗玉)을 말한다. 《승정원일기》 영조 44년 7월 14일 조에 서명응의 상소가 실려 있는데, 첫 번째 사안에 대해서 영조는 백두산 제각을 현재의 장소대로 두어도 무방하다는 답을 내렸고, 두 번째 사안에 대해서 대신과 비국 당상에게 자세히 살피라는 답을 내린 후, 지난날 서명응의 부친이 희정당(熙政堂)에 입시했을 때의 모습을 회상하고, 서명응뿐만 아니라 아들까지 과거에 급제하여 벼슬길에서 자주 보는 감회를 자세히 서술하였다.

55 상소를……올리니 : 《보만재집》 권5에 〈진천우시소(進天佑詩疏)〉가 보인다. 〈천우시〉는 모두 5장(章)이며, 장마다 8구(句)로 되어 있다. 《승정원일기》 영조 44년 9월 12일 조에 이 상소가 실려 있고, 같은 날 집경당(集慶堂)에서 대신들을 인견할 때, 영조는 서명응이 직접 오지 않고 달랑 상소 한 장을 올린 데 대해 불쾌해하면서 당시 서명응이 띠고 있던 예조 참판의 본직을 해임하고, 소장을 돌려주도록 명하였다.

는 시[57]는 특별히 사관(史官)에게 주어 조(祖)·자(子)·손(孫)에 걸친 수십 년간의 제우(際遇)를 드러내게 하였다. 아, 영보정(永保亭)에 앉아서도 팔순의 임금을 생각하는가."[58] 하였다. 이에 공이 은혜로운 말씀에 감격하여 명을 받들어 조정으로 돌아왔다.

가을에 지중추부사에서 한성부 판윤 겸 사복시 교서관 제조로 옮겼다. 겨울에 체직되어 형조 판서에 제수되었다가 사건에 연루되어 파직되었고, 겸 선공감 제조(兼繕工監提調)에 서용되어 연경에 갔다.

경인년(1770, 영조46)에 돌아와 형조 판서가 되고 《문헌비고(文獻備考)》 편집 당상(編輯堂上)과 호서구관 당상(湖西句管堂上)에 차임되었다.

여름에 동지춘추관사로서 강화(江華)에 가서 실록(實錄)을 살펴보았다. 공이 한창 〈악고(樂考)〉를 편집하면서 세종조(世宗朝)에 창제한 아악(雅樂)을 모든 제사에 두루 쓰면서 유독 종묘제례에서만 도리어 속악(俗樂)을 쓰는 것을 매번 의심하였는데, 《세종실록》을 보니 〈종묘아악보(宗廟雅樂譜)〉와 〈아악의주(雅樂儀註)〉가 있었고 그것이 변하여 속악이 된 것은 세조조(世祖朝)에 정한 제도라는 기록이 있었

56 무신년 : 이인좌(李麟佐)의 난이 일어났던 1728년(영조4)을 말한다.

57 송축하는 시 : 1764년에 올린 〈기영편(祈永篇)〉을 말한다. 110쪽 주43 참조. 《保晩齋集 卷4 進祈永篇箚》

58 영보정(永保亭)에……생각하는가 : 영보정은 충남 보령(保寧)에 있는 정자이다. 《오주연문장전산고(五洲衍文長箋散稿)》 동부(洞府) 〈소라동천변증설(小羅洞天辨證說)〉에 "충청도 내포(內浦) 일대에서 보령의 산수가 가장 빼어난데, 보령현 서쪽 경내에 수군절도영(水軍節度營)이 있고 절도영에 영보정이 있다고 하였다. 서명응이 견책을 받아 충청 수사로 와 있었으므로 영조가 이와 같이 말하였다.

다. 그리하여 그 사실을 다 초록해 〈악고〉에 편입하였다. 돌아와 예조 판서 겸 도총관(都摠管) 장악원 제조에 제수되었다.

가을에 판윤을 거쳐 병조 판서로 옮겼는데, 외직에 있었으므로 체직되었다. 겨울에 내의원 제조를 겸하여 숙직한 공로로 정헌대부(正憲大夫)에 오르고 지경연사(知經筵事)를 겸하였다.

신묘년(1771, 영조47)에 네 차례 이조에 들어가 판서가 되었으나 모두 정주(政注)의 일에 연좌되어 파직되었고,[59] 그사이에 재차 의정부 좌참찬과 예조 판서, 지돈령부사(知敦寧府事) 겸 비국유사 당상(備局有司堂上) 장원서 제조(掌苑署提調)가 되었다.

겨울에 외직으로 나가 경기도 관찰사가 되었고, 얼마 뒤에 양관 대제학으로 부름을 받고 이어서 지돈령부사 겸 전의감 제조(典醫監提調)에 제수되었는데, 공이 연이어 사직소를 올렸다. 당시에 조경묘(肇慶廟)[60]를 창건하여 대제학에게 《선원보(璿源譜)》의 발문에 그 일을 기재하게 하였는데, 상께서 사안의 중요성 때문에 누차 출사를 독촉하니, 공이 마지못해 잠시 응하였다.

임진년(1772, 영조48)에 지평 김화중(金和中)이 상소하여 공이 재

59 이조에……파직되었고 : 정주(政注)는 이조와 병조에서 관리 임용 대상자의 주의(注擬)를 적은 문서를 가리키는데, 지난날 서명응이 이조 참판이 되었을 때 이해진(李海鎭)이 상소하여 삼전(三銓)의 통의(通擬)가 공정하지 않다고 논박하여 영조가 이해진과 서명응을 모두 체직한 일을 가리키는 듯하다. 이로 인해 서명응이 누차 판서에 임용되었음에도 패초(牌招)에 응하지 않자, 영조는 서명응을 좌참찬에 임명하였다. 《承政院日記 英祖 47年 1月 12日, 15日, 16日, 18日; 2月 17日》

60 조경묘(肇慶廟) : 전주 이씨의 시조인 사공(司空) 이한(李翰)의 위패(位牌)를 봉안한 곳이다. 전주(全州)의 경기전(慶基殿) 북쪽에 세워졌다.

차 상소하고 바로 나아간 것이 거취에 흠이 있다고 논박하자, 공이 상소를 올리고 도성을 나갔다.[61] 이에 앞서 상께서 공에게 《황명통감(皇明通鑑)》을 짓도록 하였으나 아직 완성하지 못하고 있었는데,[62] 이에 이르러 공을 대제학에서 해임하니 공이 남공 유용(南公有容), 황공 경원(黃公景源)과 함께 전심하여 자료를 모았으나 오히려 사람들의 말 때문에 인혐하였다.

이에 상께서 처음 치대(置對)할 때 공을 앞자리에 나오게 하니, 공이 말하기를 "이현석(李玄錫)의 명기(明紀)[63]는 정사(正史)가 나오기 전

61 임진년에……나갔다 : 《승정원일기》 영조 48년 1월 9일, 10일, 13일 조에 해당 기사가 있다. 지평 김화중이 올린 상소는 서명응이 대제학의 막중한 임무에 한두 번 형식적인 사양을 하다가 대뜸 맡아 염치가 없다는 점, 또 임무를 마쳤으면 바로 사직하는 것이 도리임에도 처음부터 대제학이 자기의 직임인 양 의기양양하다는 점을 지적하였다. 이에 서명응이 상소를 올리고 고향으로 돌아가자, 영조는 김화중에게 삭직(削職)의 처분을 내리고 문외방축(門外放逐) 시킨 후, 서명응의 처사에 잘못이 없었음을 밝히고 《황명통감(皇明通鑑)》 찬집이 중요하므로 속히 돌아오도록 타일렀다.

62 상께서……있었는데 : 《황명통감(皇明通鑑)》은 본래 이현석(李玄錫)이 10여 년에 걸쳐 준비하던 책을 바탕으로 하였는데, 영조 47년(1771) 10월 13일에 경기도 관찰사로 있던 서명응에게 대신 편집하게 한 일이 있고, 12월 28일에 대제학이 된 서명응이 범례(凡例)와 초권(初卷)을 편차하여 영조 앞에서 읽은 일이 있다. 《承政院日記 英祖 47年 10月 13日, 12月 28日》

63 이현석(李玄錫)의 명기(明紀) : 이현석(1647～1703)이 편차(編次)한 《명사강목(明史綱目)》을 말한다. 이현석의 자는 하서(夏瑞), 호는 유재(游齋), 본관은 전주(全州)로, 지봉(芝峯) 이수광(李睟光)의 증손이다. 말년에 명사(明史)의 편차에 전력하여 죽기 전까지 손질하였다. 《명사강목》은 저자의 사후 12년 뒤인 1714년(숙종40)에 숙종이 초고를 들여올 것을 명하여 예람(睿覽)을 거친 뒤 홍문관에 정사(淨寫)하여 간행하도록 명하였으나 이루어지지 않다가 1726년(영조2)에 다시 왕명으로 후손들이 교정을 본 뒤 관에서 운각활자로 간행하여 경연에 쓰여지기도 하였다. 그러나 《명사강목》에

에 만들어져서 진실과 다른 시비(是非)가 상당히 많으니, 지금 이 책을 모범으로 삼아 오류를 거듭 전해서는 안 됩니다. 그렇게 하지 않고 정사의 내용을 취하여 별도로 《명기》를 지으려 하신다면 또 2, 3년 안에 마칠 수 있는 일이 아닙니다." 하여, 일이 마침내 중지되었다.

세손 빈객(世孫賓客)을 겸하여 처음 서연(書筵)에 들어갔을 때 시간 가는 줄 모르고 강론하니, 총애가 이때부터 특별하였다. 얼마 뒤에 평안도 관찰사에 제수되었으나 부임하지 않았고, 이조 판서로 옮겼다. 공이 임금의 외척이 권력을 다투어 시사(時事)가 날로 그릇되는 것을 보고 요직에 발을 들여놓고 싶어 하지 않아 서둘러 사직하고 출사하지 않으니, 마침내 충주 목사(忠州牧使)에 보임되었다.

여름에 내직으로 들어와 공조 판서로 옮겼고 참찬으로 전직하였다가 체직되었으며, 예조 판서가 되었다가 겸대(兼帶)한 장악원(掌樂院)의 일로 인해 파직되었다.

가을에 지춘추관사(知春秋館事)에 서용되었고, 얼마 뒤 대제학에 천망(薦望)되는 일이 있었다. 이 당시에 정후겸의 세력이 매우 성대하여 처지를 믿고 위복(威福)을 자행하였는데 대제학은 그가 더욱 탐내던 자리였다. 공이 이 천망을 받고자 하지 않아 비록 엄한 교지가 거듭 내려와도 변함없이 뜻을 굳게 지켰다. 입시(入侍)하여 진정(陳情)하라는 분부를 받게 되자, 공이 또 사헌부에서 전후로 올린 말을 인용하여 경연에 나아가 간절하게 청하니, 상께서 "말을 많이 하지 마라. 팔순의

조선의 선계(璿系)를 무함한 주린(朱璘)의 사평(史評)이 첨입되어 있다는 사실이 알려지자, 1771년(영조47)에 곧 왕명으로 이 부분을 세초(洗草)하게 하였고 저자의 관작도 추삭(追削)되었다.

임금이 이 일 때문에 오히려 밥도 제대로 못 먹는데, 경이 감히 정세(情勢)를 말한단 말인가." 하였다. 즉시 전중(殿中)에 명하여 대신과 구경(九卿)을 불러 회권(會圈)하게 하자, 공이 어쩔 수 없어서 추천서에 이공 복원(李公福源)을 쓰고 조용히 물러 나오니, 경연에 참석한 신하들이 두려워 떨지 않는 이가 없었다.

며칠 안 되어 대사헌 유언술(兪彦述)이 공의 정세로 볼 때 억지로 천망을 받게 하는 것은 신하를 예우하는 도가 아니라고 말하니, 공이 즉시 인입(引入)했으나 소명을 어기고 경연에 달려가지 않았다는 죄로 파직되었다. 겨울에 지돈령부사 겸 혜민서 제조에 서용되었다.

계사년(1773, 영조49)에 세 차례 일로 인해 파직되었다가 좌참찬과 지돈령부사에 연이어 서용되었다. 가을에 숙직한 공로로 숭정대부에 오르고 판의금부사를 겸하였다. 겨울에 문원(文苑)의 고사(故事)를 인용하여 소를 올려 겸대(兼帶)한 제학을 사직하였다. 공이 양관(兩館)의 벼슬자리를 두루 지낸 것이 이때까지 모두 13차례였으나, 대제학을 지낸 뒤로는 제학의 직책을 일절 수행하지 않았으니, 이는 선배들이 의리에 맞게 처신한 것을 근거로 한 것이다. 상께서 《속전(續典)》에 실린 규정을 근거로 허락하지 않았다.

얼마 뒤에 호조 판서에 제수되어 창고의 자물쇠를 삼가 지키고 경비(經費)를 절약하였으며 누만(累萬) 민(緡)의 돈을 따로 저축하여 불의의 사태에 대비하였다. 외척의 집안사람 중에 호조의 재화를 농간질하여 3년 동안 갚지 않은 자가 있었는데, 잡아 가두고 법으로 다스려 징수를 독촉하니 척당(戚黨)들이 더욱더 미워하였다.

갑오년(1774, 영조50)에 상께서 광묘조(光廟朝 세조(世祖))의 성대했던 전례를 추모하여 등준시(登俊試)[64]를 열었다. 공은 대제학이 실로 시험을 주관하니, 책을 끼고 문예를 겨루는 것은 조정에서 선임한 본의가 아니라고 여겨 대신(大臣)을 통해 상에게 아뢰게 하니, 상께서 특별히 직임을 벗고 달려가도록 허락하고 이어서 대독관(對讀官)에 임명하였다.

여름에 저경궁(儲慶宮)[65]의 염장(簾帳)을 수리하지 않은 죄로 파직되었다. 가을에 종부시 제조(宗簿寺提調)로서 무주(茂朱)에 《선원보》를 봉안하였다.

겨울에 시패(試牌)가 내려옴으로 인해 상소하여 응할 수 없는 정세(情勢)를 아뢰었다. 처음에 공이 추과(秋科)에서 고시(考試)할 때 신회(申晦)가 명관(命官)이었는데, 공이 지켜보게 되면 사욕을 자행하는 것이 실패로 돌아갈까 꺼렸기 때문에 사단을 일으켜 조정에서 공을 욕하기를 "혹시 시역(試役)을 담당하고 싶지 않아서입니까. 고권(考券)하지 말고 떠나도 좋습니다." 하였다. 공이 즉시 공청(公廳)으로 물러나 머물면서 더 이상 고시(考試)에 관여하지 않다가 이때에 이르러 공이 내국(內局)에 있으면서 드디어 사실을 대강 들어 말하였다.[66]

64 등준시(登俊試) : 조선 세조(世祖) 12년(1466)에 공경과 재상 및 아래로 품계를 띤 문관에게 특별히 실시했던 시험으로, 합격자에게 은영연(恩榮宴)을 베풀어주고 장원 이하에게 홍패(紅牌), 안마(鞍馬), 창옹(唱翁), 천동(天童)을 하사하였다.

65 저경궁(儲慶宮) : 인조(仁祖)의 생부인 원종(元宗)의 생모 인빈(仁嬪) 김씨의 사당이다. 원래는 인조의 잠저(潛邸)로 송현궁(松峴宮)이었던 것을 1755년(영조31)에 이 이름으로 고쳤다. 서울 중구 한국은행 건물 뒤쪽에 있었다.

66 처음에……말하였다 : 《승정원일기》 영조 50년 11월 20일 기사에 서명응이 상소하여 지난 과거 시험에서 누가 시관의 우두머리를 맡아야 하는지로 신회(申晦)와 갈등이 생겨 신회로부터 '시권(試券)을 평가하지 말고 떠나라'는 책망을 받은 내력과, 공청(公廳)에 물러나 시권의 평가에 전혀 관여하지 않은 정황을 진술하였다. 11월 22일의 기사

상께서 서로 갈등하는 것을 싫어하여 특별히 공을 파직하였고, 공이 서용되어 또 신회가 올린 차자가 터무니없음을 변론하자 또 파직하였다.

을미년(1775, 영조51) 봄에 또 판의금부사에 서용되었다. 겨울에 병조 판서에 제수되었다가 이내 이조 판서로 옮겼고 파직되었다가 다시 제수되었다. 당시에 상의 병환이 더욱 깊어지자 적신(賊臣) 홍인한(洪麟漢)과 정후겸이 안팎으로 결탁하여, 금상(今上)의 영명(英明)함을 꺼려 갖은 계략으로 위태롭게 하고 핍박하였다. 대리청정의 명이 떨어지자 홍인한이 앞장서서 불가하다고 하였다.

상께서 말씀하기를 "대리청정은 우리 왕가(王家)의 오래된 법도이다. 세손이 나랏일을 밝게 익히도록 하려는 것이니, 노론과 소론의 상황, 이조 판서와 병조 판서의 일 같은 것은 모두 알아야만 한다." 하니, 홍인한이 말하기를 "동궁(東宮)께서는 굳이 노론과 소론의 상황을 알 필요가 없고 이조 판서와 병조 판서의 일을 알 필요가 없으며 나랏일을 알 필요도 없습니다." 하였다.

상께서 또 말씀하기를 "근래에 내가 눈이 어두워 정망(政望)에 비점을 찍을 수가 없어서 내시더러 대신 표지를 붙이게 하니, 내시가 비록 제 맘대로 낮추고 높인다 한들 내가 어찌 분변할 수 있겠는가. 어찌 내 손자에게 맡겨놓는 것이 정당한 것만 하겠는가." 하니, 한익모(韓翼謩)가 영의정으로서 아뢰기를 "밝으신 성상께서 위에 계시니 좌우는 근심할 게 못 됩니다." 하였다.

에, 신회가 차자를 올려 서명응이 시험의 우두머리가 되지 못하자 화가 나서 나간 것뿐이라고 반박하는 내용이 실려 있다. 12월 11일의 기사에 실린 서명응의 상소는 전후 내막이 보다 상세히 실려 있다.

이에 의정공(議政公)이 상소하여 홍인한과 한익모의 죄를 논하니, 상께서 몸속에 충성심이 가득하다고 칭찬하시고 홍인한과 한익모를 함께 삭직하였다.[67] 며칠 뒤에 서용하여 전조(銓曹)에 치처(置處)[68]하게 하였으나, 공이 네 차례 소명을 어기고 제지(除旨)를 받들지 않아 결국 사판(仕版)에서 삭제되었다.

병신년(1776, 영조52)에 우참찬에 서용되었고, 곧 평안도 관찰사로 나갔다. 대궐에서 하직 인사를 올릴 때 상께서 사언시(四言詩) 36구(句)를 불러주어 받아쓰게 하고 '서백 삼대 세신에게 써주다〔書付西伯三代世臣〕'라는 제목을 달아 내려주었다.

3월에 영종(英宗)[69]께서 승하하시고 금상께서 즉위하였다. 즉위한 초기에 재상을 선발할 때 상께서 경연에 나아가 말씀하기를 "감반(甘盤)의 구의(舊誼)를 끝내 잊을 수 없다."[70] 하시고, 공의 이름과 정공 존겸(鄭公存謙)의 이름을 직접 써서 빈청(賓廳)에 전하니, 정공이 재상으로 발탁되었다.

겨울에 규장각 제학을 겸임하였다. 상께서 송(宋)나라와 명(明)나

67 의정공(議政公)이……삭직하였다 : 의정공은 서명선(徐命善)을 말한다. 서명선의 상소 및 영조의 비답은 《승정원일기》 영조 51년 12월 3일 기사에 실려 있다.

68 치처(寘處) : 사직한 정승을 돈령부나 중추부의 벼슬에 임명하는 것을 말한다.

69 영종(英宗) : 이 글을 쓴 시점이 영조(英祖)의 시호를 받기 전이므로 이와 같이 말하였다.

70 감반(甘盤)의……없다 : 감반은 은 고종(殷高宗)이 초야에 있을 때의 스승이다. 《서경》 〈열명 하(說命下)〉에 "나 소자가 옛날에 감반에게 배웠다.〔台小子, 舊學于甘盤.〕"라고 하였다. 서명응이 정조의 세손 시절 스승의 역할인 필선(弼善)과 보덕(輔德)을 역임하였으므로 이와 같이 말한 것이다.

라의 옛 제도를 본떠 규장각을 창건하여 어제(御製)와 도적(圖籍)을 보관하게 하였는데, 공이 외임(外任)으로서 제학이 되자 하교하기를 "이는 송(宋)나라에서 지주부(知州府)가 관문전 태학사(觀文殿太學士)를 겸임한 예이니, 본직(本職)을 체직하지 말라." 하였다.[71] 규장각의 설치와 법제에 대해서는 뒤에 일체 공에게 재정(裁定)하도록 맡겨 주었다.

정유년(1777, 정조1) 가을에 수령들을 평가하는 일로 죄를 얻어 파직되었다. 공이 외방에 있는 두 해 동안 특별한 정사를 매우 많이 하였다. 정전비(井田碑)를 세우고 〈기자기(箕子紀)〉를 지어[72] 기자가 다스리고 교화한 사적(史迹)을 드러내었으며, 구삼원(九三院)[73]을 수리하고 오근당(五謹堂)을 세워 유생과 무인이 기예를 익히는 장소로 만들었다.

정전(井田)의 옛 형태가 세월이 오래되어 사라졌다 하여 전(錢) 1만여 민(緡)을 출연하여 전토(田土)를 사서 아홉 구역으로 나누고 두둑과 도랑을 양정(量定)하여 그 세금을 거두어, 양각(羊角)·효적(梟

71 공이……하였다 : 외임으로서 제학이 되었다는 것은 당시 서명응이 평안도 관찰사로 있었기 때문이다. 《승정원일기》 정조 즉위년 11월 5일 기사에 제학을 사직하는 서명응의 상소가 있다.

72 정전비(井田碑)를……지어 : 《보만재집》 권11에 〈기자정전기적비(箕子井田紀迹碑)〉가 실려 있다.

73 구삼원(九三院) : 서명응이 평안도 관찰사가 되어 평양에서 정전(井田)을 시험해 보았는데, 그 정전 부근에 있던 건물이다. 처음 건립 당시 양정원(養正院)이었는데, 중간에 삼익원(三益院)이라 개명되었고, 나중에 구삼원으로 명칭이 변경되었다. 《成齋集》 卷14 〈九三院重修記〉

赤)・아둔(牙屯)의 세금과 함께 삼오고(三五庫)를 설치하여 저축해놓고, 원우(院宇) 수리와 늠료(廩料) 공급에 밑천으로 쓰게 하였다. 또 견요전(蠲徭錢) 3만 민(緡)을 마련하여 구황곡 2만 석(石)을 갖추어서 주(州)・현(縣)과 진(鎭)・보(堡)의 이사(里社)에 두루 공급하여 백성들이 시기에 따라 거두어들이고 흩어 쓰게 하였다. 만 5년이 되자 그 이자가 불어나 이(里)의 요역(徭役)을 충당하였기 때문에 혹 홍수가 나고 가뭄이 들었을 때 관(官)에서 미처 진휼하지 못하면 이(里)에서 각자 서로 구휼하였다. 경륜하고 설치하는 것에 넉넉히 법도가 있어서 시행한 지 10년이 되자 누적된 이자가 거만(鉅萬)이었으므로 백성들은 요역을 잊고 살았고 흉년이 들어도 부족함을 모르게 되어 거사대(去思臺)와 유애비(遺愛碑 송덕비)가 고을마다 죽 이어졌다.

조정으로 돌아오자, 상께서 전후로 활자를 주조해 올린 공로[74]를 인정하여 공을 특별히 보국숭록대부 판중추부사에 올려주었다. 겨울에 관서(關西)의 열읍(列邑)에 가분(加分)[75]한 일 때문에 연안부(延安府)에 유배되었다가[76] 달을 넘기고 풀려나 돌아와서 판중추부사와 겸대했던 규장각의 직책에 그대로 제수되었다. 차자를 올려 교서관을 규장각의 외각(外閣)으로 삼기를 청하니, 상께서 공의 뜻을 따랐다. 명을

74 활자를……공로 : 평안 감영에서 정유자(丁酉字) 15만 자를 주조해 올린 일을 말한다.

75 가분(加分) : 환곡(還穀)을 정한 분량 외에 더 주는 것을 말한다.

76 겨울에……유배되었다가 : 《승정원일기》 정조 원년 10월 4일의 기사에 영의정 김상철(金尙喆)이 관서 어사(關西御使) 심념조(沈念祖)의 장계를 근거로 서명응이 전에 평안 감사로 있으면서 도내의 환곡을 10여만 석이나 가분(加分)하였으므로 파직을 청하자, 정조는 사안의 중대함을 들어 해당 수령까지 망라하여 삭직(削職)하라는 가중처분을 내렸고, 10월 11일에 황해도 연안부에 중도부처하라는 명이 있었다.

받들어 어제시문(御製詩文)을 편차하였다.

무술년(1778, 정조2) 봄에 대제학 겸 지실록사(大提學兼知實錄事)에 제수되어 영조의 행장을 지어 올렸다. 가을에 다섯 차례 사직소를 올려 대제학에서 물러났다.

기해년(1779) 봄에 수어사(守禦使)가 되어 남한산성을 개축(改築)하였다. 수어사로 있은 지 10달째에 의정공이 영의정에 오르자 공이 형제간에 원보(元輔)와 장임(將任)을 함께 차지한 것을 두려워하여 또한 직임을 벗고 물러났다.[77] 겨울에 또다시 대제학에 제수되었다.

이보다 앞서 적신(賊臣) 홍국영(洪國榮)이 원빈(元嬪)[78]의 상을 당한 뒤로 몰래 일신과 가문을 위한 흉계를 꾸며 '후사를 넓힌다〔廣儲嗣〕'는 논의를 막고, 역종(逆宗) 담(湛)을 양자로 삼아 원빈의 제사를 주관케 하며, 적신 송덕상(宋德相)을 사주하여 상소로 모양도리(某樣道理)의 설을 아뢰게 하였다.[79] 상께서 그 정상을 자세히 아시고도 세손으로 있을 때 보호해준 공로를 생각하여 차마 대번에 내치는 법을 시행하지 못하고 다만 치사(致仕)하게 하여 시종일관 온전히 지켜주려 하였다.

77 의정공이……물러났다 : 《승정원일기》 정조 3년 10월 7일 기사에 아우 서명선이 영의정이 되어 형제가 중임을 맡는 것이 도리가 아니므로 수어사를 사직하는 서명응의 상소가 실려 있다.

78 원빈(元嬪) : 정조의 후궁(後宮) 홍씨(洪氏)의 시호로, 홍씨는 홍낙춘(洪樂春)의 딸이자 홍국영(洪國榮)의 여동생이다. 1778년(정조2)에 13세의 나이로 후궁으로 입궐했다가 이듬해 5월 7일에 졸하였다.

79 적신 송덕상(宋德相)을……하였다 : 송덕상이 기해년(1779, 정조3)에 올린 〈청광저사소(請廣儲嗣疏)〉의 내용 중에 '모양도리(某樣道理)'라고 한 네 글자를 말한다. 이것은 홍국영이 개찬하여 써넣은 말이라고 한다. 《果菴集 卷14 年譜》《承政院日記 正祖 3年 6月 18日, 4月 28日》

그러나 홍국영이 4년 동안 정사를 전횡하여 권세가 나라를 기울일 만했으므로 자리에서는 비록 물러났으나 사람들이 두려워 복종하지 않는 이가 없었고, 상께서도 잘못을 용서하고 병폐를 감추어주어 은혜와 예우에 변함이 없었다. 이에 홍국영이 성상의 권위에 맞설 만하고 임금의 마음을 빼앗을 수 있다고 여겨 세력에 붙는 많은 무리들을 스스로 믿고 이미 닫혀버린 문을 큰소리치며 열었는데, 대제학은 그 핵심이 되는 자리였다.

일찍이 공이 대제학에 천망(薦望)되었을 때 홍국영의 말이라고 하면서 전하는 자가 "치사(致仕)하고 매복(枚卜)[80]에 들어가는 것은 그 직책이 중하기 때문이다. 대제학의 중임은 대신(大臣)과 같으니, 치사한 자라도 천망할 수 있다." 하였는데, 공이 말하기를 "그렇지 않다. 치사했다는 이유를 들어 매복에 탈락시키지 않은 적은 있지만, 어찌 신복(新卜)[81]이 치사한 자에게까지 이른 것을 본 적이 있는가?" 하였다. 홍국영이 그 말을 듣고 원망하였으나, 그래도 공이 끝내 반드시 자신의 등등한 기세에 꺾이게 될 것이라고 여겨 세력을 믿고 협박하기를 그치는 날이 없었다.

홍국영이 다른 사람의 상소로 추천되었을 때 공이 또 대제학이 되니, 홍국영이 누차 공에게 사직하여 회권(會圈)[82]할 수 있게 해달라고 요구

80 매복(枚卜) : 정승을 임명할 때 원임(原任) 의정(議政) 가운데 적임자가 없거나 수가 부족할 경우, 임금이 지목하거나 빈청(賓廳)에서 추천한 후보자를 원단자(原單子)에 한두 명 더 추가하여 써넣게 하는 것을 말한다. 《六典條例 吏典 議政府 枚卜》《銀臺條例 吏攷 大臣》

81 신복(新卜) : 처음 의정의 후보에 오른 사람을 지칭하거나, 그런 후보를 정하는 것을 이른다. 또는 그런 후보를 정하여 임명하는 것을 말한다.

하였다. 공이 탄식하기를 "우리 집안이 성상의 은혜를 후하게 입고 나라와 휴척(休戚)을 함께하였으니, 차라리 권흉(權凶)이 제 몸에 뜻을 이루게 할지언정 목숨을 버리며 나라의 어려움을 해결하여 만에 하나라도 보답하는 것을 어찌 감히 꺼리겠는가." 하고는 속히 나가 숙배하여 홍국영을 꺾었다. 이 때문에 공에 대한 홍국영의 원한이 뼈에 사무쳤다.

홍국영의 숙부 홍낙순(洪樂純)이 당시 좌의정으로 있었는데, 자신이 영의정에 오르고자 하여, 공의 형제를 모함하여 해치려는 모의가 날로 급박해졌다. 얼마 뒤에 과연 대사간 임득호(林得浩)를 시켜 감제(柑製)를 행할 때 과장(科場)에서 엄격하게 감독하지 않았다고 논박하게 하여 공을 침해하였고,[83] 또 홍문관의 심환지(沈煥之)를 시켜 이성모(李聖模)가 적신(賊臣) 홍계능(洪啓能)과 친하게 지냈던 사람임을 논하게 하면서 공이 이조 참판으로 있을 때 이성모를 의망(擬望)한 일을 덩달아 언급하게 하였다.[84]

홍계능이 유명(儒名)을 의탁하여 온 세상을 속일 때, 공이 이웃에 살면서 서로 알고 지내기는 했으나 임진년(1772) 이후로는 공이 이미 그의 언행이 패려(悖戾)한 것을 미워하여 교제를 끊었다. 그가 을미년(1775)과 병신년(1776) 이후에 흉적이 될 줄 공이 어찌 사전에 미리

82 회권(會圈) : 대제학의 적임자를 선정할 때 전임자들이 모여 후보자의 성명 위에 권점을 찍는 일을 말한다.

83 대사간……침해하였고 : 임득호의 상소는 《승정원일기》 정조 3년 12월 11일 기사에 실려 있다.

84 홍문관의……하였다 : 심환지의 상소는 《승정원일기》 정조 4년 1월 8일 기사에 실려 있다.

알 수 있었겠는가. 만일 평소 서로 알고 지냈다는 이유로 간사함을 일찍 분변하지 못했다고 대번에 책망한다면, 장채(張綵)를 칭찬하고 완대성(阮大鋮)을 이끌어준 것이 모두 마문승(馬文升)과 좌광두(左光斗) 제공에게 누가 될 것이니[85] 아, 참으로 비통하다.

이어서 대사헌 이보행(李普行)이 차자를 올렸는데 멋대로 날조하여 말한 내용이 더욱 흉악하였다. 상께서 하교하기를 "오늘에 와서 을미년과 병신년에 있었던 예전의 일로 사람을 논한다면 이 관문을 벗어날 수 있는 자가 거의 드물 것이다. 더구나 역적 홍계능이 역모를 한 것이 중신(重臣)의 아우가 상소하여 맞선 뒤에 있었으니, 어찌 원수의 집안과 원수의 패거리가 될 이치가 있겠는가. 세변(世變)이 비록 끝이 없지만 이 사람의 집안이 이러한 변고를 만날 줄 어찌 알았겠는가." 하였다.

85 장채(張綵)를……것이니 : 장채는 명 무종(明武宗) 때 이부 상서를 지낸 인물로, 환관 유근(劉瑾)이 국정을 전단하고 나중에 반란을 도모하다가 처형되었을 때 유근의 당으로 지목되어 처벌되었다. 완대성(阮大鋮, 1587~1646)은 동림당(東林黨)에 붙었다가 명나라가 망한 뒤 복왕(福王) 주유숭(朱由崧)의 남명(南明) 조정에서 병부 상서를 지냈고, 배반하여 청나라에 투항한 인물이다. 좌광두(左光斗, 1575~1625)는 명 희종(明熹宗) 때의 인물로, 동림당의 주요 일원으로서 환관 위충현(魏忠賢)이 정사를 어지럽히자 이를 배격하다가 위충현에게 몰려 옥사하였다. 마문승(馬文升)은 명 무종(明武宗) 때의 명신이다. 장채는 본래 권력가들에게 아첨하는 겉과 속이 다른 인물이었는데, 그의 벼슬 초기에 이부 상서로 있던 마문승이 총명하고 강직하다고 칭찬하며 아끼고 탄핵을 받았을 때도 구원해준 일이 있다. 마문승은 병부(兵部)에 있을 때 밤마다 마음이 하늘 가를 한 바퀴 돌면서 나라의 방어를 생각하고 이부(吏部)에 있게 되자 밤마다 마음이 하늘 안을 한 바퀴 돌면서 인재 구할 것을 생각했다고 하는 일화를 남긴 명신이었으나, 장채의 됨됨이를 일찍 알아차리지 못하였다. 좌광두는 일찍이 완대성이 동향 사람이라고 하여 이끌어준 일이 있다. 《明史 卷244 列傳 左光斗》·《明史 卷306 閹黨 張綵》·《明史 卷182 列傳 馬文升》

이에 홍국영의 패거리가 좌우에서 번갈아 일어나 장령 윤필병(尹弼秉), 지평 허담(許霮)·한만유(韓晩裕)가 안면을 바꾸어 있는 힘을 다해 공을 공격하였다. 부제학 이의필(李義弼)의 경우에는 의정공이 이보행에 대응하여 올린 차자 가운데 영의정과 대제학, 궁시(弓矢)와 부근(斧斤) 등의 말[86]을 거론하면서 의정공이 말을 가려 하지 않았다고 힘써 비방하였다.

이 당시에 그물과 함정이 천지에 가득 펼쳐져 있어서 곁에서 보는 사람들이 발을 포개고 길 가는 사람들이 목을 움츠렸으나, 공은 시골집에 물러가 지내면서 날마다 책을 초록하기를 그치지 않으며 자식들에게 "믿는 것은 우리 임금이니, 너희는 두려워하지 마라." 하였다.

경자년(1780, 정조4) 1월에 상께서 조참(朝參)에 임하여 의리를 싫어하고 나라를 어지럽힌 홍낙순(洪樂純)의 죄를 포고하여 먼저 삭출(削黜)을 명하였고, 이보행이 부화뇌동하여 괴팍한 행패를 부린 실정을 두루 나열하며 또한 절도(絶島)에 안치하라고 명하였다.[87] 또한 심환지(沈煥之)가 남의 앞잡이가 된 비밀스러운 행적을 언급하시면서 "당시에 문형(文衡 대제학)으로 권점을 했던 일을 끄집어내어 반드시 이것을 빙자하여 죄에 빠뜨리고자 사실을 날조하였던 것을 내가 이미

86 영의정과……말 : 영의정은 서명선 자신을 가리키고, 대제학은 아우 서명응을 가리킨다. 《승정원일기》 정조 3년 12월 29일에 영의정 서명선이 상소를 올려, 세상에서 막중한 것이 영의정과 문형인데 두 형제가 독차지하여 세상의 비방을 초래하였고, 과녁을 세워놓으면 화살이 이르고, 숲이 무성하면 도끼가 이르는 법이므로 현재의 소란을 초래하였다고 하면서 사직을 청하였다.

87 경자년……명하였다 : 《승정원일기》 정조 4년 1월 8일의 조참(朝參) 기사에 자세하다.

들을 만한 곳에서 익히 들었다"라고 하시며[88] 이의필(李義弼), 임득호(林得浩), 윤필병(尹弼秉), 한만유(韓晩裕)와 함께 삭직 또는 파직하여 차례로 처벌하였다. 다음 달에 홍국영(洪國榮)의 역절(逆節)이 비로소 크게 드러나 삼사(三司)에서 번갈아 소장(疏章)을 올려 토죄를 청하자, 상께서 전리(田里)에 방환할 것을 명하였다.

3월에 공이 강가에 나가 머물면서 상소하여 치사(致仕)를 청하였다. 상께서 하교하기를 "잠깐 동안 풍랑이 일어났다 소멸되는 것은 허공을 지나는 뜬구름보다 더욱 무상하다. 그러나 경의 집안을 온전히 보존하는 방도를 위해 어찌 삼자함(三字銜)을 아끼겠는가.[89] 경은 나의 특별한 총애를 깊이 이해하여 고문(顧問)하는 일이 있을 때면 몸이 조정에 있지 않다는 이유로 사양하지 말라." 하고는 드디어 교지를 내리는 자리에 친히 임하여 위유(慰諭)하였다.

임인년(1782, 정조6)에 명을 받들어 《국조보감(國朝寶鑑)》을 편찬하여 올렸다. 을사년(1785, 정조9)에 기로소(耆老所)에 들어갔는데, 이복휘(李福徽)라는 자가 이보행(李普行)의 방법을 따라 공을 끝없이 무고하고 욕보이자 상께서 공을 위해 이복휘를 삭직(削職)하였다. 그러나 공은 이 뒤로 용주(蓉洲)에 칩거하면서 저술을 낙으로 삼고 더

88 심환지(沈煥之)가……하시며 : 이 내용은 《승정원일기》 정조 4년 3월 7일 서유방(徐有防)에게 내린 전교에 자세하다. 당시에 서명응이 이조 참판으로 있을 때 이성모를 의망(擬望)하였고, 이성모가 나중에 적신(賊臣) 홍계능(洪啓能)과 친하게 지내서 심환지에게 비방의 실마리를 제공한 것을 가리킨다.

89 삼자함(三字銜)을 아끼겠는가 : 삼자함은 봉조하(奉朝賀)를 말한다. 정조가 공격을 받은 서명응에 대해 고문(顧問)을 위해 봉조하에 임명하더라도 무방할 것이라고 두둔한 말이다.

이상 조정의 요청에 참여하지 않았다.

3년 뒤 정미년(1787, 정조11)에 서울 집으로 돌아왔고, 미질(微疾)에 걸려 그해 12월 20일에 정침(正寢)에서 돌아가셨으니, 향년 72세이다. 부음이 전해지자 조회를 그치고 부의를 내렸으며, 슬픈 윤음을 내려 아들을 녹용(錄用)하고 교서관에 명하여 문집을 간행하게 하였다.

다음 해 3월 20일에 장단(長湍) 금릉리(金陵里) 좌임(坐壬)의 언덕에 장사 지냈으니, 이곳은 선영이다. 배(配)는 정경부인(貞敬夫人) 전주 이씨(全州李氏)이니, 공조 좌랑 정섭(廷燮)의 따님이다. 부덕(婦德)을 두루 갖추었고 여사(女士)로 칭송받았다. 공보다 한 해 앞서 돌아가셨으니 향년 73세이고, 공의 묘 왼쪽에 합장하였다.

장남 호수(浩修)는 문과에 급제하여 판서를 지냈고 차남 형수(瀅修)는 문과에 급제하여 승지를 지냈는데, 모두 양자로 나갔다. 그리하여 공의 삼종형 명장(命長)의 아들 철수(澈修)를 양자로 들였으니, 철수는 진사이고 직장(直長)을 지냈다. 딸은 참의(參議) 정문계(鄭文啓), 사인(士人) 박상한(朴相漢), 이재진(李宰鎭), 송위재(宋偉載)에게 시집갔다.

호수는 4남 2녀를 낳았으니, 아들은 생원 유본(有本), 생원 유구(有榘), 유락(有樂)이고, 딸은 정상의(鄭尙毅)에게 시집갔으며, 나머지는 어리다. 형수는 3남 2녀를 낳았으니, 아들은 유경(有檠), 유영(有榮)이고 나머지는 어리다. 철수는 아들이 없어서 유구를 후사로 삼았다. 박상한의 아들 시수(蓍壽)는 문과에 급제하여 정자(正字)를 지냈고, 딸은 정세우(鄭世祐)에게 시집갔다. 송위재는 2남 1녀를 낳았는데 모두 어리다.

공은 기품이 수려하고 깔끔하였으며 성질이 굳세고 방정하였다. 한

가로이 지낼 때에도 태만한 기색이 없었고 평상시 말씀에도 비속한 말씀이 없으셨다. 영화와 욕됨, 기쁨과 근심을 잠시 지나가는 것으로 여기고 젊은 시절부터 노년에 이르기까지 단정히 앉아 책을 보실 뿐이었다. 오직 타고난 자질이 특별히 뛰어났으므로 힘쓸 필요도 없이 늘 한결같았고 마음을 세우고 행실을 제어하는 데에 발로된 것이 차라리 과격한 데에서 잘못될지언정 시류에 따라 변하는 것을 가까이하지 않으셨다. 취해야 하는 의리라면 이해(利害)와 화복(禍福) 따위가 그 소신을 꺾기에 부족하였고 해야 하는 일이라면 자제와 친척도 그 뜻을 감히 만류하지 못하였다. 이러한 마음으로 집안에서 지내고 조정에 서서 넉넉히 밝은 시대의 흠잡을 데 없는 사람이 되었으니, 이른바 '미목(眉目)이 맑은 수양된 군자'라는 것에 공이 거의 가깝다 하겠다.

효성을 다해 부모를 섬겨 부모가 위독하시자 두 분 모두에게 손가락을 베어 피를 입에 넣어드렸다. 모부인께서 3년 동안 병석에 누워 계셔서 거동할 때 반드시 부축할 사람이 필요했는데 공이 새벽부터 밤늦게까지 곁에서 모셨고, 의복과 요강에 이르기까지 모두 몸소 받들고 관리하였다. 상중에는 상복을 벗지 않았고 제사 지낼 때에는 남에게 미루지 않았으며, 두 아우를 사랑하여 위기지학(爲己之學)을 하도록 정성스레 훈계하였다.

막내아우가 일찍 죽었을 때 공이 낳은 두 아들을 한 명은 백형(伯兄)의 후사로 삼아서 단지 아들 하나만이 공의 뒤를 잇게 되었으나, 자신의 뒤를 잇게 하지 않고 막내아우의 후사로 삼아주었다. 영묘(英廟 영조)께서 일찍이 이 사실을 들으시고 누차 공을 칭찬하기를 마지않으며 "어질도다. 아무개여! 이는 인정(人情)상 어려운 일인데 아무개가 해냈구나." 하였다.

충절을 다해 임금을 섬겨 양조(兩朝 영조와 정조)에서 지우(知遇)를 입어 고경(孤卿)[90]에 오르고 화무(華膴)[91]를 두루 거쳤는데, 명분과 의리를 중시하고 국가의 체모를 고려하여 옛날 사람의 강직한 유풍이 있었다. 이 때문에 공의 출처와 굴신(屈伸)이 일찍이 시대의 운수에 관련되지 않은 적이 없어서 공의 처신을 보고 세도(世道)의 성쇠를 점칠 만하였다.

남들과 어긋나는 것이 많고 맞는 것이 적었다. 당시에 문호(門戶)를 주장하는 자들이 문학(文學)과 정사, 언론과 성망(聲望)을 일체 남과 나의 사사로운 이해관계를 따라 우열을 가리는 것을 병통으로 여겨, 매번 탄식하기를 "붕당이 타파된 뒤에야 시비가 진정 가려지고 시비가 진정 가려진 뒤에야 나랏일이 제대로 될 것이다. 비록 성조(聖朝)를 위해 조금이나마 도울 수는 없을망정 차마 내 스스로 파란을 조장할 수야 있겠는가." 하고 두문불출하여 세력에 어울리는 것을 끊었는데, 비록 반평생 동안 고립되어 곤궁함이 쌓이고 남들이 물어뜯었으나 괘념치 않았다.

이 때문에 충애(忠愛)의 정성이 임금의 마음에 들어갔으나 단 하루도 그 자리에 편안히 있은 적이 없었고, 올곧은 주장이 사대부의 입에 오르내렸으나 끝내 경륜을 펼쳐보지는 못하였다. 만년(晚年)에 이르러서는 유술(儒術)을 금상(今上)이 의지해야 한다고 여겨 조장(朝章)

90 고경(孤卿) : 삼공(三公) 밑의 소사(少師), 소부(少傅), 소보(少保)를 이르는데, 우리나라에서는 의정부의 좌・우 찬성(贊成)과 육조(六曹)의 판서를 이른다.

91 화무(華膴) : 화(華)는 사헌부・사간원・홍문관의 삼사(三司)와 같은 청환(淸宦)을 말하고, 무(膴)는 호조(戶曹)와 같은 후한 녹을 받는 관직을 말한다.

과 국고(國故), 추전(墜典)과 결문(缺文)을 공이 참여하여 다듬은 것이 많았다.

호수(浩修)가 일찍이 직제학이 되어 상(上 정조)을 모실 때 공의 작은 초상을 들여오라고 하였는데, 그 화제(畫題)에 염계(恬溪)라는 호가 쓰여 있는 것을 보고 호수에게 이르기를 "경의 아비가 만절(晩節)이 탁월했던 것이 세 가지가 있다. 임진년(1772)에 정후겸이 천망(薦望)되기를 도모했을 때 외정(外廷)은 막론하고 궁중에서도 또한 파란이 일어 경의 아비가 어떻게 처리하는지 다투어 엿보았으나, 경의 아비는 조금도 동요하지 않고 끝내 타인을 천거했으니, 한 번 만절을 보존했다고 하지 않겠는가. 기해년(1779)에 홍국영이 등용되기를 바랐을 때 문형(文衡)을 다시 들어가는 계제로 삼았으니, 그가 지시하는 바에 비록 목이 뻣뻣한 자라도 어느 누가 감히 차단할 수 있었겠는가. 그러나 경의 아비가 죽음을 무릅쓰고 뜻을 바꾸지 않아 거의 예측할 수 없는 재앙에 빠질 뻔했으니, 두 번 만절을 보존했다고 하지 않겠는가. 을미년(1775)과 병신년(1776) 이후로 어진 아우와 함께 사직을 호위하는 의리를 함께 부지하여 대대로 국가와 휴척(休戚)을 함께하였으니, 세 번 만절을 보존했다고 하지 않겠는가. 호를 보만재(保晩齋)로 바꾸도록 하라." 하였다. 공이 듣고는 감동의 눈물을 흘리며 "지금 내 몸과 이름은 모두 성상께서 내려주신 것이다." 하였다.

공의 문장은 전아(典雅)하고 풍부하였고, 다듬는 것을 공교하다 여기지 않고 끌어모으는 것을 고상하다 여기지 않았으며, 법도 안에서 넉넉하고 충분하게 구사하여 규장(圭璋)과 옥도(玉度)가 찬란하게 그 특이한 빛을 저절로 드러내었다. 문병(文柄)을 잡은 15년 동안 조정의 중요한 글들이 대부분 공의 손에서 나왔는데, 사람들이 공을 벼슬의 높낮이로 보지 않은 것은 공이 당대의 종장(宗匠)이 되어 구차하게 명가(名家)로 논한 것이 아님을 볼 수 있다. 《보만재집(保晩齋集)》 18권이 있다. 상이 일찍이 가져다 보시고 다음과 같은 시를 하사하였다.

비 지나간 염막에 남풍이 살랑 부는데	雨過簾幙午風徐
염계가 지은 열 축의 글을 한가로이 보노라	閒閱恬溪十軸書
깨달음은 심오한 삼역[92]에서 나온 게 많고	悟解多從三易邃
전형은 아직도 사가의 나머지가 보이네[93]	典刑猶見四佳餘
음양의 수 나열하여 마음은 자못 깨달았는데	陰陽綜錯心頗契
구름과 물이 흘러가듯 바탕은 본래 텅 비었네	雲水流行質本虛
보만당의 초고를 일찍이 구해 보니	保晩堂中求艸早
문원 당시와 비교하여 어떠한가[94]	文園當日較何如

92 삼역(三易) : 하(夏)・상(商)의 《역(易)》인 《연산역(連山易)》・《귀장역(歸藏易)》과 현행하는 《주역》을 합칭(合稱)한 말이다.

93 전형은……보이네 : 사가(四佳)는 서거정(徐居正)의 호인데, 서명응이 바로 서거정의 후손이므로 이와 같이 말하였다.

94 보만당의……어떠한가 : 문원(文園)은 한 무제(漢武帝) 때 효문원 영(孝文園令)을 지낸 문장가 사마상여(司馬相如)를 가리킨다. 사마상여가 만년에 병으로 벼슬을 그만두고 무릉(茂陵)에서 살았으므로, 천자(天子)가 이르기를 "사마상여가 병이 심하니, 그곳에 가서 그의 저서를 다 가져와야 하겠다." 하고 소충(所忠)을 보냈더니, 사마상여는 이미 죽었고 집에는 저서도 없었다. 그래서 그의 아내에게 물으니, 대답하기를 "장경(長卿, 사마상여의 자)에게 다른 저서는 없고, 다만 장경이 죽기 전에 한 권(卷)의 책을 만들어놓고 말하기를 '사자(使者)가 와서 글을 찾으면 이것을 바치라.'고 했습니다." 하였는데, 그 유서(遺書)는 바로 봉선(封禪)에 관한 일을 말한 것이었다. 《史記 卷117 司馬相如列傳》

공이 전(箋)을 올려 사례하고 각(閣)을 세워 봉안하였다.

공의 학문은 의리에 근본을 두고 명물을 참고하였는데, 특히 선천역(先天易)에 심오하였다. 일찍이 "역(易)은 대대(對待)와 반대(反對)를 가지고 선천(先天)과 후천(後天)으로 나누는데, 후천의 역학은 상구(商瞿)와 교비(橋庇), 주추(周醜)로부터 전하(田何)에 이르기까지 세상에 성행하였으나,[95] 유독 선천의 역학은 문장으로 성립되지 않고 다만 사도(四圖)가 방외가(方外家)에 흘러 전해왔을 뿐이다. 1,500년 뒤에 강절(康節 소옹(邵雍))이 희이(希夷 진단(陳摶))에게 얻었는데, 그 지결(旨訣)은 상수(象數)의 뜻을 말하는 데 주안점을 두어 마침내 심법(心法)으로 귀결되었다." 하였다. 침식을 잊을 정도로 정밀히 연구하고 유추하여 수십 년 동안 학문을 쌓아 《선천학(先天學)》 12권을 지었는데, 널리 역상(曆象)과 율려(律呂)에까지 각각 그 심오한 이치를 연구하였다.

역상을 논하기로는 "신법(新法)의 땅이 둥글다는 이치는 《예기(禮記)》의 증자(曾子)의 가르침에만 의거할 뿐 아니라 희화(羲和)의 분측(分測)[96]을 증거로 하더라도 구구절절 서로 부합한다. 만일 땅이 둥글

95 상구(商瞿)와……성행하였으나 : 《역》의 전수는 노(魯)의 상구(商瞿, 상구는 성이고 이름은 자목(子木))로부터이다. 자목은 《역》을 공자에게 받아서 노의 교 자용비(橋子庸庇, 교는 성이고 이름은 비이며 자는 자용)에게 전수하였고, 자용은 강동(江東) 사람 한 자궁 비(韓子弓臂, 한은 성이고 이름은 비이며 자궁은 자)에게 전수하였고, 자궁은 연(燕)의 주추 자가(周醜子家)에게 전수하였고, 자가는 동무(東武) 사람 손우 자승(孫虞子乘)에게 전수하였고, 자승은 제(齊)의 전 자장 하(田子莊何)에게 전수하였다. 《五洲衍文長箋散稿 易經 周易辨證說》

96 희화(羲和)의 분측(分測) : 희화는 요(堯)임금 때 천문을 관측하며 역법(曆法)을 제정했다고 하는 희씨(羲氏)와 화씨(和氏)를 가리키고, 분측은 해그림자를 측량한 것

지 않다면 북극은 어찌 남북의 고저가 있고 시각은 어찌 동서의 조만(早晩)이 있겠는가. 한열오대설(寒熱五帶說)[97]과 혼개통헌법(渾蓋通憲法)[98]은 분명히 삼고(三古)의 유물이다." 하였다.

율려를 논하기로는 "율(律)은 황종(黃鍾)을 근본으로 삼으니, 황종의 경위(徑圍)와 멱적(冪積)[99]이 그 진수(眞數)를 얻으면 율려가 이로 말미암아 가감되고 사죽(絲竹 관현(管弦))이 이로 말미암아 비례(比例)한다. 관악기는 구(九)와 사(四)가 서로 호응함으로써 정(正)과 변(變)이 장단(長短)에 담기고, 현악기는 전(全)과 반(半)이 서로 호응함으로써 궁(宮)과 상(商)이 거세(巨細)에서 일어난다. 수(數)로 인해 소리를 구하여 살피고 고르게 하면 아마도 고악(古樂)에 멀지 않을 것이다." 하였다. 제조하여 시험해보기도 하고 헤아려 밝히기도 하였는데, 두루 꿰뚫지 않은 것이 없어서 모두 실제로 활용할 만하였다. 《보만재총서(保晩齋叢書)》 60권이 있다. 형수(瀅修)가 일찍이 승지가 되어 입시(入侍)했을 때 상께서 《보만재총서》를 들여오도록 하여 열람하시고 하교하기를 "우리나라에 수백 년 동안 이 같은 대작은 없었던 듯하다." 하였다.

아, 두 성상께서 임명해주신 벼슬과 내려주신 한 편의 시에서 공의

을 말한다.

97 한열오대설(寒熱五帶說) : 지구를 한대 · 냉대 · 온대 · 아열대 · 열대로 구분하는 설을 말한다.

98 혼개통헌법(渾蓋通憲法) : 중국의 전통적인 우주론인 개천설(蓋天說)과 혼천설(渾天說)을 하나로 통합하여 나타낸 천체 운동 관측 기구를 혼개통헌이라 하는데 이를 제작하는 원리를 말한다.

99 멱적(冪積) : 면멱(面冪)과 적실(積實)의 약어로, 면적과 부피를 말한다.

본말을 징험할 만하니, 불초의 사사로운 말이 무슨 필요가 있겠는가. 그러나 불초 등이 태사(太史)와 태상시(太常寺)에 손을 빌리고 은혜를 바라는 것이 또 성상의 가르침에 의지한 것이 아니겠는가. 혹시라도 집사께서 그 아들이 불초하다 하여 그 선인(先人)의 아름다운 덕을 폐기하지 않아서 선인의 명성이 사후에도 영원히 전해진다면 불초 등이 또한 불효하고 하늘을 잘못 섬긴 죄를 조금이나마 용서받을 수 있을 것이니, 집사께서 채택해주기를 바란다.

선비 정경부인 완산 이씨 행장[100]

先妣貞敬夫人完山李氏行狀

선비 완산 이씨(完山李氏)는 계통이 국성(國姓)에서 나왔으니, 선조(宣祖) 소경왕(昭敬王)의 별자(別子) 임해군(臨海君) 휘 진(珒)의 후손이다. 임해군이 광해군 시절에 화를 만나 집안이 망했다가 인조(仁祖)가 반정한 뒤에 억울함을 씻고 관작이 복원되었는데, 그 아우 경창군(慶昌君) 휘 주(珘)의 아들 경(儆)을 세워 후사로 삼고 양녕군(陽寧君)으로 봉했다. 양녕군이 익풍군(益豐君) 휘 속(涑)을 낳았고, 익풍군이 임원군(林原君) 휘 표(杓)를 낳았고, 임원군이 저촌공(樗村公) 휘 정섭(廷燮)을 낳았는데, 저촌공은 문장과 학식이 탁월하여 사우(士友)에게 추중(推重)을 받았다. 누차 벼슬하여 공조 좌랑에 이르렀으나 나아가지 않았고, 문집이 세상에 전한다.[101]

100 【작품해제】 저자의 모친 완산 이씨(完山李氏, 1714~1786)의 행장이다. 이씨는 선조(宣祖) 소경왕(昭敬王)의 별자(別子) 임해군(臨海君) 이진(李珒)의 후손으로, 저촌공(樗村公) 이정섭(李廷燮)의 딸이다. 17세에 저자의 생부 보만재(保晚齋) 서명응(徐命膺)에게 시집왔다. 정경부인(貞敬夫人)에 봉해졌으며, 장단(長湍) 금릉리(金陵里) 선영에 묘가 있다. 부친 이정섭에게 가정교육을 받아 사리에 밝았던 점과 시부모에게 효도하고 남편에게 유순하며, 제사를 경건히 지내고 집안 다스림에 법도가 있었으며, 겸손하고 타인에게 너그러웠던 점들을 기록하였다. 장남 호수(浩修)와 차남 형수(瀅修)를 양자로 보내고, 서명장(徐命長)의 아들 철수(澈修)를 맞이하여 후사로 삼았다. 병이 들었을 때 정조가 안부를 묻는 모습을 통해 서명응·서명선(徐命善) 형제에 대한 정조의 각별한 총애를 엿볼 수 있다. 창작 시기는 미상이다.

101 문집이 세상에 전한다 : 《저촌집(樗村集)》은 4권 3책으로 이루어져 있다. 문집 외에 《해동가요(海東歌謠)》에 시조 2수가 전해지고 있다.

저촌공이 동래 정씨(東萊鄭氏) 관찰사 휘 시선(是先)의 딸에게 장가들어 숙종 갑오년(1714) 10월 14일에 선비(先妣)를 낳았다. 17세에 가대인(家大人)[102]에게 시집왔다. 우리 서씨(徐氏)는 본관이 달성(達城)이다. 가대인은 판중추부사로 있다가 벼슬에서 물러났다. 가대인의 부친은 이조 판서 문민공(文敏公) 휘 종옥(宗玉)이고, 모친은 덕수 이씨(德水李氏)로 좌의정 충헌공(忠憲公) 휘 집(㙫)의 따님이다.

영종(영조) 병자년(1756, 영조32)에 가대인이 승정원 동부승지가 되셨으므로 선비도 따라서 숙부인(淑夫人)에 봉해졌고, 임오년(1762)에 가대인이 황해도 관찰사가 되자 선비도 따라서 정부인(貞夫人)에 봉해졌고, 계사년(1773)에 가대인이 판의금부사가 되자 선비도 따라서 정경부인(貞敬夫人)에 봉해졌다.

금상(今上) 병오년(1786, 정조10) 11월 14일, 내침(內寢)에서 돌아가시니, 향년 73세이다. 다음 해 1월 21일, 장단(長湍) 금릉리(金陵里) 임좌(壬坐)의 언덕에 장사 지냈으니, 이곳은 선영이다.

선비는 밝은 지혜와 온화한 자질을 지니고 어려서 저촌공의 부지런한 가르침을 받았다. 일찍이 《소학》·《논어》·《근사록》을 읽고 바로 대의(大義)를 이해하였다. 8, 9세 무렵에 저촌공의 6촌 아우 이정작(李廷綽)이 공을 찾아와 경서의 뜻을 물었는데, 선비께서 전심(專心)하여 침식(寢食)을 잊어가며 곁에서 들었다. 늙어서도 입이 닳도록 그 일을 말씀하면서 "천하의 아름답고 고귀한 일 중에 옷깃을 여미고 단정하게 앉아 심성(心性)에 대해 말하는 것보다 더한 일이 무엇이 있겠는가?"

102 가대인(家大人) : 저자의 부친 보만재(保晩齋) 서명응(徐命膺, 1716~1787)을 말한다.

하였다.

매번 장자(張子)의 〈서명(西銘)〉을 외면서 "사람이 만일 '백성은 나의 동포(同胞)이고 세상 만물은 나의 반려〔民同胞, 物吾與〕'라는 것을 진실로 안다면 마음이 저절로 공정해져서 사심이 없어질 것이고, 사람이 만일 내 삶을 두텁게 하고 너를 옥처럼 다듬어 완성시켜주는 것임을 안다면 원망하고 탓하는 마음이 저절로 없어질 것이다." 하였다.

또 사마온공(司馬溫公 사마광(司馬光))이 유원성(劉元城)을 가르친 말[103]을 외면서 "불망어(不妄語) 3자 속에 마음을 보존하는 공부가 들어 있으니, 말을 함부로 하지 않으려 하는 순간이면 마음이 곧 자리를 지키게 된다." 하였다. 또 인심(人心)의 동정(動靜)의 기미를 논하기를 "마음속에 생각이 많아서는 안 되니, 생각이 많은 때는 늘 근심하는 소인에 가깝다." 하였으니, 마음속에 참된 지식과 독실한 믿음을 간직하였기에 외부에 실체가 있고 힘써 행하는 모습으로 나타난 것이다.

효성으로 시부모를 봉양하고 유순하게 지아비를 섬겼으며, 경건하게 제사를 받들고 법도에 맞게 집안을 다스렸으며, 자신은 겸손하게 처신하고 남을 너그럽게 대하였다.

애당초 저촌공(樗村公)이 딸 넷을 두셨는데 모두가 비녀와 귀고리로 장식하는 세속의 모습이 없었다. 그러나 부모의 뜻을 잘 맞추어 부모가 잠시도 떨어져 살 수 없을 듯이 여겼던 것은 선비가 으뜸이었다. 이

103 사마온공(司馬溫公)이……말 : 유원성(劉元城)은 이름이 안세(安世)이고 시호는 충정(忠定)인데, 《심경부주》 성의장에 유 충정공(劉忠定公)으로 나온다. 그가 사마광(司馬光)을 찾아와서 종신토록 행할 만한 것이 무엇이냐고 묻자 사마광이 성(誠)이라고 대답하였는데, 성을 행하려면 무엇부터 시작해야 하느냐고 또 묻자 '함부로 말하지 않는 것〔不妄語〕'부터 시작해야 한다고 답변하였다.

때문에 시집가는 날 저촌공이 밤새도록 침통해하며 "내가 이제 너를 시집보내야 하는구나!" 하였다.

시부모를 모실 때에는 사랑과 공경을 모두 지극히 하였다. 이 부인(李夫人)이 만년에 흔치 않은 병에 걸렸는데, 가대인께서 3년을 하루같이 띠를 풀고 주무시지 않았다. 선비께서 가대인을 도와, 부축하고 간호하며 아픈 데를 만져드리고 가려운 데를 긁어드리는 일부터 온도를 맞춰드리고 입에 맞는 음식을 갖추는 일까지 일찍부터 밤늦게까지 정성을 쏟으니, 선비가 아니면 이 부인이 편안해하지 않으면서 "우리 며느리가 이처럼 효도하고 부지런히 봉양하니 아무리 내가 낳은 자식들이라 한들 어떻게 이보다 더하랴. 이것이 내가 낳은 자식들보다 며느리를 더 사랑하는 까닭이다." 하였다.

이 부인이 돌아가신 뒤에 선비가 안살림을 대신 맡아 문민공(文敏公)의 옷과 음식을 넉넉히 갖추고 마련하였다. 문민공이 새벽에 공무를 위해 나가면 선비가 밤새 주무시지 않고 손수 옷을 꿰매고 음식을 장만하였다. 이 때문에 문민공이 일찍이 "어찌하면 벼슬을 쉬고 고향으로 돌아가 우리 며느리와 함께 만년을 즐겁게 보낼 수 있을까?" 하였다. 이는 선비가 효성으로 시부모를 봉양한 내용이다.

선비가 가대인을 섬길 때에는 반드시 손을 모으고 무릎을 여미고 응대를 조심스럽게 하였으며, 급히 말하거나 갑작스레 안색을 바꾸는 일이 없었고 의용(儀容)을 함부로 하거나 게을리한 적이 없었다. 가대인께서 서적에 잠심(潛心)하여 살림을 신경 쓰지 않았으므로 집이 평소 가난하여 조석(朝夕)의 끼니도 간혹 넉넉지 않았는데, 선비께서 부지런히 도우며 한 번도 부족하다 푸념하지 않았고 그렇다고 잘한다 자부하지도 않았다.

그러나 가대인이 달가워하지 않는 것은 아무리 비싼 것이라도 아까워하지 않았다. 경기도에 5, 600금(金) 하는 몇 경(頃)의 장토(莊土)가 있었다. 밭을 받아 경작하는 자가 중간에서 농간을 부려, 그것을 돌려달라고 하자 도리어 교묘한 말로 간계(奸計)를 부렸다. 가대인께서 몹시 싫어하는 기색을 보이자 선비께서 즉시 그 문서를 내주고 더 이상 돌려달라고 하지 않으셨다.

가대인께서 존귀해져 외직으로 세 도의 관찰사를 지내고 내직으로 육부(六部)의 판서를 역임하자, 선비께서 그 녹봉을 저축하고 남은 것은 가대인의 뜻을 미루어 동서와 시누이들에게 나누어주며 "지아비의 소유물을 내가 감히 사사로이 쓰겠는가." 하였다. 이는 선비께서 지아비를 유순하게 섬긴 내용이다.

가대인이 일찍이 최장방(最長房)이 궁벽하게 먼 시골에 있다 하여 증조 찬성공(贊成公)의 제사를 임시로 받들었다. 선비가 제수를 장만할 비용을 따로 저축하여 명절과 기일(忌日)에 신선한 제철 음식을 사서 지극히 정갈하게 씻고 조리하였다. 사판(祠版)이 제종(諸宗)에게 누차 옮겨 다녔기 때문에 의물(儀物)도 부서진 것이 많았는데, 선비가 정성껏 경영하여 제기와 자리, 상과 향로 등을 일체 모두 정연하게 갖추었다.

저촌공의 후손이 집이 매우 가난하여 작은 초가에 끼니조차 잇지 못할 지경이었는데, 선비가 지아비 집안의 재산에 도움을 받지 않고 묵묵히 스스로 애써 마련하여 집을 사 신주를 안치하고 밭을 사 제수를 공급하도록 하였다. 이는 선비가 경건하게 제사를 받든 내용이다.

선비가 비록 유가(儒家)에서 성장하였으나, 지혜와 계산이 뛰어나 부리는 사람이 적었으나 많은 이를 대적하였고, 쓰는 물건이 간소했으나 풍성한 이를 대적하였다. 이 때문에 몸소 창고를 맡아 넉넉한 것과 부족한 것을 조절하였으며 옷감과 칼과 자를 늙어서도 놓지 않았고 지휘하고 조처하여 빈틈이 없게 하였다. 또 그 여분을 덜어 궁핍한 이들을 도와주었다. 한번은 먼 일족이 돌림병에 걸려 세 시신이 빈소에 있었는데, 선비가 있는 힘껏 도와주어 마침내 장사 지내게 하였다. 평생 비단옷을 입지 않고 진귀한 기물을 마련하지 않았으며 자녀들을 혼인시킬 때 혼수를 대부분 소박하게 갖추었다.

시숙 의정공(議政公)이 국사(國事)를 논했다가 섬으로 유배되자, 딸을 시집보내는 일을 선비에게 부탁하였다. 어떤 이가 친딸보다 더 후하게 해주어야 한다고 하니, 선비가 웃으며 "그렇게 한다면 어찌 제오륜(第五倫)이 열 번 일어난 것과 같지 않겠느냐?[104] 시숙의 딸은 곧 내 딸이다." 하고 끝내 친딸과 똑같이 해주었다. 이에 법도가 한결같아 집안이 화목하였다. 민간의 상스러운 말을 입에 담지 않았고 점쟁이와 무당의 말을 귀담아듣지 않았으며, 상하노소가 다만 날마다 맡은 일을 열심히 할 뿐이었다. 이는 선비가 법도에 맞게 집안을 다스린 내용이다.

선비는 사람들이 과장하고 떠벌리는 것을 매우 싫어하여, 항상 말씀하기를 "자신을 알기가 매우 어려우니 자신을 알 수 있다면 진보하지 못할까 걱정할 것 없다." 하였다. 이 때문에 선비께서 벌열 가문에 있으면서 명성이 쌓여 온 세상 사람들이 더욱더 칭송하고 온 친척들이 더욱

104 제오륜(第五倫)이……않겠느냐 : 제오륜은 후한(後漢) 때 사람으로, 사공(司空) 벼슬을 지냈으며 공정하기로 소문이 났다. 일찍이 어떤 사람이 그에게 "공 같은 사람도 사심(私心)이 있느냐?"고 묻자, 그는 "조카가 병들었을 때는 하룻밤에 열 번이나 가보았지만 잠을 편히 잤고, 아들이 병들었을 때는 한 번도 가보지 않았지만 밤새 잠을 못 이루었다."고 고백하였다. 《後漢書 卷41 第五倫列傳》

더 어른으로 모셨는데, 선비는 더욱더 겸손하고 절제하여 비록 남루한 차림의 미천한 사람일지라도 혹시 오만한 모습을 보일까 두려워하였고 비록 천한 노복일지라도 함부로 꾸짖은 적이 없었다.

우리 형제가 연이어 조정에 출사하자, 선비가 매번 가득 차는 것을 두려워하여 "너희 집안이 누차 화를 만난 것은 작위가 너무 성대했기 때문이다. 이제부터는 요직을 피하여 성상께서 살려주신 은택에 보답해야 할 것이다." 하였다.

이에 앞서 문민공과 가대인 양대(兩代)가 평안도 관찰사가 되었을 때 선비가 임소(任所)에 모두 따라갔는데, 호수(浩修)가 3대 연속 관찰사가 되자 또 선비를 모시고 가려 하였다. 사람들이 모두 홍섬(洪暹) 공의 대부인이 평안 감영에 세 번 갔던 일[105]을 인용하여 지극히 칭송하자, 선비가 근심스러워하며 "사람들이 지극히 칭송하는 것은 조물주의 시기를 받는다. 더구나 나같이 덕이 없는 이가 옛날의 어진 부인이 겨우 얻은 영광을 감당할 수 있겠는가." 하고 끝내 가지 않았다. 이는 선비가 겸손하게 처신한 내용이다.

선비께서는 일찍이 남의 잘못을 말씀한 적이 없으셨다. 우리가 곁에서 모시면서 혹 남을 비난하는 일이 있으면 반드시 정색하여 "가령

105 홍섬(洪暹)……일 : 홍섬의 모친 송씨(宋氏) 부인은 영의정 송일(宋軼)의 딸로, 홍언필(洪彦弼)에게 시집왔다. 송씨는 아버지와 남편과 아들이 모두 평안도 관찰사를 역임하여, 그때마다 임소에 따라갔다. 처녀 시절 아버지를 따라갔을 때 감영 뜰에 복숭아나무를 심었는데, 세월이 흘러 남편을 따라가보니 꽃이 만발하였고, 후에 아들을 따라갔을 때에는 한창 무더운 날씨여서 나뭇잎이 축 처져 있었으므로 세월의 무상함을 탄식하였다. 세 번 중에 어느 때가 가장 좋았냐고 누가 물으니, 남편을 따라갔던 시절이 가장 즐거웠다고 대답했다고 한다.

네가 마침 이러한 일이 없다 하더라도 네가 과연 반성해보면 이 같은 잘못이 있지 않다고 할 수 있겠느냐? 어찌 남을 나무라는 일에는 밝고 자신을 용서하는 일에는 어두우냐." 하였다.

곤궁한 인척들이 달려와 하소연하는 일이 이어졌는데, 부녀자들이 그들이 염치없다고 나무라면 "저 사람이 어찌 좋아서 이러겠느냐. 어찌 내 자신을 그 처지에 있다고 가정하여 그 마음을 살피지 않느냐." 하였다. 말 한 마디를 할 때도 남을 해칠까 매우 조심하였고, 일 하나를 할 때도 반드시 남을 이롭게 할 것을 생각하였다. 이는 선비가 너그러움으로 타인을 대한 내용이다.

효도하고 유순하고, 경건히 하고 법도에 맞게 하고, 겸손하고 너그러운 것은 부녀자의 아름다운 덕목이다. 이 중에 하나만 있어도 어질다고 하는데, 우리 선비처럼 두루 갖춘 분이야 옛날 역사에 실린 부인들과 얼마나 차이가 나겠는가. 시부모를 봉양한 것으로는 최부(崔婦)가 시어미에게 젖을 먹인 효성이 있고[106] 지아비를 섬긴 것으로는 양처(梁妻)가 눈썹까지 상을 든 순종이 있다.[107] 경건히 제사를 받든 것으로는

106 최부(崔婦)가……있고 : 최부는 당(唐)나라 때 산남서도 절도사(山南西道節度使)를 지낸 최관(崔琯)의 조모 당 부인(唐夫人)을 말한다. 최관의 증조모 장손 부인(長孫夫人)이 나이가 많아서 치아(齒牙)가 없어 밥을 먹지 못하자, 당 부인이 수년 동안 시어머니인 장손 부인에게 젖을 먹이는 등 효성이 지극하였다. 장손 부인은 죽을 때 집안 식구들이 다 모인 자리에서 "며느리의 은혜를 갚을 수 없으니, 며느리의 자손들이 모두 며느리처럼 효도하고 공경하기를 바란다. 그렇게 된다면 최씨의 가문이 어찌 창대(昌大)하지 않겠느냐."라고 하였다. 《小學 善行》

107 양처(梁妻)가……있다 : 양처는 후한(後漢) 사람 양홍(梁鴻)의 처이다. 눈썹까지 상을 들었다는 것은 거안제미(擧案齊眉)의 준말로, 부부끼리 서로 공경하는 것을 비유한다. 양홍이 품팔이를 하며 어렵게 살았지만 집에 돌아오면 아내가 공경하여 바로

《시경》의 〈채빈(采蘋)〉[108]이 비슷하고 법도에 맞게 집안을 다스린 것으로는 《예기》의 〈내칙(內則)〉이 비슷하다. 겸손하게 처신한 것으로는 경강(敬姜)이 아들을 꾸짖은 것과 같고[109] 너그럽게 남들을 대한 것으로는 양모(羊母)가 아들을 가르친 것과 같다. 이것이 어찌 나의 사사로운 말이겠는가. 큰 복을 누리고 슬픔과 영광을 두루 받은 것을 또한 하늘의 보답으로 징험할 수 있을 것이다.

선비가 병환으로 누워 병석을 벗어나지 못한 지가 4, 5년이었는데, 추우면 심해지고 심해지면 위태로워졌다. 부음을 받기 한 달 전에 질병이 좀 더 심해지자 형 호수(浩修)가 봉양을 바라는 소를 올렸고 나도 체직되어 돌아와 간호하였다. 병세가 조금 호전되었을 때 내가 승지가 되어 입시하니, 상께서 오래도록 근심하고 염려해주시며 "무슨 병이기에 해마다 한 번씩 심해지는가?" 하였고, 질병이 다시 심해졌을 때 외손 박시수(朴蓍壽)[110]가 기주관(記注官)이 되어 입시하니, 상께서 병

쳐다보지 못한 채 밥상을 들어 눈썹과 가지런히 했다고 한다. 《後漢書 卷83 逸民列傳》

108 《시경》의 〈채빈(采蘋)〉 : 《시경》 국풍(國風) 소남(召南)에 들어 있는데, 경건하고 정성스럽게 제사를 받드는 내용이다.

109 경강(敬姜)이……같고 : 경강은 춘추 시대 노(魯)나라 대부(大夫) 공보목백(公父穆伯)의 아내이다. 목백이 죽고 그 아들 문백(文伯)이 나라의 재상이 되었는데, 조정에서 물러 나와 그 어머니가 길쌈하는 것을 보고 이를 못마땅하게 말하니, 경강이 이르기를 "옛날의 성왕들은 척토(瘠土)를 가려서 백성들을 거주하게 하고 백성들을 수고롭게 하여 썼다. 그러므로 오랫동안 천하에서 왕 노릇 할 수 있었다. 저 백성들이 수고로우면 생각을 하게 되고 생각을 하면 선한 마음이 생긴다. 안일하면 음란해지고 음란해지면 선을 잊고 선을 잊으면 악한 마음이 생긴다. 옥토(沃土)에 거주하는 백성이 재주가 없는 것은 안일해서이고, 척토에 거주하는 백성이 의롭게 되는 것은 수고롭기 때문이다." 하였다. 《國語 卷5 魯語下》

세를 물어보시고 시수를 기주관에서 체직하여 가서 병환을 살피도록 하였다. 선비께서 그 말을 들으시고는 손을 모으고 "천한 이 몸의 병세를 성상께서 누차 물어보셨단 말인가. 감격스러워 어쩔 줄 모르겠구나." 하였다.

임종 때 불초 등이 곁에서 흐느껴 우니, 선비께서 물끄러미 바라보시며 "차분히 기다리고 요란 떨지 마라." 하였다. 내각(內閣)에 부음이 전해졌으니, 가대인 및 호수가 일찍이 내각의 직책을 지냈기 때문이다. 상께서 관례대로 위문하고 조문하였으며 부의를 내려주셨다. 아, 은혜가 융숭하고 예가 지극하여 돌아가신 분이나 살아 있는 사람이나 한이 없게 되었다.

선비는 3남 4녀를 낳으셨다. 장남 호수(浩修)는 문과에 급제하여 이조 판서가 되었으며 백부에게 양자로 나갔다. 차남 형수(瀅修)는 문과에 급제하여 승정원 우승지가 되었으며 계부(季父)에게 양자로 나갔다. 삼남 철수(澈修)는 진사이며 상서원 부직장(尙瑞院副直長)이 되었는데, 가대인께서 상소로 조정에 청하여 삼종형 형 명장(命長)의 아들을 얻어 양자로 삼은 이다. 딸은 참의(參議) 정문계(鄭文啓), 사인(士人) 박상한(朴相漢), 이재진(李宰鎭), 송위재(宋偉載)에게 시집갔다.

호수는 4남 2녀를 낳았다. 유본(有本)과 유구(有榘)는 모두 진사이며, 유구는 철수에게 양자로 나갔다. 나머지는 유락(有樂), 유비(有棐)

110 외손 박시수(朴蓍壽) : 저자의 자형 박상한(朴相漢)의 아들로, 본관은 반남(潘南)이다. 증조는 평안도 관찰사를 지낸 박사수(朴師洙)이고, 조부는 생원 박만원(朴萬源)이다. 유복자로 태어나 1784년(정조8) 18세에 문과에 급제하였다.

이다. 딸은 정상의(鄭尙毅)에게 시집갔고 하나는 어리다. 형수는 3남 2녀를 낳았다. 아들은 유경(有檠), 유영(有榮), 유반(有槃)이고, 딸은 모두 어리다. 박상한은 1남 1녀를 낳았다. 아들은 바로 시수(蓍壽)이니, 문과에 급제하여 승문원 부정자(承文院副正字)가 되었고, 딸은 정세우(鄭世祐)에게 시집갔다. 송위재는 2남 1녀를 낳았는데, 모두 어리다.

불초 등이 효성이 부족하여 천지신명께 죄를 얻어 이미 세월을 돌이킬 수 없으니, 오직 아름다운 덕행 한두 가지를 찬술하여 역사에 빛나고 규문에 본보기가 되는 여인들이 미처 봉양 받지 못한 애통함을 조금이나마 달래기를 기원한다. 그러나 반드시 큰 행실만 거론하고 사소한 행실은 생략하여 감히 말을 넘치게 하지 않았으니, 이는 생전에 겸손하고 절제했던 선비의 본뜻을 본받고자 해서이다.

불초남(不肖男) 통정대부(通政大夫) 승정원 우승지 지제교 겸 경연 참찬관 춘추관 수찬관(承政院右承旨知製敎兼經筵參贊官春秋館修撰官) 형수(瀅修)가 눈물을 흘리며 삼가 행장을 짓다.

사산감역 서공 행장[111]

四山監役徐公行狀

본관은 경상도 대구부(大丘府) 달성현(達城縣)이다. 증조 진리(晉履)는 상의원 직장(尙衣院直長)을 지내고 이조 판서에 추증되었고, 조부 문택(文澤)은 광흥창 주부(廣興倉主簿)를 지내고 의정부 좌찬성에 추증되었다. 부친 종흡(宗翕)은 사옹원 첨정(司饔院僉正)을 지내고 이조 참판에 추증되었고, 모친 이씨(李氏)는 정부인(貞夫人)에 추증되었으니, 참봉 중번(重蕃)의 딸이다.

공의 휘는 명장(命長), 자는 선백(善伯)이다. 달성 서씨(達城徐氏)는 고려 군기 소윤(軍器少尹) 휘 한(閈)을 비조로 삼는다. 우리나라에 들어와서 대대로 벼슬하였으며 판중추부사 충숙공(忠肅公) 휘 성(渻)에 이르러 목릉(穆陵)의 명신이 되었다. 이분이 달성위(達城尉) 휘 경주(景霌)를 낳았고, 경주가 선묘(宣廟 선조)의 장녀 정신옹주(貞愼翁主)에게 장가들었으니, 이분이 공의 고조이다.

공은 숙종(肅宗) 무인년(1698) 5월 11일에 태어났다. 어려서부터

111 【작품해제】 서철수(徐澈修)의 생부 서명장(徐命長, 1698~1767)의 행장이다. 서명장은 저자의 9촌 아저씨인데, 그 아들 서철수가 저자의 생부 서명응(徐命膺)의 후사가 되어 10촌에서 4촌으로 가까워졌다. 서명장이 9세에 생모를 잃고 계모 유씨(柳氏)를 모시고 살면서 효성이 지극하여 이웃의 불효자를 감동시키고 도적을 감화한 일과 측은지심이 많아 평생 소고기를 먹지 않은 일 등이 실려 있다. 대과에 급제하지 못하여 음직으로 사산감역관(四山監役官)을 지냈고, 수원(水原) 토법면(土法面)에 묘가 있다. 창작 시기는 미상이다.

기국과 도량이 대범하고 행동거지가 진중하였으며, 자제의 도리에 허물이 없었다. 9세에 이씨 부인의 상을 당하자, 상중의 예법과 몹시 슬퍼하는 마음이 어른처럼 엄숙하였다.

참판공이 서울로 가서 벼슬살이하니, 공이 홀로 계비(繼妣) 유 부인(柳夫人)을 모시고 시골집에 있으면서 날마다 노복(奴僕)을 감독하여 농사에 힘을 쏟아 항상 맛있는 음식을 마련하였다. 곁에서 모실 때에는 유자(孺子)처럼 의지하여 진심 어린 사랑이 얼굴에 드러났다. 이 때문에 유 부인이 아무리 화가 났을 때라도 공을 보면 자신도 모르게 노기가 가라앉고 얼굴이 부드러워졌다.

한번은 손님과 사랑채에 앉아 있다가 갑자기 크게 천둥이 치고 비바람이 들이치자, 공이 급히 일어나 신발도 채 신지 못하고 안채로 달려 들어가니 옷과 버선이 다 젖었다. 날씨가 조금 개어 공이 나오자 손님이 이상하게 여겨 "무엇 때문에 그리도 급하였소?" 하였다. 공이 "모부인께서 천둥을 매우 두려워하시니, 내가 어찌 그 곁에 사람이 없게 할 수 있겠습니까." 하였다.

공의 아들과 아우가 천연두를 동시에 앓아 매우 위태로웠는데, 의원에게 물어 약을 먹일 때마다 반드시 아우를 먼저 먹이고 아들을 나중에 먹였고, 둘 다 살릴 가망이 없다고 판단되자 목욕재계하고 신에게 경건히 기도하여 아우 대신 아들을 데려가달라고 빌었으나 끝내 아우를 구하지 못하였다. 유 부인이 눈물을 흘리며 사람들에게 "지성이면 감천이라더니, 어찌 그리도 빈말이란 말이오. 하늘이 아무개의 기도를 끝내 들어주지 않았구려." 하였다.

참판공이 돌아가셨을 때 공의 나이가 예순에 가까웠다. 그런데도 상복을 벗지 않고 간을 한 국을 먹지 않았으며, 여묘(廬墓)를 지키며 아침저녁으로 슬퍼하기를 삼년상을 마치도록 한결같이 하였다. 또 삭망(朔望)에 올리는 전(奠)을 한천정사(寒泉精舍)[112]의 고사(故事)처럼 하였다. 어떤 이가 "예순에는 삼베만 몸에 걸칠 뿐이니, 조금 권도(權道)를 따르는 게 좋겠습니다." 하자, 공이 이맛살을 찌푸리며 "봉양에 정성을 다 쏟지 못했거늘 상을 당해 예법을 다하지 않는다면 어떻게 사람의 자식이라 할 수 있겠소?" 하였다. 공이 효성에 있어서 남들이 행하기 어려운 일을 한 것이 모두 이와 같았다.

이웃에 어미가 죽었는데도 장사 지내지 않고 상복도 입지 않은 천한 자가 있었는데, 그가 공이 여묘하는 곳을 지나가다가 공의 행동을 보고 감동하여 "나는 아무개 공의 죄인이다."라고 자책하고는 돌아가 그 모친을 장사 지내고 예법대로 추복(追服)하였다.

흉년이 들어 도적이 일어나 약탈당한 마을이 많았다. 어떤 사람이 길에서 작은 종이를 주웠는데, 거기에 "우리가 비록 굶주림과 추위에 쫓겨 불의한 짓을 자행하지만 어찌 차마 효자의 집에 들어가 효자를 놀라게 하겠는가."라고 쓰여 있었으니, 효자는 공을 가리킨 것이다. 뒤에 과연 공의 거처에는 가까이 오지 않아서 온 마을이 공의 덕에 편안하였다. 공이 효성에 있어서 감화시키기 어려운 자들을 감화시킨 것이 또 이와 같았다.

얼마 뒤에 사방의 선비들이 공의 효성을 열거하여 관찰사에게 보고

112 한천정사(寒泉精舍) : 한천정사는 건녕부(建寧府) 천호(天湖) 부근에 있던 주자(朱子)의 강학처(講學處)이다. 1175년(순희2)에 동래(東萊) 여조겸(呂祖謙)이 이곳으로 주자를 찾아와서 열흘 정도 머물며 함께 주자(周子), 정자(程子), 장자(張子)의 글을 읽었다. 그 후에 초학자들을 위해 대체(大體)에 해당되고 일용(日用)에 절실한 내용들을 함께 추려서 《근사록(近思錄)》을 편성하였다. 《近思錄 卷首》

해 그 일을 조정에 올리게 하려 하였다. 공이 듣고 매우 놀라 "부모를 잘 모셨다 하더라도 본래 본분을 다한 것일 뿐이다. 더구나 잘 모셨다 할 수 없음에랴. 더구나 또 그 일로 인해 이익을 누리겠는가. 제군(諸君)들이 만일 논의를 그만두지 않는다면, 이는 내가 부끄러워서 이곳에 살 수 없게 하는 일이다." 하였다. 그리하여 보고하는 일이 드디어 중지되었다. 이에 공의 효성이 비록 조정에 보고되지는 않았으나 집안에 본보기가 되고 향리에서 신뢰를 받아 후세에 전할 만하게 되었으니, 자잘한 행실에 대해서는 생략한다.

그러나 남의 일을 급하게 여기는 것을 의(義)로 여기고, 만물을 아끼는 것을 인(仁)으로 여기고, 학문을 넓히는 것을 지혜로 여겼다. 상을 당한 백성에 대해서는 반드시 어떻게든 가서 구원해주었는데, 가진 것을 다 쏟아주면서도 싫어하는 기색이 없었다.

소싯적에 밭 가는 소가 헐떡이며 땀 흘리는 것을 보고 측은한 마음이 들어 "이미 그 힘 덕에 먹고살거늘 그 고기까지 먹을 수 있겠는가?" 하고는 이 뒤로 40년 동안 소고기를 드시지 않았다. 간혹 권하는 사람이 있으면 "내가 어찌 입과 배에 얽매여 소신을 버리겠는가." 하였다. 한번은 병이 들어, 의원이 소고기를 먹어야 한다고 하였다. 공이 "마음속에 차마 먹을 수 없는 생각이 있는데, 먹는다 한들 병이 어찌 낫겠는가." 하고는 끝내 드시지 않았다.

당초 참판공께서 뛰어난 재능을 갖고도 팔자가 기구하여 등용과 좌절을 거듭하니, 세상 사람들이 안타까워하였다. 이 때문에 공이 박사가(博士家)의 말을 힘써 공부하여 앉아서나 누워서나 글을 읽기를 늙도록 게을리하지 않아 반드시 참판공이 이루지 못한 뜻을 이루고자 하였다. 그러나 공도 수차례 향시에 합격했지만 끝내 대과에는 급제하지 못하였다. 늦게야 사산감역관(四山監役官)[113]에 제수되었으나 이내 상을 당하여 떠나왔다.

이어 괴산(槐山)에 집을 짓고 봉양하는 틈틈이 산수에서 소요하기도 하고 시 짓고 술 마시는 자리에 어울리며 울적한 회포를 조금이나마 달랬다. 그리하여 국가를 경륜하고 지탱할 재능을 겨우 농사짓는 데에 드러내었다. 숙부 참의공(參議公 서종섭(徐宗燮))이 일찍이 "가령 아무개가 사업의 공로를 펼쳐 국가를 이롭게 한다면 반드시 우리 정도에서 그치지는 않을 것이다."라고 하였다. 아, 이를 통해서도 공의 여러 가지 일을 볼 수 있다.

정해년에 공이 사소한 병에 걸려 오래도록 낫지 않자, 공은 유 부인께서 자식 걱정에 음식을 잡숫지 않을까 염려하여 죽을 올릴 때마다 반드시 유 부인이 잡수었는지 먼저 물은 뒤에야 드셨다. 병이 위독해지자 자식들을 돌아보며 "내가 아흔 줄에 든 노친을 버리고 죽으니, 불효가 심하다. 너희가 지하의 내 혼령을 위로하려 하거든 내가 섬긴 대로 할머니를 섬겨라. 그리해야 내가 눈을 감을 수 있을 것이다." 하였다.

4월 24일에 정침(正寢)에서 돌아가셨으니, 향년 70세였다. 그해 6월에 청주(淸州) 두타산(頭陀山) 간좌(艮坐)의 언덕에 장사 지냈고, 7년 뒤 계사년에 수원(水原) 토법면(土法面) 곤좌(坤坐)의 언덕에 이장하

113 사산감역관(四山監役官) : 서울의 사대문을 둘러싼 백악산(白岳山)·목멱산(木覓山, 남산)·인왕산(仁王山)·낙타산(駱駝山)을 관리하는 직책이다. 서원(書員)이나 산지기 등을 인솔하여 산을 순찰하면서 나무를 벤 흔적을 점검하고 근방의 분수자(分授者)를 잡아들여 엄하게 곤장을 쳐서 적발하되, 만약 바로잡을 수 없으면 그 마을 사람들에게 금령을 범한 죄를 바로잡게 하여, 관련되면 비록 재상의 집 노복이라도 면할 수 없을 만큼 실권을 행사하였다. 《退憲日記》

였다.

공은 키가 크고 용모가 빼어났으며 수염이 아름다웠고, 문장이 빼어나고 재주가 넉넉하여 당대의 훌륭한 인물인 줄 물어보지 않아도 알 수 있었다. 그러나 이것으로 공을 평가할 것은 아니다. 다만 타고난 효성이 성품으로 인해 행실로 나타나 배우거나 면려할 필요가 없었다. 스스로 자신의 몸을 바르게 했을 뿐만 아니라 또 일개 포의(布衣)의 신분으로 완악한 이를 바로잡고 포악한 이를 거느려, 세속을 일깨우고 백성을 구제할 책임이 없었으나 옛것을 개혁하여 새것을 도모하는 공효가 있었으니, 이 또한 정사(政事)를 한 것이다. 어찌 꼭 나라의 정사만이 정사가 되겠는가. 《시경》에 "효자는 효심이 끊임없어 길이 너의 무리에게 영향을 끼친다." 하였으니,[114] 공을 두고 한 말이다.

공은 부인이 둘이니, 전 부인은 동래 정씨(東萊鄭氏)로 승지(承旨) 동후(東後)의 딸이며, 공의 묘 왼쪽에 합장하였다. 아들이 셋이니, 낙수(樂修), 집수(集修), 채수(采修)이고, 딸은 홍경조(洪慶祚)에게 시집갔다. 후 부인은 광주 김씨(光州金氏)이니, 동지중추부사 진원(震元)의 딸이며, 공의 묘 오른쪽에 합장하였다. 아들이 둘이니, 철수(澈修), 뇌수(耒修)이다. 철수는 양자로 나가 삼종숙부 판추공(判樞公 저자의 생부 서명응)의 뒤를 이었는데, 진사이며 현재 상서원 부직장(尙瑞院副直長)이다.

낙수는, 초취(初娶)는 완산 이씨(完山李氏) 광언(光彦)의 딸이고, 재취(再娶)는 창녕 성씨(昌寧成氏) 일상(一相)의 딸인데, 자식을 두지

114 《시경》에……하였으니 : 《시경》 〈석류(錫類)〉에 나오는 구절로, 효를 말할 때 으레 인용되는 대표적인 구절이다.

못하여 유연(有然)을 양자로 들였다. 집수는 진사 연안 김씨(延安金氏) 윤(炌)의 딸에게 장가들어 딸 둘을 낳았는데, 모두 사인(士人)에게 시집갔다. 채수는 초취는 현감 안동 권씨(安東權氏) 헌(攇)의 딸이고, 재취는 안동 김씨(安東金氏) 아무개의 딸로, 아들 하나를 낳았는데 아직 어리다. 철수는 초취는 연안 김씨(延安金氏) 덕균(德均)의 딸이고, 재취는 반남 박씨(潘南朴氏) 내원(來源)의 딸인데, 아들을 두지 못하여 유구(有榘)를 양자로 들였으니, 유구는 생원이다. 뇌수는 여흥 민씨(驪興閔氏) 사정(師貞)의 딸에게 장가들어 아들 둘을 낳았는데, 아직 어리다.

나는 공에게 족자(族子)가 되고 공의 아들 철수가 유 부인의 명으로 오종(吾宗)으로 귀의하여 사촌 형제가 되니, 지금 공의 행장을 지어달라는 부탁에 대해 의리상 감히 문장에 서투르다고 거절할 수 없어서 삼가 유사(遺事)를 모아 차례대로 엮어 행장을 만들고 당대의 입언군자(立言君子)에게 주어 채택하게 하였다.

명고전집

제16권

비명 碑銘
묘지명 墓誌銘
묘표 墓表

의천부원군 남공 순절유허비명[1]

宜川府院君南公殉節遺墟碑銘

[illegible] 충성할 때 재능을 발휘하여 당대에 공적을 쌓기도 하고 충절을 지켜 후세를 감화시키기도 하는데, 이 두 가지를 겸할 수 없다. 그러므로 공적을 숭상하는 자는 "한낱 죽음이 나라에 [illegible] 도움이 되겠는가." [illegible] 천추에 강상(綱常)을 세울 수 있으니 어찌 한때의 공적에 비하랴." 한다. 두 가지를 겸하지 못하는 것은 시세(時勢)가 그렇게 만들어서일 뿐만 아니라 취향이 같지 않기 때문이기도 하다. 작고하신 의천부원군(宜川府院君) 남공(南公)으로 말하면 이 두 가지를 모두 가진 분이라고 할 만하다.

1 【작품해제】 임진왜란 때 노량해전에서 활약한 남유(南瑜, ?~1598)의 유허비명이다. 남유는 자가 시망(時望), 본관이 의령(宜寧)이다. 1598년에 나주 목사 겸 우영장(羅州牧使兼右營將)이 되어 충무공 이순신을 도와 왜적을 격파하였고, 이순신이 전사한 뒤에 퇴각하는 왜적과 교전을 벌이다 역시 전사하였다. 30년 뒤에 일어난 정묘호란에서는 그 아들 충장공(忠壯公) 남이흥(南以興)이 안주(安州)에서 또한 전사하였다. 저자는 신하가 충절과 공적을 동시에 세우기는 어렵다는 논리로 글을 전개하다가 남유가 특별히 이 두 가지를 아울러 이루었다고 찬양하였다. 1778년(정조2) 저자의 나이 30세 때의 작품이다.

공의 휘는 유(瑜)이고 자는 시망(時望)이며 본관은 의령(宜寧)이다. 선조(宣朝) 임진년에 왜적이 창궐하여 대거 침입해서 우리 강토를 휩쓸고 우리 백성을 살육하니, 어가가 파천(播遷)하여 서쪽으로 의주(義州)에 이르렀다. 공은 이때 부평 부사(富平府使)로서 앞장서서 창의하여 근왕병을 모아 왜적의 예봉을 막았다. 곧 평산 부사(平山府使)로 옮겼다가 부모상을 당해 돌아왔다.

무술년(1598, 선조31)에 조정에서 공의 재능을 감안하여 탈정(奪情)하여 나주 목사 겸 우영장(羅州牧使兼右營將)으로 기복(起復)[2]시켜 연해(沿海) 아홉 고을의 병사를 거느리게 하였다. 이 당시에 충무 이공 순신(忠武李公舜臣)이 통제사(統制使)로서 패잔병을 모아 나주(羅州) 보화도(寶花島)에 주둔하고 있었다. 공이 명을 듣고 즉시 달려가 병장기를 모으고 전함을 수리하여 이공과 서로 기각(掎角)의 형세를 이루니, 이공이 공을 의지하고 믿어 은연중에 하나의 장성(長城)처럼 여겼다.[3]

11월에 공이 명(明)나라 제독 유정(劉綎)과 수륙 양면으로 군사를 출진시켰는데, 유공은 육지로 출진하고 공은 바다로 출진하여 먼저 순천(順天) 앞바다에서 적선을 만나 예교(曳橋)의 성채에서 격렬하게 싸워 대파하니, 왜적이 퇴각하여 자신들의 소굴을 지켰다.

2 기복(起復) : 부모상에 거상(居喪) 중인 사람을 불러내 벼슬을 하게 하는 것을 말한다.

3 은연중에……여겼다 : 광무제(光武帝) 건무(建武) 12년(36)에 한(漢)나라 장수 오한(吳漢)이 성도(城都)로 쳐들어가서 공손술(公孫述)의 군대를 대파(大破)하였다. 이때 오한이 강한 적과 대치하고 있으면서도 태연자약하게 작전 계획을 수립하자, 광무제가 "오공은 은연중에 하나의 국가의 역할을 수행하고 있다.〔吳公隱若一敵國矣.〕"라고 찬탄하였다.《後漢書 卷18 吳漢列傳》. 원문 '은약일장성언(隱若一長城焉)'은 이 표현을 취한 듯하다.

다음 날 아침에 이공이 또 도독 진린(陳璘)과 군사를 합하여 군대를 출진하자, 공도 솔선하여 앞바다에서 왜적을 맞았다. 이때 마침 바닷물이 빠져나가 명나라 병사들이 얕아진 만(灣)에 갇히자 왜적이 곧장 달려가 포위하였는데, 공이 제장(諸將)을 독려하여 포위망을 뚫고 진공(陳公)과 협공하여 쳐부수었다. 이에 왜적의 형세가 몹시 곤궁해지자, 왜장 평행장(平行長 소서행장)이 도독에게 화친을 청하여 병사를 거두고 동쪽으로 돌아가는데 우리 군사가 후미를 습격할까 두려워하여 병사들을 후미에 남겨두었다. 적선 500여 척이 남해의 노량(露梁)에 모여들자, 이공이 도독과 습격하기를 도모하여 밤에 수군을 출발시켜 급히 달려갔는데, 도착해보니 수군들이 모두 뒤에 처져 있었고 오직 도독이 거느린 배와 공 휘하의 배 7척만이 따라왔다. 공이 홀로 휘하의 배를 이끌고 먼저 왜적과 죽음을 무릅쓰고 싸워 적선 30여 [illegible]우고, 심발과 북을 재정비하여 일시에 [illegible]였다.

날이 밝은 뒤에 이공이 유탄에 맞아 돌아가시고 명나라 병사들도 포위되어 한창 위급하였는데, 공이 또 병사를 [illegible] 인솔하여 세차게 공격하니 일당백이 아닌 병사가 없었다. 왜적이 포위를 풀고 달아나자, 공이 달아나는 왜적을 쫓아 계속하여 후미를 공격하다가 이공과 마찬가지로 유탄에 맞아 돌아가시니, 이달 22일이었다. 일이 보고되자 조정에서 공의 충절을 훌륭하게 여겨 누차 추증하여 의정부 좌의정 의천부원군에 올리고 정려(旌閭)하였다.

공은 고립무원의 군사를 거느리고 전투할 때마다 앞장서 달려 나가 세찬 바람이 일어나는 듯하여 향하는 곳에 적수가 없었고, 마침내 8년의 전란을 하루아침에 깨끗이 사라지게 하였으니, 만일 종묘사직을 재건한 공로를 논한다면 공이 실로 명(明)나라 여러 장수들 못지않을 것이다. 그리고 노량의 전투로 말하면 충무공이 전사한 뒤에 몸소 북채를 잡고 진격할 줄만 알고 후퇴할 줄 몰랐으며, 마침내 죽음으로써 이충무공과 함께 돌아갔으니, 아 얼마나 특별하고 훌륭한가!

그러나 이공의 죽음은 잔당들이 섬멸되기 전에 있었고, 공과 같은 이는 이공이 마치지 못한 일을 끝마치고 또 이공의 영원한 명성을 세워 주었으니, 세상 사람들이 공을 숭상하고 공에게 보답해야 하는 것이 이공보다 못해서는 안 될 것이다. 그러나 이공에 대해서는 비석을 세우거나 사당을 지어 지금까지도 변함없이 표장(表章)하는데, 유독 공에 있어서는 아무런 들림 없이 고요하기만 한 것은 어째서인가.

공이 죽은 지 30년이 지난 정묘년(1627, 인조5)에 공의 아들 충장공(忠壯公) 이홍(以興)이 안주(安州)에서 순절하여 성대한 공렬이 일문(一門)에 빛나게 되었다. 어떤 이는 이것을 공이 못다 누린 데 대한 보답이라고 하지만, 이는 하늘이 한 일이지 사람이 한 일이 아니다. 지금 영남 우도의 많은 선비들이 금년 무술년(1778, 정조2)이 바로 공이 순절한 삼주갑(三周甲)이라고 하여 함께 돈을 내어 노량의 유허지에 비석을 세우려고 하면서 나에게 비문을 부탁하였다. 내가 매번 위로 선배들을 논할 때마다 공이 공적과 감화를 겸하고 있는 것에 대해 무릎을 치면서 감탄하지 않은 적이 없었다. 더구나 많은 선비들의 부탁을 어찌 감히 문장이 졸렬하다고 사양할 수 있겠는가. 그리하여 다음과 같이 명을 지었다.

혁혁한 것은 공적이요	赫赫者功
탁월한 것은 충절이니	卓卓者節
전대 인물 두루 헤아려보건대	歷數前古

아우른 인물 드문데	尠能合一
굳센 남공이	有桓南公
이 두 아름다움을 갖추었네	具此兩美
저 교활한 왜적이 준동하여	蠢爾狡倭
우리의 영토를 소굴로 삼으니	穴我壤地
팔 년간의 병화에	八年兵燹
고을들 모두 쑥대밭 되었네	郡邑咸夷
공이 그 무예를 떨쳐	公奮厥武
비분강개하여 앞장서 지휘하여	忼慨前麾
예교에서 적을 토벌하자	曳橋薄伐
왜적이 퇴각하여 방어했네	賊乃退保
주도면밀하게 신묘한 기략을 펴	神機密布
나쁜 기운을 신속히 쓸어버렸네	氛翳迅掃
적들이 노량에 모여드니	屯彼露梁
매를 피해 달아나는 새와 같았네	如鳥避鸇
수많은 병선이 밤에 출정하니	千帆宵征
이지러진 달이 여전히 떠 있었네	缺月猶懸
긴 바람이 물결을 깨트리듯	長風破浪
귀신처럼 출몰하여	出沒如神
적선을 불태우고	灰厥舳艫
왜적을 소탕하였네	蕩厥介鱗
고래와 악어가 달아나고	鯨逃鰐奔
바다와 하늘이 열리니	海濶天開
농부는 따비를 잡고	農執其耟

상인은 재화를 나르게 되었네	商遷其財
끝내 죽음으로써	終焉一死
이공과 함께 돌아가니	歸與李公
수양의 충절이며[4]	睢陽之節
곽자의의 공로로다[5]	子儀之功
그해 간지 돌아오니	歲周于甲
때는 기다림이 있도다	時則有待
우뚝하게 큰 비석 세워	岌峙穹碑
공에게 보답함 게을리 않네	報公無怠
상전벽해의 세월 다하도록	桑海爲窮
해와 달과 빛을 나란히 하리니	日月齊光
모든 군자들은	凡百君子
이 비명을 볼지어다	視此銘章

4 수양의 충절이며 : 당 현종(唐玄宗) 때 안녹산(安祿山)의 난이 일어났을 때, 다른 성들은 모두 함락되었으나 장순(張巡), 요은(姚誾), 남제운(南霽雲), 허원(許遠) 등은 수양(睢陽)을 굳게 지켜 2년을 버티다가 성이 고립되고 원군이 이르지 않아 결국 식량이 떨어지고 사졸이 없어 성이 함락되어 사로잡히고 말았다. 그 전에 장순이 전투를 독려하면서 눈을 부릅떠서 눈자위가 찢어져 피가 흘렀고 이를 악물어 이가 부서졌는데, 포로가 된 뒤에 안녹산의 당인 윤자기(尹子奇)가 장순의 입을 칼로 찢어서 보니 남아 있는 이가 서너 개뿐이었다. 장순이 죽으면서 말하기를 "나는 군부(君父)를 위해 의리로 죽지만 너희들은 역적에게 붙었으니 개돼지만 못하다. 어찌 오래가겠느냐." 하였다. 《舊唐書 卷187 忠義列傳下》

5 곽자의의 공로로다 : 곽자의(郭子儀)는 당 숙종(唐肅宗) 때 안사(安史)의 난을 평정하고 분양왕(汾陽王)에 봉해졌다. 그는 덕종(德宗) 때부터 상보(尙父)의 호를 하사받았으며, 무려 20년 동안 천하의 안위(安危)를 한 몸에 짊어진 불세출의 명장이었다. 《新唐書 卷137 郭子儀列傳》

이조 판서 문정 이공 신도비명[6]

吏曹判書文靖李公神道碑銘

문헌(文獻)이 나라를 다스리는 데 참으로 중요하다. 전도(典圖)와 형법(刑法)을 문(文)이라고 하고 현지(賢智)와 재술(才術)을 헌(獻)이라고 하니,[7] 헌에게 맡기고 이 문을 꾸며서 후대에 알려주는 것이다. 이 문을 쓰되 헌에게 징험하지 않으면 비록 영원히 민멸되지 않을 우(禹)임금의 자취와 하(夏)나라의 종정, 후손들에게 길이 남겨줄[8] 문왕의 계책과 무왕의 공렬일지라도 소부(疏附)와 분주(奔奏), 왕래와

6 【작품해제】 조선 초기의 문신 이수(李隨, 1374~1430)의 신도비명이다. 이수는 자가 수경(隨卿), 자호(自號)가 심은(深隱)이며, 본관은 봉산(鳳山)이다. 태종의 부름을 받고 조정에 나아가 당시 대군으로 있던 세종의 스승이 되었다. 박학다문하였고 실무에도 능하여 정계에서 맹활약했지만, 시대가 오래되고 전적이 병화에 사라져서 고찰할 만한 것이 없으나, 황희(黃喜), 신개(申槩), 허조(許稠), 최윤덕(崔潤德)과 함께 태묘(太廟)에 배향된 점으로 보아 이들과 나란한 수준일 것으로 유추하였다. 저자는 서두에서 국가의 통치에 있어 문헌의 중요성을 말하여 단편적인 행적만 남은 이수에 대해 그 신도비를 짓는 당위성을 피력하였다. 이수의 13대손 이득원(李得元)의 요청으로 지었는데, 창작 시기는 미상이다.

7 현지(賢智)와……하니 : 헌(獻)은 지혜와 재주를 갖춘 사람을 지칭하는 용어이다. 문(文)이 단순히 기록 유산을 가리킨다면, 헌은 이 기록 유산을 해석하며 기록으로 전하지 않는 과거의 일을 구전하는 역할을 한다.

8 후손들에게 길이 남겨줄 : 원문의 '풍기(豐芑)'는 《시경》 문왕유성(文王有聲)에 나오는 말로, 당시 수도였던 호경(鎬京)이 위치한 풍수(豐水) 가의 기(芑)라는 풀을 말한다. 문왕과 무왕이 대대로 자손들에게 계책을 남겨주어 편안케 해주었던 일을 비유한 것이다.

적이(迪彝)[9]로 명명할 수 있는 것으로 말하면 헌을 기다려 드러내지 않을 수 없으니, 이것이 삼대의 왕의 예법[10]이 모두 문헌을 통해 징험되어서 성인이 기(杞)나라와 송(宋)나라에 가신 까닭이리라.[11]

우리나라는 문을 숭상하는 정치를 하여 유사(有司)가 담당하고 야사(野史)에 섞여 나오는 국가의 헌장(憲章)과 모유(謨猷)가 상하 400여 년간 연월별로 엮여 있어서 따르고 믿을 만하다. 그러나 유독 국초(國初)의 선헌(先獻)에 있어서는 종종 세대가 멀어지고 자손이 쇠미해져서 명성이 유실되고 사업이 실추되어 아득히 물어볼 수 없게 되었으니, 군자가 문과 헌에 대해 무엇을 중시하고 무엇을 경시하랴. 다만 문이

9 소부(疏附)와……적이(迪彝) : 성세의 정치를 도운 실제의 자취를 말한다. 소부(疏附)는 아랫사람을 거느려 윗사람을 친하게 하는 것이고, 분주(奔奏)는 사방에 나가서 왕의 덕을 알리며 선양하는 것이고, 왕래와 적이는 왕래자 적이교(往來茲 迪彝敎)의 준말로, 조정에서 열심히 복무하며 떳떳한 가르침으로 백성들을 이끌어준다는 뜻인데, 《서경》 〈군석(君奭)〉에 나온다. 주 문왕(周文王)의 덕이 세상에 성대하게 펴져서 제후들이 많이 귀의하게 된 이면에는 소부·분주하는 신하들이 있어서 가능했다고 하는데, 《시경》 〈면(緜)〉 마지막에 보인다.

10 삼대의 왕의 예법 : 하(夏)·상(商)·주(周) 삼대(三代)에 각각 충(忠)과 질(質)과 문(文)을 숭상했다는 설을 말한다. 송유(宋儒) 정이(程頤)의 《춘추전(春秋傳)》 서문에 "세 분의 왕이 번갈아 일어나면서 삼대의 왕의 예법이 갖추어졌나니, 자·축·인의 달을 정월로 각각 삼고 충·질·문을 번갈아 숭상함에, 인도가 갖추어지고 천운이 골고루 미치게 되었다.〔暨乎三王迭興 三重旣備 子丑寅之建正 忠質文之更尙 人道備矣 天運周矣.〕"라는 말이 나오는데, 《근사록(近思錄)》 권3 치지류(致知類)에 소개되어 있다.

11 성인이……까닭이리라 : 《논어》 〈팔일(八佾)〉에 "하(夏)나라의 예법을 내가 말할 수 있지만 기(杞)나라에서 징험하기 부족하였고, 은(殷)나라의 예법을 내가 말할 수 있지만 송(宋)나라에서 징험하기 부족하였으니, 이는 문헌이 부족하기 때문이다. 충분하다면 내가 징험했을 것이다.〔夏禮吾能言之, 杞不足徵也, 殷禮吾能言之, 宋不足徵也. 文獻不足故也. 足則吾能徵之矣.〕"라고 하였다.

여기에 있다고 하여 다시 헌(獻)에게 징험하는 일을 긴급하게 생각지 않아서야 되겠는가.

작고한 이조 판서 문정 이공(文靖李公)으로 말하면 국초 선헌(先獻) 중의 한 분이다. 지금 그 13대손 득원(得元)이 잔결된 문서 속에서 공의 유적을 수습하여 나에게 그 신도비를 짓게 하였다. 아, "사관이 의심나는 글을 보류하고 기록하지 않는 것을 내 오히려 미처 보았다"[12] 고 하였지만, 어찌 감히 도리어 문장이 졸렬하다는 이유로 사양하랴.

공의 휘는 수(隨)이고 자는 수경(隨卿)이며 자호(自號)는 심은(深隱)이다. 일찍이 전주 이씨(全州李氏)가 봉산(鳳山)에 옮겨가 살아서 드디어 봉산 이씨(鳳山李氏)가 되었으니, 금자광록대부(金紫光祿大夫) 중랑장(中郎將) 휘 경란(鏡蘭)이 공의 비조이다. 비조로부터 공에 이르기까지 대대로 벼슬하였으나 족보의 기록이 누락되어 자세히 알 수 없다고 한다.

공은 명(明)나라 홍무(洪武) 갑인년(1374, 공민왕23)에 태어나 병자년(1396, 태조5)에 생원시에 장원하였다. 당시 공이 비록 약관이었으나 학문이 넉넉하여 육경(六經)을 섭렵하고 백가(百家)를 꿰뚫으니, 문장이 빼어나고 명리(名理)에 특출한 점을 사림에서 추중하지 않는 이가 없었다.

영락(永樂) 경인년(1410, 태종10)에 우리 공정왕(恭定王 태종(太宗))

12 사관이……보았다 : 《논어》 〈위령공(衛靈公)〉에 "나는 그래도 사관(史官)들이 의심나는 글을 보류해두고 기록하지 않는 것과 말을 소유한 자가 남에게 타도록 빌려주는 것을 보았는데, 지금은 이것도 없어졌구나!〔吾猶及史之闕文也, 有馬者借人乘之, 今亡矣夫.〕"라고 하였다.

께서 조서를 내려 경서에 밝고 행실이 수양된 선비를 구하자 성균관에서 공의 이름을 아뢰었다. 왕이 지신사(知申事 도승지) 김여지(金汝知)에게 명하여 글을 보내어 공을 기용하고자 하니, 김여지가 "지존께서 군이 산야에 은둔했다는 것을 듣고 특명으로 부르셨으니, 즉시 길에 올라야 할 것이오." 하였다. 공이 조정에 이르렀을 때에는 우리 장헌왕(莊憲王 세종(世宗))이 대군(大君) 신분으로 잠저(潛邸)에 있었는데, 왕이 대군에게 공을 스승으로 섬기게 하니, 당시 공의 나이 38세였다.

임진년(1412, 태종12)에 종부시 주부(宗簿寺注簿)에 제수된 것을 시작으로 누차 벼슬하여 내자시(內資寺)와 경승부(敬承府) 직장(直長), 통례문 봉례(通禮門奉禮) 겸 상서원 직장(尙瑞院直長)을 지냈다.

갑오년 7월에 왕이 성균관에 행차하여 선비들을 시험하였는데, 공이 급제 제4인에 뽑혔다. 전례서 주부(典禮署注簿)와 판관(判官), 상서원 주부(尙瑞院注簿), 종부시 판관(宗簿寺判官), 병조와 예조의 좌랑과 정랑에 연이어 제수되었고, 얼마 뒤에 전례서 소윤(典禮署少尹)으로 있다가 직집현전(直集賢殿)·직예문관(直藝文館) 겸 세자우문학(世子右文學) 지제교(知製教)로 승진하였으며, 곧 사재감 정(司宰監正) 겸 우필선(右弼善)으로 옮겼다.

기해년(1419, 세종1)에 통정대부(通政大夫)의 품계에 오르니, 이때는 장헌왕 원년이었다. 곧 동부대언(同副代言 동부승지)에 제수되었고 좌부대언으로 전직되었으며 호조, 예조, 병조, 형조의 관직을 거쳤다. 경자년에 가선대부 동지총제경연사(同知摠制經筵事) 보문각 제학(寶文閣提學)으로 승진하였다. 신축년에 집현전 제학으로 있다가 외직으로 나가 황해도 관찰사 겸 병마도절제사가 되었는데, 봉산(鳳山)이 황해도에 예속되어 있었으므로 조정에서 공이 어버이를 봉양하는 데

편하게 해주기 위해서였다. 한 해를 있다가 내직으로 들어와 세자빈객(世子賓客), 예문관 제학, 인순부 윤(仁順府尹), 이조 참판이 되었다.

을사년(1425, 세종7)에 가정대부(嘉靖大夫)의 품계로 옮겼다가 곧 자헌대부(資憲大夫) 중선 도총제(中宣都摠制) 겸 성균관 대사성·예문관 대제학으로 승진하였다. 정미년(1427, 세종9)에 의정부 참찬으로 있다가 모친상을 당했는데 한결같이 예제(禮制)를 따르고 불교식을 하지 않으니, 사람들이 공이 거상(居喪)을 잘한다고 칭찬하였다. 복을 벗은 뒤 도총제(都摠制), 대제학, 이조·병조 판서에 누차 제수되었다. 경술년(1430, 세종12) 4월에 어가를 호종하여 모화루(慕華樓)에 가서 연회에서 모시면서 시를 지었다. 물러 나온 뒤에 말에서 떨어져 가마에 실려 돌아와 3개월 뒤 끝내 졸하니, 향년 57세였다.

부음이 전해지자 왕이 몹시 슬퍼하며 백관을 거느리고 거애(擧哀)[13]하고 유사에게 명하여 상사(喪事)를 돌봐주게 하였다. 또 감반(甘盤)의 구의(舊誼)[14]가 있다 하여 임금이 신하의 상에 임하는 고례(古禮)를 본떠 시행하여 수염을 어루만지며 곡하였는데, 슬픔이 주변 사람을 감동시키니 특별한 은총이었다. 태상시(太常寺)에서 시호를 의논하여 문정(文靖)으로 정하였는데, 시법(諡法)에 '널리 배우고 견문이 많은 것〔博學多聞〕'을 문(文)이라고 하고 '성품이 너그럽고 천명을 즐기면서 일생을 잘 마친 것〔寬樂令終〕'을 정(靖)이라고 한다.

13 거애(擧哀) : 국상(國喪)이 있을 때 망곡(望哭)을 행하고 상복을 입는 것이다.

14 감반(甘盤)의 구의(舊誼) : 임금과 신하가 사제 관계로 만나 맺어진 오래된 정의를 말한다. 감반은 은 고종(殷高宗)이 초야에 있을 때의 스승이다. 《서경》 〈열명 하(說命下)〉에 "나 소자가 옛날에 감반에게 배웠다."라고 하였다.

봉산(鳳山) 초구방(楚邱坊) 어은현(漁隱峴) 오좌(午坐)의 언덕에 장사 지내고, 두 부인을 합장하였다. 전 부인은 풍양 조씨(豐壤趙氏)이니 참판 조성길(趙成吉)의 딸이고, 후 부인은 평산 신씨(平山申氏)이니 판윤 신하(申夏)의 딸이다. 4남 2녀를 낳았는데, 장남 귀종(龜從)은 지평(持平), 차남 서종(筮從)은 좌랑, 삼남 복종(福從)은 부사(府使), 막내 길종(吉從)은 참봉이고, 딸은 진사 최맹(崔孟)과 현감 최안지(崔安智)에게 시집갔다. 내외손과 내외증손 이하는 다 기록하지 않는다.

공이 돌아가신 지 지금 10여 대가 지났는데 누차 난리를 겪어서 전적(典籍)이 모두 없어졌으므로 공이 조정에서 펼친 경륜과 관각(館閣)에서 지은 문장이 행실을 닦고 덕을 쌓아 몸소 힘써 후손들을 보살폈던 본말과 함께, 아득히 오랜 세월 속에 먼지처럼 사라졌다. 그나마 지지(地志)와 가전(家傳)에서 한두 가지 상론(尙論)한 것을 통해 보면, 공은 중후하고 겸손하였으며 꾸미는 것을 일삼지 않았고, 몸가짐을 공손히 하고 남을 정성껏 대하였으며 순진한 자질과 우아한 지조가 당대 사람들에게 우러름을 받았다. 성품이 맑고 간소한 것을 좋아하여 발 드리운 누각에 앉아 궤(几)에 기대어 등불 켜고 화로 끼고서 독서하는 외에는 일찍이 집안 살림에 대해 물은 적이 없었다. 위의(威儀)를 신중히 하여 비록 혹한기나 혹서기라도 평상시에 반드시 의관을 정제하여 엄한 손님을 대하듯이 하였다.

성주(聖主)의 특별한 인정을 받아 빈사로 대우받고 요직에 두루 올라 내직으로는 문단의 맹주가 되고[15] 외직으로는 관찰사가 되었는데,

15 문단의 맹주가 되고 : 옛날 출정(出征)하여 맹약할 때에는 맹주(盟主)가 반드시 희생인 소의 귀를 잡고 맹세하였는데, 후세에는 문단(文壇)을 여기에 비유하여 문단을

가는 곳마다 사대부는 공의 수양된 면모를 사랑하고 백성은 공의 너그러운 성품에 귀의하였다. 어렵고 복잡한 각 부서의 일을 할 때에는 법도에 딱 맞지 않는 것이 없어서 모두 공적이 있었으니, 공은 다방면에 통달한 재주를 가진 분으로 문단의 노사숙유(老師熟儒)로만 칭송할 것이 아니다. 그러나 궁통(窮通)과 득실에 대해 공은 모두 운명처럼 편안히 받아들이고 기쁨과 노여움을 얼굴에 조금도 드러내지 않았으니, 아마도 표리(表裏)와 경중(輕重)의 구분에 환하여 맹자(孟子)의 이른바 분수가 정해졌다는 것[16]에 가깝지 않겠는가.

공이 봉산(鳳山)에 살 때 집이 가난하여 땔감과 양식을 잇지 못하니, 왕이 공의 가난을 염려하여 섬계(剡溪) 한 굽이를 조서를 내려 하사해 준 고사[17]를 따라 사자(使者)를 보내 공에게 봉산군 서쪽 40리 땅을 하사하고 관청에 명하여 집을 지어서 공을 살게 하였다. 지금 봉산군

주관하는 대제학을 가리키는 말로 사용하였으므로 곧 대제학이 되었다는 뜻이다.

16 맹자(孟子)의……것 : 맹자가 말하기를 "넓은 땅과 많은 백성을 군자가 바라지만 즐거움이 이에 있지 않고, 천하의 가운데 서서 사해의 백성을 안정시키는 것을 군자가 즐거워하지만 본성이 이에 있지 않다. 군자가 본성으로 가진 것은 비록 크게 시행해도 더해지지 않고 비록 곤궁하게 살아도 덜어지지 않으니, 분수가 정해졌기 때문이다. 군자가 본성으로 가진 것은 인의예지가 마음에 뿌리를 내려 생색(生色)할 때 함치르르 얼굴에 드러나고 등에 가득하며 사지(四肢)에 베풀어져서 사체가 말이 없어도 깨닫는다." 하였는데, 이 말을 인용하였다. 《孟子 盡心上》

17 섬계(剡溪)……고사 : 당(唐)나라 때의 산음(山陰) 사람 하지장(賀知章)의 고사이다. 자는 계진(季眞)으로, 성격이 활달하고 문장에 능했으며 글씨를 잘 쓰고 술도 좋아했다. 중년에 벼슬길에 올라 태자빈객(太子賓客)·비서감(祕書監) 등을 제수받았으나 늘그막에 다 버리고 자호를 사명광객(四明狂客)이라 하고서 전리(田里)로 돌아와 자기 집을 천추관(千秋觀)으로 꾸미고, 또 방생지(放生池)를 만들기 위해 호수를 구하다가 천자의 명으로 경호(鏡湖)의 섬계(剡溪) 한 굽이를 하사받기도 하였다. 《唐書 列傳 隱逸》

사람이 그 땅을 문정방(文靖坊), 그 우물을 어수정(御授井), 그 마을을 관혜촌(寬惠村)이라고 부르니, 여기에서 공의 군신 관계를 볼 수 있다.

그리고 뒤에 또 익성공(翼成公) 황희(黃喜), 문희공(文僖公) 신개(申槩), 문경공(文敬公) 허조(許稠), 정렬공(貞烈公) 최윤덕(崔潤德)과 함께 태묘(太廟)의 배향 대열에 올랐다. 그렇다면 이 몇 군자의 공훈과 업적이 사람들의 이목을 환히 비추어 국초(國初)의 선헌(先獻)이라고 칭송되는 것은 바로 공의 공훈과 업적인 셈이니 또 어찌 다른 데에서 찾겠는가.

내가 비록 후대에 태어났지만 일찍이 본조(本朝)의 문헌에 뜻을 두어서 우리 영릉(英陵 세종(世宗))의 성대했던 시대는 곧 《시경》〈권아(卷阿)〉에서 노래한, 주(周)나라의 현자들이 초빙된 경사스러운 모임과 동일하다고 생각하였다. 그 시에 "봉황이 울도다, 저 높은 언덕에서. 오동이 나도다, 저 조양에서."라고 하였는데, 시를 풀이한 자가 "높은 언덕의 봉황은 세상에 뛰어난 어진 인재를 비유하고 조양의 오동은 치세(治世)의 어진 임금을 비유한다." 하였다.

선비로서 재주가 없으면 그만이지만 선비로서 재주가 있어서 이러한 때에 쓰였으니 아마도 한이 없을 것이다. 후대에 전해지든 말든 공에게 무슨 상관이겠는가. 그러나 붓을 싣고 다니면서 그 일을 노래하여 유구한 후대에 징험되도록 하는 것은 또한 시인이 길게 소리 내어 노래하면서 잊지 못하는 생각이다. 이에 다음과 같이 명을 지었다.

봉황이 우는 산에	鳴鳳之山
구름과 비가 발생하도다	雲雨出焉
누가 그 영기를 모았는가	孰鍾厥靈

상서로운 세상의 이름난 현자로다　瑞世名賢
엄하기는 남전의 옥과 같고　栗如藍玉
맑기는 붉은 거문고 줄의 선율 같은데　淸似朱絃
광채가 널리 전달되어[18]　浮筠旁達
위로 구천에 들리도다　上聞九天
와서 노닐고 와서 춤추며　來游來儀
왕자의 스승이 되었고　爲王者師
문단에서 탁월하였으며　騰踔詞林
외방에서 힘을 펼쳤도다　宣力藩維
인사권 잡고 문장을 펼쳐　握椽掞藻
우리를 불러 고취시키고　倡我鼓吹
일을 즐겨 하고 전례를 따져　耆事數典
우리 터를 경작하였네　基我畬菑
무리를 거느린 공의 공로여　帥衆公功
큰 기러기가 목청껏 울도다[19]　鴻鵠鏘鏘

18 광채가 널리 전달되어 : 《연경재전집(硏經齋全集)》 외집(外集) 권18 예류(禮類) 〈진주규오(陳注糾誤) 빙의(聘義)〉에, "원문 부균방달(浮筠旁達)은 부윤방달(孚尹旁達)과 같다. 진주(陳注)에서 육씨(陸氏)의 설을 인용하여 '윤(尹)은 바름이니, 부윤(孚尹)은 미덥고 바르다〔信正〕는 말과 같다.' 하였다. 그러나 정주(鄭注)에서 '부(孚)를 부(浮)로 읽고 윤(尹)을 균(筠)으로 읽어야 하니, 부균(浮筠)은 옥채색(玉采色)을 말한다. 옥채색이 널리 전달되어 숨김이 있지 않은 것이 믿음〔信〕과 같다.' 하였다. 정씨의 설이 본래 훌륭하니, 어찌 육씨의 천근한 설을 취할 필요가 있겠는가." 하였다.

19 큰……울도다 : 《관자(管子)》 권1 〈지세(形勢)〉 제2에, "제기를 안고 아무 말 하지 않아도 묘당은 이미 잘 닦여지고, 큰 기러기가 높이 날음에 백성이 노래 부른다.〔抱蜀不言, 廟堂旣修, 鴻鵠鏘鏘, 維民歌之.〕" 하였다.

왕께서 힘쓰라고 하였으니　王曰懋哉

어찌 오장뿐이랴　豈惟五章

산과 바다 드넓은데　海山昭曠

여기에서 소요하니　於焉徜徉

옛일을 상고하여 땅을 내려　稽古胙土

저 탕목읍[20]을 주었도다　畀乃沐湯

밝은 임금과 어진 신하가 뜻 맞으니　明良契合

천재일우였고　千載一逢

덕이 같은 분들과　爰曁同德

명당에 배향되었네【협운이다.】　配食明堂叶

구름 수레 타고 무지개 깃발 세우고[21]　雲車霓旌

왕의 좌우에 오르내리니　左右陟降

깨끗한 환영이　有覺桓楹

우리나라에서 영원하리라[22]　不沫大東

아득한 세월 속에　浩劫茫茫

훌륭한 행적 기록[23] 사라졌으니　惇史則秘

20 탕목읍(湯沐邑) : 공신 또는 특정인에게 목욕 비용을 조달하게 하기 위해 국가에서 특별히 내려준 채지(采地)를 말한다.

21 구름……세우고 : 선인(仙人)의 행차라는 말로, 죽음을 뜻한다. 원문의 운거(雲車)는 신선이 타는 수레이고, 예정(霓旌)은 무지개로 만든 선인의 기치(旗幟)이다.

22 깨끗한……영원하리라 : 환영(桓楹)은 옛날에 교량, 궁전, 성곽, 능묘 등의 앞에 세워 장식용으로 썼던 큰 돌기둥을 말한다. 화표주(華表柱)라고도 한다. 이 신도비의 주인공 이수(李隨)가 태묘(太廟)에 배향되었으므로, 여기서는 태묘 앞의 장식물을 지칭하는 듯하다. 태묘에 배향되어 후대에 영원히 전해질 것이라는 말이다.

공의 아름다움을 무엇으로 드러낼까	曷闡公美
커다란 신도비가 묘 길에 있도다	豐碑在隧
내가 명을 지으며	我綴銘辭
글자마다 탄식하노니	一字一喟
공 때문만이 아니라	匪直也公
선대 임금 그리워서라오	先君之思

23 훌륭한 행적 기록 : 원문의 돈사(惇史)는 돈후한 덕을 기록한 글이라는 말로, 덕행이 있는 사람의 언행을 기록한 것이다.

이조 참판 이공 묘갈명[24] 대작
吏曹參判李公墓碣銘 代

내가 송사(宋史)를 읽다가 소순흠(蘇舜欽)이 일에 연좌되어 쫓겨나 수석(水石)을 사서 시를 노래하며 일생을 마친 것[25]에 이르러 일찍이

24 【작품해제】 이미(李瀰, 1725~1779)의 묘갈명으로, 그 매제(妹弟)의 부탁을 받고 대신 지어준 것이다. 이미의 매제는 서명빈(徐命彬)의 아들이니, 저자와 8촌간이다. 이미는 자가 중호(仲浩)이고, 본관은 덕수(德水)이다. 용재(容齋) 이행(李荇)과 동악(東岳) 이안눌(李安訥)의 후손으로 시문에 탁월한 재능을 지녔다. 내·외직을 두루 역임하며 영조와 정조의 신임을 얻었으나, 과감하고 정직한 면모로 인해 정적(政敵)이 많았으므로 뜻밖의 일로 정계에서 물러나게 되었다. 저자는 시문에 탁월한 재능을 지니고도 휴지를 판 돈을 횡령했다는 사소한 죄로 출세가 좌절된 송(宋)나라의 소순흠(蘇舜欽)에다 이미를 비유하여 글을 전개하였다. 소순흠의 경우 구양수(歐陽脩)의 서문을 받아 후대에 평가를 받지만, 이미는 부각시켜줄 사람이 없기에 자신이 묘갈명을 짓는다고 하였다.

25 소순흠(蘇舜欽)이……것 : 소순흠은 송(宋)나라 사람으로 자는 자미(子美)이고, 재상 두연(杜衍)의 사위이다. 범중엄(范仲淹)이 소순흠을 천거하여 집현 교리(集賢校理)로 삼고 진주원(進奏院)을 감독하게 하였다. 두연이 당시 범중엄·부필(富弼)과 함께 정부(政府)에 있으면서 당대의 명망 있는 사람들을 많이 등용하여 각 종 일을 경장(更張)하려고 하였는데, 어사중승(御史中丞) 왕공신(王拱辰) 등이 그들이 하는 개혁을 불편해하였다. 때마침 진주원 사신(進奏院祠神) 소순흠과 우반전직(右班殿直) 유손(劉巽)이 휴지를 팔아 얻은 공금으로 기악(妓樂)을 불러 놀았는데, 빈객들이 많이 모였다. 왕공신과 염득지(廉得之)가 넌지시 어주순(魚周詢) 등을 부추겨 탄핵하게 하여 내친김에 두연의 입지를 흔들려고 하였다. 소순흠이 두연의 사위였기 때문이다. 사건이 개봉부(開封府)에 내려져 조사하니, 이에 소순흠과 유손이 모두 도둑의 죄명에 걸려 조적(朝籍)에서 삭제되었고, 모였던 명사들도 죄를 얻어 10여 명이 축출되었다. 세상 사람들은 지나치게 각박한 조처였다고 했으나 왕공신 등은 일망타진했다고 기뻐하

슬퍼하지 않은 적이 없었다. 그리하여 "밝은 구슬에 진흙이 묻으면 빛을 통할 수 없고 좋은 박옥(璞玉)에 때가 끼면 빛을 뿜어낼 수 없으니, 이는 물건이 곤궁해서이다. 하늘이 이미 소순흠에게 발군의 재주를 주었으나 끝내 국가의 홍성기에 크게 떨치지 못했으니, 어찌 또한 진흙 묻은 구슬이며 때가 낀 박옥이 아니랴." 하였다.

지금 이공 중호(李公仲浩)의 아들 덕빈(德彬)이 백부 의정공(議政公 이은(李溵))이 지은 행장을 가지고 와서 "부디 묘소를 빛내주십시오." 하였다. 아, 중호(仲浩)는 나의 내제(內弟)이다. 내가 일찍이 소순흠을 슬피 여긴 뜻으로 중호를 슬피 여겼으니, 더욱이 그 청을 차마 저버릴 수 있으랴. 삼가 행장을 살펴본다.

공의 휘는 미(瀰)이고 중호는 자이며 본관은 덕수(德水)이니, 고려 때 중랑장(中郎將)을 지낸 돈수(敦守)가 비조이다. 조선에 들어와 문장과 덕업을 갖춘 분이 연이어 배출되었다. 좌의정 용재(容齋) 선생 행(荇)과 예조 판서 동악(東岳) 선생 안눌(安訥)에 이르러 더욱 성대하게 빛났으니, 공의 7세조와 5세조이다. 고조 휘 합(柙)은 대사간을 지내고 좌찬성에 추증되었고, 증조 휘 광하(光夏)는 한성부 판윤을 지내고 영의정에 추증되었으며 시호는 정익(貞翼)이다. 조부 휘 집(㙫)은 좌의정을 지내고 영의정에 추증되었으며 시호는 충헌(忠憲)이다. 부친 휘 주진(周鎭)은 이조 판서를 지내고 영의정에 추증되었으며

였다. 이후 소순흠은 소주(蘇州)에 은거하여 수석을 사서 창랑정(滄浪亭)을 짓고 더욱 독서를 하였다. 때때로 분하고 번뇌가 이는 감정을 노래와 시로 표현하였는데 그 체제가 호방하여 종종 사람들을 놀라게 하였다. 당시 학자들은 시를 짓는데 모두 대우(對偶)하기를 좋아했으나, 순흠은 그것을 병통으로 여겨 고문(古文)을 숭상하였다. 《宋史 권442 列傳 第201 蘇舜欽》

시호는 충정(忠靖)이다. 모친은 정경부인(貞敬夫人) 여흥 민씨(驪興閔氏)이니, 좌의정 문충공(文忠公) 진원(鎭遠)의 딸이다.

공은 영종(英宗) 을사년(1725, 영조1) 6월 12일에 태어났다. 어려서부터 뛰어났으며 골상(骨相)이 남달랐다. 장성해서는 비록 번화한 도시에서 살았지만 사람들과 어울려 다니지 않고 문을 닫고 정원도 쓸지 않은 채 공부에 몰두하였으며,[26] 스승이 가르칠 필요도 없이 스스로 문장에 진력할 줄 알아서 용재(容齋)와 동악(東岳)의 유업을 계승하려고 하였다. 겨우 약관에 명성이 이미 자자하였다.

갑술년(1754, 영조30)에 사마시에 합격하여 그달이 지나기도 전에 처음으로 벼슬에 나가 익위사 세마(翊衛司洗馬)가 되었고 누차 옮겨가 부솔(副率)이 되어 숙직하며 모셨다. 정축년(1757)에 빙고 별제(氷庫別提)로 승진하였고 곧 형조 좌랑으로서 국장도감 낭청(國葬都監郎廳)에 차임되었으며 공로를 인정받아 정랑으로 전직하였다. 얼마 뒤에 정시 문과에 뽑혔는데, 상께서 직접 탁명(坼名)[27]하다가 공에 이르러 기뻐하기를 "이 사람은 작고한 판서의 아들이로구나." 하고는 급제자를 호명하기도 전에 병조 좌랑에 제수하니 더할 수 없는 선발이었다.

곧 조적(朝籍)에 올라 사간원 정언이 되었고, 이 뒤로 내직과 외직을

26 문을……몰두하였으며 : 대문을 닫고서 정원의 길도 쓸지 않는다는 뜻으로, 세상과 인연을 끊고서 오직 자신의 일에만 몰두하는 것을 의미한다. 북위(北魏)의 이밀(李謐)이 "대문을 닫고서 정원의 길도 쓸지 않았으며, 산업은 돌보지 않은 채 독서만 일삼았다.〔杜門却掃, 棄產營書.〕"라는 말에서 유래하였다. 《魏書 卷90 逸士列傳 李謐》

27 탁명(坼名) : 과거에 급제한 사람의 시권(試券)의 봉미(封彌)를 뜯는 것이다. 봉미는 시권 우측 끝에 응시자의 성명, 생년월일, 주소, 사조(四祖) 등을 기록해 봉(封)한 것이다.

두루 거치며 청·요직을 역임하였다. 홍문관에서는 부수찬에서 응교(應敎)에 이르렀고, 세자시강원에서는 겸사서(兼司書)에서 겸보덕(兼輔德)에 이르렀으며, 또 강서원 좌찬독(講書院左贊讀)·우찬독, 익선(翊善), 사학 교수(四學敎授)를 겸하였다. 그사이에 이조 좌랑, 의정부 사인(議政府舍人)이 되었고 명을 받들어 호남(湖南)에서 선비들을 시험하였으며 경기도를 염찰(廉察)하였고, 동지사 서장관(冬至使書狀官)에 차임되었으나 나아가지 않았다.

임오년(1762, 영조38)에 어제(御製) 인출을 감독한 공로로 통정대부에 올라 승정원 동부승지가 되었다가 승진하여 좌승지가 되었고, 육조(六曹)의 참의, 돈령부 도정(敦寧府都正), 사간원 대사간, 성균관 대사성, 홍문관 부제학이 되었으며, 외직으로 나가서는 안악 군수(安岳郡守), 수원 부사(水原府使), 경상도 관찰사가 되었다.

임진년(1772, 영조48)에 가선대부에 오르고 이조·예조·병조·형조 참판, 도승지, 사헌부 대사헌, 한성부 우윤, 동지중추부사 겸 동지경연 의금부 춘추관사(兼同知經筵義禁府春秋館事), 도총부 부총관(都摠府副摠管), 비변사·승문원·봉상시·장원서(掌苑署)·관상감 제조가 되었으며, 외직으로 나가 강화부 유수(江華府留守)가 되었다. 동일한 관직을 여러 번 거친 것은 기록하지 않는다.

공이 경연에 있을 때 일에 따라 행해야 할 일은 아뢰고 행하지 말아야 될 일은 폐기토록 하여 국정을 도운 것이 매우 많았다. 상께서 사소한 잘못을 가지고 대신(大臣)을 파직하자, 공이 불가(不可)하다고 강력히 아뢰어 비록 상의 노여움이 더욱 심해졌으나 간쟁을 그치지 않았다. 상께서 가뭄으로 인해 소결(疏決)[28]하면서 시사를 논하다 귀양 간 김시찬(金時粲)을 용서하지 않자, 공이 대신(臺臣)과 용서해주는 것이 옳다고 번갈아 아뢰었다. 상께서 특명으로 공을 파직했다가 이내 파직하지 말라고 명하며 "이(李) 아무개가 나를 저버리는 사람이겠는가." 하고는 끝내 그 말을 받아들였다.

상께서 일찍이 한 대신(臺臣)을 처벌하면서 그의 용모를 거론하여 하교하기까지 하자, 공이 조용히 아뢰기를 "대성인(大聖人)의 말씀이 이와 같아서는 안 되며 대각(臺閣)의 신하를 대하는 도리도 아닙니다." 하니, 상께서 그 구절의 말씀을 고쳤다. 그 밖에 문의(文義)를 인해 부연(敷衍)하여 아뢴 말이 시폐(時弊)에 절절히 맞지 않은 것이 없었는데, 상께서도 마음을 비우고 받아들여 매번 꾸밈없고 정직하다고 칭찬하였다.

공이 번읍(藩邑)에 있을 때는 각각 그 고을의 풍속에 따라 다스렸으며 백성의 병폐를 없애고 군기를 점검하였는데, 치밀하게 처리하여 모두 성과가 있었다. 그리고 안악(安岳)에서 정무를 볼 때 유학을 매우 숭상하여 섬학고(贍學庫)를 설치해 그 늠료(廩料)를 충족하고 양사재(養士齋)를 열어 학업을 독려하니 1년도 안 되어 고을 전체가 감화되었다. 안악에서 돌아온 뒤에 그 고을 사민(士民)들이 공을 위해 흥학비(興學碑)를 세워 칭송하였다.

공이 특별한 지우(知遇)에 감격하여 지혜와 힘을 다하였고, 백씨 의정공(議政公 이은(李溵))과 함께 또 힘써 충정공(忠靖公)이 마치지 못한 지업(志業)을 부지런히 이루었으나, 횡역(橫逆)이 더해져 저지당하고 실패한 것이 여러 번이었다. 엄홍복(嚴弘福)이란 자가 글재주를 좀 지니고 또 동악(東岳)의 외예(外裔)로서 공과 구의(舊誼)가 있었

28 소결(疏決) : 죄수의 죄를 관대하게 판결하는 일을 말한다.

다. 일찍이 교외에서 만났을 때 벼슬아치들에게 화를 떠넘겼다는 어떤 사람의 설을 공에게 말해주었는데 공은 못 들은 척하였다. 얼마 뒤에 시상(時相) 홍봉한(洪鳳漢)이 아뢰어 엄홍복을 체포하고서 공을 끌어들여 증거로 삼았다. 상께서 공이 비밀스러운 일에 신중하지 못했다고 하여 홍원(洪原)에 유배하도록 명했다가 이내 명을 거두었다.

한참 뒤에 이규위(李奎緯)의 일이 또 발생하였다. 이규위가 대간(臺諫)으로서 대신(大臣)의 말을 주워 모았으므로 상께서 불러 누구에게 들었냐고 물으니, 이규위가 공의 형제를 상께서 매우 총애한다고 여겨 공의 형제를 팔아서 스스로 벗어나고자 하여 드디어 공을 끌어들여 증거로 삼았는데, 공이 심문을 받자 이규위의 말은 마침내 증험이 없게 되었다. 그러나 공을 미워하는 자들이 여전히 공을 물고 늘어지니 공이 편안하지 못하여 벼슬이 내리면 반드시 혐의를 들어 체직을 청하였고 출사하더라도 이내 그만두고 떠났다.

을미년(1775, 영조51)에 금상(今上 정조(正祖))께서 대리청정하자 공이 부제학이 되어 먼저 차자를 올려 김상복(金相福)이 경연에서 아뢴 말이 옳지 않다고 논하여 그 죄를 바로잡기를 청하였고, 한성부를 다스릴 때에는 또 정해진 제도보다 지나치게 집을 지은 부호가를 조사하여 법으로 다스렸다. 이 때문에 공의 과감하고 정직한 면모에 대해 선조(先朝 영조(英祖))에서 공을 포상한 것과 같이 상께서 누차 상을 내렸다. 한성부 관원의 자리가 비어 보임해야 되자 상께서 전관(銓官)에게 말하기를 "반드시 힘 있는 자들을 두려워하지 않는 이(李) 아무개 같은 이를 얻도록 하라." 하였다.

공이 이에 분발하고 가다듬어 알고 있는 것은 행하지 않음이 없어서 즉위 초의 청명한 정치를 도울 생각이었으나 공을 의심하는 자들이 또 공의 뜻밖의 일을 가지고 공에게 지난날의 요직을 주지 않았다. 그러나 공은 갈등하는 기색이 전혀 없이 송산(松山)의 별장에 나가 머물며 소관(沼館)을 정비하여 도서를 쌓아두고 날마다 독서를 그치지 않았다.

기해년(1779, 정조3) 4월 21일에 돌아가시니, 향년 55세였다. 이해 6월 9일에 양주(楊州) 해등촌(海等村) 해좌사향(亥坐巳向)의 언덕에 장사 지냈는데, 이곳은 선영이다. 부인 정부인(貞夫人) 달성 서씨(達城徐氏)는 이조 판서 명빈(命彬)의 딸인데, 아들이 없어서 족자(族子)를 취하여 양자로 삼았으니, 곧 앞에서 말한 덕빈(德彬)이다. 딸이 셋이니, 별검(別檢) 송준재(宋俊載), 세마(洗馬) 윤광호(尹光濩), 사인(士人) 정동간(鄭東簡)에게 시집갔다.

공은 키가 크고 옛사람의 풍모를 지녔으며 뜻이 크고 기개가 호방하였다. 평소에 말수가 적어 아무것도 모르는 듯하였으나 일에 닥쳐 판단을 내릴 때에는 빼앗을 수 없는 확고한 소신이 있었다. 남들과 잘 어울리지는 않았으나 불화를 일으키거나 과격한 행동을 하지도 않았다. 남의 훌륭한 행실을 들으면 비록 매우 가난한 집이라 하더라도 나귀 타고 종아이 데리고 훌쩍 찾아가 어울렸고, 기교를 부리거나 남의 잘못을 들추어내는 세상 사람들의 버릇에 대해서는 자신을 더럽힐 것처럼 보았다. 이 때문에 출사한 지 수십 년 동안 하루도 그 자리에서 편히 지낸 적이 없었으나, 공은 담담하게 처신하여 외부에서 오는 비난을 마음에 두지 않았다.

공은 불우하고 곤궁하고 무료하고 불평스러운 데서 나온 모든 생각을 일체 시에다 표현하였는데, 장편 악부시에 특히 뛰어나 호방하고 풍부한 문사가 소순흠의 운치가 있었다. 이 때문에 《함광헌집(含光軒

集)》 약간 권에는 악부시가 많다.

일찍이 공이 벼슬했던 초기에 영묘(英廟)께서 대제학 남공 유용(南公有容)에게 묻기를 "훗날 경을 이을 후배는 누구이겠는가?" 하니, 남공이 대답하기를 "지금 신의 입에서 말이 한 번 나가면 이는 이미 대제학을 추천하는 것이니 신은 감히 대답하지 못하겠습니다." 하였다. 영묘께서 "그냥 말해봐라." 하자, 이에 남공이 몇 사람을 죽 거론하였는데 공이 그 속에 들어 있었다. 곧 벼슬아치와 선비를 막론하고 모두 공이 경의 반열에까지 이르러 반드시 대제학이 되어서 왕정을 보좌할 것이라고 생각했으나, 일이 도리어 크게 잘못되어 그렇지가 못하였다. 발군의 재주를 가진 소순흠이 경력(慶歷)과 가우(嘉祐)의 태평성대[29]를 만나서도 난데없이 휴지를 팔아 그 돈을 사용한 사소한 일 때문에 밝은 시대에 지우(知遇)를 입지 못하여 그 호방하고 풍부한 문장력을 가지고 강산이나 읊고 말게 되었으니, 어쩌면 이리도 공이 만난 운명과 판박이처럼 같은가. 그러나 소순흠의 문장은 다행히 구양자(歐陽子 구양수(歐陽脩))의 서문을 얻어 후대에 더욱 중시되었는데, 지금은 돌아보건대 구양자 같은 이가 없으니 공의 유고를 누가 표장(表章)해주랴. 이것이 내가 공을 소순흠보다 한층 더 슬퍼하는 까닭이다. 그리하여 눈물을 닦으며 다음과 같이 명을 지었다.

푸르게 우뚝 솟은 것은 공의 용모이고　　蒼然而削立者其容耶

29 경력(慶歷)과 가우(嘉祐)의 태평성대 : 경력과 가우는 모두 송 인종(宋仁宗)의 연호로, 이 시기에 부필(富弼)·구양수(歐陽脩)·왕안석(王安石)·사마광(司馬光)·범중엄(范仲淹)·소식(蘇軾) 등 걸출한 인물들이 대거 등용되었다.

넓고도 큰 것은 공의 흉금이로다　　曠然而匏落者其胸邪
군에게 풍부한 재주 부여한 것은 어째서이며　　孰爲司賦豐君之需
군에게 수명을 적게 내린 것은 어째서인가　　孰爲司命嗇君之塗
아직도 자유자재의 음운[30]이 사림에 빛나고
尙有浮聲切響粉黼乎詞林
훌륭한 말씀과 계책이 관잠에 빛나니　　昌言嘉謨炳烺乎官箴
용재와 동악의 후손, 충정공의 아들로서 부끄럽지 않은데
以不愧容齋之後東岳之孫忠靖之子
사람들은 말한다네 이제 그만이라고　　人曰斯焉已矣

30 자유자재의 음운 : 원문 부성절향(浮聲切響)은 음운의 경성(輕聲)과 중성(重聲)을 가리킨다. 일설에는 부성은 평성(平聲)이고 절향은 측성(仄聲)이라고 한다.

의영고 주부 문군 묘표[31]

義盈庫主簿文君墓表

천자가 관직의 권위를 잃으면 사방의 오랑캐에게 배우게 되니,[32] 노자(老子)의 예(禮)와 담자(郯子)의 관직명과 양(襄)의 격경(擊磬)[33]이 모두 오랑캐에게 있었다. 수(數) 또한 그러하여 옛날 주(周)나라 전성기에는 그 학문을 풍상씨(馮相氏)[34]가 관장하여 사람들은 오로지

31 【작품해제】 저자의 친구 문광도(文光道, 1727~1775)의 묘표이다. 문광도는 자가 현도(玄度), 본관이 남평(南平)이다. 역산(曆算)을 잘해 음양과에 급제하여, 영조가 《동국문헌비고(東國文獻備考)》를 편찬할 때 해당 분야를 진대(進對)하여 인정을 받았다. 그 아들 문유린(文有麟)의 청으로 이 묘표를 지었다. 저자는 교화에 도움이 안 되는 하찮은 기예일지라도 지극한 경지에 도달한 사람은 역사에 이름을 남기니, 하물며 육예(六藝)의 하나인 수(數)에 대해 최고의 경지에 오른 문광도를 드러내지 않을 수 있겠는가 하였다.

32 천자가……되니 : 춘추 시대 노(魯)나라 소공(昭公) 때 자작(子爵)인 담(郯)나라 군주가 노나라에 와서 관직을 새의 이름으로 명명한 이유에 대한 질문을 받고는, 자신의 먼 조상인 소호씨(少昊氏)의 행적을 거론하며 자세히 설명하였는데, 이 말을 듣고 공자가 그를 찾아가서 배운 뒤에 "내 듣건대 천자가 옛 관제(官制)를 잃으면 그에 관한 학문이 사방의 만이국(蠻夷國)에 있다고 하였으니, 이 말을 오히려 믿을 수 있다.〔吾聞之, 天子失官, 學在四夷, 猶信.〕"라고 하였다. 《春秋左氏傳 昭公17年》

33 양(襄)의 격경(擊磬) : 노(魯)나라가 쇠미해져 예악(禮樂)이 무너지자, 예관(禮官)과 악관(樂官)들이 뿔뿔이 흩어져서 다른 곳으로 떠나갔는데, 그중에 "소사 양과 격경 양은 바다 섬으로 들어갔다.〔少師陽擊磬襄入於海.〕"라는 말이 《논어》 〈미자(微子)〉에 나온다. 소사(少師)는 악관(樂官)의 보좌관이고, 격경(擊磬)은 경쇠를 치는 악인(樂人)이며, 양(陽)과 양(襄)은 각각 그들의 이름이다.

34 풍상씨(馮相氏) : 주관(周官)의 명칭으로, 《주례》에 풍상씨는 세월 일성(歲月日

익히고 수의 법은 오로지 책에 실려 있었는데, 주나라가 쇠퇴하자 전공한 사람들이 그 전공서적을 가지고 서양으로 들어갔다. 명(明)나라 만력(萬曆) 연간에 와서 서양에서 또 동쪽으로 전해져 중국에 출현하니,[35] 한(漢)나라에서 원(元)나라까지 육예(六藝) 중에 빠져 있던 수(數)가 이때가 되어 보충되었다.

문군 광도(文君光道)는 우리나라 남평(南平) 사람이다. 그 책 중에 더욱더 동쪽으로 전해진 것을 얻어서 문을 닫고 정밀히 생각하여 전리(躔離)와 유복(留伏)에서부터 교식(交食)·능력(凌歷)·일악(一握)·주진(籌盡)의 방법에 이르기까지 남들이 모르는 것을 홀로 터득하였다. 영묘(英廟)께서 재위하실 때 헌장(憲章)을 정비하고 밝혀서 《동국문헌비고(東國文獻備考)》를 편찬하였는데, 군이 서료(庶僚)로서 누차 조용히 진대(進對)하며 간혹 해가 가고 밤이 새는 줄 모르기도 하니, 사람들 모두 군이 받은 대우를 영광스럽게 여기고 군이 지닌 학문을 알게 되었다.

군의 자는 현도(玄度)이다. 시조 다성(多省)은 신라에서 벼슬하여 상주국(上柱國) 무성공(武成公)이 되었다. 15세조 익점(益漸)은 고려에서 벼슬하여 참지정사(參知政事)가 되고 강성군(江城君)에 봉해졌으며 시호가 충선(忠宣)이다. 조선에 들어와 모두 덕을 숨기고 출사하지 않았다. 부친은 백령(百齡)이고, 모친은 해주 이씨(海州李氏)로 부사직(副司直) 수견(壽堅)의 딸이다.

星)의 차례를 관장한다고 하였다.

35 명(明)나라……출현하니 : 이탈리아 선교사 마테오 리치가 중국으로 와서 천문학과 수학을 보급한 것을 가리킨다.

군은 정미년(1727, 영조3) 11월 29일에 태어났다. 어려서부터 뛰어나게 총명하였고, 장성한 뒤에 음양과(陰陽科)에 선발되어 천문학 교수(天文學教授)에 보임되었으며 역산(曆算)을 잘한다 하여 특명으로 의영고 주부에 승진하였다. 외직으로 나가 함흥 감목관(咸興監牧官)이 되었다가 돌아오자마자 부모상을 당했는데, 거상(居喪)을 견디지 못해 죽었으니 을미년(1775, 영조51) 윤달 29일이었다.

모주(某州) 모리(某里) 모원(某原)에 장사 지냈다. 부인은 하음 전씨(河陰田氏)이니, 호군(護軍) 덕윤(德潤)의 딸이다. 아들 유린(有麟)은 어리고 딸은 정연화(鄭演和), 지사(知事) 홍경운(洪慶運), 변치령(邊致寧)에게 시집갔다.

군이 죽은 몇 년 뒤에 유린이 내가 군과 친구였다 하여 찾아와 비문(碑文)을 요청하였다. 내가 생각해보니, 천하의 선비들이 비록 사소한 기예라 하더라도 지극한 경지에 도달하면 또한 반드시 먼 후대에까지 그 이름이 전해진다. 바둑을 잘 둔 혁추(奕秋)[36]와 탄환을 잘 쏜 요(遼)가 진실로 세교(世教)에 무슨 도움이 있겠는가. 그러나 지금까지도 변함없이 칭찬받는 것은 지극한 경지에 도달했기 때문이다. 하물며 군이 전공한 학문이 성문(聖門 공자의 문하)에서 중시한 육예(六藝) 중의 하나이고 우리나라의 서운관(書雲觀)에서 이 기예에 능통한 것이 오직 군 한 사람뿐임에랴. 백세(百世) 뒤에 만일 태사씨(太史氏 사관(史官))가 입전(立傳)한다면 반드시 군의 이름을 빠트리지 않을 것이다. 이에 비문을 써주고 또 다음과 같이 명을 지었다.

36 혁추(奕秋) : 고대에 바둑을 잘 둔 인물로, 그 이름이 《맹자》 〈고자 상(告子上)〉에 나온다.

공벽[37]은 서쪽의	孔壁于西
진나라 화마가 침범하지 않았고	秦火不侵
복생은 동쪽에서[38]	伏生于東
실추된 실마리를 찾을 수 있었네	墜緖可尋
상고는 수를 말하고[39]	商高言數
정자는 심을 논했는데	貞子論心
아득한 후대에	邈焉千載
홀로 깊은 경지에 이르렀도다	獨造其深

37 공벽(孔壁) : 공자 구택의 벽으로, 그 속에서 경전이 발견되었다. 《한서(漢書)》 권30 〈예문지(藝文志)〉에 "한 무제(漢武帝) 말년에 노공왕(魯共王)이 집을 넓히려고 공자의 옛집을 헐다가 《고문상서(古文尙書)》 및 《예기》, 《논어》, 《효경》 등 수십 편을 얻었는데, 모두 고자(古字)였다."라고 하였다.

38 복생은 동쪽에서 : 복생은 복승(伏勝)을 말한다. 한(漢)나라가 흥기하자 진(秦)나라 법을 폐지하고 학사들을 초빙하여 없어진 서적을 차츰 찾았으나 열에 두셋도 되지 않았다. 제남(濟南) 사람 복생(伏生)이 90여 세의 나이로 경문(經文)을 구술하여 전수하였는데, 겨우 20여 편이었다. 공안국이 찾아가 배웠다.

39 상고는 수를 말하고 : 상고(商高)는 주공(周公)에게 《주비경(周髀經)》을 전수한 인물이다. 《주비경》은 한(漢)나라 때에 이르러 조상(趙爽)이 편찬하면서 주(註)를 내었고, 북주(北周)의 견난(甄鸞)이 중술(重述)하였고, 당(唐)나라 이순풍(李淳風)이 주석(註釋)을 내었으며, 또 조영(趙嬰)의 주(註) 및 이적(李籍)의 음의(音義)가 있는데, 《황극경세서(皇極經世書)》와 더불어 표리(表裏)가 된다. 19세(歲)가 1장(章)이 되고, 4장이 1부(蔀)가 되고, 20부가 1수(遂)가 되고, 3수가 1수(首)가 되고, 7수가 1극(極)이 되니, 극의 수는 3만 1,920세이다. 극이란 수(數)의 마루〔宗〕이자 마지막인데, 한 바퀴를 두루 돌면 다시 시작하여 그 수가 다함이 없다.

효자 증 호조 좌랑 김공 묘지명[40]

孝子贈戶曹佐郞金公墓誌銘

장단부(長湍府) 북쪽 10리에 광명촌(廣明村)이 있는데, 광명촌에는 작고한 효자가 있다고 한다. 내가 금상(今上) 기해년(1779, 정조3)에 광명촌 서쪽 산록의 아래는 넓고 위는 좁아지는 지역에다 선조의 묏자리를 택하여 묘를 만들고 이곳을 향하여 집을 지었으니, 모두 묘역이었다. 부로(父老)가 말하기를 "아, 이곳은 작고한 효자가 살던 곳입니다." 하였다.

내가 그의 이름을 물어보니, 김순종(金順宗)이고 자는 여화(汝和)이며 본관은 안산(安山)이라고 하였다. 그의 세계(世系)를 물어보니, 고려에서 상주국(上柱國)을 지낸 은부(殷傅)의 후손으로, 조선에 들어와 휘 주경(珠慶)이 형조 판서 수문전(修文殿) 대제학을 지냈고, 휘 이용(利用)이 좌부대언(左副代言 좌부승지)을 지내고 절효(節孝)로 증직되었고, 휘 정(淨)이 장례원 판결사(掌隷院判決事)를 지냈고, 휘 세진(世振)이 충효로 정려되었는데, 세진이 첨지중추부사 휘 호연(浩淵)을 낳았고 호연이 호군(護軍) 최천기(崔天淇)의 딸에게 장가들어 효자를 낳았다고 하였다.

그가 익힌 일을 물어보니, 효자는 천성적으로 뜻이 크고 기개가 있었

40 【작품해제】 효자 김순종(金順宗, ?~1708)의 묘지명이다. 저자가 세거지인 장단부(長湍府)에서 부로(父老)에게 들은 김순종의 효성을 경기도 관찰사에게 아뢰어 추증이 되자, 그 후손들이 행장을 지어와 묘지명을 부탁한 것이다.

으며 지략이 넉넉하고 힘이 장사였다. 처음에 글을 조금 익히다가 부모가 무예를 익히도록 권하자, 날마다 활을 손에서 놓지 않아 마침내 우수한 성적으로 뽑혔다고 한다. 그의 생몰년을 물어보니, 현종(顯宗) 신묘년[41]에 태어나 숙종(肅宗) 무자년(1708, 숙종34)에 죽었다고 하였다.

그의 효성을 물어보니, 효자는 지극한 효성을 타고나서 어려서부터 장성하고 늙어 백수(白首)가 될 때까지 일찍이 단 하루도 부모를 잊은 적이 없었다. 집이 매우 가난하여 거친 음식조차 간혹 마련하지 못할 지경이었는데, 효자가 몸소 밭 갈며 부지런히 일하였고 수입을 감안하여 지출하고 부모를 봉양하는 일이 아니면 한 푼도 허투루 쓰지 않았다. 평소 얼굴빛을 부드럽게 하여 부모의 뜻을 받들었고, 부모가 원하는 것을 종종 말하지 않아도 알아차렸으며, 비록 사소한 일이라도 고하지 않으면 감히 행하지 않았다. 이 때문에 부모가 편안하게 여겨 곁에서 잠시도 떠나지 못하게 하였다.

일찍이 간사(幹事)로서 타인에게 추천을 받아 변방을 맡은 관리가 막부(幕府)에 불러두려 하자 어버이가 연로하다는 이유를 들어 사양하였다. 일찍이 어버이의 명으로 벼슬을 구하러 갔다가 부친이 아들 생각으로 식음을 그쳤다는 소식을 듣고 탄식하기를 "벼슬하는 것은 봉양하기 위해서인데, 도리어 근심을 끼친단 말인가." 하고는 즉시 옷자락을 떨치고 돌아와 더 이상 벼슬을 구하지 않았다. 그 뒤에 전조(銓曹)를 담당하는 관리가 그에게 벼슬을 주려고 하자 또 어버이가 연로하다는

41 현종(顯宗) 신묘년 : 현종 재위 연간(1659~1674)에는 신묘년이 없다. 저자가 착오를 일으킨 듯하다.

이유를 들어 사양하였다.

부모가 사랑하는 것은 개와 말조차도 사랑하여 혹 말의 값을 배로 부르며 팔기를 구하는 자가 있었지만 끝내 허락하지 않았다. 모친이 종기를 앓았는데, 7년 동안 띠를 풀지 않고 간호하였으며 상처가 나면 반드시 고름을 빨아내고 약은 반드시 먼저 맛보았다. 부친이 돌림병을 앓자 밤낮으로 하늘에 기도하여 자신을 대신 데려가기를 빌었고, 부친이 돌아가시자 물이나 미음〔漿〕도 입에 대지 않아 마침내 거상을 견디지 못했다고 한다.

내가 말하기를 "훌륭하구나. 이는 이 마을 사람만이 효자라고 할 뿐이 아니니, 비록 백대 뒤의 사람이라도 누가 효자라고 하지 않겠는가. 한 사람이 효도를 잘하면 광부(狂夫)조차도 감히 업신여기지 못하고 천자와 제후가 감탄하여 예우하는 것은 효가 백행의 근원이며 교화의 근본이기 때문이다. 어찌하여 유독 효자의 경우에는 행적이 민멸되어 드러나지 않고 말았단 말인가. 돌아가 관찰사에게 말하여 이 사실을 상달(上達)하게 하겠다." 하였다.

일이 보고되자 상께서 선교랑(宣教郎) 호조 좌랑에 추증토록 하였다. 이에 효자의 세 아들 선명(善鳴)・시명(時鳴)・국명(國鳴) 및 손자 경직(景稷)・경열(景說)・경려(景呂)・경윤(景尹), 증손 홍채(弘采)・홍신(弘臣)・홍진(弘軫)은 모두 앞서 죽었으므로 손자 경태(景泰), 증손자 홍규(弘奎)・홍벽(弘璧)・홍태(弘台)・홍익(弘翼)・홍의(弘義)・홍철(弘喆)・홍신(弘信) 등이 일족을 모아 고명(誥命)을 맞이하여 임금께서 하사해주신 것을 영광스러워하였고, 그 뒤에 또 행장을 지어와 나에게 묘지명을 청하였다. 광명촌 남쪽 수 리(數里) 간좌(艮坐)의 언덕에 효자의 무덤이 있고 부인 안씨(安氏)를 왼쪽에 합장했다고 한다. 명은 다음과 같다.

명성이 드러나기를 구하지 않고 오직 얼굴빛 유순하게 하였고
匪求名顯而惟色之難

녹봉 받아 봉양하기를 구하지 않고 오직 힘을 다하였네
匪求祿養而惟力之殫

명성과 녹봉은 하늘에 달렸고 낯빛과 힘은 사람에게 달렸으니
名與祿在天而色與力在人

사람에게 달린 일을 다 하지 못할까 두렵거늘 夫在人之懼未盡

하물며 하늘에 달린 것을 운운하랴 況乎天云乎哉

생은 버렸으나 죽어서는 전해지니 生則捐而骨則不朽

아, 효자여 吁嗟乎孝子

내 명에 거짓 없도다 我銘無忸

정경부인 심씨 묘지명[42] 대작

貞敬夫人沈氏墓誌銘 代

옛날 내가 합천(陜川)을 다스릴 때 지금 판돈령부사(判敦寧府事)인 황공 경원(黃公景源)이 사소한 죄에 연좌되어 고을로 귀양을 왔다. 공은 문장으로 천하 선비들을 평가하기를 좋아하였으므로 매번 정무가 한가로울 때면 공의 처소를 찾아갔다. 공은 날이 다하도록 끝없이 이야기를 들려주며 간간이 공의 부인인 심씨(沈氏) 부인의 훌륭한 점을 언급하기도 하였는데, 부인이 와서 부엌살림을 주관할 때 향기로운 채소와 들에서 난 반찬으로 공을 도와 나를 관대하게 대접해주니, 나는 벗의 예우를 감당할 수 없었다. 부인의 의중으로 말하면 또한 '패물을 풀어준다〔雜佩〕'는 시인(詩人)에 견줄 만하다.[43]

돌아온 지 20여 년이 되어 공이 부인의 묘지명을 나에게 부탁하면서

42 【작품해제】 판돈령부사(判敦寧府事) 황경원(黃景源, 1709~1787)의 부인 청송 심씨(靑松沈氏, 1707~1778)의 묘지명으로, 대작한 것이다. 대작을 부탁한 이는 미상으로, 그가 합천 군수(陜川郡守)로 있을 때, 고을로 귀양 온 황경원과 교유하며 그 부인의 면모를 알게 되었다. 그 뒤 20여 년이 지나 황경원이 이 묘지명을 부탁하였다. 영조가 생모 화경숙빈(和敬淑嬪)을 추존하려 할 때, 청송 심씨가 승지로 있던 지아비 황경원에게 조관빈(趙觀彬)이 죽책(竹冊)을 올리는 일을 거절하고 물러났으니, 그를 본받아 의리에 맞게 처신하라고 일깨워주는 일화가 보인다. 저작 시기는 미상이다.

43 패물을……만하다 : 지아비의 벗을 위해 아낌없이 내조한다는 뜻이다. 잡패(雜佩)는 《시경》 〈여왈계명(女曰雞鳴)〉에 나오는데, 그 시의 마지막 장에 "그대가 초대한 분이라면 패물 풀어 선물하고, 그대가 사랑하는 분이라면 패물 풀어 드리며, 그대가 좋아하는 분이라면 패물 풀어 보답하리.〔知子之來之, 雜佩以贈之. 知子之順之, 雜佩以問之. 知子之好之, 雜佩以報之.〕"라고 하여 '잡패(雜佩)' 구절이 세 번 나온다.

"내 처의 묘에 이미 풀이 묵었네. 부인의 덕은 규문(閨門)을 넘어 전해지지 못하니, 영원히 전해지기를 도모한다면 내 처를 잘 아는 이가 누구이겠는가." 하여, 내가 "알았습니다." 하였다. 공의 문장이 후대에 전해질 만한데 스스로 묘지명을 짓지 않고 굳이 내게 부탁한 것은 묘지의 말이 공정하여 후대에 신뢰를 주기 위해서이다. 잘 알고 또 공정하기로는 나만한 이가 없을 것이니, 내가 감히 변변찮은 말을 아끼랴.

부인은 본관이 청송(青松)으로, 영돈령부사(領敦寧府事) 강(鋼)의 7세손이다. 증조는 주(柱)이고 조부는 현감 원준(元浚)이며 부친은 참봉 철(澈)이다. 모친은 청풍 김씨(淸風金氏)이니, 동지중추부사 혼(混)의 딸이다. 부인은 7세에 모친을 잃고 현감공의 등에 업혀 자랐다. 18세에 황씨(黃氏)에게 시집오니, 백구(伯舅) 충렬공(忠烈公)이 특별히 사랑하여 "심씨는 용의(容儀)가 차분하고 온화하니 참으로 어진 며느리로다." 하였다. 충렬공이 돌아가신 뒤에 후사가 끊어지게 되자, 부인이 기일(忌日)이 돌아오면 스스로 제수를 갖추어 제사 지냈다.

살림이 가난하여 거의 아침저녁으로 음식을 차릴 수 없을 지경이었지만 부인이 묵묵히 운영하여 판돈공(判敦公)이 일절 알아차리지 못하게 하였다. 판돈공이 조금 귀한 지위에 오르자 혹 쓰고 남는 재물이 있었는데, 부인은 자신을 위해 쓰지 않고 그 재물로 모친을 개장(改葬)하고 부모를 위해 묘에 비석을 세웠다. 효성을 다해 계모를 섬겼고 아우 참봉(參奉) 양현(亮賢)과 우애가 매우 돈독하여 좋은 술을 보면 반드시 동이에 담아놓고 "나중에 우리 아우한테 줘야지." 하였다. 양현이 관직에 보임되자 부인이 기쁜 얼굴로 "내가 더 이상 한이 없구나." 하였다. 이는 모두 아녀자로서 하기 어려운 행실이지만 이것으로 부인을 평가할 것은 아니다.

부인은 평소 산수(山水)를 좋아하였다. 일찍이 판돈공의 경주(慶州) 임소(任所)에 따라갔다가 비래봉(飛來峯)에 함께 대숲을 헤치고 들어가 흰 바위에 앉아 물소리를 한참 들었으니, 매우 마음에 들었기 때문이다. 판돈공이 관직을 그만두고 강가에서 지내며 부인과 달밤에 배를 타고 물고기 잡는 것을 구경할 때, 부인이 물고기를 썰어 회를 만들어 판돈공에게 올리고는 "공께서 치사(致仕)하여 부부가 늘 함께하니 이 즐거움이 녹을 먹으면서 근심하는 것보다 오히려 낫지 않습니까." 하였다.

영묘(英廟)께서 화경숙빈(和敬淑嬪 영조의 생모)의 시호를 추존할 때 판돈공이 승정원 우승지로서 죽책(竹冊)을 올리는 일을 담당하여 품계가 더해지게 되었다. 부인이 기뻐하지 않으며 "제가 들으니 조공 관빈(趙公觀彬)이 죽책 올리는 일을 거절하여 형벌을 받았다고 합니다. 지금 공께서 만일 죽책을 올려 금대(金帶)를 받는다면 저 같은 아낙네도 부끄러워할 일임을 알겠습니다." 하였다. 이 때문에 판돈공이 병을 핑계로 우승지에서 물러났다. 판돈공은 높은 재주를 자부하였으나 의리(義理)에 맞는지의 여부를 분변하는 경우에는 종종 이처럼 부인보다 못하였다.

부인은 정해년(1707, 숙종33)에 태어나 무술년(1778, 정조2)에 졸하였다. 장단부(長湍府) 옥음(沃陰)의 언덕에 장사 지냈다. 아, 부귀영화를 부러워하지 않고 한가롭고 담박한 정취를 음미하여 이해(利害)와 화복(禍福)이 눈앞에서 교차하여도 곤궁했던 시절의 뜻을 변치 않는 것은 오늘날의 학사(學士)와 대부(大夫)도 어려워하는 일인데 부인이 어려워하지 않았으니, 이것이 판돈공의 행장을 근거로 하여 부인을 후대에 전할 만한 점이다. 이에 다음과 같이 명을 지었다.

상복이 아름다우니[44]	象服之粲兮
지위가 높지 않은 것이 아니고	匪位不隆
장수하고 강녕하였으니	胡考之康兮
수가 많지 않은 것이 아니네	匪壽不豐
누가 부자를 이루어주었나	孰成夫子兮
내조의 공이 성대하도다	內助戎戎
어찌하여 후사를 두지 못하였는가	胡嗇祚胤兮
하늘의 이치 알 수 없구나	天理夢夢
저 고요한 장단의 무덤이여	彼窈湍阡兮
영원히 돌아가 육신이 편안하도다	歸永妥躬
내가 여사의 명을 짓노니	我銘女士兮
아름다운 명성 무궁하게 전해지리라	芳流無窮

44 상복이 아름다우니 : 상복(象服)은 바탕에 그림을 그려 장식한 왕후나 제후 부인들의 옷으로, 신분이 귀한 여인들이 입는 옷이다. 심씨가 정경부인에 올랐으므로 이와 같이 말하였다.

백부 증 이조 판서 부군 묘지명[45]

伯父贈吏曹判書府君墓誌銘

일은 본래 후대를 보아 전대를 징험할 수 있는 것이 있다. 사람의 감추어진 덕행이 처음에는 비록 그 자신 대에 드러나지 않으나, 더디 나타나고 빨리 나타나는 것이 때가 있고 드러나고 묻히는 것이 기다림이 있어서 마침내 후손에게 음덕을 내려 큰 복록을 누리게 한다. 따라서 군자는 반드시 행동을 보아 길흉을 살펴[46] 말하고 기록하여 드러내기를 "이는 하늘의 보답이니, 선을 행하는 사람이 게을리 않고 복을 바라는 사람이 사특하지 않게 하려는 것이다."라고 하였다. 아, 지금 세상에 군자가 있다면 우리 백부 판서공(判書公)의 명을 지어주지 않을 수 있겠는가? 지금 세상에 그런 분이 없는 것이 애석하다.

공의 휘는 명익(命翼)이고 자는 경보(敬甫)이며 본관은 대구부(大丘府) 달성(達城)이다. 시조 휘 한(閈)이 고려에서 벼슬하여 군기시 소윤을 지냈다. 조선에 들어와 벼슬하는 분들이 이어져 판중추부사

45 【작품해제】 저자의 백부 서명익(徐命翼, 1709~1729)의 묘지명이다. 서명익은 자가 경보(敬甫)로, 21살에 요절하여 저자의 친형 서호수(徐浩修)가 그에게 양자로 갔다. 장단(長湍) 금릉리(金陵里) 선영에 묘가 있다. 서호수의 명으로 이 묘지명을 지었다. 서호수가 판서에 오르고 손자 4명 가운데 서유본(徐有本)과 서유구(徐有榘)가 생원이 되는 등 자손이 번성한 것에 착안하여, 세상일이란 후대의 성쇠를 보고서 전대를 평가해야 한다고 서술하였다.

46 군자는……살펴 : 원문의 '시리고상(視履考祥)'은 《주역》 〈이괘(履卦) 상구(上九)〉에 나오는 말로, "행동을 살펴보아 길흉을 상고하되, 주선한 것이 완벽하면 크게 길하리라.〔視履考祥, 其旋元吉.〕" 하였다.

충숙공(忠肅公) 휘 성(渻)에 이르러 드디어 삼한(三韓)의 명족(名族)이 되었으니, 바로 공의 5세조이다. 고조 휘 경주(景霌)는 선묘(宣廟 선조(宣祖))의 부마로 달성위(達城尉)이고, 증조 휘 정리(貞履)는 남원 부사(南原府使)를 지냈고 좌찬성에 증직되었으며, 조부 휘 문유(文裕)는 예조 판서를 지냈고 시호는 정간(貞簡)이다. 부친 휘 종옥(宗玉)은 이조 판서를 지냈고 시호는 문민(文敏)이다. 모친은 덕수 이씨(德水李氏)이니, 좌의정을 지낸 충헌공(忠憲公) 휘 집(㙫)의 따님이다.

공은 숙종(肅宗) 기축년(1709, 숙종35) 12월 2일에 태어나 영종(英宗) 기유년(1729, 영조5) 12월 18일에 돌아가셨다. 경술년(1730) 정월, 장단(長湍) 금릉리(金陵里) 정간공(貞簡公)의 묘소 오른쪽 기슭 임좌(壬坐)의 언덕에 장사 지냈다.

공은 일찍 돌아가셔서 생전의 덕행 가운데 큰 것조차도 백의 하나가 전해지지 않지만, 집안에서 전해 내려오는 칭찬에 의하면 도량이 넓고 효성과 우애가 있으며 문예에 뛰어난 장자(長者)였다. 집안에 계시면서 부모를 섬길 때 곁에서 부지런히 모시며 조금도 게을리함이 없었고 아우들을 사랑하여 그들의 고통을 자신의 고통처럼 여겼다. 수차례 과장(科場)에 나가 누차 사부(詞賦)로 당대에 이름을 떨치니, 벼슬아치들이 모두 공이 조적(朝籍)에 올라 국정을 보좌하리라 기대하였으나 공은 끝내 수명이 짧아 일찍 죽었다.

부인 청송 심씨(靑松沈氏)는 이조 참판 공(珙)의 따님이다. 성품이 한결같고 정숙하였으며 규방의 예법이 늙을수록 더욱 엄격하였다. 공보다 1년 늦게 태어나 공보다 42년 뒤에 돌아가셨으며, 공의 묘 왼쪽에 합장하였다. 일찍이 공이 아들 없이 돌아가시자 문민공(文敏公)에게 청하기를 "형제의 아들은 친아들과 같으니, 중제(仲弟)가 만일 아들을 낳는다면 그 아들을 후사로 세웠으면 합니다." 하였다. 8년이 지나 중제 판추공(判樞公)이 비로소 아들을 낳았으니 지금 이조 판서로 있는 호수(浩修)인데, 문민공이 즉시 공의 후사가 되게 하였다.

또 39년 뒤에 판서공이 경(卿)의 반열에 오르자 공은 가선대부(嘉善大夫) 이조 참판에 추증되었고 부인은 정부인(貞夫人)에 추증되었다. 8년 뒤에 또 판서공이 팔좌(八座)의 반열에 오르자, 공은 자헌대부(資憲大夫) 이조 판서에 더 추증되었다.

손자는 넷이니 생원 유본(有本), 생원 유구(有榘), 유락(有樂), 유비(有棐)이고, 손녀는 둘이니 하나는 정상의(鄭尚毅)에게 시집갔고 하나는 어리다. 공은 이에 두 번이나 은혜로운 추증을 받고 자손들이 번성하여 공의 진면모를 하늘의 보답으로 징험할 수 있으니, 또한 어찌 꼭 군자가 공에 대해 명을 짓기를 기다려야 하겠는가.

판서공이 일찍이 묘표(墓表)를 지어 공의 묘에 기록하고 또 묘지명을 나에게 쓰도록 하면서 "다른 이에게 부탁할 것 없이 네가 직접 짓는 것이 낫지 않겠느냐." 하였다. 내가 삼가 《예기(禮記)》를 살펴보니, 명문(銘文)은 그 선조의 미덕을 찬양하고, 자기의 이름을 아래에 부기(附記)하고, 후세에 보여주는 것이다. 그러므로 "한번 선조를 찬양하면 위로는 조상을 빛나게 할 수 있고, 아래로는 선조에 대한 효순(孝順)을 드러낼 수 있다." 하였으니,[47] 명은 실로 자제의 책임으로 문장이 졸렬

47 명문(銘文)은……하였으니 : 명(銘)은 종(鐘)·정(鼎)·기명(器皿)이나 묘비(墓碑)에 공덕을 칭송하는 글을 새김을 이르는데, 이를 명문(銘文)이라 한다. 《예기》〈제통(祭統)〉에 "명문은 천하에 널리 퍼뜨릴 만한 선조의 미덕·공적·훈로(勳勞)·수상(受賞)·명성 등을 기록하고 참작하여 그 중에서 가장 뛰어난 것을 골라 제기(祭器)에 새기고, 자기의 이름을 그 하변(下邊)에 부기(附記)하고서 이 제기를 사용해

하다고 사양해서는 안 된다. 이에 감히 시종(始終)을 차례로 서술하고 다음과 같이 명을 지었다.

닦은 것은 많고 보답은 적게 받아 　　 贏其修約其報
후사가 크게 보살핌을 받게 되었으니 　　 以詒嗣之丕冒
조금 굽혀 많이 편 것은 　　 尺屈存伸
역도에서 취한 것이리라 　　 蓋取諸易道耶
묘길의 비석 빛나니 왕명으로 추증되었고【협운이다.】 　　 隧有賁王則命叶矣
뜰에 탐스런 열매는 가득하도다 　　 庭有茁實則盈矣
내가 우리 공의 명을 지어 　　 我銘我公
당대에 피폐했다 하여 하늘의 이치 의심하는 세인들에게 보이노라【협운이다.】 　　 示世之弊於近而疑於天叶者

선조에게 제사 지낸다. 선조의 공덕을 드러내는 것은 효도를 숭상하기 위함이고, 자기의 이름을 하변에 부기하는 것은 선조에게 효순(孝順)함을 드러내기 위함이고, 후세에 밝게 보이는 것은 효도로써 후손을 교육하기 위함이다. 명문을 새겨 한번 선조를 찬양하면 위로는 조상을 빛나게 할 수 있고, 아래로는 선조에 대한 효순을 드러낼 수 있다.〔銘者, 論撰其先祖之有德善・功烈・勳勞・慶賞・聲名, 列於天下, 而酌之祭器, 自成其銘焉, 以祀其先祖者也. 顯揚先祖, 所以崇孝也. 身比焉, 順也. 明示後世, 教也. 夫銘者, 壹稱而上下皆得焉.〕"라고 하였다.

효자 김공 형제 합지[48]

孝子金公兄弟合誌

우리 성상께서 즉위 21년(1797) 정월 초하루에 팔도에 크게 유시하여 효도하고 공경하며 농사에 힘쓰고 이단을 보고서 옮아가지 말도록 백성들을 권면하였다. 당시 내가 마침 광주 목사(光州牧使)로 있으면서 성상의 뜻을 효유하고 성상의 명성을 선양하였으니, 직분이었기 때문이다. 글방에는 스승을 두고 마을에는 어른을 두어 밤낮으로 부지런히 전달하게 하였으나 오히려 부족할까 두려워하였다.

하루는 읍의 수재(秀才) 김순(金洵)이 행장 한 편을 가지고 찾아와 합지(合誌)를 청하기를 "이는 제 양부(兩父)의 행장입니다. 생전에 덕에 걸맞은 복을 누리지 못했으니 사후에는 오히려 후대에 전해질 것입니다. 제가 듣기로 목사공의 문장이 전할 만하다고 하니 목사공이 성상께서 크게 유시한 일을 인해 옛일을 기록하여 지금에 보여준다면 어찌 오직 우리 양부(兩父)만이 영원히 전해지는 것이겠습니까. 세상 사람들을 고무시키고 권면하는 일에 당연히 덕을 볼 것입니다." 하였다.

48 **【작품해제】** 효자 김광준(金光儁, 1721~1787)·김광원(金光源, 1723~1787) 형제의 묘지명을 합하여 지은 것으로, 저자가 광주 목사(光州牧使)로 있을 때 고을 사람 김순(金洵)의 부탁으로 지었다. 삼년상을 지내면서 흘린 눈물로 무덤의 잔디가 죽고 범이 호위해주었다는 일화가 나온다. 김광준은 도량이 크고 재능이 출중하여 장자(長者)로 칭송되고 김광원은 온화하고 법도가 있어서 단사(端士)로 칭송되지만, 장자와 단사의 칭호는 모두 이들의 효성을 바탕으로 도출된 것이라고 결론지었다. 저자가 광주 목사로 있던 1796년(정조20) 즈음의 작품으로 보인다.

내가 읽어본 뒤에 “이는 내 직분이니 감히 문장이 졸렬하다고 사양할 수 있겠는가. 그러나 대대로 장사 지낸 곳에 세운 비석의 비문과 집안에서 지은 전(傳)에는 그런 사례가 있지만 묘지문(墓誌文)에는 합지(合誌)했다는 것을 들어보지 못했네. 명(銘)을 짓는 법도만큼 엄격한 것이 없거늘 내가 어찌 소홀히 할 수 있겠는가.” 하였다.

김순이 말하기를 “그렇지 않습니다. 천고 이전으로부터 아득한 미래에까지 형제가 명을 짓는 법도에 함께 맞으면서 한 언덕에 나란히 묻힌 이들이 누가 있습니까? 옛날에 그러한 일이 없었다면 지금 그러한 사례를 창시한들 누가 목사공을 교만하다고 비난하겠습니까.”[49] 하여, 내가 “그리하겠네.” 하였다. 그리하여 행장을 살펴보고 다음과 같이 서술하였다.

백공(伯公)의 휘는 광준(光雋)이고 자는 원여(元汝)이며, 계공(季公)의 휘는 광원(光源)이고 자는 원서(元瑞)이니, 본관은 선산(善山)이다. 원조(遠祖) 지군사(知郡事) 백암공(白巖公) 제(濟)와 그 아우 전서(典書) 농암공(籠巖公) 주(澍)가 고려 말의 혁명기에 나란히 절개를 세워 이름이 드러났다. 조선에 들어와 문정공(文靖公) 효정(孝貞)은 벼슬이 이조 판서 집현전 대제학에 이르렀는데, 공 형제에게 9세조

49 누가……비난하겠습니까 : 원문 태재(汰哉)는 제멋대로라는 뜻이다. 중국 춘추 시대 사사분(司士賁)이라는 사람이 공자의 제자인 자유(子游)에게 묻기를 “시신을 상(牀) 위에 두고 습(襲)을 해야겠습니다.” 하자, 자유가 허락하였는데, 현자(賢子)가 그 말을 듣고 답하기를 “대단하군, 자유여. 예를 제 마음대로 남에게 허락하는구나.〔汰哉叔氏, 專以禮許人.〕”라고 하였다. 보통 예(禮)에 대해 자문하는 경우 예문(禮文)을 근거로 들어 대답해주어야 하는데도, 자유는 선뜻 자기의 견해를 가지고 답을 해주어 마치 예가 자신에게서 나온 것처럼 해버린 것을 기롱한 것이다. 《禮記 檀弓上》

가 된다. 고조 백일(百鎰)은 상의원 주부(尙衣院主簿)를 지냈고, 증조 기립(基立)은 고산 현감(高山縣監)을 지냈고, 조부 성운(聖運)과 부친 종(綜) 양대(兩代)는 덕을 숨기고 벼슬하지 않았다.

공 형제는 어려서부터 지극히 효성스러워 부모 곁에 있을 때 말을 급히 하거나 안색을 급변한 적이 없었고, 어떠한 일이든 여쭙고 행하여 감히 제멋대로 하는 법이 없었다. 밖에 나갔다가 맛있는 먹거리를 얻으면 곧 품에 간직하고 돌아와 어버이께 올렸다. 장성해서는 맛있는 음식으로 공양하고 거처를 살펴드리는 일에 함께 힘을 다하여 봉양을 지극히 하였다. 향리(鄕里) 사람들이 이로 인해 "김 효자(金孝子) 형제가 부모를 봉양하는 것은 많은 녹을 받는 집과 세 짐승을 잡아 봉양하는 사람일지라도 미치지 못하리라." 하였다.

집이 본래 가난하여 품을 팔아 스스로 생활하였고 땔감과 쌀을 져 나르며 종신토록 감히 게을리 못할 듯이 하였다. 부모를 기쁘게 하고 안마하고 긁어드리는 일에서부터 죽을 끓이고 구들을 데우는 일까지 봉양과 관계된 일은 반드시 직접 하고 남에게 시키지 않으며, "이렇게 하지 않으면 내 마음에 편치 않다." 하였다. 이는 그 효성이 하늘에서 나와서 봉양을 잘했기에 그러한 것이다.

부모가 병이 들자 띠를 풀지 않고 눈을 붙이지 않았으며 변을 맛보아 차도를 시험하고 하늘에 빌어 자신을 대신 데려가달라고 청하였다. 병환이 심해져서는 형제가 다투어 손가락을 베어 피를 입에 넣어드리니, 기절했다가 다시 살아나 부친은 수명이 20년 연장되었고 모친은 8년이 연장되었다.

거상(居喪)을 잘하여 3년을 여묘하면서 흘린 눈물이 잔디를 적셔 잔디가 이 때문에 말라 죽었다. 옛날에는 산에 소나무가 없었는데,

형제가 직접 심고서 가뭄이 들면 물을 길어다가 그 뿌리를 적셔주었다. 사람들이 지금까지 그 샘을 '김효자양송천(金孝子養松泉)'이라고 부른다.

묘가 집에서 10리 떨어져 있었는데, 부친상을 당했을 때 날마다 반드시 묘에 가서 살피고 날이 궂거나 춥고 덥다 하여 거른 적이 없었다. 범이 일정한 거리를 두고 따라다니며 마치 형제가 가는 길을 보호해주듯 하였으니, 군자가 토끼를 길들인 채옹(蔡邕)의 상서로운 일[50]에 비유하였다. 이는 병환이 들었을 때 지극히 간호하고 상을 당해 극진히 슬퍼한 효자 형제의 지극한 효성 때문에 그러한 것이다.

백공(伯公)은 뜻이 크고 기개가 있었으며 마음속에 꾀가 많아 일에 닥쳐 계획하면 종종 뭇사람들이 생각지도 못한 것을 생각해냈다. 능력도 남달라 비록 깊이 재능을 감추었으나 중임을 맡고 험난한 일을 헤쳐나갈 수 있는 사람이라고 동료들로부터 상당히 지목을 받았다.

남을 포용하기를 좋아하여, 도둑이 집에 들어와 쌀을 훔쳐가다가 공에게 붙잡혔는데 공이 경계하여 보내기를 "칠 척의 몸을 갖고 어찌 직업이 없는 것을 근심하여 도둑질을 하며 늙어간단 말인가." 하였다. 도둑이 부끄러워 사죄하고 돌아가 머리 깎고 중이 되어 법명을 각심(覺心)이라고 하였다. 당시 사람들이 백공을 장자(長者)라고 칭송하였다.

50 토끼를……일 : 채옹(蔡邕)은 한(漢)나라 사람으로 효성이 지극하였다. 모친이 3년간 채병(滯病)을 앓자 채옹은 한서(寒暑)의 절기가 변하지 않고는 옷과 띠를 벗은 적이 없었고, 근 100일을 잠을 이루지 못하였다. 모친이 별세하자, 묘 옆에 여막을 지어 거처하며 모든 행동을 예법에 맞게 하였다. 채옹의 효성에 감동하여 토끼가 길들여져서 그 여막 주위를 돌아다니고 나무에는 연리지(連理枝)가 생겨나니, 원근의 사람들이 특별하게 여겨 찾아가보는 이가 많았다고 한다. 《後漢書卷九十下 蔡邕列傳》

계공(季公)은 온화하고 법도가 있었다. 대여섯 살에 또래 아이들과 놀 적에 어른처럼 점잖게 길가에 홀로 앉아 있자, 지나가는 사람들이 기이하게 여겼다. 시를 잘 짓고 필법에도 능하여 답답하고 불평스러운 일을 만나면 병풍에다 자신이 지은 시를 직접 쓰면서 남이 알아주기를 구하지 않았다. 매일 새벽 일어나 의관을 정제하여 부모를 뵙고 물러나 형제들과 침상을 함께하며 젊어서부터 노년기까지 화락하게 지내니, 가정이 화평하였다. 당시 사람들이 계공을 단사(端士)라고 칭송하였다.

그러나 장자와 단사는 모두 효성이 미루어진 결과이니, 효는 덕의 근본이며 교화가 이를 통해 생겨나는 것이다. 천하에 만일 효자가 있으면 목백(牧伯)이 조정에 아뢰고 태사(太史)가 역사에 기록하며 천자가 감탄하여 예우한다. 하물며 한집안의 형제가 아름다운 효성을 함께 지닌 것은 고금에도 듣기 드문 일이니, 그 묘에 명을 짓지 않을 수 있겠는가. 명을 짓는 법도에 맞을 뿐만 아니라 특별한 명으로 후대에 본보기가 될 수도 있을 것이다.

백공은 신축년(1721, 경종1)에 태어났고 계공은 계묘년(1723)에 태어났으며, 두 분 모두 정미년(1787, 정조11)에 돌아가셨다. 묘는 광산(光山) 관아 서쪽 옹정면(甕井面) 임좌(壬亥)의 언덕에 있다. 백공의 부인은 정씨(鄭氏)이고 아들 숙(淑)이 있다. 계공의 부인은 강씨(姜氏)이고 아들 발(潑)과 순(洵)이 있다. 순은 바로 찾아와 명을 부탁한 자이다. 명은 다음과 같다.

높은 무등산이	無等維嶽
우리 남방의 진산이라네	鎭我炎方
영기가 누구에게 모이고 누구에게 흩어졌나	孰鍾孰鏠

어진 김씨로다　金氏之良

사람의 백행 중에　人有百行

효가 근원이라네　孝則其源

어쩌면 그리도 하늘에서 복을 받았나　何福于天

효자 형 나고 또 효자 아우 났도다　旣季且昆

행실을 보고 이름을 살필　視履考名

봉분이 쌍으로 솟아 있네[51]　斧堂雙峙

순이 자식 노릇 잘하여　洵也克子

외사에게 명을 청하였네　乞銘外史

51 봉분이……있네 : 원문 부당(斧堂)은 봉분(封墳)을 이르는 말로, 《예기(禮記)》 〈단궁(檀弓)〉에, 자하(子夏)가 말하기를 "옛날에 공자께서 말씀하시기를 '내가 보건대, 봉분하는 것을 마치 마루처럼 쌓아 올린 것이 있고……도끼날처럼 위가 좁게 쌓아 올린 것도 있었으니, 나는 도끼처럼 하는 것을 따르겠다.' 하였다.〔昔者, 夫子言之曰, 吾見封之若堂者矣.……見若斧者矣, 從若斧者焉.〕"라고 한 데서 온 말이다.

안성 군수 죽촌 고공 묘표[52]

安城郡守竹村高公墓表

국가의 기운이 모인 곳에는 반드시 특별히 융성한 시기가 있는데, 그 융성한 시기에 위에는 반드시 오랫동안 도를 행하여 교화를 이룬 임금이 있어서 많은 어려움들을 널리 구제하고 전심으로 국가의 운명을 담당하였고 아래에는 반드시 대대로 독실하고 충정(忠貞)한 신하가 있어서 나라를 자기 집안처럼 여겨 뒤이어 공적을 세우니, 사전(史傳)을 낱낱이 살펴보면 왕조마다 융성기가 자주 있지는 않지만 그렇다고 없는 시대도 없었다.

우리나라의 광산 고씨(光山高氏)는 선묘(宣廟)의 융성한 시대에 마침 임진왜란을 만나 일문(一門)의 충효가 사람들의 이목에 빛났다. 군수공(郡守公) 휘 성후(成厚)가 태헌공(苔軒公 고경명(高敬命))의 조카로서 태헌공 부자와 함께 위급한 시기에 힘을 다하여 마침내 중흥(中

52 【작품해제】 임진왜란 때 공을 세운 고성후(高成厚, 1549~1602)의 묘표이다. 고성후의 자는 여관(汝寬), 호는 죽촌(竹村), 본관은 광산(光山)이다. 임진왜란이 일어나자 권율(權慄)의 휘하에 있으면서 군량미를 공급하는 일을 총괄하여 능수능란하게 처리함으로써 행주 대첩의 원동력이 되었고 원군으로 온 명나라 장수들에게도 인정받았다. 전란 후의 수습에 진력하다가 과로로 관청에서 죽었다. 저자는 아무리 충성스럽고 용감한 군사가 있다 하더라도 양식이 없으면 아무 쓸모가 없다고 하며, 군량미를 시기적절하게 보급해준 공의 공로를 한(漢)나라의 소하(蕭何)와 송(宋)나라의 두연(杜衍)에 비견하였다. 저작 시기는 미상이나, 광주 목사로 재직할 때 읍지(邑誌)를 통해 공의 사적을 알게 되었다고 한 것으로 보아 광주 목사를 지낸 1796년 이후에 지은 것으로 보인다.

興)의 공렬을 도와 이루었는데, 태헌공 부자는 선후로 목숨을 바쳐 충절을 지켰고 공은 또 과로로 인해 갑자기 돌아가셔서 나라에서 내리는 큰 상을 미처 누리지 못했으니, 슬프다!

공의 자는 여관(汝寬)이고 호는 죽촌(竹村)이며 계보는 탐라성주(耽羅星主)에게서 나왔다.[53] 누대를 전하여 고려 때 군기감(軍器監)을 지낸 복림(福林)에 이르러 장택(長澤)으로 관적(貫籍)을 옮겼다. 우리나라에 들어와 휘 신부(臣傅)가 수차례 부름을 받았으나 출사하지 않았고 벼슬이 호조 참의에 이르렀으니, 곧 공의 7세조이다. 증조 휘 운(雲)은 기묘년 별과(別科)에 합격했으나 당고(黨錮)에 연좌되어 서용되지 못하였으니, 사실이 《기묘록(己卯錄)》에 실려 있다.[54] 조부 휘 중영(仲英)은 덕을 숨기고 벼슬하지 않았다. 부친 휘 경조(敬祖)는

53 탐라성주(耽羅星主)에게서 나왔다 : 원문의 탁라(乇羅)는 남해 가운데 있는 작은 나라인데, 너비가 400리이고, 해로(海路)로 970리나 멀리 떨어져 있다. 본래 구이(九夷)의 일종이다. 상고(上古)에 고을나(高乙那), 양을나(良乙那), 부을나(夫乙那) 세 사람이 있었는데 이들은 화생(化生)하여 사람이 되어 처음으로 그곳 사람의 시조가 되었다. 세 시조가 터를 닦은 곳을 상도(上都), 중도(中都), 하도(下都)라고 한다. 고을나의 15세손 고후(高厚)와 고청(高淸)이 처음으로 신라와 교통(交通)하였는데, 이때 객성(客星)이 신라에 나타나니 신라왕이 고후를 성주(星主)라고 부르고 고청을 왕자(王子)라고 불렀는데, 왕자는 총애하는 자에게 붙이는 명칭이다. 당초 두 고씨가 바다를 건너와 탐진(耽津)에 정박하였기 때문에 국호를 탐라(耽羅)로 하도록 명하였다. 《記言 第48卷 續集 四方2 耽羅誌》

54 기묘록(己卯錄)에 실려 있다 : 《기묘록(己卯錄)》은 김육(金堉, 1580~1658)이 충청도 관찰사로 있으면서 1638년(인조16)에 간행한 것으로, 1책이다. 일명 《기묘제현전(己卯諸賢傳)》이라고도 한다. 기묘사화 때 화를 입은 사람들에 대한 기록을 정리한 김정국(金正國)의 《기묘당적(己卯黨籍)》과 안로(安璐)의 《기묘록보유(己卯錄補遺)》를 바탕으로 증가·보충한 것으로 218명의 행적을 수록했다.

대간(臺諫)으로서 이산해(李山海)의 간교하고 음험한 정상을 논박했다가 당시 사람들에게 배척당하여 외직을 전전하다 광주 목사(廣州牧使) 재임 시에 죽었다. 모친은 영광 김씨(靈光金氏)이니, 참군(參軍) 지달(之達)의 따님이다.

공은 가정(嘉靖) 기유년(1549, 명종4) 3월 계유일에 태어났다. 어려서부터 총명하고 책 읽기를 좋아했으며, 성장해서는 문장이 일취월장하여 명성이 자자하였다. 또 집안에서의 행실이 매우 독실하여 부모를 섬길 때 일찍부터 밤늦게까지 곁을 떠나지 않으며 시중을 들어드렸는데 반드시 정성스럽고 극진하게 하니, 공의 효성을 칭찬하는 사람들이 많았다. 만력(萬曆) 계미년(1583, 선조16)에 문과에 급제하여 이 뒤로 10년 동안 일찍이 한 번 사헌부 감찰에 임명되었고 그 외에는 무슨 벼슬을 지냈는지 알 수 없다.

계사년(1593, 선조26)에 외직으로 나가 익산 군수(益山郡守)가 되었는데, 당시는 왜구가 창궐하여 어가가 파천(播遷)한 때였다. 공이 관찰사 권율(權慄) 공을 따라 힘을 합해 적을 토벌하였다. 권공(權公)이 군량미를 감독하는 책임을 일체 공에게 맡기니, 공이 마음을 다해 마련하고 상황에 맞게 운반하여 군량을 공급하였다. 권공이 천 리를 전전하며 싸우고 마침내 행주 대첩을 이룬 것은 실로 공이 군량을 끊이지 않게 조달한 덕분이다.

얼마 뒤에 권공이 원수(元帥)로 승진하자 공이 또 그 군중(軍中)에 있으면서 영남에 군량을 조달하여 지원을 온 명나라 군대를 도와주었다. 이 당시에 어지러운 공문서가 날마다 가득 쌓여 급하기가 쇠뇌를 쏘듯 하고 일이 천지를 채울 만큼 중대하기도 했지만 공이 여유 있게 대응하여 기한을 정해놓고 즉시 처리하지 않은 적이 없었다. 명나라 장수들도 모두 공의 충의에 감동하고 공의 재지(才智)에 탄복하여 공과 서신을 주고받을 때 매번 선생이라고 호칭하면서 추중(推重)하였다.

병신년(1596, 선조29)에 부친 목사공(牧使公)이 돌아가시자 공이 원수의 군중에서 부음을 듣고 급히 달려가 지나치게 슬퍼하여 몸이 상하였다. 이어서 모친 김씨 부인의 상을 당했는데, 초빈을 하고 염을 하고 장사 지내고 제사 지내는 절차를 난리 중이라고 하여 소홀히 하지 않고 반드시 마음에 흡족하게 하였다.

신축년(1601, 선조34)에 상복을 벗자 즉시 출사하여 선산 현감(善山縣監)으로 몇 달을 있다가 곧 안성 군수(安城郡守)로 옮겼는데, 병란을 막 겪은 뒤여서 관청과 민가의 저축이 곳곳마다 바닥이 났다. 공이 이르러 근검(勤儉)으로 자신을 단속하고 애휼(愛恤)로 정사를 하여 만신창이가 된 백성들을 쉬게 하고 모여 살게 함으로써 백성들이 저마다 살 곳을 얻게 하니, 온 경내가 공을 믿고 안정되었다.

1년을 있다가 과로로 병이 나 임인년(1602, 선조35) 12월에 관청에서 돌아가시니, 향년 54세였다. 광주(光州) 송학산(松鶴山) 해좌(亥坐)의 언덕에 장사 지냈다. 사후에 진무(振武) 2등 공신에 책훈(策勳)되고, 예조 참의 지제교(禮曹參議知製教)에 증직되었다. 부인 숙부인(淑夫人) 함양 박씨(咸陽朴氏)는 만호(萬戶) 성정(星精)의 딸이니, 공의 묘 왼쪽에 예법대로 합장하였다.

공은 2남 1녀를 낳았다. 장남 부옥(傅沃)은 무과에 급제하여 현감(縣監)을 지냈고, 차남은 부민(傅敏)이며, 딸은 이효립(李孝立)에게 시집갔다.

부옥은 아들이 넷이니 두첨(斗瞻), 두남(斗南), 두찬(斗燦), 두정(斗定)이고, 딸은 하나이니 유동헌(柳東獻)에게 시집갔다. 부민은 아들이 하나이니 두경(斗經)이고, 딸이 셋이니 진사 김진휘(金振輝), 증장령(贈掌令) 정상주(鄭相周), 박상현(朴尙玄)에게 시집갔다. 이효립은 아들이 둘이니 담수(聃壽), 담령(聃齡)이다.

두첨은 아들이 둘이니 필원(必元), 필형(必亨)이다. 두남은 아들이 하나이니 필항(必恒)이고, 딸이 셋이니 박숭지(朴崇祉), 조정부(曺挺阜), 이한소(李漢昭)에게 시집갔다. 두정은 아들이 하나이니 필부(必溥)이다. 유동헌은 아들이 둘이니 급(伋), 화(俰)이다. 두경은 아들이 다섯이니 오위장(五衛將) 필광(必光), 필헌(必憲), 필강(必綱), 필점(必漸), 필급(必及)이고, 딸이 하나이니 박재익(朴再益)에게 시집갔다. 정상주는 아들이 둘이니 덕형(德亨), 진사 덕휴(德休)이다. 박상현은 아들이 셋이니 자의(諮議) 광일(光一), 첨지(僉知) 광원(光元), 생원 광선(光善)이다. 내외 현손 이하는 많아서 다 기록할 수가 없다.

공은 타고난 자품이 순수하고 덕성(德性)이 순일(純一)하였으며, 대대로 학문한 집안에서 태어나 일찍부터 태헌공(苔軒公)을 종유(從遊)하여 사람다운 사람이 되는 충효의 대절(大節)을 이미 익히 강구하고 굳게 지켰다. 또 재주와 기량을 두루 갖추고 남들보다 특출한 생각이 있어서 일을 처리하고 남을 대할 때 종종 한계를 헤아릴 수 없었다. 이 때문에 급보가 어지러이 교차하는 때에 주판을 잡고 앉아서 계책을 내어 때에 따라 책무를 완수하였으니, 비유컨대 오늬를 정밀히 살핀 뒤에는 시위를 당기기만 하면 목표물이 쓰러지고 대나무에 칼집을 낸 뒤에는 칼날을 대기만 하면 쪼개지는 것과 같았다. 당시에 공이 군량미를 운반해주지 않았다면 비록 변치 않는 충절을 지닌 용맹한 군사들이 있었다 하더라도 식량이 없는 병사를 가지고는 8년간 횡행한 개미 떼 같은 왜적들을 반드시 소탕하지는 못했을 것이다. 이는 소하(蕭何)가

한(漢)나라에서 사냥개를 지휘한 사람의 공을 세운 것과 같고, 두연(杜衍)이 하(夏) 땅의 반란 때에 으뜸의 공을 세운 것과 같다.[55]

공이 비록 수명이 짧아 역량대로 다 쓰이지는 못했지만 세운 공이 이미 이처럼 탁월하니, 국가에서 공을 숭모하고 공에게 보답하는 것을 다만 한 성을 온전히 보존하고 한 번 싸우다 죽은 이의 사소한 공로와 동일시해서야 되겠는가. 먼 후대에 와서도 공론(公論)이 여전히 더디 일어나는 것이 참으로 애석하다.

지금 공의 후손 시덕(時德)이 공의 행장을 가지고 찾아와 공의 묘도문자(墓道文字)를 청하였다. 내가 광주 목사로 갔을 때 읍지(邑誌)를 통해 공의 사적(事迹)을 익히 보고서 공의 공로가 다 보답받지 못한 것을 안타까워하였으므로 이에 사양하지 않고 서문을 쓰고 또 다음과

55 소하(蕭何)가……같다 : 실제로 전투에 참여하지 않았지만 후방에서 군수 물자를 잘 공급해 전쟁을 승리로 이끌게 한 공로를 말한다. 소하는 한나라의 개국공신인데, 유방이 천하를 통일한 뒤 소하에 대해 평하기를 "나라와 백성들을 진무시키고 군량을 공급하여 보급로가 끊기지 않게 하는 것은 내가 소하만 못하다."라고 하였다. 이에 앞서 다른 공신들이 소하가 전투에 참여하지 않고 붓만 잡고 있었는데도 자신들보다 높은 지위에 오른 데 대해 불만을 표시하였다. 유방은 다른 공신들을 사냥개에, 소하를 사냥꾼에 비유하며 말하기를 "사냥에서 짐승과 토끼를 쫓아가 죽이는 것은 사냥개이지만, 사냥개를 풀어 짐승이 있는 곳을 알려주는 것은 사람이다.〔夫獵, 追殺獸兎者狗也. 而發, 蹤指示獸處者人也.〕"라고 하였다.《史記 卷8 高祖本紀》. 두연은 송나라 인종 때의 명신이다. 두연이 영흥 지부(永興知府)로 있을 때 하(夏) 지역에서 반란이 일어났고 섬서(陝西) 지역 백성들은 반란군을 토벌하기 위한 물자를 공급하느라 큰 어려움을 겪었다. 이에 두연이 영흥의 백성들에게 말하기를 "내가 너희들을 물자 공급에서 벗어나게 할 수는 없으나 너희들을 고생스럽지 않게는 할 수 있다.〔吾不能免汝, 然可使汝不勞爾.〕"라고 하고는 물자의 수송 기한을 관대하게 해주니, 물건 값이 뛰어오르지 않았고 아전들도 농간을 부리지 못했다고 한다.《宋名臣言行錄 前集 卷7 杜衍》

같이 명을 붙였다.

병법에 말하였지 兵法曰
군사와 말의 양식을 모자라게 하면 적에게 포로로 내주는 꼴이라고
人馬乏食遺人獲也
모자라지 않게 하여 포로를 면하게 한 것이 누구의 공이던가
不乏不獲伊誰之迹也
제나라 사람이 말하였지 齊人曰
집에는 양식이 바닥나고 들에는 풀이 없거늘 室如懸罄野無青艸
무엇을 믿고 두려워하지 않는가라고[56] 何恃而不恐
공을 믿지 않았다면 어느 누가 용맹을 발휘했으랴
微公之恃誰則賈勇耶
팔 년 동안 적의 소굴 되었으니 오랜 기간이었고 八載穴壤非一夕也
두 나라가 군대를 모두 일으켰으니 작은 전쟁이 아니었지
兩國悉賦非小役也
보답을 도모하지 않는다면 그만이지만 勞之不圖則已
보답하려 한다면 공이 그 복을 누리지 못해서야 되겠는가

56 집에는……않는가라고 : 《춘추좌씨전》 노 희공(魯僖公) 26년에, 제 효공(齊孝公)이 노나라의 북쪽 국경을 정벌하자, 노 희공이 전희(展喜)에게 제나라 군사들을 호궤(犒饋)하게 하였다. 제 효공이 전희에게 "노나라 사람들은 두려워하는가?" 하니, 전희가 "소인들은 두려워하지만 군자는 두려워하지 않습니다." 하였다. 이에 제 효공이 "집에는 양식이 바닥나고 들에는 풀이 없거늘 무엇을 믿고 두려워하지 않는단 말인가?" 하였는데, 두예(杜預)가 '실여현경(室如懸罄)'을 풀이하기를 "여(如)는 이(而)이니, 집안에 식량이 다 바닥난 것이다."라고 하였다.

苟圖之可使公不食其祉乎

사람이 미처 못하면 하늘이 반드시 몰래 복을 내리는 법
人之未遑天必陰隲

예로부터 이러한 이치 있으니 自昔有此理

복이 더디고 빠른 것을 말할 필요 무어 있으랴 曷云遲速

내가 공의 자손들에게 맹세하노라 余於公子孫矢之

호산 처사 정공 묘표[57]

湖山處士鄭公墓表

내가 벼슬하면서 거쳐간 지역이 거의 나라의 반이 되는데 그 중에 호남에서 가장 오래 있으면서 문장에 능하다고 이름난 이들을 다 교제하였으므로 고가(故家) 선헌(先獻)의 일사(軼事)와 이문(異聞)에 대해 그 실마리를 조금 알게 되었다. 호남 처사 정공 경득(鄭公慶得)으로 말하면 만난 시대가 특별히 기구하고 인품이 특별히 고결하여 이른바 "진(秦)나라와 초(楚)나라를 위해 절개를 변치 않고 호(胡)와 월(越)을 위해 용모를 바꾸지 않는다."[58]는 것에 가깝다.

내가 비록 감히 외사(外史)로 자처하지는 않지만 삼가 붓을 준비해 다니면서 그 일을 기록하여 남사씨(南史氏 사관(史官))의 궐문(闕文)을

57 【작품해제】 임진왜란 때 절개를 지킨 정경득(鄭慶得, 1569~1630)의 묘표이다. 정경득의 자는 자하(子賀), 본관은 진주(晉州)이다. 정유재란 때 호남 일대에 왜적이 침입하자 일가족이 배를 타고 피난 가다가 칠산(七山) 앞바다에서 왜선을 만나 부녀자들은 모두 투신하여 죽고 자신은 일본에 끌려갔다. 포로 신세로 있으면서도 망궐단(望闕壇)·망향단(望鄉壇)·망해단(望海壇)을 만들어 임금과 부친, 투신해 죽은 모친을 갈망하니, 감동한 왜인들이 귀국을 허락해주었다. 정경득의 후손 정지룡(鄭之龍)의 청으로 이 묘표를 지었는데, 저작 시기는 저자가 광주 목사를 지낸 1796년 이후로 보인다. 저자는 평소 재야 사관(史官)의 마음가짐을 품고 있었으므로 특별히 기구한 운명 속에 고상하게 처신하여 후한 품평을 받는 정경득을 기록하지 않을 수 없다고 하였다.

58 진(秦)나라와……않는다 : 《회남자(淮南子)》 권9 〈주술훈(主術訓)〉에, 저울과 자는 한번 정해지면 변치 않아서 진나라와 초나라 때문에 절개를 바꾸지 않고, 호와 월 때문에 용모를 고치지 않아, 한결같고 삿되지 않으며 방정히 운행하고 흘러가지 않아서 하루에 본보기가 되고 만대에 전해진다." 하였다.

보충하는 데에 뜻이 있었다. 지금 공의 후손 지룡(之龍)이 공의 행장을 가지고 와 공의 묘도문자(墓道文字)를 청하니, 아 이는 나의 뜻이기에 사양하지 않고 다음과 같이 서문을 쓴다.

공의 자는 자하(子賀)이다. 진주 정씨(晉州鄭氏)는 고려에서 대제학을 지낸 수(需)를 비조로 삼는다. 우리 조선에 들어와 휘 함도(咸道)가 함종 현령(咸從縣令)을 지내고 처음으로 함평(咸平)에 거주하였는데, 이 뒤로 대대로 벼슬하는 이들이 이어졌다. 시흥 찰방(時興察訪) 휘 윤석(崙石)에 이르러 학행으로 이름났으니, 바로 공의 고조이다. 증조 휘 신(伸)은 부장(部將)을 지냈고, 조부 휘 종필(宗弼)은 장례원 사평(掌隷院司評)을 지냈고, 부친 휘 함일(咸一)은 청엄 찰방(青嚴察訪)을 지냈다. 모친 함풍 이씨(咸豐李氏)는 진사 복(輻)의 딸로 이조 판서 춘수(春秀)의 6세손이다.

공은 태어나면서부터 도량이 넓고 중후하였으며 위의(威儀)가 의젓하여 성인과 같았다. 성장해서는 시킬 필요도 없이 스스로 학문에 힘을 쏟아 입으로 외는 것은 정업(定業)이 있고 마음을 쓰는 것은 정분(定分)이 있어서 일상생활에서 차근차근 지켜 나갔으며, 세상을 떠들썩하게 만들고 총애를 얻는 도구인 시문(詩文)과 과문(科文) 따위에는 모두 무관심하였다. 향리(鄕里) 사람들이 본보기로 삼고 모두 나라의 큰 인재가 되리라 기대하였다.

만력(萬曆) 정유년(1597, 선조30)에 왜적이 호남 지역을 유린하여 일대가 소란하였다. 찰방공(察訪公)이 식솔을 이끌고 배를 타고 서쪽으로 피난 가다가 칠산(七山) 앞바다에 이르러 갑자기 왜선을 만나 무슨 화를 당할지 예측할 수 없게 되자 공의 모친과 처, 제수, 누이동생네 부녀자는 의리상 욕을 볼 수 없어 선후로 스스로 바다에 몸을 던졌다. 사후에 모두 정려(旌閭)되었으니, 그 사실이 《속삼강행실(續三綱行實)》에 실려 있다.

공은 효자로서 평소 부모를 섬길 때 맛있는 음식으로 봉양하고 마음을 헤아려 맞춰드리는 일에 성력(誠力)을 다하여, 부지런히 효도하여 수고로움을 잊는다는 《시경》 〈백화(白華)〉 편의 칭찬을 받았다.[59] 이에 이르러 갑작스레 변을 당하자 하늘에 울부짖으며 모친을 따라 죽으려 하였는데, 찰방공이 안고 버틴 덕분에 죽음을 면하였다.

사로잡힌 뒤에 압해도(押海島)에 이르러 공이 밤낮으로 슬피 울면서 부친의 목숨을 살려주기를 청원하니, 왜적도 공의 효성에 감동하여 찰방공의 방환을 허락하였다. 이별하는 자리에서 찰방공이 공의 손을 잡고 "부디 가벼이 죽지 말고, 조만간 살아 돌아와 네 아비를 보거라. 그런 뒤에야 네가 비로소 진짜 효자가 되리라." 하니, 공이 곧 울음을 삼키며 명을 받들었다.

왜적을 따라가 일본 남해도(南海道) 아파주(阿波州)에서 포로의 신세로 살았는데, 아파주는 왜추(倭酋) 가정(家政)의 식읍(食邑)이었다. 공의 노비 덕용(德用)과 여금(汝金)이 먼저 사로잡혀와 이 주에 있었으므로 공이 왜인에게 요청하여 그들로 하여금 나무하고 물 긷는 일을 대신하게 하였다.

사는 곳 뒤쪽에 세 단(壇)을 설치하고 표지하기를 '망궐단(望闕壇)·망향단(望鄕壇)·망해단(望海壇)'이라 하였는데, 대궐을 바라보며 나라를 근심하는 충정을 펴고, 고향을 바라보며 부친을 그리워하는

59 부지런히……받았다 : 《시경》 〈백화(白華)〉는 어버이를 잘 봉양하자고 효자가 서로 경계하는 시인데, 가사는 없어지고 그 뜻만 전해지고 있다.

정을 의탁하고, 바다를 바라보며 억울하게 돌아가신 모친을 애통해하는 마음을 담으려는 것이었다. 매 절기와 초하루, 보름마다 단 아래에 나아가 곡하니, 파도 소리에 섞여 오열하는 소리가 이어졌다. 이것을 본 왜인들이 감동하여 눈물을 흘렸다.

당시 붙잡혀와 살고 있던 우리나라 사람들은 누구나 왜인을 위해 일을 해주고 구차히 의식(衣食)을 도움 받았다. 어떤 이가 이것을 공에게 강권하자, 공이 거절하면서 "죽으면 죽었지 내가 어찌 차마 원수를 위해 일하겠는가?" 하였다.

왜인이 소나무를 그린 부채에다 시를 써달라고 공에게 부탁하니, 공이 붓을 휘둘러 쓰기를 "바람 서리에도 변치 않는 절개 지니고, 어찌 진나라 벼슬을 받았는가.〔風霜晩翠節, 底事受秦官.〕"[60] 하였다. 이에 왜추(倭酋) 가정(家政)이 공이 끝내 뜻을 꺾지 않을 줄 알고 또 공이 특출한 효성으로 부친을 그리워하여 눈물짓지 않는 날이 없는 것을 보고는 무술년(1598) 12월에 공의 귀국을 허락해주니, 유정(惟正 사명대사)이 쇄환(刷還)하기 전이었다.

이에 앞서 하동인(河東人) 주현남(朱顯男), 진주인(晉州人) 하천극(河天極)·정수명(鄭守命), 전주인(全州人) 유오(柳澳)·유여굉(柳汝宏), 나주인(羅州人) 임득제(林得悌), 담양인(潭陽人) 이승상(李承祥) 및 공의 족인(族人) 정호인(鄭好仁)·정호례(鄭好禮)가 모두 공과

60 어찌……받았는가 : 진(秦)나라에서 태산(泰山)의 소나무를 오대부(五大夫)로 봉해주었는데, 오대부는 진나라 때의 제9등급의 작위라고 한다.《疑耀 卷6 五大夫松》 진나라는 오랑캐의 대명사이므로 이를 빗대어 자신은 오랑캐인 왜에게 협조하지 않겠다는 지조를 나타내었다.

함께 붙잡혀왔는데, 공이 차마 혼자 돌아갈 수 없어서 아파수(阿波守) 및 왜관(倭官) 도전사랑(稻田四郎)에게 편지를 보내 그들과 함께 귀국하게 해달라고 청하였다.

돌아오다가 대마도(對馬島)에 이르러 또다시 도주(島主)에게 붙잡혀 한 해 동안 억류되었다. 도주의 모주승(謀主僧) 현소(玄蘇)에게 편지를 보내 귀국을 요청하자, 현소가 답장에 "종전에 도주께 그대의 사정을 말씀드렸더니, 도주께서 '가객(佳客)의 말이 참으로 이치에 맞으니 쾌속선을 보내 송환하라.' 하였으니, 우선 안심하고 짐을 꾸려 기다리시오." 하였다. 며칠 뒤에 과연 귀국을 허락해주어 기해년(1599, 선조32) 9월 부산(釜山)에 도착하였다.

공이 적세(賊勢)의 강약과 지형의 요해(要害)에 대해 직접 보고 들은 것을 낱낱이 진술한 수천 자의 상소를 임득제에게 대신 올리게 하였으나, 조정에서는 끝내 살피지 않았다. 향리로 돌아온 뒤에 모친상에 추복(追服)하여 슬퍼하고 몸을 상한 것이 예제(禮制)보다 더하였고, 찰방공을 섬겨 천수를 다 누리게 하였다.

만년에 무오년(1618, 광해군10)의 난을 만나[61] 호남의 당인(黨人)들이 향교에 떼 지어 모여 흉소(凶疏)를 지어 올리려고 하였는데, 공이 비분강개하여 앞장서서 본수(本倅) 박공 정원(朴公鼎元)에게 들어가 당인(黨人)을 경외로 몰아내라고 하였다.[62] 사람들이 큰 화를 당할까

61 만년에……만나 : 인목대비(仁穆大妃)의 폐출을 둘러싸고 벌어진 정쟁을 말한다. 대비의 폐출에 반대하는 것을 볼 때 정경득은 서인(西人)으로 짐작된다.

62 호남의……하였다 : 1618년(광해군10) 이해(李垓) 등이 전라도 영광(靈光)에서 인목대비를 폐위하자는 상소를 올리려고 모였는데 함평 현감 박정원(朴鼎元)이 제지하고 다른 고을로 내쫓았다. 이후 박정원은 사간원의 탄핵으로 사판(仕版)에서 삭제되었

많이 두려워하였으나, 공은 조금도 흔들리지 않고 "명의(名義)가 걸린 일에 생사를 따지겠는가." 하였다. 당인이 이를 갈면서 상소하여 공을 적신(賊臣)과 반민(叛民)이라고 무고하니, 공에게 10년 동안 과거 응시를 불허하였다.

공이 이 뒤로 문을 닫고 찾아오는 사람을 물리친 채 적막한 강가에서 채소와 대나무를 가꾸며 집안일을 끊어버리고 늙어갔는데, 사람들이 공을 한겨울의 외로운 소나무와 해묵은 밭의 국화가 맑은 의표와 굳은 절개를 지녀 함부로 완미할 수 없는 것에 견주었다. 어쩌면 조물주가 공의 행적을 일부러 기구하게 만들어 시종일관 빛나는 절조를 드러냄으로써 먼 후대 사람들이 감동하고 흠앙하는 생각을 일으키게 하려 한 것은 아닌지 모르겠다. 아 슬프다!

공은 융경(隆慶) 3년 기사년(1569, 선조2)에 태어나 숭정(崇禎) 3년 경오년(1630, 인조8)에 돌아가셨다. 임종 때 자손들에게 이르기를 "만 번 죽어도 시원찮을 내가 지금까지 살아 있는 것이 어찌 스스로 기약해서이겠는가. 다만 팔자가 곤궁하여 효도하려는 소원을 다 이루지 못했고 시대가 불행하여 성상께 충정을 바치지 못했으니, 이 한이 끝이 없어 눈을 감을 수 없구나. 너희는 기억하여라." 하였다. 말을 마치자 돌아가시니, 향년 62세였다. 함평(咸平) 월악면(月嶽面) 전하산(田荷山) 갑좌(甲坐)의 언덕에 장사 지냈다.

전 부인 순천 박씨(順天朴氏)는 통덕랑(通德郎) 언침(彦琛)의 딸로 정유년에 칠산에서 순절하였고, 후 부인 풍산 홍씨(豐山洪氏)는 주부(主簿) 민언(民彦)의 딸로 공의 묘 왼쪽에 예법대로 합장하였다.

다.《국역 광해군일기 중초본 10년 5월 13일, 6월 3일》

공은 5남 3녀를 두었다. 장남 색(穡)과 장녀 이순민(李舜民)의 처는 전 부인 소생이고, 차남 온(穩), 삼남 평(秤), 사남 능(稜), 오남 서(稰), 차녀 유두(柳枓)의 처, 삼녀 조위(曺煒)의 처는 후 부인 소생이다. 손자와 증손 밑으로는 많아서 다 기록하지 않지만, 명절(名節)을 지닌 인물과 벼슬한 인물이 대대로 이어져서 지금 호남의 망족(望族)으로 일컬어지고 있다. 하늘이 공에게 보답하는 것이 어쩌면 여기에 있어서 사필(史筆)을 잡은 자의 울분과 불평한 마음을 달래기에 족한 것인지도 모르겠다. 그러나 사씨(史氏)가 입전(立傳)할 때는 반드시 묘도문자에서 징험하고 논찬(論贊)의 품제(品題)로 말하면 또 반드시 명을 지어 묘표를 마치는 것이니, 어찌 명을 짓지 않겠는가. 그리하여 다음과 같이 명을 붙인다.

종을 치고 경쇠를 두드리는 것은	搥鍾擊磬
소리를 내기 위해서이고	所以發其聲也
창초를 삶고 향풀을 태우는 것은	煮鬯燒薰
향기를 내기 위해서라네	所以揚其馨也
누가 대신 하늘에 물어볼까	誰爲天問
사람들의 불평이 불어나네	滋人之不平
〈남해〉의 깨끗함이여[63]	南陔之潔
효성이 천하를 감동시켰고	孝感于寰瀛

63 남해(南陔)의 깨끗함이여 : 〈남해〉는 《시경》의 편명으로 가사는 없고 악곡만 전해졌다고 한다. 모서(毛序)에 효자가 서로 봉양을 잘하자고 다짐하는 시라고 하였다. 정경득의 효성을 말하기 위해 인용하였다.

〈북문〉의 근심이여	北門之憂
의리가 고래를 두렵게 하였네[64]	義讐乎吼鯨
공의 진면모를	公之爲公
부귀와 복록의 영화로움으로 말하랴	曾富貴福澤之尊榮云乎哉
조물주가 사람에 대해	造物之於人
유능한 장사치가 이익을 남기는 것 같아서	如良賈之操奇贏
명을 기구하게 하면 이름을 드러나게 하고	畸於命則伸於名
후손을 번창하게 하면 생전에 좌절되게 하네	昌於後則詘於生
전하산의 언덕에	田荷之邱
풀이 수북한 묘가 있으니	有鬱其塋
먼 후대에 선을 게을리하는 자들이	百世之怠於善者
오히려 이 명을 보고 권면되리라	尙勸諸此銘

64 북문(北門)의……하였네 : 〈북문〉은 《시경》 패풍(邶風)에 보인다. 모서(毛序)에 벼슬하고 싶으나 뜻을 얻지 못함을 풍자한 시라고 하였다. 정경득이 벼슬하여 나라에 보답하려 하였으나 여의치 않았음을 말한다. 고래는 흉한 무리들을 상징한다.

종제 경박 묘지명[65]

從弟景博墓誌銘

장단(長湍) 관아 동쪽 10리 월봉산(月峯山) 아래 간좌(艮坐)의 언덕은 우리 선왕 정종(正宗 정조(正祖))의 정책대신(定策大臣) 충문 서공(忠文徐公)의 묘이고, 그 묘소[66] 아래 몇 보(步) 거리의 불룩 솟은 곳은 공의 사자(嗣子) 현령군(縣令君)의 묘이다.

군의 이름은 노수(潞修)이고 자는 경박(景博)이며 본관은 달성(達城)이다. 충문공(忠文公)의 사촌 아우 목사(牧使) 휘 명민(命敏)의 둘째 아들로서 공의 후사가 되었다. 충문공의 휘는 명선(命善)이니 벼슬이 의정부 영의정에 이르렀고, 모친은 강릉 김씨(江陵金氏)이니 목사(牧使) 시희(始熺)의 딸이다.

군은 태어나면서부터 용모가 단정하고 깔끔하여 옥수(玉樹)가 미풍을 만난 듯하였으니, 또렷하게 잘생긴 대장부였다. 성장해서는 가정에서 가르침을 받아 자제로서의 허물이 없었다. 나에게 와서 글을 읽으면서부터 비로소 명물학(名物學)과 고증학(考證學)에 뜻을 두어 양승암

65 【작품해제】 저자의 사촌 아우 서노수(徐潞修, 1766~1802)의 묘지명이다. 서노수는 서명선(徐命善)의 사촌 아우 서명민(徐命敏)의 아들로서, 서명선의 양자가 되었다. 저자의 영향을 받아 고증학(考證學)에 관심을 두었고, 음직으로 고을 수령을 지내는 동안 아전들도 감탄할 만큼의 업무 능력을 보여주었으나, 겨우 37세에 죽었다. 영의정을 지낸 서명선의 후사로서는 초라한 행적이었다. 저자는 서명선이 덕행을 쌓았으니, 그 복록이 서노수의 어린 아들 서유정(徐有楨)에게 돌아가기를 기대하는 것으로 마무리하였다.

66 묘소 : 원문 절벽(折壁)은 묘의 별칭이다.

(楊升菴)[67]과 주죽타(朱竹垞)[68]의 유자(儒者) 된 면모를 늘 좋아하였다. 그 뒤 세상일에 분주하여 마음먹은 일을 못하게 되자 가는 곳마다 발 드리운 누각과 비단 궤안에서 향을 사르고 바닥을 쓸고서 시를 읊고 글씨를 쓰며 글재주를 조금이나마 드러내니, 남긴 시문들이 종종 사람들에게 칭찬을 받았으나[69] 군이 원하는 것은 이에 있지 않았다. 그러나 끝내 또한 이룬 것이 없으니 명인가 보다.

일찍이 정묘(正廟)께서 충문공이 사력을 다해 사직을 보위한 공을 생각하여 공에 대한 보답이 미진함으로 후손에게 보답함으로써 그 세대를 길이 보전해주려고 하였다. 매번 관학(館學)의 재임(齋任)을 인견(引見)하여 경학과 문사(文詞)를 직접 시험할 때마다 성상께서 늘 군에게 기대가 된다며 권면하였다. 군이 여러 번 거의 급제할 뻔하였으나 끝내 급제하지 못했으니 또한 명인가 보다.

67 양승암(楊升菴) : 양신(楊愼, 1488~1559)을 말한다. 승암은 그의 호이다. 자는 용수(用修), 사천(四川) 신도(新都) 사람이다. 정덕(正德) 6년(1511)에 장원급제하였다. 1524년 계악(桂萼) 등이 등용될 때 동지 36명과 함께 가정제(嘉靖帝)에게 반대 의견을 직간하다가 곤장을 맞고 운남성(雲南省) 영창(永昌)에 유배되었다. 오랜 유배 기간 동안 독서와 저술에 몰두하여 학자로서의 명성을 쌓았다. 경학과 시문에 탁월하였으며 박학하기로 소문이 났다. 저작이 100여 종에 달하는데, 후인들이 요체만을 모아 《승암집(升菴集)》 81권, 《승암유집(升菴遺集)》 26권을 엮었다.

68 주죽타(朱竹垞) : 주이준(朱彝尊, 1629~1709)을 말한다. 청 수수인(秀水人)으로, 자는 석창(錫鬯), 호는 죽타이다. 청대 대표적인 고증학자로 금석문에도 조예가 깊었으며, 저서에 《폭서정전집(曝書亭全集)》이 있다.

69 남긴……받았으나 : 원문 잔고잉복(殘膏賸馥)은 남은 기름과 향기란 뜻이다. 《신당서(新唐書)》 〈문예전 상(文藝傳上) 두보찬(杜甫贊)〉에 "다른 사람은 부족하지만 두보(杜甫)는 넉넉하여 그 잔고잉복이 후인들에게 많은 은택을 끼쳤다." 하였다.

군은 충문공의 임자은(任子恩)[70]으로 처음 출사하여 원릉 참봉(元陵參奉)이 되었다가 이내 그 직책을 버린 뒤 경술년(1790, 정조14) 사마시에 합격하여 사옹원 주부(司饔院主簿)에 고속으로 승진하였고 공조와 형조의 좌랑과 정랑, 홍릉(弘陵)과 경모궁(景慕宮)의 영(令), 사헌부 감찰을 역임하였으며, 영양 현감(英陽縣監)으로 나가 몇 년 재임하다가 내직으로 들어와 중부 영(中部令)이 되었고, 또 용강 현령(龍岡縣令)으로 나갔다가 벼슬이 그쳤다.

군이 고을을 다스릴 때 기민(機敏)하고 지모(智謀)가 있어 쌓인 안건을 정리하고 숙폐(宿弊)를 제거하였으며, 어지럽게 얽힌 복잡한 일들을 뿔송곳으로 풀고 옥결(玉玦)로 결단하듯[71] 수월하게 해결하니, 실무에 노회한 아전들이 곁에서 흘겨보며 혀만 차고 감히 젊은 귀공자라고 하여 가벼이 보지 못하였다. 군은 입언(立言)과 입공(立功)에 하나도 뜻을 이루지 못하였으니 궁도(窮途)의 통곡[72]을 끝내 면치 못하였고, 정무에 부지런히 힘썼으나 이 또한 그 재능을 다 펴지 못하였다.

70 임자은(任子恩) : 나라에 공로가 큰 사람의 아들을 관직에 등용하는 은전으로, 음직(蔭職)을 말한다.

71 옥결(玉玦)로 결단하듯 : 막힘없이 일 처리를 하는 것을 말한다. 옥결은 몸에 차는 옥의 일종으로, 한쪽이 터진 고리 형태이다. 옛사람은 옥결로 결단의 뜻을 나타내었는데, 이는 결(玦)과 결(決)의 음이 같기 때문이다. 《사기(史記)》 〈항우본기(項羽本紀)〉에 "범증(范增)이 항왕(項王)에게 자주 눈짓을 주면서 차고 있던 옥결을 세 번이나 들어 보였다." 하였는데, 이는 결단을 재촉한 의미이다.

72 궁도(窮途)의 통곡 : 막다른 길에서 통곡한다는 뜻으로, 삼국 시대 위(魏)나라 완적(阮籍)이 울분을 달래려고 혼자 수레를 타고 나갔다가 길이 막히면 문득 통곡하고 돌아왔다고 하는데, 보통 곤경에 떨어져서 희망이 전무한 상태를 비유하는 말로 쓰인다. 《晉書 卷49 阮籍列傳》

아, 군의 명이 어찌 이렇게 끝났단 말인가! 충문공의 세대가 갑자기 보답을 누리지 못하고 만단 말인가!

군은 병술년(1766, 영조42)에 태어나 임술년(1802, 순조2)에 죽었으니, 겨우 37세였다. 초취(初娶)는 참판 이경양(李敬養)의 딸인데 자식을 두지 못했고, 재취는 사인(士人) 이학겸(李學謙)의 딸인데 아들 유정(有楨)을 낳았으니, 유정은 지금 9세이다. 옛말에 '덕행을 수립하여 커지기를 힘쓴 자에게는 반드시 효험이 나타난다.' 하였으니, 나는 충문공의 일로 인해 크게 기대하지 않을 수 없다.

군을 장사 지낼 때 군의 아우 기수(淇修)가 눈물을 흘리며 나에게 말하기를 "형님의 문장은 우리 형님께서 애호하던 것입니다. 살아서 이미 이에 종사했으니, 죽어선들 어찌 정이 없겠습니까. 형님께서 어찌 명을 짓지 않을 수 있겠습니까." 하기에, 내가 "지어주겠네." 하였다. 경박은 나에게 배운 사람이니, 내가 아니면 누가 경박의 명을 짓겠는가. 그러나 나는 풍파를 겪은 백성으로 죽기를 바라나 죽지 못하였고 지금 또 종이를 잡고 이 명을 지으매 그 인재와 세상사의 성쇠에 대해 누차 붓을 멈추고 장탄식을 하게 되니, 슬프다! 명은 다음과 같다.

옥이 부서지면 창벽을 보배로 삼고	玉則碎而蒼璧爲寶
목란이 꺾이면 쓸모없는 나무를 기르지	蘭則摧而液樠者抱
물건에는 본래 그러함이 있지만	物固有然矣
하늘의 뜻인데야 인력으로 어이하리	人於天何哉
산중의 허름한 집에 살며	空山老屋
생전에 위로를 받지 못하였지	視不受拊

내가 그 뜻을 슬퍼하여	我悲其志
사전의 준비에 힘쓰기를 바란다네	尙庶勉于綢繆之桑土

서원 한군 묘지명[73]

西原韓君墓誌銘

개장(改葬)은 태고의 제도가 아니라 노(魯)나라에서 혜공(惠公)을 장사 지낸 데서 비롯하였으니, 혜공의 아들이 어려서 장례에 빠트린 예법이 있었기 때문이다.[74] 그러나 소소(蘇韶)가 망산(芒山)을 좋아하여 그 아들에게 편지를 보냈고[75] 자장(子將)이 창문(閶門)[76]을 싫어

73 【작품해제】 규장각 사권(司卷) 한명혁(韓命奕)의 부탁으로 지은 그 부친 한도영(韓道永, 1760~1775)의 묘지명이다. 한명혁이 정조(正祖) 때 합문 지후(閤門祗候)로서 임금과 신하 사이에 오가는 문서를 전달하는 일을 담당하여 저자와 친분이 있었다. 한도영이 16세에 요절했을 당시 한명혁이 너무 어려 장례를 돌볼 수 없었으므로, 개장에 맞춰 부탁한 이 묘지명에다 고사를 들어 개장의 당위성을 말하였다. 저작 시기는 미상이나 정조를 선왕으로 지칭한 것으로 보아 1800년 이후로 보인다.

74 개장(改葬)은……때문이다 : 《춘추좌씨전》 노 은공(魯隱公) 원년 조에 "노 혜공이 죽었을 때, 송나라와 전쟁 중이었고 태자가 어렸기 때문에 장례에 빠트린 절차가 많았으므로 개장하였다.〔惠公之薨也, 有宋師, 大子少, 葬故有闕, 是以改葬.〕"라고 하였다.

75 소소(蘇韶)가……보냈고 : 소소는 진(晉)나라 안평(安平) 사람으로 중모령(中牟令)을 지냈다. 죽은 뒤 대낮에 말을 타고 아홉째 아들 소절(蘇節)을 찾아와 "나는 개장(改葬)을 바란다." 하고는 글을 써서 소절에게 주었는데, 그 내용에 "나는 천성이 경락(京洛)을 좋아하여 매번 오가며 망산(芒山)을 바라보았으니, 참으로 즐겁도다. 이 망산은 만대를 누릴 터전이다. 북쪽으로 맹진(孟津)의 넘실대는 강을 등지고 남쪽으로 천읍(天邑)의 성대함을 바라본다. 이 뜻을 비록 아직 말하지 못했으나 마음에 새기고 있었는데, 갑자기 죽어 품은 뜻을 이루지 못할 줄 몰랐구나. 앞으로 10월에 서둘러 개장하는 것이 좋으리니, 수 무(畝)의 땅을 사면 만족하리라." 하였다.

76 창문(閶門) : 강소성(江蘇省) 소주(蘇州)의 서문(西門)인데, 오왕(吳王) 합려(闔閭)가 세운 것이다. 창문의 밖에는 동서로 가로지른 호수가 있는데, 수천 그루의 버들이

하여 태수에게 개장을 요구하였으니, 신이 알려준 것이다. 효자(孝子)와 인인(仁人)이 그 부모의 장례를 검소하게 치르려고 하지 않는 것이 어찌 예(禮)가 없는 일이겠는가. 하물며 아들이 어려서일 뿐만 아니라 그때는 아직 뒤를 이을 아들을 세우기 전이었고, 장례의 예절에 빠뜨린 것이 있었을 뿐만 아니라 예법대로 묻지도 못했음에랴? 그렇다면 아들을 둔 데다 할 수도 있고 재물도 있게 되어서는 땅을 물색하여 묏자리를 잡아 빠트린 예법을 보완하는 것이니, 그런 뒤에야 사람 마음에 미진함이 없게 된다는 것이다. 이것을 예(禮)라고 할 수 없겠는가? 그러므로 《의례(儀禮)》에 "개장할 때 시마복을 입는데, 부모의 개장이 아니면 복을 입지 않는다."[77] 하였으니, 이 뜻이다.

규장각 사권(司卷) 한군 명혁(韓君命奕)이 적성(積城) 독포(纛浦) 부신(負辛)의 언덕에 그 부모를 개장하고 행장을 가지고 와 나에게 명을 지어달라고 청하였다. 옛날에 우리 선왕께서 재위하실 때 한군이 일찍이 합문 지후(閤門祗候)로서 신하에게 내리는 성상의 글과 신하가 성상의 물음에 답하는 글이 있으면 한군이 실로 출납을 담당하였다. 이 때문에 나와 오랜 친분이 있었으니, 지금 어찌 차마 사양하겠는가. 이에 서문을 쓰고 명(銘)을 짓는다.

서문은 다음과 같다. 서원(西原) 한군(韓君)은 이름이 도영(道永)이고 자가 성보(聖甫)이니, 장원서 별제(掌苑署別提) 희윤(希胤)의 5세손이다. 고조 상흥(相興)은 군자감 정(軍資監正)에 추증되었고, 증조 문기(文起)는 형조 참의에 추증되었으며, 조부 태웅(泰雄)은 형조 참

절경을 이루었다고 한다.

77 부모의……않는다 : 《의례(儀禮)》 〈상복(喪服)〉에 보인다.

판에 추증되었고, 부친 경유(景愈)는 동지중추부사이다. 모친 김해 김씨(金海金氏)는 학생 학인(學仁)의 딸이다. 아들 셋을 두었는데 군은 막내이다.

군은 영종(英宗) 경진년(1760, 영조36) 2월 26일에 태어나 을미년(1775, 영조51) 7월 24일에 죽었으니, 나이가 겨우 16세였다. 군은 안으로는 자상하고 밖으로는 너그러웠으며 어려서 요절할 상이 없었다. 성장해서는 문장을 익혀 영민하게 노력하여 그 가문을 크게 빛낼 듯하였는데, 결국 일찍 죽었으니 명이라고 하겠다.

부인 덕수 장씨(德水張氏)는 동지중추부사 진숭(鎭嵩)의 딸이니, 성품이 엄격하고 법도가 있었으며 몸가짐을 잘하고 집안을 잘 다스려 육친(六親)으로부터 추앙을 받았다. 유복자가 있었는데 어릴 적에 죽어서 중방(仲房) 도명(道明)의 아들을 데려와 아들로 삼았으니, 바로 명혁이다. 아들을 두지 못하다가 양자를 들여 사랑하고 애쓰면서 키워 마침내 그 가문을 성립시킨 것은 모두 부인의 힘이라고 한다. 45세이던 신유년(1801, 순조1) 7월 13일에 죽었고, 군의 묘 왼쪽에 예법대로 합장하였다. 명은 다음과 같다.

풀이 수북한 새 무덤의	每每新原
봉분이 불룩하네	睪如皐如
이것이 누구의 묘인가	伊誰云藏
아름다운 쌍분이로다	有美雙珠
예천이 나오지 않으면	非出醴泉
반드시 영지가 나리라	必産靈芝
땅과 사람이 만나	地與人遇

하늘의 복이 모였네	鍾天之釐
행적을 새긴 빗돌은	舊史鑱銘
겁석처럼 닳지 않으리니[78]	劫石不磷
그대를 번창하게 하리라	俾爾昌熾
자자손손 대대로	子子孫孫

78 겁석처럼 닳지 않으리니 : 겁석(劫石)은 부처가 겁(劫)의 뜻을 설명하기 위해 비유한 사방 40리(里) 되는 석산(石山)으로, 100년마다 사람이 한 번씩 와서 옷깃을 살짝 스치기만 하여 그 석산이 다 닳아 없어지는 기간이 1겁(劫)이라 한다.《高僧傳 譯經上 竺法蘭》

조고 문민공 부군 묘지 추기[79] 대작
祖考文敏公府君墓誌追記 代

선군자(先君子) 묘의 묘지(墓誌)를 임오 연간(1762, 영조38)에 광(壙) 오른쪽에 도자기를 구워 묻었는데, 그 뒤에 추증이 누차 더해지고 자손이 더욱 번성하여 추서(追書)하지 않을 수 없기에 삼가 아래와 같이 서술한다. 영종(英宗) 계사년(1773, 영조49)에 불초[80]가 판의금부사(判義禁府事)가 되자 추은(推恩)하여 공을 의정부 좌찬성에, 모친을 정경부인(貞敬夫人)에 추증하였다.

을미년(1775, 영조51)에 영종께서 오래도록 환후가 있으셔서 금상(今上 정조)께 명하여 기무(機務)를 나누어 처리하게 하니 흉악한 무리들이 온갖 계략으로 저지하여 나라의 형세가 풍전등화처럼 위태로웠다. 명선(命善)이 상소하여 흉악한 무리들이 멋대로 농간을 부리는 정상을 논박하자 이에 영종이 드디어 대리청정을 결정하고 명선에게 두 품계를 가자(加資)해주셨고, 이윽고 또 공의 충심을 생각하여 친히 제문을 짓고 사제(賜祭)하여 포상하였다.

79 【작품해제】 저자의 조부 서종옥(徐宗玉, 1688~1745)의 묘지에 추가로 기록한 글로, 부친 서명응(徐命膺)을 대신하여 지었다. 글 내용은 부친의 시각에서 기술하였으나, 제목에는 조고(祖考)라고 되어 있어 헷갈린다. 서종옥의 아들 서명선(徐命善)이 정조의 등극에 절대적인 공을 세우고 영의정에 올라 서종옥이 영의정에 추증되었고, 그사이 후손들이 많이 불어났으므로 추가로 기록하게 되었다. 저작 시기는 1777년 이후이다.

80 불초 : 서명응이다.

정유년(1777, 정조1)에 명선이 정승에 오르자 추은(推恩)하여 공을 의정부 영의정에 추증하였으니, 이는 포증(褒贈)을 추서(追書)하지 않을 수 없는 까닭이다.

불초는 판중추부사로서 치사(致仕)하였고, 명선은 문과에 급제하여 의정부 영의정이 되었고, 이휘중(李徽中 서종옥의 사위)은 공조 참판이 되었다. 호수(浩修)는 문과에 급제하여 이조 판서가 되었고, 형수(瀅修)는 문과에 급제하여 승정원 우승지가 되었고, 불초의 계자(繼子) 철수(澈修)는 진사로서 상서원 부직장(尙瑞院副直長)이 되었다. 불초의 두 딸은 이재진(李宰鎭), 송위재(宋偉載)에게 시집갔다. 의정(議政 서명선(徐命善))의 계자(繼子)는 노수(潞修)이고, 딸은 정랑(正郎) 이만수(李晩秀)에게 시집갔다. 참판(이휘중)의 아들 의봉(義鳳)은 문과에 급제하여 홍문관 교리가 되었고, 의준(義駿)은 문과에 급제하여 시강원 설서(侍講院說書)가 되었고, 딸은 진사 윤광렴(尹光廉)에게 시집갔다.

호수는 4남 2녀를 두었는데, 아들 유본(有本)과 유구(有榘)는 모두 생원이고 딸은 정상의(鄭尙毅)에게 시집갔고 나머지는 어리다. 유구는 철수(澈修)의 후사가 되었다. 형수는 3남 2녀를 두었는데 아들은 유경(有檠)이고 나머지는 어리다. 박상한(朴相漢 서명응의 사위)의 아들 시수(蓍壽)는 문과에 급제하여 승문원 부정자(承文院副正字)가 되었다. 내외 증손과 현손이 20여 명이니, 이는 자손을 추서하지 않을 수 없는 까닭이다.

선고 경재 부군 묘지 추기[81]

先考絅齋府君墓誌追記

당초 부군(府君)을 금릉(金陵)에 임시로 장사 지냈을 때 충효공(忠孝公)[82]이 묘표(墓表)를 지었으나, 임시로 장사 지냈기 때문에 빗돌에 새겨 세우지는 않았다. 금상(今上) 기해년(1779, 정조3)에 불초(不肖)가 금릉 서남쪽 10리 광명촌(廣明村) 간좌(艮坐)의 언덕에 다시 묏자리를 잡아 부군의 무덤을 옮겨 장사 지냈다. 판추공(判樞公 서명응(徐命膺))께서 충효공이 지은 묘표에다가 명(銘)을 붙이니, 부군의 지행(志行)의 대강이 후대에 거의 드러나게 되었으나 묘지문(墓誌文)만은 아직 맡긴 곳이 없었다. 불초가 세월이 흐를수록 징험할 수 없게 될까 두려워서 마침내 충효공이 지은 묘표를 바탕으로 도자기로 구워[83] 묘지(墓誌)를 만들고 또 감히 그 표문(表文)에 미비한 것을 이와 같이 사사로이 서술하였다.

서씨(徐氏)는 고려에서 군기시 소윤(軍器寺少尹)을 지낸 휘 한(閈)을 비조로 삼는다. 우리나라에 들어와 벼슬한 분들이 이어졌는데, 판중추부사 충숙공(忠肅公) 휘 성(渻)에 이르러 더욱 크게 창성하였으니 부군(府君)에게 5세조가 된다. 고조 휘 경주(景霌)는 선조(宣祖)의 부

81 【작품해제】 저자의 양부(養父) 서명성(徐命誠)의 묘지를 만들면서 묘표에 빠진 내용을 추가로 기록한 것이다. 1779년 이후의 작품이다.

82 충효공(忠孝公) : 조현명(趙顯命, 1690～1752)을 말한다. 조현명의 자는 치회(稚晦), 호는 귀록(歸鹿), 본관은 풍양(豐壤)이다. 소론의 주도적인 인물로 영의정을 지냈다.

83 도자기로 구워 : 원문의 반(磻)은 번(燔)의 오자로 보인다. 수정하여 번역하였다.

마로 달성위(達城尉)이고, 증조 휘 정리(貞履)는 남원 부사(南原府使)를 지내고 좌찬성에 추증되었으며, 조부 정간공(貞簡公) 휘 문유(文裕)는 예조 판서를 지내고 좌찬성에 추증되었다. 부군은 아들이 없어서 중형(仲兄) 판추공(判樞公)의 둘째 아들 형수(瀅修)를 후사로 삼았다. 형수는 문과에 급제하여 지금 홍문관 교리로 있고, 3남 2녀를 두었는데 모두 어리다.

중부 충문공 부군 묘표[84]
仲父忠文公府君墓表

이 160자는 우리 성상께서 우리 중부(仲父) 충문공(忠文公)에게 내리신 뇌문(誄文)으로, 빗돌에 새겨 묘에 표석으로 세운 것이다. 아, 여기에 남김없이 기록되어 있으니, 소자(小子)가 무슨 말을 더하랴. 그러나 충절을 드러내는 제사(題辭)와 공로를 나타내는 두전(頭篆)이 지금에 이르러 지극한 영광으로 자랑거리가 되어 미덥기가 돈사(惇史)[85]보다 낫긴 하지만, 그 상세한 내용을 뒷면에다 기록하지 않을 수 없으니, 소자가 어찌 말을 하지 않을 수 있겠는가. 하물며 공의 유언임에랴. 이에 눈물을 훔치며 다음과 같이 서술한다.

공의 휘는 명선(命善)이고 자는 계중(繼仲)이며 본관은 달성(達城)이다. 시조 휘 한(閈)은 고려에서 벼슬하여 중랑장(中郞將)이 되었다. 우리나라에 들어와 판중추부사 휘 성(渻)이 선조(宣祖)와 인조(仁祖)를 도와 명신이 되었으니, 바로 공의 5세조이다. 고조 휘 경주(景霌)는

84 【작품해제】 서명선(徐命善)의 묘표이다. 충절을 드러내는 제사(題辭)와 공로를 나타내는 두전(頭篆) 등 정조가 내린 160자의 비문이 있지만, 좀 더 구체적인 내용을 기록하였다. 1775년(영조51)에 대리청정을 저지하던 홍인한(洪麟漢)·정후겸(鄭厚謙) 등을 상소로 논박하여 정조의 등극에 결정적인 영향을 끼친 점을 부각시켰다.

85 돈사(惇史) : 역사서를 말한다. 돈사는 노인의 돈후(敦厚)한 덕행을 기록한 것이다. 《예기》 〈내칙(內則)〉에 "무릇 양로(養老) 제도는 이러하다. 오제(五帝)는 노인을 본받았고, 삼왕(三王)은 걸언(乞言) 제도를 두었다. 오제는 노인을 본받고 그 기체(氣體)를 봉양할 뿐 걸언하지는 않았으며 훌륭한 점이 있으면 기록하여 돈사(惇史)로 삼았다."라고 하였다.

선조의 부마로 달성위(達城尉)이고, 증조 휘 정리(貞履)는 남원 부사(南原府使)를 지냈으며, 조부 휘 문유(文裕)는 예조 판서를 지냈고 시호가 정간(貞簡)이고, 부친 휘 종옥(宗玉)은 이조 판서를 지냈고 시호가 문민(文敏)이다. 모친 덕수 이씨(德水李氏)는 좌의정 충헌공(忠憲公) 집(㙫)의 따님이다. 공이 존귀해짐으로 인해 부친은 영의정에 추증되었고, 모친은 정경부인(貞敬夫人)에 추증되었다.

공은 영종(英宗) 을사년(1725, 영조1) 9월 1일에 태어났다. 계유년(1753, 영조29)에 생원이 되어 처음 관직에 나가 동궁 세마(東宮洗馬)가 되었고, 여러 관청의 관직을 역임하고 군현(郡縣)의 수령이 되었다.

계미년(1763, 영조39)에 선혜청 낭관으로서 증광 문과(增廣文科)에 급제하여 요직을 두루 거치고 벼슬이 영의정에 이르렀다. 가장 드러난 것으로 말하면 시종신(侍從臣)으로 있을 때에는 삼사(三司)·춘방(春坊)·의정부 검상(議政府檢詳)·동학 한학교수(東學漢學教授)를 지내고 명을 받들어 호서와 호남 지역을 염찰(廉察)하고 북관(北關)에서 시장을 감독한 일이다. 통정(通政)으로 있을 때에는 은대(銀臺), 국자(國子), 이·병·형조 참의, 의주 부윤(義州府尹), 강원 감사(江原監司)를 지냈다. 아경(亞卿 종이품)으로 있을 때에는 이·호·병·형·공조 참판, 좌우윤(左右尹), 지신(知申), 도헌(都憲), 부제학, 경연춘추성균관(經筵春秋成均館), 금오(金吾 의금부), 주사(籌司 비변사), 괴원(槐院 승문원)을 지냈다. 정경(正卿 정이품)으로 있을 때에는 이·예·병·공조 판서, 참찬(參贊), 대제학, 수어 총융사(守禦摠戎使), 금위대장(禁衛大將)을 지냈다. 숭품(崇品 종일품)으로 있을 때에는 판의금(判義禁), 돈령부사(敦寧府事)를 지냈다. 정유년(1777, 정조1)에 정승이 되어 의정부에서 7년을 있었고 중추부에서 8년을 있었다.

신해년(1791, 정조15) 9월 13일에 돌아가시니, 향년 67세였다. 그해 11월 9일에 장단(長湍) 통제원(通濟院) 간좌(艮坐)의 언덕에 장사지냈다. 전 부인 증 정경부인(贈貞敬夫人) 강릉 김씨(江陵金氏)는 목사(牧使) 시희(始熺)의 딸로 공의 왼쪽에 합장하였고, 후 부인 정경부인 진주 유씨(晉州柳氏)는 한복(漢復)의 딸로 공의 묘소 왼쪽 언덕에 장사지냈다.

공은 아들이 없어서 사촌 아우 목사(牧使) 명민(命敏)의 아들 노수(潞修)를 데려다 후사로 삼았는데, 노수는 진사이고 어린 딸 하나가 있다. 공의 딸은 승지 이만수(李晩秀)에게 시집갔는데 김씨 부인의 소생이고, 아들 둘을 낳았는데 모두 어리다.

공은 키가 커고 수염이 무성하였으며 정화(精華)가 밖으로 넘쳐나서 조회나 사적인 모임이 있을 때마다 위풍이 좌중을 압도하였다. 남들을 잘 포용하여 친소(親疏)와 귀천에 관계없이 각각 기쁜 마음을 다해 대하였다. 그러나 뜻에 불합하면 장중히 임하여 친압할 수 없이 엄하였다.

일에 대한 안목이 특별히 뛰어나 비록 매우 처리하기 어려운 경우를 만나더라도 천천히 말 한마디로 경륜했으나 모두 착착 들어맞았다. 이 때문에 처음 문과에 급제하고부터 영묘(英廟)께서 이미 쓸 만한 인재임을 알아보시고 '네 아비와 외할아비를 생각해보니 한결같이 공정하게 나를 섬겼다.〔思爾父祖一公事予〕'라는 8자를 직접 써서 내려주셨다.[86] 그 뒤에 언관(言官)으로서 누차 나랏일을 말하였다가 배척되었

86 영묘(英廟)께서……내려주셨다 : 1763년에 서명선이 문과에 급제하자, 영조가 직접 써준 글귀이다. 영조가 이 글을 내리면서 "조(祖)는 네 외조 충헌공(忠憲公)을 말한다."라고 말해주었다. 충헌공 이집(李壕)과 서종옥(徐宗玉)이 영조를 도와 한결같이

으나 몇 달 못 가서 용서하시며 "이자는 필시 나를 저버리지는 않으리라." 하였다. 일찍이 공을 근밀(近密)한 자리에서 해임하여 묘당(廟堂)의 계책을 전담하게 하시고는 "비국(備局)에 이제 주인이 있구나." 하였다.

을미년(1775, 영조51)에 영묘(英廟)께서 오래도록 환후를 앓아서 금상(今上)께 대리청정을 명하자, 홍인한(洪麟漢)·정후겸(鄭厚謙) 등의 역적들이 안팎으로 결탁하여 갖은 간계를 써서 저지하니, 나라의 형세가 풍전등화처럼 위태로웠다. 이에 공이 비분강개하여 지위를 벗어나 상소하여 홍인한 등의 죄를 논하자 영묘께서 몸속에 충성심이 가득하다고 칭찬하시고 공을 두 자급(資級) 올려주었다. 대리청정의 예식이 이루어지고 암암리에 불어난 역적들의 모략이 끝내 실현되지 못한 것은 공의 힘이었다.

금상께서 등극하시자 공을 일러 한 손으로 하늘을 떠받든 공로가 있다 하여 훈구 대신으로 여기고 휴척(休戚)을 함께하며 군신 간의 정의가 돈독하였으니, 이는 옛날의 명군과 현신 간에도 드문 일이다.

그리고 공도 일신과 가문을 돌보지 않고 힘든 일을 가리지 않은 채, 임금께 무례한 자를 보면 눈을 부릅뜨고 팔을 걷어붙이며 나아가선 논박하고 물러나선 상소하면서 함께 살지 않으리라 맹세하였으니, 이를테면 기해년(1779, 정조3)에 권간(權奸)을 꺾은 일과 신축년(1781)에 흉소(凶疏)를 성토하여 치죄(治罪)한 일과 임인년(1782)에 앞장서서 성토한 세 가지 일[87]이 큰 것에 해당한다.

공정하게 정무에 임해 인재는 당파를 초월하여 추천하고 국정 현안은 이해관계를 따지지 않고 처리하였다고 하였다.《保晩齋集 卷7 宣賜家弟命善御書序》

비록 그 말이 당시에 다 시행되지는 않았으나 나라의 명분과 의리가 이로 인해 세워졌으니, 어찌 공의 힘이 아니겠는가. 저 불령(不逞)한 무리들이 공을 미워하고 원망하는 것을 공이 본래 일찍 알고 있었고 성상께서도 "경을 공격하는 것은 곧 나를 공격하는 것이다." 하였으니, 아, 위태로운 몸으로 막중한 종묘사직을 유지시켰다는 말은 공을 이른 것인가 보다. 공과 같은 분은 진정 사직의 안위를 생각하는 신하[88]이다.

공이 돌아가셨을 때 상께서 홍문관에 명하여 공의 시호를 논의하게 하면서 "시호는 반드시 시장(諡狀)이 있어야 하니, 그 행적을 고찰하기 위해서이다. 이 대신(大臣)의 시장이 한 부(部)의 《명의록(明義錄)》이 될 것이다." 하였다. 이윽고 또 운한(雲漢)이 환히 빛나며 돌고 해와 별이 밝게 빛나서[89] 가우(嘉祐)[90]와 원우(元祐)[91] 연간의 편언(片言)과

87 기해년에……일 : 기해년의 일은 홍국영(洪國榮)의 숙부 홍낙순(洪樂純)이 당시 좌의정으로 있으면서 홍국영의 세력을 등에 업고 서명선·서명응 형제를 공격하자 서명선이 대응 차자를 올려 얼마 뒤에 홍국영은 전리(田里)로 추방되고 홍낙순도 삭출(削黜)된 일을 말한다. 신축년의 일은 이득신(李得臣)이 역적을 징계 토벌하자고 상소하자 이에 대해 민심을 현혹시켰다고 탄핵하여 유배 보낸 일을 말하고, 임인년의 일은 응지(應旨) 상소를 올렸다가 대역부도죄에 걸린 이유백(李有白)을 성토한 일을 말한다. 《正祖實錄 3年 12月 29日·4年 1月 8日·5年 2月 3日·6年 6月 24日》

88 사직의……신하 : 원문의 사직신(社稷臣)은 사직의 안위를 위해 생사를 함께하는 신하를 말한다. 《맹자》 〈진심 상(盡心上)〉에 "임금을 섬기는 사람이란 것이 있으니, 해당 임금을 섬기면 받아들이고 기뻐하는 자이다. 사직을 안정시키는 신하란 것이 있으니, 사직을 안정시키는 것으로 기쁨을 삼는 자이다. 천민(天民)이란 것이 있으니, 현달하여 천하에 시행할 만하게 된 뒤에 시행하는 자이다. 대인(大人)이란 것이 있으니, 자기를 바르게 하여 남들이 바르게 되는 자이다." 하였다.

89 운한(雲漢)이……빛나서 : 모두 임금이 지은 글을 미화하는 표현이다. 《시경》 〈운한(雲漢)〉에 "밝은 저 은하수여, 하늘에서 환히 빛나며 돌고 있네.〔倬彼雲漢, 昭回于

단사(單詞)일 뿐이 아니니, 이 빗돌은 경종(景鍾)이고 이기(彝器)이며,[92] 〈군아(君牙)〉의 책(策)[93]이고 사훈(司勳)의 명(銘)[94]이다. 천년토록 불후(不朽)할 공의 생전의 대절(大節)이 이 뇌문에 남아 있으니, 없어져서는 안 될 세계(世系)와 이력만을 모아서 이상과 같이 덧붙였다.

天.〕"라고 하였다. 여기선 정조가 서명선에게 내려준 160자의 뇌문을 지칭한다.

90 가우(嘉祐) : 송 인종(宋仁宗)의 연호이다.

91 원우(元祐) : 송 철종(宋哲宗)의 연호이다. 이 시기에 사마광(司馬光), 문언박(文彦博), 여문저(呂文著), 정이(程頤), 소식(蘇軾) 등이 대거 배출되었다.

92 경종(景鍾)이고 이기(彝器)이며 : 경종은 귀한 종이고 이기는 보배로운 기물이다. 정조가 내린 뇌문이 기록되어 있어서 귀중하다는 뜻이다.

93 군아(君牙)의 책(策) : 〈군아(君牙)〉는 《서경》의 편명이고, 책(策)은 책이나 문서를 말한다. 〈군아〉에 "아, 군아야. 네 할아비와 네 아비가 대대로 충정(忠貞)을 돈독히 하여 왕가(王家)를 위해 수고하였으니, 그 이룩한 업적이 태상(太常)에 기록되어 있다.〔王若曰, 嗚呼, 君牙. 惟乃祖乃父, 世篤忠貞, 服勞王家, 厥惟成績紀于太常.〕"라고 하였다. 정조가 서명선에게 내린 비문이 군아의 선조의 업적을 기록한 역사책이나 진배없다는 말이다.

94 사훈(司勳)의 명(銘) : 사훈(司勳)은 《주례(周禮)》의 관명(官名)이다. 사훈부에서 정하는 명(銘)처럼 비문이 영원히 표상이 되리라는 뜻이다.

기은 기공 묘표[95]

棄隱奇公墓表

기억하건대, 내가 전에 광주 목사(光州牧使)로 있을 때 역사에 해박하고 경서에 밝은 호남 일대의 선비들을 대규모로 뽑아서 명을 받들어 《어정대학유의(御定大學類義)》를 교감하였다. 이 당시 학문에 종사하고 경서에 밝은[96] 선비들이 문회(文會)에 모두 달려와 모였는데, 엄중(淹中)[97]과 직하(稷下)[98]·팔유(八儒)와 삼묵(三墨)[99]의 논(論)

95 【작품해제】 1796년 광주 목사(光州牧使)로 있을 때 알게 된 기상리(奇商履)의 부탁을 받고 지은 그 선조 기의헌(奇義獻, 1587~1653)의 묘표이다. 정묘호란과 병자호란에 연이어 거의도유사(擧義都有司)를 맡은 점으로 보아 여론의 신망이 높은 인물이었음을 알 수 있다. 기상리의 요청을 받아놓고 여러 해가 지난 뒤에 지었다고 한 것으로 볼 때, 1800년 이후의 작품으로 보인다.

96 학문에……밝은 : 원문의 악연회참(握鉛懷槧)은 연분(鉛粉)과 목간(木簡)을 손에 쥔다는 '악연포참(握鉛抱槧)'으로, 열심히 베껴 쓰고 교감(校勘)하는 일에 종사한다는 말인데, 학문에 종사한다는 의미이다. 원문의 중석해이(重席解頤)는 모두 경서에 조예가 깊다는 의미이다. 중석(重席)은 한(漢)나라 대빙(戴憑)의 고사로, 《후한서(後漢書)》 〈유림전 상(儒林傳上)〉에 "대빙이 경서를 막힘없이 알아 마침내 자리 50여장을 겹쳐 깔았다.〔戴憑解經不窮, 遂重坐五十餘席.〕"라고 하였다. 해이(解頤)는 《시경》에 능통했던 한(漢)나라 광형(匡衡)의 고사로, 당시 제유(諸儒)들이 "시를 말하지 말라. 광형이 곧 오리니, 광형이 시를 말하면 모두 입이 벌어질 것이다.〔無說詩, 匡衡來. 匡說詩, 解人頤.〕"라고 하였다. 《後漢書 권81 匡衡傳》

97 엄중(淹中) : 엄중은 춘추시대 노(魯)나라의 마을 이름으로 지금의 산동(山東) 곡부(曲阜)에 있는데, 공자의 유풍이 오랫동안 전승되었던 곳이다. 《일례(逸禮)》 39편이 그 마을에서 출토되었다. 《漢書 藝文志》

98 직하(稷下) : 제(齊)나라의 지명이다. 제의 선왕(宣王)이 문학에 능하고 말 잘하

이 강안(講案)에 번갈아 나왔다. 사람들이 지금까지도 등용문(登龍門) 같았다고 칭찬한다. 그 중에 기생 상리(奇生商履)는 질박하고 성실하였으며, 말을 안 할지언정 말을 했다 하면 반드시 진심을 담고 분명한 근거를 가지고 하였다. 내가 매번 군자들과 그를 가리켜 대로(大輅)의 활석(越席)[100]이며 희준(犧尊)의 소멱(素冪)[101]이라 하면서 시간이 흐를수록 더욱 공경하였다.

하루는 상리가 그 선조 기은공(棄隱公)의 행장을 가지고 와서 재배(再拜)하고 아뢰기를 "행적이 만일 묘표를 짓기에 부족하다면 목사공께서 사양해도 되지만 그렇지 않다면 제가 삼가 묘표를 청합니다." 하였다. 내가 읽고서 "그리하겠네. 공을 위해 묘표를 짓지 않고 누구를 위해 묘표를 짓겠는가." 하였다.

공의 휘는 의헌(義獻)이고, 자는 사직(士直)이며, 기은(棄隱)은 그

는 선비들을 좋아했기 때문에 당시 많은 쟁쟁한 문사들이 제나라로 몰려들어 제나라에서는 직하관(稷下館)을 두고 거기에다 그들을 수용하였다. 《史記 田敬仲世家》

99 팔유(八儒)와 삼묵(三墨) : 모두 뛰어난 학자들을 말한다. 팔유는 도잠의 《성현군보록(聖賢群輔錄)》에 의하면 자사씨(子思氏)·자장씨(子張氏)·안씨(顏氏)·맹씨(孟氏)·칠조씨(漆雕氏)·중량씨(仲良氏)·악정씨(樂正氏)·손씨(公氏)를 말하고, 삼묵은 묵자(墨子) 뒤에 갈라져 삼파(三派)가 된 것으로 송형(宋鈃)·윤문(尹文)의 묵(墨), 상리근(相里勤)·오후자(五侯子)의 묵, 고획(苦獲)·이치(已齒)·등릉자(鄧陵子)의 묵을 말한다.

100 대로(大輅)의 활석(越席) : 대로는 화려한 수레인데, 그 수레의 깔개만큼은 부들자리를 깔아서 사치스러움을 경계하였다고 한다. 기상리의 됨됨이가 진실하고 질박함을 말하였다.

101 희준(犧尊)의 소멱(素冪) : 희준은 맛있는 술이 담긴 고급스러운 술동이인데, 그 덮개만큼은 흰 천을 사용하였다고 한다. 대로의 활석과 동일한 의미이다.

의 자호이다. 보계(譜系)가 행주(幸州)에서 나왔으니, 고려에서 문하평장사(門下平章事)를 지낸 순우(純祐)를 시조로 삼는다. 우리나라에 들어와 휘 면(勉)이 한성부 판윤에 이르렀다. 면이 판중추부사 정무공(貞武公) 건(虔)을 낳았고, 건이 사헌부 장령 축(軸)을 낳았고, 축이 홍문관 부응교 찬(禶)을 낳았으니, 바로 공의 고조이다. 증조 휘 진(進)이 비로소 광산(光山)으로 이사하였는데, 학행으로 추천되어 경기전 참봉(慶基殿參奉)에 제수되었고, 나중에 차자(次子) 고봉(高峯) 선생 대승(大升)이 존귀해짐으로 인해 의정부 좌찬성에 추증되고 덕성군(德城君)에 봉해졌다. 조부 휘 대림(大臨)은 동부 참봉(東部參奉)을 지내고 승정원 좌승지에 추증되었다. 부친 휘 효분(孝芬)은 공조 참의에 추증되었다. 모친 함평 이씨(咸平李氏)는 동지중추부사 종인(宗仁)의 손녀이다.

공은 만력 정해년(1587, 선조20) 1월 9일에 태어났다. 일찍 부모를 여의어 계부(季父) 현감공(縣監公) 효전(孝荃)이 데려다 키웠다. 장성하여 조씨(趙氏)에게 장가드니, 조씨는 본관이 광주(廣州)로 예조 참의 안정(安貞)의 현손녀이다. 조씨 집안에서 후사를 두지 못하자 공이 조씨의 제사를 평생토록 대신 받들었다.

공은 타고난 자품이 화락하고 평온하였고, 또 동심인성(動心忍性)[102]에 평소 공력을 들여 희로(喜怒)의 감정을 가벼이 남에게 보인 적이 없었다. 이 때문에 현인(賢人)과 우인(愚人)·귀한 이와 천한 이 할 것 없이 모두들 공이 자기를 후대한다고 여겨 공이 가는 곳마다

102 동심인성(動心忍性) : 《맹자》 〈고자 하(告子下)〉에 보이는 말로, 인의(仁義)의 마음을 움직여 일으키고 기질의 성품을 참아 억제하는 것을 말한다.

찾아오는 사람이 항상 가득하였다. 그러나 일에 임해 가부(可否)를 결정할 때에는 원칙과 의리에 입각해 잘 재단하여 소신을 지키는 용기를 맹분(孟賁)과 하육(夏育)[103]이라 하더라도 꺾을 수 없었다.

평소 집안에서의 행실이 매우 갖추어져서, 계부(季父)와 백씨(伯氏)가 조금 먼 곳에 살았지만 명절과 초하루, 보름에는 반드시 직접 가서 사당에 배알하고 물러나 어른들을 찾아뵙기를 날이 궂거나 춥고 덥다 하여 빠트린 적이 없었다. 백씨가 병이 들자 집으로 모시고 와서 온갖 방법으로 치료하였고, 끝내 구원할 수 없게 되자 장례를 치르고 그 자녀들을 혼인시키는 일을 홀로 담당하여 조금도 유감이 없게 하였다. 종손이 두 대에 걸쳐 아비를 일찍 여의어 성가(成家)하지 못하자, 공이 마음을 다해 가르치고 길러서 마침내 종가의 일이 쇠락하지 않게 하였다.

영화와 이익에 담담한 성품이었다. 젊어서 광해군이 정사를 어지럽히는 시국을 만나 사람들이 모두 권세가를 좇아 아부하는 것을 능사로 여겼고, 내한(內翰) 남성신(南省身)이 공과 인척으로서 친분이 있었으므로 공을 도와 급제시켜주려고 하여 누차 뜻을 넌지시 내비치기를 마지않았는데, 공은 다만 웃으며 사양할 뿐이었다.

인조(仁祖) 정묘년(1627, 인조5)에 역적 강홍립(姜弘立)과 한윤(韓潤)이 청나라 군사를 이끌고 압록강을 건너와 평양(平壤)과 황주(黃州) 등의 지역을 연달아 함락하였다. 당시 갑작스럽게 변란이 발생하여 날로 더 급보가 날아들자, 어가가 서쪽 강화도로 가고 동궁은 남쪽 전주(全州)로 내려갔다. 사계(沙溪) 김장생(金長生) 선생이 호소사(號

103 맹분(孟賁)과 하육(夏育) : 진 무왕(秦武王) 때의 역사(力士)로, 힘이 강한 자의 대명사로 쓰인다.

召使)가 되어 공을 불러 거의도유사(擧義都有司)로 삼으니, 공이 부름을 받자마자 급히 달려가 병졸과 군량을 수습하여 행재소로 갔고, 이윽고 적군이 물러간 뒤에는 어가를 호송하여 여산(礪山)까지 갔다가 돌아왔다.

병자년(1636, 인조14)에 청나라 군대가 대거 우리나라에 쳐들어와 경성(京城)을 곧장 침범하고 이동하여 남한산성을 몇 겹으로 포위하였다. 인조께서 포위된 중에 애통한 조서를 내려 근왕병을 부르니, 공이 또 거의도유사가 되어 군사를 거느리고 청주(淸州)에 이르렀다가 화의가 이루어졌다는 소식을 듣고 해산하였다. 이 일이 모두 《호남창의록(湖南倡義錄)》에 실려 있다. 공이 비록 운명이 기구하여 세상에 쓰이지는 못했으나, 나라에 위급한 일이 있을 때 여론이 공에게 바란 것과 공이 그 본분을 스스로 다한 것을 한번 보면 공의 진면모를 알 수 있으니 아, 훌륭하다!

공은 고봉(高峯 기대승(奇大升)) 선생의 종손(從孫)으로 가학(家學)의 연원을 넉넉히 전수받아 케케묵은 책 더미 속에서 늙어간 한미한 시골 학자[104]들과는 명성과 기세가 현격한 차이가 나고, 역학(易學)에 가장 오래 종사하였기에 시에 드러난 것을 통해 자득(自得)한 경지를 징험할 만하다. 또 《중용》·《대학》 및 주자서·《근사록》·《설경헌독서록(薛敬軒讀書錄)》을 특히 좋아하여, 침잠하여 완미하기를 늙어서도 잠

104 시골 학자 : 원문 토원(兎園)은 토원책(兎園冊)의 준말로, 토원책은 책 이름이다. 저자 미상의 이 책은 아주 내용이 천근(淺近)하여 촌부(村夫)나 목동들이 읽었다고 하는데, 글방에서 가르치던 초학 교재를 상징하는 말로 인용된다. 여기에서는 초학 교재나 다루는 시골 훈장을 말한 듯하다.

시도 그치지 않았다.

선유(先儒)들이 분분하게 논란하며 정하지 못한 심의(深衣)의 굽은 소매〔曲裾〕의 제도를 공이 널리 고찰하고 절충하여 직접 심의를 지어 입었고, 기타 의복(醫卜)과 역수(曆數)의 학문도 많이 섭렵하여 그 대략을 파악하였다. 공의 총명과 견문이 남보다 월등하여 공이 손대는 일마다 명쾌하게 처리하는 것이 대개 이와 같았다.

그렇다면 공의 진면모는 본래 그 근본이 있으니, 갑자기 얻어진다는 것이 아니리라. 옛말에 이르기를 "성수해(星宿海)[105]의 근원이 있은 뒤에 지주산(砥柱山)[106]의 기이함이 있고, 민파(岷嶓)[107]의 근원이 있은 뒤에 팽려호(彭蠡湖)[108]의 성대함이 있다." 하였으니, 참으로 그러하다.

공은 67세이던 계사년(1653, 효종4) 4월 9일에 돌아가셨다. 다음해 갑오년에 광산(光山) 관아 남쪽 10리 지한동(池閑洞) 갑좌(甲坐)의

105 성수해(星宿海) : 중국 청해성(青海省)에 있으며, 옛사람들이 황하의 발원지라고 하였다. 《송사(宋史)》 〈하거지(河渠志) 일(一)〉에 "네 산 사이에 근 백 개의 샘이 솟아나 그 물이 돌고 돌아 바다가 된다. 높은 곳에 올라 바라보면 마치 별이 펼쳐진 듯하므로 이와 같이 이름 지었다." 하였다.

106 지주산(砥柱山) : 중국 하남(河南) 삼문협(三門峽)에서 동북쪽으로 황하(黃河) 중앙에 있는 산 이름이다. 산이 격류 가운데 기둥처럼 우뚝 솟아 있으므로 이렇게 부르며, 황하의 물이 그 지점에 이르러 갈라져서 산을 싸고 지나간다.

107 민파(岷嶓) : 양주(梁州)의 '민파기예(岷嶓既藝)'의 '민(岷)'은 바로 촉산(蜀山)이니 주옥(珠玉)이 많이 생산되는 곳이다. 두보(杜甫)의 시(詩)에 "주옥이 중원을 달리니 민산과 아산의 기운이 처창하다.〔珠玉走中原, 岷峨氣悽愴.〕" 한 것이 바로 이것이다. 〈우공(禹貢)〉은 《서경》의 편명으로, 〈우공〉에 이르기를 "화산의 남쪽과 흑수에 양주가 있다. 민산과 파산에 이미 곡식을 심으며, 타수와 잠수가 이미 물길을 따른다.〔華陽黑水, 惟梁州. 岷嶓既藝, 沱潛既道.〕" 하였다.

108 팽려호(彭蠡湖) : 강서성의 파양호(鄱陽湖)를 말한다.

언덕에 장사지냈다.

2남 1녀를 낳았는데, 장남은 전(瑑)이고 차남은 침(琛)이니 문과에 급제하여 승문원 부정자(承文院副正字)를 지냈고, 딸은 충의위(忠義衛) 이원혁(李元爀)에게 시집갔다. 손자와 증손자 이하가 지금까지 대를 이어 번성한데 모두 광산(光山)을 떠나지 않았으니, 상리는 바로 그 중의 한 명이다.

내가 상리에게 묘표를 지어주겠다고 한 지 여러 해가 지났는데, 벼슬길에 분주하여 상리가 묘표의 완성을 미처 보지 못하고 갑자기 죽게 하였으니, 슬프다! 그러나 공의 명성이 어찌 내가 묘표를 짓기를 기다려 전해지겠는가. 다만 빗돌에 게시하여 묘를 지나가는 자들이 공경하게 하고 나무꾼과 목동들이 묘소를 훼손하지 않게 하려는 것일 뿐이다.

조종암 기실비 추기[109]

朝宗巖紀實碑追記

비석의 비문을 짓고 글씨를 쓰고 새겨서 세우려고 할 적에 일을 담당한 이가 탁본을 가지고 찾아와 나에게 보이며, "이 비석이 천하에 있는 것은 수십(數十)의 대의(大義)가 해와 별처럼 밝게 빛나는 것과 같습니다. 조공(趙公 조진관(趙鎭寬))의 비문은 서술이 자세하지만 체제가 엄격하기 때문에 다 싣지 못한 것이 있습니다. 조종암(朝宗巖)에 글자를 새긴 일은 갑자년(1684, 숙종10)에 있었고 조종사(朝宗祠)를 세우자는 논의는 갑신년에 있었고 조종암(朝宗庵)을 건립한 것은 갑진년에 있었는데, 이 비석을 만드는 일이 또 갑자년(1804, 순조4)에 있게 되었으니, 갑(甲)이란 육기(六紀)[110]의 으뜸이며 일주(一週)

109 【작품해제】 조종암(朝宗巖)은 경기도 가평군(加平郡) 조종면(朝宗面) 하곡(荷谷) 냇가에 있다. 명나라 태조(太祖)와 신종(神宗)과 의종(毅宗)을 제사 지내기 위해 세운 단(壇)이 함께 있다. 숙종(肅宗) 10년(1684)에 창해처사(滄海處士) 허격(許格)·군수(郡守) 이제두(李齊杜)·향사(鄉士) 백해명(白海明)이 냇가 바위 위에 명나라 의종(毅宗)이 쓴 '사무사(思無邪)'라는 3자를 크게 새겼고, 선조(宣祖)가 쓴 '만절필동 재조번방(萬折必東再造藩邦)'이라는 8자를 새겼다. 또 효종(孝宗)의 '날은 저물고 길은 먼데, 지극한 아픔이 마음에 있다.〔日暮途遠至痛在心〕'라는 8자를 우암(尤菴) 송시열(宋時烈)에게 글씨를 받아서 아울러 새겼다. 또 낭선군(朗善君) 이우(李俁)의 글씨를 받아서 그 위에 '조종암(朝宗巖)'이라고 전서(篆書)로 새겼다.《勉菴集 附錄 卷3 年譜 庚子年》. 1804년(순조4), 저자의 나이 56세에 지은 작품이다.

110 육기(六紀) : 전하는 설에 수인씨(燧人氏)에서 복희씨(伏羲氏)까지 모두 육기(六紀)라고 하였다. 《광아(廣雅)》에 "일기(一紀)는 27만 6천 년이다." 하였다. 방숙기(方叔機)는 《육예론(六藝論)》에 주(注)를 달기를, "육기(六紀)는 구두기(九頭紀)·

가 모인 것입니다. 때는 하늘에 달렸고 일은 사람에게 달렸으니, 하늘과 사람이 합일(合一)되어 진퇴와 소장(消長)의 연고가 조짐을 나타내기 때문에 그러한 것일 것입니다. 이것을 어찌 기록하지 않을 수 있겠습니까." 하였다. 내가 "그리하겠습니다." 하였다.

이 일을 시작한 사람은 이응겸(李膺謙)이고, 이덕겸(李德謙)・유중주(兪重柱)・이의실(李義實)・권사겸(權思謙)・이정수(李庭秀)・황정(黃錠)・유경한(柳絅漢)・이정우(李正祐)・김성연(金性淵)・이숙(李潚)・김천(金梴)・박렴(朴濂)・백사일(白思日) 제인(諸人)이 힘껏 도와 성사되게 하였다. 내가 옛날에 정묘(正廟)를 모실 적에 《존주록(尊周錄)》 발범(發凡)[111]에 대한 성상의 뜻을 들었는데, 아무리 작은 일이라도 모두 드러낸다는 원칙을 주장하셨다. 그런데 인심(人心)에 근원하여 영원히 전해질 대의(大義)를 본 이상 이를 더욱이 민몰(泯沒)시켜 후대에 칭송함이 없게 할 수 있겠는가. 기실비의 비문에다 추기를 아울러 쓰기를 이와 같이 한다.

오룡기(五龍紀)・섭제기(攝提紀)・합락기(合洛紀)・연통기(連通紀)・서명기(序命紀)이다." 하였다.

111 발범(發凡) : 책 앞쪽에 붙여서 책 전체의 요지나 글의 체례(體例)를 제시한 것을 말한다.

명고전집

제17권

강의
講義

강의講義

《대학》 서

大學序

임금께서 말씀하였다. "《대학(大學)》의 첫 번째 대의는 '학(學)' 한 글자인데, 《대학》의 서문을 지으면서 굳이 소학(小學)을 겸하여 말한 것은 무엇 때문인가? 주자(朱子)는 《대학혹문(大學或問)》에서 대학과 소학을 어느 하나라도 폐해서는 안 된다고 하면서, '소학에서 익히지 않으면 달아난 마음을 수습하고 덕성을 함양할 수가 없고, 대학에 나아가 공부하지 않으면 의리를 살피고 사업에 조처할 수가 없다.' 하였다. 이미 격물치지(格物致知)를 가장 처음 힘써야 할 곳이라고 해놓고 또 소학을 가지고 대학 이전의 공부로 삼는다면 어지러운 병폐가 없겠는가?"

내가 대답하였다. "격물치지는 진실로 학문에 입문하는 공부가 되지만, 만일 소학의 근본 바탕이 없으면 그 일에 따라 체인(體認)하는 즈음에 거부감과 반발감에 대한 탄식이 없을 수 없습니다. 이 때문에 삼대(三代) 때 사람을 가르치던 법은 반드시 소학으로 심신을 수렴하는 것을 우선으로 하였습니다. 그런 뒤에 지킴이 굳고 안정되며 함양이 순수하고 익숙해져서, 번거로움을 참고 궁구하여 어지러움에 이르지 않고 순서를 따라 쌓아서 마음이 다른 곳으로 달려가는 데에 이르지 않게 되어, 상달(上達)의 공이 단계를 건너뛰어 나아가는 근심이 없게 됩니다."

임금께서 말씀하였다. "그렇다면 후세에 소학에 뜻을 둔 사람은 또한 먼저 쇄소응대(灑掃應對)와 예악사어(禮樂射御)에 종사해야 할 것이다. 그런데 정문(程門)에서 사람을 가르칠 때 도리어 '주경(主敬)' 두 글자를 가지고 소학의 빠진 공부를 보충하고자 한 것은 어째서인가?"

내가 대답하였다. "삼대(三代) 시절에는 8세부터 모두 소학에 들어가서 심신의 검속에 있어서 애당초 굳어버려 감당 못할 염려가 없었습니다. 그러나 후대로 내려오면서 소학이 전해지지 않았으니, 이미 나이가 든 자가 비록 그 빠진 공부를 뒤미쳐 보충하려 해도 끝내 그 법도를 편안히 여기고 그 절문(節文)을 익힐 수 없게 되었습니다. 이것이 '경(敬)' 한 글자가 후학들에게 크게 공이 있는 까닭입니다."

임금께서 말씀하였다. "정자는 정좌(靜坐)하도록 가르쳤고,[1] 윤화정(尹和靖)은 〈서명(西銘)〉을 읽도록 가르쳤으며,[2] 장횡거(張橫渠 장재(張載))로 말하면 또 오로지 소학의 검속하는 공부로 사람을 가르친 것은 어째서인가?"

1 정자는……가르쳤고 : 과거 공부에 몰두했던 사현도(謝顯道, 사양좌)가 정명도(鄭明道, 정호)를 찾아와 독실한 뜻으로 배우기를 청하자 먼저 정좌(靜坐)하도록 하였고, 정이천(程伊川, 정이)은 정좌한 사람을 볼 때마다 학문을 제대로 한다고 감탄하였다. 《性理大全 卷40 程子門人》

2 윤화정(尹和靖)은……가르쳤으며 : 윤화정은 정자(程子)의 문인 윤돈(尹焞)으로, 자는 언명(彦明)이고, 화정은 호이다. 처음 정이천(程伊川)에게 배우러 갔을 때 정이천이 반년 동안 그에게 《대학》과 〈서명(西銘)〉만을 읽게 했다고 한다. 《近思錄 卷2》

내가 대답하였다. "이는 정문의 지결(旨訣)로써 정법(正法)을 삼아야 할 듯합니다."

임금께서 말씀하였다. "경(敬)은 메마른 고목이나 꺼져버린 잿더미를 말함이 아니라, 미발(未發) 전에도 경(敬)으로써 보존하고 이발(已發) 후에도 경으로써 지키는 것이다. 그런 뒤에야 체(體)가 서고 용(用)이 행해져서 거의 이단(異端)으로 떨어지지 않을 수 있다. 정자가 경(敬)에 대해 말한 뒤로부터 한 번 바뀌어 귀산(龜山 양시(楊時))의 설이 되고 두 번 바뀌어 상산(象山 육구연(陸九淵))의 설이 되고 세 번 바뀌어 양명(陽明 왕수인(王守仁))의 설이 되어서 지금까지 강서학파(江西學派)가 돈오(頓悟)의 설에 빠져 미혹되고 있으니, 정자가 그렇게 만든 것인가 아니면 배우는 자들이 스스로 그르친 것인가?"

내가 대답하였다. "비록 대중지정(大中至正)의 도라 할지라도 편벽된 부분을 얻게 되면 폐단이 없을 수 없습니다. 이는 진실로 후대 유자들이 잘못 배운 것이지 정문의 가르침이 본래 병통이 있는 것은 아닙니다."

임금께서 말씀하였다. "염계(濂溪 주돈이(周敦頤))의 학문은 천 년 동안 끊어졌던 실마리를 이어서 터득한 것이 지극히 고명(高明)하다. 그러나 인의중정(仁義中正)을 말하면서 굳이 주정(主靜)으로 귀결시켰으니, 치우친 주장에 가깝지 않은가?"

내가 대답하였다. "이는 오로지 사람의 표준을 세우기 위해 말한 것이므로 주정 쪽으로 치우치지 않을 수 없었습니다. 그러나 실제로는 인의중정 네 글자가 동(動)과 정(靜)을 아울러 포함합니다."

임금께서 말씀하였다. "소학이 격물치지 전의 공부라면 사물의 이치는 전혀 이해하지 않는 것인가?"

내가 대답하였다. “소학은 그 일을 익히고 대학은 그 이치를 궁구하는 것입니다. 소학에 들어갔을 때에는 격물치지의 공부에는 종사하지 않는 듯합니다.”

임금께서 말씀하였다. “이 글 전편(全篇)의 골자는 서(書)와 법(法) 두 글자이다. 서는 누구의 서이며 법은 누구의 법인가?”

내가 대답하였다. “법은 당우(唐虞)와 삼대(三代) 때 사람을 가르친 법이고, 서는 공자(孔子)의 말씀을 증자(曾子)가 기술하여 경(經)을 만들고 증자의 뜻을 증자의 문인이 기록하여 전(傳)을 만든 것입니다.”

임금께서 말씀하였다. “공문(孔門)에서 이 경(經)을 지었다는 말이 무슨 책에 나오고, 증문(曾門)에서 이 전(傳)을 만들었다는 것이 어느 곳에 보이는가? 주자(朱子)가 단정하여 그렇게 말한 것은 반드시 전해 받은 내력이 있을 것이다. 말해보아라.”

내가 대답하였다. “주자가 경과 전을 공문과 증문에 분속시킨 것은 사리로 추측한 것이고 애당초 근거할 만한 정확한 증거가 없으므로 후대의 유자 중에도 의심하는 이가 많았습니다. 그러나 전문(傳文)을 굳이 증자의 문인에게 소속시킨 것으로 말하면, 이는 성의장(誠意章)에 ‘증자왈(曾子曰)’ 한 단락이 있어서 증자가 스스로 기록한 것이 아님을 알 수 있기 때문입니다.”

임금께서 말씀하였다. “그것을 의심한 후대의 유자는 누구인가?”

내가 대답하였다. “청(淸)나라 유자 모기령(毛奇齡)[3]이 의심하는 말을 했습니다.”

3 모기령(毛奇齡) : 1623~1716. 이름은 신(甡), 자는 대가(大可), 호는 서하(西河)이다. 고증학자로, 《사서개착(四書改錯)》에서 주자의 견해를 신랄하게 비판하였다.

임금께서 말씀하였다. "모기령 또한 당대의 거유(巨儒)로서 명물에 해박하고 근거가 충분한 점에서 실로 쉽게 얻지 못할 자이다. 그런데 유독 주자에 대해 여지없이 헐뜯고 배척하였다. 그의 학문의 내력이 어디이기에 이처럼 치우치고 가려졌단 말인가?"

내가 대답하였다. "육상산(陸象山)과 왕양명(王陽明)의 여파(餘派)인 듯합니다."

임금께서 말씀하였다. "문집 속에 왕양명을 비난하는 말도 많으니, 오로지 왕양명과 육상산의 무리에다 귀속시켜서는 안 된다."

내가 대답하였다. "왕양명을 비난하는 말이 있긴 하지만 당시에 배우던 자들은 주자가 아니면 왕양명을 배웠으니, 주문(朱門)에 반기를 든 자들은 형세상 왕양명에게로 귀속시키지 않을 수 없습니다."

임금께서 말씀하였다. "주자의 문장은 모두 체제가 있다. 정제된 틀과 호응하는 구법(句法)은 비록 문장가라 할지라도 미칠 수 없다. 더구나 이 《대학》 서문은 성문(聖門)에서 전수한 심법(心法)이니, 가로세로 정교하게 얽어놓은 것을 더욱 한 글자도 대충 보아서는 안 된다. 이 때문에 선유들이 이 서문에 대해 누차 마음을 다하지 않는 이가 없었는데, 어떤 이는 3대절(大節)로 나누어 보기도 하고 어떤 이는 4대절로 나누어 보기도 한다. 두 설 가운데 누구의 설이 정론이며, 어디부터 어디까지가 1절이고 어디부터 어디까지가 2절인가?"

내가 대답하였다. "'《대학》이라는 책은〔大學之書〕'부터 '사람을 가르치는 방법이다〔教人之法也〕'까지가 한 절이니, '서(書)'와 '법(法)' 두 글자를 통론(統論)하여 한 편의 주재(主宰)로 삼았습니다. '하늘이 백성을 내린 뒤로〔蓋自天降生民〕'부터 '후세 사람이 미칠 수 있는 바가 아니다〔非後世之所能及也〕'까지가 한 절이니, 당우(唐虞)와 삼대(三

代) 시절에 사람을 가르친 방법을 상세하게 논하여 '법' 한 글자를 종결지었습니다. '주나라가 쇠약해지자〔及周之衰〕'부터 '극도로 무너지고 어지러워졌다〔壞亂極矣〕'까지가 한 절이니, 성인의 경(經)과 현인의 전(傳)이 생겨나고 폐지된 연유를 상세하게 논하여 '서(書)' 한 글자를 종결지었습니다. '천운이 순환하여〔天運循環〕'부터 편말까지가 한 절이니, 표장(表章)이 시작된 연유와 장구(章句)가 기술된 연유를 상세하게 논하고 옛날에 대학에서 사람을 가르친 방법과 성현의 경전의 뜻을 가지고 머리절의 '서(書)'와 '법(法)' 두 글자를 총결하였습니다. 신의 생각에는 4대절로 나누어 봐야 할 듯합니다."

임금께서 말씀하였다. "'강(降)'과 '생(生)'은 본래 같은 뜻인데, '천강생민(天降生民)'이라고 한 것은 어째서인가? '강'과 '생'을 또한 이(理)와 기(氣)에 분속시킬 수 있는가?"

내가 대답하였다. "'강(降)'은 강충(降衷)의 '강'이니, '강'은 이에 속하고 '생(生)'은 기에 속합니다."

임금께서 말씀하였다. "그렇다면 아래 문장의 '인의예지(仁義禮智)의 성(性)을 주었다'고 할 때의 '여(與)' 자가 '강(降)' 자와 뜻이 중첩되지 않는가?"

내가 대답하였다. "성상의 말씀이 참으로 옳습니다. '강생(降生)' 2자를 가지고 억지로 찾아서 분속시키면 '강(降)'이 이(理)에 속하기는 하지만 '강생' 2자를 나누어 붙여서 볼 필요는 없습니다. 다만 '천강생민'을 기에 소속시키고 '여지이성(與之以性)'을 이에 소속시키면 타당할 듯합니다."

임금께서 말씀하였다. "'인의예지지성(仁義禮智之性)'의 '성(性)' 자는 본연지성(本然之性)을 가리키는가? 기질지성(氣質之性)을 가리키는가?"

내가 대답하였다. "본연지성을 가리킵니다."

임금께서 말씀하였다. "맹자(孟子)가 '성(性)이 선(善)하다.'라고 한 것은 본연지성을 말하고,[4] 정자(程子)가 '생(生)을 성(性)이라고 한다.'라고 한 것은 기질지성을 말한다. 전성(前聖)과 후성(後聖)의 성(性)을 말한 것이 같지 않은 것은 어째서인가?"

내가 대답하였다. "맹자 이전의 성현은 모두 기(氣) 측면에서 성을 말하였고, 오직 맹자의 '성선(性善)'과 정자의 '성즉리(性卽理)'만이 기질에 나아가서 이(理) 한쪽만을 가리켜 말하였습니다. '생지위성(生之謂性)'으로 말하면 공자가 말한 '성이 서로 가깝다〔性相近〕'[5]의 성과 같습니다."

임금께서 말씀하였다. "이 말이 옳다. 이(理)를 가지고 성을 말한 것이 맹자의 '성(性)이 선(善)하다.'에서 비롯되었으니, 맹자 이전에 성을 말한 이는 모두 기(氣) 쪽에 소속시켰다. 이 때문에 성(性) 자는 마음 심(心) 변에 생(生)을 붙였다."

시관(試官) 김희(金憙)가 말하였다. "강원(講員)의 대답이 옳지 않은 것은 아니지만, 이 같은 곳은 조금이라도 대충 지나가면 말의 병폐를 부르기가 쉽습니다."

임금께서 말씀하였다. "'성(性)' 자와 '이(理)' 자도 같은 점과 차이점

4 맹자(孟子)가……말하고 : 《맹자》 〈등문공 상(滕文公上)〉에, 등문공이 세자 시절 맹자를 찾아오자 "맹자가 성품이 선함을 말하면서 말할 때마다 반드시 요임금과 순임금을 거론하였다.〔孟子道性善, 言必稱堯舜.〕" 하였다.

5 성이 서로 가깝다 : 《논어》 〈양화(陽貨)〉에, 공자가 "성품이 서로 비슷하나 익힘을 통해 서로 멀어진다.〔性相近也, 習相遠也.〕" 하였다.

을 말할 수 있는가?"

내가 대답하였다. "하늘에 있는 것을 이(理)라 하고 사람에게 있는 것을 성(性)이라고 하니, 성의 의미는 이(理)가 기질 속에 떨어져 있는 것을 가리킵니다."

임금께서 말씀하였다. "'인의예(仁義禮)' 3자는 모두 훈고(訓詁)가 있으나 '지(智)' 1자는 유독 명확한 해석이 없다. 이 때문에 선유 가운데 어떤 이는 '마음의 신명〔心之神明〕이니 뭇 이치를 오묘히 갖추어 만물을 주재하는 것'[6]이라는 말로 보충하기도 하고, 어떤 이는 '천리(天理)의 동정(動靜)의 기틀을 함유하고 인사(人事)의 시비의 법칙을 갖추었다'[7]는 말로 보충하기도 하였다. 두 설 가운데 무엇이 낫고 무엇이 못한가?"

내가 대답하였다. "두 가지 훈고를 선유가 모두 옳지 않다고 하였습니다."

임금께서 말씀하였다. "무슨 까닭으로 옳지 않다고 하였는가? 반드시 나름대로 설이 있을 것이다."

내가 대답하였다. "지(智)는 이치이니, 뭇 이치를 오묘히 갖추었다고 한다면 이는 이(理)로써 이(理)를 오묘히 갖춘 것이고, 천리(天理)를 함유했다고 한다면 이는 이(理)로써 이(理)를 함유한 것입니다."

임금께서 말씀하였다. "기질이란 무슨 물건인가? 질(質)이란 형질

6 마음의……것 : 운봉 호씨(雲峯胡氏) 호병문(胡炳文)의 설로, 《대학장구대전》 서문의 소주에 보인다.

7 천리(天理)의……갖추었다 : 파양 심씨(番易沈氏) 심귀보(沈貴珤)의 설로, 《대학장구대전》 서문의 운봉 호씨(雲峯胡氏) 설 아래에 보인다.

(形質)을 말하는가?"

내가 대답하였다. "기(氣)는 지(知)에 속하고 질(質)은 행(行)에 속합니다."

임금께서 말씀하였다. "성(性)은 형체가 없는데, 성(性)이 어찌 소유가 있어서 그 소유한 것을 알고 온전히 할 수 있겠는가?"

내가 대답하였다. "성(性)이 가진 것은 크게 나누면 사덕(四德)이고 세세하게 나누면 만리(萬理)입니다."

임금께서 말씀하였다. "'총명예지(聰明睿智)' 4자는 어느 것이 중하고 어느 것이 가벼운가?"

내가 대답하였다. "총명은 형(形)에 있고 예지는 심(心)에 있으니, 예지가 중한 듯합니다."

임금께서 말씀하였다. "'총명예지'의 지(智)와 '인의예지'의 지(智)는 같은가 다른가?"

내가 대답하였다. "'총명예지'의 지(智)는 질(質)에 속하고 '인의예지'의 지(智)는 성(性)에 속하니, 두 '지(智)' 자는 같지 않습니다."

임금께서 말씀하였다. "옳다. '총명예지'의 지(智)는 '지(知)' 자로 써야 한다. 왜판(倭板) 사서(四書)에는 이와 같이 썼다."

김희가 말하였다. "《중용》과 《주역》 〈계사(繫辭)〉에도 모두 '지(知)' 자로 썼습니다."

임금께서 말씀하였다. "여기에서 '다스리고 가르친다〔治而敎之〕' 하였으니, 이미 다스린다 해놓고 또 가르친다 한 것은 어째서인가?"

내가 대답하였다. "다스림은 임금에게 속하고 가르침은 스승에게 속하기 때문입니다."

임금께서 말씀하였다. "다스림과 가르침의 형태가 차이가 있는가?"

내가 대답하였다. "가르쳤는데도 따르지 않으면 다스리는 것입니다."

임금께서 말씀하였다. "다스림과 가르침은 일반적인 설로 봐야 한다. 가르침을 따르지 않으면 다스린다고 한 말은 천착을 면치 못한다."

임금께서 말씀하였다. "입극(立極)의 극(極)은 무엇을 말하는가?"

내가 대답하였다. "표준을 말합니다."

임금께서 말씀하였다. "무엇을 표준이라 하는가?"

내가 대답하였다. "비유하면 옥극(屋極)[8]이나 황극(皇極)의 극(極)과 같으니, 사면에서 모여들고 향하여 이것을 가지고 준칙으로 삼는 것을 말합니다."

임금께서 말씀하였다. "예악사어(禮樂射御)의 조목을 말해보아라."

내가 대답하였다. "예(禮)는 길례(吉禮)·흉례(凶禮)·군례(軍禮)·빈례(賓禮)·가례(嘉禮) 등의 오례(五禮)가 이것이고, 악(樂)은 육률(六律)·오성(五聲)·팔음(八音)이 이것이고, 사(射)에는 오사(五射)[9]가 있고, 어(御)에는 오어(五御)[10]가 있고, 서(書)에는 육서(六

8 옥극(屋極) : 태고(太古) 시절 삿갓 형태의 움막집을 지을 적에 그 가운데에 세운 축이 되는 기둥을 말한다. 《與猶堂全書 第二集 卷25 尙書古訓 卷四》

9 오사(五射) : 고대 활쏘기의 제도로 《주례(周禮) 〈지관(地官) 사도(司徒)〉의 정현(鄭玄)의 주(註)에 "오사는 백시(白矢), 삼련(三連), 섬주(剡注), 양척(襄尺), 정의(井儀)이다." 하였고, 또 가공언(賈公彦)의 소(疏)에 "백시란 화살이 과녁을 뚫어서 과녁의 뒤쪽에 하얀 촉(鏃)이 보이는 모양을 말한 것이고, 삼련이란 먼저 한 발을 쏘고 나서 세 발을 연달아 쏘는 것이다." 하였다.

10 오어(五御) : 오어는 말을 모는 다섯 가지의 법인데, 《주례(周禮) 〈지관(地官) 사도(司徒)〉의 정현의 주에 "명화란(鳴和鸞), 축수곡(逐水曲), 과군표(過君標), 무교구(舞交衢), 축금좌(逐禽左)이다." 하였다.

書)[11]가 있고, 수(數)에는 구수(九數)[12]가 있습니다."

임금께서 말씀하였다. "여기에 '궁리정심(窮理正心)'과 '수기치인(修己治人)'을 말하고 치지(致知)와 성의(誠意)를 빼놓은 것은 어째서인가?"

내가 대답하였다. "치지(致知)는 궁리(窮理)에 포함되어 있고, 성의(誠意)는 정심(正心)에 포함되어 있기 때문입니다."

임금께서 말씀하였다. "뜻〔意〕이란 마음의 발한 바이니, 공부의 차례가 정심(正心)을 먼저 하고 성의(誠意)를 나중에 해야 할 듯한데, 지금 도리어 거꾸로 말한 것은 어째서인가?"

내가 대답하였다. "발한 곳으로부터 힘을 쓰는 것이고, 아직 발하지 않은 곳은 그 병통만 논할 뿐입니다."

임금께서 말씀하였다. "《대학》 속에도 미발(未發)의 공부가 있는가?"

내가 대답하였다. "정심장(正心章)이 바로 본체(本體) 상의 공부이니, 이로써 미발(未發)의 공부에 소속시켜야 합니다."

김희가 말하였다. "그렇지 않습니다. 바로잡는 마음은 또한 이발(已發)에 속하니, 이것을 미발(未發)로 말해서는 안 됩니다."

내가 말하였다. "마음이 존재하는 병통과 마음이 존재하지 않는 병통

11 육서(六書) : 육서는 한자의 구성 원리에 관한 여섯 가지 법칙으로서 상형(象形), 회의(會意), 전주(轉注), 지사(指事), 가차(假借), 형성(形聲)을 가리킨다. 《周禮 地官 司徒》

12 구수(九數) : 방전(方田)·속미(粟米)·차분(差分)·소광(少廣)·상공(商功)·균수(均輸)·방정(方程)·영부족(盈不足)·방요(旁要) 등 수학의 아홉 가지 계산법이다. 《주례》 〈지관 보씨〉의 구수에 대한 주에 보인다.

을 이미 말했으니, 이른바 정심은 다만 본체 상에서 엮어서 깨우칠 따름이지 정심의 '정(正)'이 본래 힘을 쓰는 의미가 아닙니다."

임금께서 말씀하였다. "사람과 동물의 성(性)이 같은가 다른가?"

내가 대답하였다. "성(性)은 별도의 물건이 있는 것이 아니라 바로 이 기(氣)의 이(理)인데, 오행(五行)의 기(氣)를 사람과 동물이 모두 받았다면, 오행의 이(理) 또한 어찌 피차간에 넉넉하고 부족한 차이가 있겠습니까?"[13]

임금께서 말씀하였다. "사람과 동물의 성(性)이 같다면 개와 소의 성(性)도 사람의 성(性)이란 말인가?"

내가 대답하였다. "성(性)으로 말하면 사람과 동물이 같지만, 다만 동물의 경우에는 기질이 편색(偏塞)하여 성(性)의 본체를 발용(發用)할 수 없습니다. 이 때문에 마치 본래 이 성(性)이 없는 듯합니다. 사람은 비록 청탁(淸濁)과 수박(粹駁)의 차이는 있지만 편색(偏塞)에는 이르지 않기 때문에 바로잡고 변화시켜 성(性)의 처음 면모를 회복할 수 있으니, 이것이 《대학》의 공부가 동물에게 미치지 않는 까닭입니다."

임금께서 말씀하였다. "증씨(曾氏)가 전해 받은 것이 왜 홀로 그 종지를 얻었다는 것인가?"

내가 대답하였다. "증자(曾子)가 실로 공문(孔門)의 정통을 전해 받았고, 여기에서 또 《대학》의 글을 편찬하였기 때문에 증씨를 홀로 그 종지를 얻었다고 한 것입니다."

13 성(性)은……있겠습니까 : 당시 논란거리였던 인물성동이론(人物性同異論)에 대한 저자의 견해가 담긴 대답이다. 이 대답을 통해 저자는 인물성동론을 주장하는 낙론(洛論) 계열임을 볼 수 있다.

임금께서 말씀하였다. "우리 유가의 학문에서도 일찍이 허(虛)와 적(寂)을 말하였으니, 허무(虛無)와 적멸(寂滅)이 어찌 이단이 되겠는가?"

내가 대답하였다. "비어 있으나 있고 고요하나 감응하는 것은 우리 유가의 학문이고, 비어서 아무것도 없고 고요하면서 아무것도 없는 것은 이단의 학설입니다."

임금께서 말씀하였다. "왜 고상하기가 《대학》보다 더하다고 하였는가? 이단의 학설이 과연 《대학》보다 고상한가?"

내가 대답하였다. "하학(下學)을 일삼지 않고 오로지 상달(上達)을 힘씁니다. 이 때문에 제 스스로 고상하기가 《대학》보다 더하다고 여기는 것입니다."

임금께서 말씀하였다. "여기에서 '실로 처음으로 이 편을 높이고 믿어서 표장했다〔實始尊信此篇而表章之〕'고 하였는데, 정자(程子) 이전에는 과연 표장한 사람이 없었는가?"

내가 대답하였다. "송 인종(宋仁宗) 때 여단(呂端)도 《대학》을 진강한 적이 있으니, 정자와 주자 이전에 《대학》이 실로 이미 《예기》에서 빠져나와 별본으로 통행된 것입니다."

임금께서 말씀하였다. "'삼가 내 뜻을 덧붙여 빠진 부분을 보충하였다〔竊附己意, 補其闕畧〕'는 말을 주설(註說)에서는 보망장(補亡章)을 가지고 여기에 해당시켰는데,[14] 만일 그렇다면 주자가 삼가 정자의 뜻

14 주설(註說)에서는……해당시켰는데 : 《대학장구》 서문의 "내 뜻을 덧붙여 빠진 부분을 보충하였다〔竊附己意, 補其闕畧.〕"는 구절에 대한 소주에서 "전(傳)의 제5장을 보충한 것을 말한다." 하였다.

을 취했다는 것이 어디에 있단 말인가?"

내가 대답하였다. "성상의 말씀이 참으로 옳습니다. 여기에서 말한 '빠졌다〔闕畧〕'는 것은 곧 성의(誠意)가 치지(致知)를 이어받지 않고 정심(正心)이 성의(誠意)를 이어받지 않아서 주자가 두 장(章)에 대하여 따로 설을 만들어 보충한 것이니, 이 구(句)는 이 두 조목을 가리켜야 할 듯합니다."

임금께서 말씀하였다. "시관(試官)이 차례대로 논란 부분을 물어보도록 하라."

시관 서유방(徐有防)이 말하였다. "이는 도통(道統)을 말한 문장인데, 복희(伏羲)·신농(神農)·황제(黃帝)·요(堯)·순(舜)을 두루 꼽아놓고 유독 우(禹)·탕(湯)·문왕(文王)·무왕(武王)을 언급하지 않은 이유는 무엇입니까?"

내가 대답하였다. "아래 글에 있는 '삼대의 융성기〔三代之隆〕'가 바로 우·탕·문왕·무왕을 가리킵니다."

김희가 말하였다. "대체로 서문의 체제는 원서(原書)의 뜻을 총괄하는 것인데 이 서문에 '명덕(明德)' 2자가 없는 것은 어째서입니까?"

내가 대답하였다. "《중용》은 도(道)를 논한 글이므로 심(心) 자를 써서 서문을 지었고, 《대학》은 마음〔心〕을 논한 글이므로 성(性) 자를 써서 서문을 지었습니다. 성은 마음의 덕(德)이고 마음은 도(道)의 본체입니다."

김희가 말하였다. "명덕(明德)과 인의예지(仁義禮智)의 성(性)은 같은 것입니까, 다른 것입니까?"

내가 대답하였다. "명덕(明德)은 심(心)이고 인의예지 네 가지는 성(性)이니, 심과 성은 같지 않습니다."

김희가 말하였다. "《대학장구》에서 명덕(明德)을 풀이하기를 '뭇 이치를 갖추어서 만사에 응한다'고 하였습니다. 이는 이(理) 쪽에 소속시켜 말한 것입니까, 기(氣) 쪽에 소속시켜 말한 것입니까?"

내가 대답하였다. "뭇 이치를 이(理)로써 갖춘 것이 명덕이고, 만사(萬事)를 기(氣)로써 대응하는 것이 명덕입니다. 명덕을 이(理)에만 소속시켜서도 안 되고 기(氣)에만 소속시켜서도 안 됩니다."

김희가 말하였다. "그렇다면 천하의 물건이 이(理)와 기(氣) 두 가지에서 벗어나지 않거늘, 명덕이 과연 무슨 물건이기에 이(理)에도 속하지 않고 기(氣)에도 속하지 않는단 말입니까?"

내가 대답하였다. "주자도 이(理)에 비하면 조금 드러나고 기(氣)에 비하면 조금 은미하다고 하였으니, 일찍이 이(理)와 기(氣) 어느 한쪽에만 소속시키지 않았습니다."

김희가 말하였다. "기질(氣質)이란 지행(知行)을 말하니, 그 위치를 어느 곳에 배치해야 하겠습니까?"

내가 대답하였다. "마음속에 두어야만 합니다."

김희가 말하였다. "기질이 마음속에 있다면 마음은 과연 기(氣)에 속하는 것이니, 마음은 선과 악이 혼재해 있다는 설이 이것입니다."

내가 대답하였다. "기질이 비록 마음속에 있으나 심체(心體)와는 경계(境界)가 아주 다릅니다."

김희가 말하였다. "마음을 기(氣)라고 하지 않을 수는 없지만 기질과는 같지 않습니다."

내가 대답하였다. "주자가 마음은 기(氣)의 정상(精爽)이라 하였으니,[15] 기(氣)와 정상(精爽)은 또한 구분이 있어야 합니다."

김희가 말하였다. "이미 기(氣)의 정상(精爽)이라고 했으니, 기(氣)

가 아니고 무엇입니까? 기질로 말하면 선정(先正)의 〈심권도(心圈圖)〉에도 청탁(淸濁)과 수박(粹駁)으로 썼습니다. 또 그 빠진 부분을 보충한 의리를 자세하게 논하지 않으면 안 됩니다. 위에서 말한 '여전히 방실된 것이 많다〔猶頗放失〕'는 것은 편간(篇簡)의 차례가 방만하고 격물(格物)과 치지(致知)의 전문(傳文)이 유실된 것을 말합니다. 그렇다면 그 아랫부분의 '찾아서 모았다〔采而輯之〕'는 것은 편간의 차례에 속해야 하고, '그 빠진 부분을 보충했다〔補其闕畧〕'는 것은 격물과 치지의 전문에 속해야 합니다. 지금 만일 성의장(誠意章)과 정심장(正心章)을 가지고 빠진 부분이라 한다면 성인(聖人)이 지은 글에 어찌 빠트릴 이치가 있겠습니까?"

내가 말하였다. "'여전히 방실된 것이 많다'는 다만 '찾아서 모았다'는 것을 가지고 연결하고, '삼가 내 뜻을 덧붙였다' 아래에는 '간역(間亦)' 2글자를 중간에 두어 따로 한 단락을 만들었으니, '삼가 내 뜻을 덧붙였다'는 것을 윗글에 연결해서는 안 될 듯합니다. 또 주자가 격물과 치지의 전문(傳文)에 대해 분명히 삼가 정자의 뜻을 취한다는 것으로 단서를 열었습니다. 이 때문에 모기령(毛奇齡)도 이 구(句)가 또한 보망장(補亡章)을 말한다고 오인하여 '자신의 뜻인가 정자의 뜻인가' 하였으니, 이것을 보망장으로 보아서는 안 됩니다."

김희가 말하였다. "이 단락은 끝내 의심스럽습니다. 보망장(補亡章)이 비록 정자의 말을 인용했으나 역시 주자의 뜻이니, 굳이 자신의 뜻이라고 해서 안 될 것이 없습니다. 성의장(誠意章)과 정심장(正心

15 주자가……하였으니 : 《주자어류》 권5 성리(性理)2에 보인다. 정상(精爽)은 만물의 근원을 이룬다는 신령스러운 기운이다.

章)이 이어져 있는 것으로 말하면 빠진 부분을 보충했다는 말을 여기에 해당시킬 수는 없을 듯합니다."

내가 말하였다. "성의장과 정심장이 서로 이어져 있는 것은 8조목이 위를 이어받아 아래를 일으키는 일례이니, 《대학》에 있어서 또한 사소한 절목이 아닙니다."

임금께서 말씀하였다. "너도 시관에게 질문하도록 하라."

내가 말하였다. "〈곡례(曲禮)〉·〈소의(少儀)〉·〈내칙(內則)〉은 《예기(禮記)》 속에 편입되었으니 실로 소학의 실마리라고 할 수 있지만, 〈제자직(弟子職)〉으로 말하면 《관자(管子)》에 나오니, 그렇다면 공자(孔子)가 또한 일찍이 외워서 전한 것입니까?"

김희가 대답하였다. "그것을 지류(支流)와 여예(餘裔)라고 하였으니, 《관자》뿐만 아니라 〈곡례〉 등 제편(諸篇)이 모두 공자가 외워 전한 것은 아닐 것입니다."

내가 말하였다. "〈소의(少儀)〉라는 편명을 어떤 이는 소절(小節)이라고 하고 어떤 이는 유의(幼儀)라고 합니다. 어떤 설을 정설로 삼아야 합니까?"

김희가 대답하였다. "유의(幼儀)라고 말해서는 안 될 듯합니다."

서유방이 말하였다. "소절(少節)이라 하더라도 타당하지 않습니다."

임금께서 말씀하였다. "강원(講員)은 어떻게 보는가?"

내가 대답하였다. "정강성(鄭康成 정현(鄭玄))은 소절(小節)이라 하였고 주자는 유의(幼儀)라고 하였는데, 주자의 해석을 따라야 합니다."

《대학》 경1장
大學經一章

임금께서 말씀하였다. "선유(先儒) 중에 지선(至善)을 태극(太極)의 이명(異名)이라고 한 이가 있으니, 지선과 태극이 과연 차이가 없는가?"

내가 대답하였다. "지선이란 두 글자는 이 이치의 지극함을 형용한 말이고, 태극이라는 명칭도 지극함을 의미합니다. 이 때문에 선유가 이와 같이 말했습니다."

임금께서 말씀하였다. "만일 체(體)와 용(用)으로 나누어 말한다면 지선(至善)은 체인가 용인가?"

내가 대답하였다. "체입니다."

임금께서 말씀하였다. "그렇다면 지선(至善)은 미발(未發) 중에 있으니 이발(已發) 후에는 지선이라고 말할 수 없는가?"

내가 대답하였다. "지선이란, 이 이(理)를 총괄한 명칭입니다. 그러므로 체와 용에 분속시키면 당연히 체에 속합니다. 그러나 실제로는 지선이 없는 곳이 없으니, 미발(未發) 중에는 본래 지선이 있거니와 이발(已發) 후에도 역시 지선이 있습니다."

임금께서 말씀하였다. "선정(先正) 성혼(成渾)은 학문이 순수하고 조예가 탁월한데, 지선(至善)을 논하면서 전적으로 용(用)에 소속시켰다. 이 때문에 선정 이이(李珥)가 편지를 보내 논란하면서 누차 편지를 주고받은 끝에 마침내 의견 일치를 보았다. 성 선정(成先正)이 처음에 용에 소속시킨 것도 반드시 나름대로의 견해가 있었기 때문일 것이다. 네가 말해보아라."

내가 대답하였다. "성 선정이 전적으로 용에 소속시킨 것은 그 일마다 물마다 각각 지선(至善)이 있어서 일이나 물에 대처하는 것이 이발(已發) 아닌 것이 없기 때문인 듯합니다. 그러나 미발(未發) 전에 사물에 대처하는 이치가 내 마음속에 갖추어져 있지 않은 적이 없으니, 비록 두 선정이 처음에는 견해가 달랐으나 끝에는 일치된 것으로 보더라도 또한 체와 용 양쪽에 존재하는 오묘함을 징험할 수 있습니다."

임금께서 말씀하였다. "'대학의 도〔大學之道〕'의 '도(道)' 자는 무슨 뜻인가? 이전 강원(講員)의 대답이 일치하지 않을 뿐만 아니라 선배의 훈고도 종종 다른 이가 있다."

내가 대답하였다. "이 도(道) 자를 심각하게 볼 필요는 없습니다. 아마도 '법(法)' 자의 의미와 같은 듯하니, 대학에서 사람을 가르치는 조교(條教)와 법령인 듯합니다."

임금께서 말씀하였다. "그렇다면 근도(近道)의 도(道)와 대학의 도(道)는 또한 차이가 없는가?"

내가 대답하였다. "동일합니다."

임금께서 말씀하였다. "'학문하는 차례를 볼 수 있는 것이 다만 이 편 덕분이다〔可見爲學次第獨賴此篇〕' 한 것은 진실로 바꿀 수 없는 정론(定論)이다. 그러나 《논어》와 《맹자》로 말하면 질문한 자가 한 사람이 아니고 기록한 자가 한 사람이 아니다. 그 차례와 조례(條例)가 어찌 정연하게 순서가 있는 《대학》 책과 같겠는가. 그런데 《대학》 다음의 공부라고 한 것은 어째서인가?"

내가 대답하였다. "《대학》으로 먼저 그 규모를 세운 뒤에 《논어》로 함양하고 《맹자》로 체험한다면 문로(門路)가 바른 데다 도움받는 것도 넓어지게 됩니다. 이 때문에 《대학》 뒤에 《논어》와 《맹자》로 잇지 않을 수 없는 것입니다."

임금께서 말씀하였다. "'물리지극처무부도(物理之極處無不到)'를 언두(諺讀)는 '이(理)가 이르지 않음이 없다'는 것으로 뜻을 삼기도 하고 '심(心)이 이르지 않음이 없다'는 것으로 뜻을 삼기도 한다.[16] 어느 것이 옳은가?"

내가 대답하였다. "이(理)가 이르지 않음이 없다는 것으로 뜻을 삼아야 합니다."

임금께서 말씀하였다. "물리(物理)는 본래 지극한 곳에 있으니, 어찌 사람이 궁리하여 이르기를 기다린 뒤에야 도달하겠는가?"

내가 대답하였다. "사람이 궁리하여 이르기 전에도 물리(物理)가 본래 지극한 곳에 있긴 하지만 사람 스스로 살피지 못할 뿐입니다. 그러다가 궁리하여 이른 뒤에야 지극한 곳에 있는 물리가 사사건건 드러나지 않는 것이 없게 되니, 이것이 격물(格物)과 치지(致知)가 서로 필요하여 여기에 아울러 힘써야 하는 까닭입니다."

임금께서 말씀하였다. "시관이 질문하도록 하라."

시관 정지검(鄭志儉)이 말하였다. "'대학의 도〔大學之道〕'를 태학(太學)의 조교(條敎)와 법령(法令)이라고 한다면 '대학(大學)' 2자는 학교(學校)의 '학(學)' 자가 되어야지 학문(學問)의 '학(學)' 자가 될 수는 없습니다. 이는 《대학장구》에서 말한 '대인(大人)의 학문'과 뜻이 서로 어긋나지 않겠습니까?"

16 언두(諺讀)는……한다 : "물리지극처(物理之極處)가 무부도(無不到)"라고 읽으면 이(理)가 이르지 않음이 없다는 뜻이 되고, "물리지극처(物理之極處)에 무부도(無不到)"라고 읽으면 심(心)이 이르지 않음이 없다는 뜻이 된다.

내가 대답하였다. "학교의 명칭을 태학(太學)이라 한 것은 그 뜻을 궁구해보면 대인(大人)이 배우는 곳이기 때문입니다. 대인의 학문이 학교의 뜻과 어긋남이 있는지 모르겠습니다."

임금께서 말씀하였다. "이는 강원의 주장 역시 나름대로 견해가 있는 것이니, 태학으로 학교의 이름을 지은 것 또한 대인의 뜻이다."

정지검이 말하였다. "정(定)·정(靜)·안(安)·여(慮)·득(得)을 선유 중에 8조목의 순서에 분속시킨 이가 있습니다. 이는 과연 어떠합니까?"

내가 말하였다. "과연 분속시킨 논의가 있긴 하지만 이 절은 지지(知止) 이하의 다섯 가지가 서로 이어지는 것이지 애당초 대단한 등급이 있는 것은 아니니, 굳이 8조목의 순서를 가지고 안배할 필요는 없을 듯합니다."

임금께서 말씀하였다. "안자(顔子 안회)가 지선(至善)의 경지에 도달했는지의 여부에 대해 우리나라 선유(先儒) 중에도 논변한 이가 있다. 그러나 성인(聖人 공자)은 당연히 논할 것이 없거니와 비록 아성(亞聖)인 안자(顔子)라고 하더라도 8조목의 공부에 반드시 부족할 리가 없을 것이다. 그렇다면 도달했다 해야 되겠는가? 도달하지 못했다 해야 되겠는가?"

내가 대답하였다. "안자가 지선(至善)에 대해 진실로 도달하지 못했다 할 수는 없습니다. 그러나 성인(聖人)에 비하면 서툴고 익숙한 차이가 없지 않은 듯합니다. 이 때문에 선유(先儒) 역시 한 칸을 도달하지 못했다고 하였습니다.[17]

17 선유(先儒)……하였습니다 : 《논어》 〈옹야(雍也)〉 편의 "안회(顔回)는 석 달 동

임금께서 말씀하였다. "안자가 한 칸을 도달하지 못했다는 것은 격물·치지·성의·정심이 성인에 도달하지 못한 것인가? 제가·치국·평천하가 성인에 도달하지 못한 것인가?"

내가 대답하였다. "명덕(明德)과 신민(新民)이 애당초 두 갈래가 아니니, 격물·치지·성의·정심이 성인에 도달하지 못한 것과 제가·치국·평천하가 성인에 도달하지 못한 것으로 나누어 보아서는 안 될 듯합니다."

임금께서 말씀하였다. "생이지지(生而知之)인 성인도 격물·치지·성의·정심의 공부가 있는가?"

내가 대답하였다. "공자는 나면서부터 아신 성인이지만 지학(志學)부터 불유구(不踰矩)에 이르기까지[18] 또한 증진한 공효를 홀로 깨달았습니다. 아무리 성인이라 하더라도 어찌 격물·치지·성의·정심의 공부가 없었겠습니까?"

시관 김희가 말하였다. "명덕(明德)에 대해 선유가 비록 심(心)이 성정(性情)을 거느리는 것이라고는 했지만 정밀히 말한다면 심(心)이겠습니까, 성(性)이겠습니까?"

내가 말하였다. "본심(本心)으로 봐야 합니다."

안 인(仁)을 어기지 않았다.〔回也其心三月不違仁.〕"는 조목의 주석에서 윤돈(尹焞)이 "안자(顔子)는 성인에게 한 칸을 도달하지 못했다." 하였다.

18 지학(志學)부터 불유구(不踰矩)에 이르기까지 : 《논어》〈위정(爲政)〉에, 공자가 자신의 학문을 되돌아보면서 "나는 15세에 학문에 뜻을 두었고, 30세에 자립하였고, 40세에 현혹되지 않았고, 50세에 천명을 알았고, 60세에 귀가 순해졌고, 70세에 마음이 원하는 걸 따라도 법도에 어긋나지 않았다.〔吾十有五而志于學, 三十而立, 四十而不惑, 五十而知天命, 六十而耳順, 七十而從心所欲不踰矩.〕" 하였다.

김희가 말하였다. "《맹자》 〈진심장(盡心章)〉의 집주(集註)에서 '심(心)' 자의 훈고를 '사람의 신명(神明)이니 뭇 이치를 오묘히 갖추어 만물을 주재하는 것이다.'라고 하여, 이 편의 명덕(明德)의 훈고와 비록 글자의 출입은 있으나 뜻은 실로 관통하니, 명덕이 심(心)인 것은 실로 옳습니다. 그러나 심이 이(理)인지 기(氣)인지에 대해서는 어떻게 정론을 내리겠습니까?"

내가 말하였다. "심(心)을 오로지 이(理)에만 소속시켜도 안 되고 오로지 기(氣)에만 소속시켜서도 안 됩니다."

김희가 말하였다. "심(心)이 과연 기(氣)라면 기는 고르지 않으니 이는 명덕(明德)이 분수가 있는 것이고, 심이 과연 이(理)라면 《대학장구》의 이른바 '뭇 이치를 갖추었다〔具衆理〕'는 것은 이(理)로써 이를 갖추는 꼴을 면치 못합니다. 심이 이에 속하는지 기에 속하는지는 진실로 말하기 어렵지만, 이도 아니고 기도 아니라고 한다면 천하의 물건 중에 이와 기를 벗어나는 것은 없습니다."

내가 말하였다. "주자가 심(心)을 논하면서 이(理)에 비해 조금 드러나고 기(氣)에 비해 조금 은미하다 하였으니, 주자 또한 어느 한쪽에만 소속시키지 않았습니다."

김희가 말하였다. "주자의 훈석은 지난번 강석(講席)에서 이미 논한 것으로, 이(理)도 아니고 기(氣)도 아닌 것은 천하에 끝내 이러한 물건이 없습니다. 더구나 명덕(明德)의 전문(傳文) '이 하늘의 밝은 명을 돌아보라〔顧諟天之明命〕'는 '천명지성(天命之性)'과 동일하고 《대학장구》에서 '밝은 명〔明命〕은 하늘이 나에게 준 것으로 내가 덕으로 삼는 것이다〔天之所以與我而我之所以爲德者也〕'라고 하였으니, 이를 가지고 말한다면 명덕은 성(性)에 소속시켜야지 심(心)에 소속시켜서는 안 됩니다."

내가 말하였다. "성(性)도 천명(天命)이고 덕(德)도 천명인데, 명덕은 유독 천명이라고 할 수 없단 말입니까? 명덕을 《대학장구》에서도 하늘에서 얻은 것이라고 하지 않았습니까?"

김희가 말하였다. "천명을 심(心)에 소속시킬 수는 없습니다. 또 명덕이 과연 심이라면 정심(正心)에 대한 훈고에서 '몸의 주재자〔身之所主〕'라고 한 것이 명덕에 대한 훈고와 같지 않으니 어째서입니까?"

내가 말하였다. "전체적으로 말했는지 치우쳐 말했는지에 따라 훈고가 같지 않은 것입니다."

김희가 말하였다. "서문에서는 기질(氣質)의 품수(稟受)만 단독으로 말하고 《대학장구》에서는 기품(氣稟)과 물욕(物欲)을 함께 말한 것은 어째서입니까?"

내가 말하였다. "서문에서는 사람이 받은 것이 같지 않은 측면을 주로 말하였고 《대학장구》에서는 명덕(明德)이 구애받고 가려지는 측면을 주로 말했으므로, 단독으로 말한 것과 겸하여 말한 것이 다르지 않을 수 없습니다."

임금께서 말씀하였다. "강원이 함께 문답하도록 하라."

김계락(金啓洛)이 말하였다. "마음〔心〕은 체(體)이고 뜻〔意〕은 용(用)인데, 성의(誠意)가 정심(正心)보다 먼저인 것은 어째서입니까?"

내가 말하였다. "배우는 사람의 공부는 용에 있고 체에 있지 않아야 합니다."

이곤수(李崑秀)가 말하였다. "'도에 가깝다〔則近道矣〕'와 '대학의 도〔大學之道〕'가 같다면, 먼저 하고 나중에 할 것을 아는 것이 곧 도인데, 어찌하여 도에 가깝다고 하였습니까?"

내가 말하였다. "먼저 하고 나중에 할 것을 안다고 말했으니, 이는 '능득(能得)'에 미치지 못한 것이므로 도에 가깝다고 한 것입니다."

《대학》 전1장

大學傳首章

어제조문(御製條問)[19]에 말하였다. "경(經)에서 '명명덕(明明德)'이라 하였으니, 여기에서 극명명덕(克明明德)이라 해야 할 터인데, '극명덕(克明德)'이라고만 한 것은 어째서인가?"

내가 대답하였다. "신은 일찍이 이 전(傳)의 세 절이 옛글을 인용하여 경문(經文) 속의 '명명덕(明明德)' 3자를 분석(分釋)하고 전(傳)을 지은 이의 말로 끝맺었다고 생각하였습니다. 이 절(節)의 뜻은 중점이 위의 '명(明)' 자에 있습니다. 이 때문에 〈강고(康誥)〉의 '극명덕(克明德)' 한 구를 인용하여 '밝히는〔明之〕' 공부를 밝혔습니다. 만일 극명명

19 어제조문(御製條問) : 조문(條問)은 의의조문(疑義條問) 혹은 경의조문(經義條問)의 줄임말이다. 즉 정조가 초계문신(抄啓文臣)을 비롯하여 일반 유생(儒生)들의 학업을 권장하기 위하여 경서의 내용 중 의미의 이해가 어려운 부분을 조목조목 문제로 만든 것이 조문이다. 정조는 초계문신을 창설한 뒤 한겨울이나 무더위 때 경연을 중지하는 대신에 강학(講學)해야 할 부분의 처음부터 끝까지 난해한 부분을 조문으로 뽑아서 그들로 하여금 집에서 조목조목 대답을 적어오게 하였다. 《弘齋全書 卷166 日得錄6 政事1》. 현재 공장(公藏)되어 있는 것으로 《어제맹자조문(御製孟子條問)》(奎1026), 《어제서전조문(御製書傳條問)》(奎12233)이 있으며 《주역》, 《상서》, 《모시(毛詩)》, 《춘추》, 삼례(三禮), 《논어》, 《맹자》, 《중용》, 《대학》의 모든 내용을 다루고 있는 것으로 어제조문(御製條問, 국립중앙도서관장 한古朝01-19)이 있다. 이런 조문들은 대개 정조 초년인 1781년(정조5)에 집중적으로 이루어졌으며, 그 후에도 간헐적으로 만들어졌던 것으로 보인다. 또한 정조는 이 조문을 초계문신뿐만 아니라 일반 유생에게도 시험 문제로 제시하였는데, 그 중 우수한 답안을 선정하여 묶은 것이 바로 《강의(講義)》이다. 《正祖實錄 15年 5月 9日》

덕(克明明德)이라 한다면 이는 제2절이 필요 없이 '명명(明明)' 두 글자에 대한 풀이가 극진해지니, 드러내는 것이 너무 급하고 말이 점진적이지 못한 것에 가깝지 않겠습니까. 더구나 이 한 구절은 본래 〈강고〉에 나오니, 글을 인용하는 체제상 그 사이에 가감을 해서는 안 될 듯합니다."

어제조문에 말씀하였다. "경문의 3강령을 분속시키면 덕(德) 자는 명덕(明德)에 소속시켜야 하고 명(明) 자는 위의 명(明) 자에 소속시켜야 한다. 그렇다면 극(克) 자는 어느 단락에 소속시켜야 하는가?"

내가 대답하였다. "이 절의 극(克) 자를 《대학장구》에서 능(能)이라고 해석하였고, 《주자어류(朱子語類)》에서도 '극택궐심(克宅厥心)[20] · 극명준덕(克明峻德)이라고 한 유형과 같다.' 하였으니, 이는 모두 '명(明)' 자를 공부로 여긴 것이고, 극(克)의 뜻은 다만 부수적인 글자를 가지고 주된 글자를 형용화한 것일 뿐입니다. 《대전》에는 승(勝)으로 해석하였고, 《대학혹문》에도 '문왕(文王)의 마음은 이기는 공부를 할 필요도 없었고, 능히 밝히지 못한 자들은 이기는 공부를 이루지 않을 수 없었다.' 하였으니,[21] 이는 모두 '극(克)' 자를 공부로 삼은 것이어서

20 극택궐심(克宅厥心) : 《서경》 〈입정(立政)〉에 보이는 말로, 《서경》에는 극궐택심(克厥宅心)으로 되어 있다. 삼택(三宅)의 마음을 잘 알았다는 뜻으로, 삼택은 집정관(執政官) · 목민관(牧民官) · 사법관(司法官)을 말한다. 《書經 立政》. 여기에서는 《대학》의 '극(克)' 자를 설명하기 위해 인용하였을 뿐이다.

21 대학혹문에도……하였으니 : '극명덕(克明德)'에 대해 《대학혹문》에서 "문왕의 마음은 천리와 혼연하여 또한 이기는 공부를 할 것도 없이 저절로 밝아졌는데도 이와 같이 말한 것은, 자신은 홀로 능히 밝혔는데 타인은 능하지 못한 것을 보이고, 또 아직 능히 밝히지 못한 자들이 이기는 공부를 이루지 않을 수 없음을 보인 것이다.〔文王之心, 渾然天理, 亦無待於克之而自明矣. 然猶云爾者, 亦見其獨能明之而他人不能, 又以見夫

밝히는 공효는 오히려 극치(克治) 뒤의 일에 속하게 됩니다. 두 설이 똑같이 주자에게서 나왔으나 능(能)으로도 해석하고 승(勝)으로도 해석하여 두 뜻이 동떨어집니다. 이 때문에 조순손(趙順孫)[22]과 진덕수(眞德秀)[23]는《대학혹문》의 뜻을 따라서 극(克)을 공부로 여겼고, 채청(蔡淸)[24]과 왕빈(汪份)[25]은《대학장구》의 뜻을 따라서 명(明)을 공부로 여겼습니다. 신은 일찍이 양단(兩端)을 잡고서 절충하여 '극명(克明)' 2자는 꼭 연결해 말해야 하니,《대전》과《대학혹문》은 누차 고치고 수정한《대학장구》에 비해 오히려 따질 만한 점이 없지 않다고 생각했습니다. 그 문장에 근본해보면 인용한 〈강고(康誥)〉는 문왕이 능히

未能明者之不可不致其克之之功也.]"라고 하였는데, 이를 줄여서 인용하였다.

22 조순손(趙順孫) : 1215~1277. 남송(南宋) 사람으로, 자는 화중(和仲), 호는 격암(格庵)이다. 간신 가사도(賈似道)와 조정에서 대립하여, 가사도가 몽고군의 침입 사실을 숨긴 것을 논쟁하다가 벼슬에서 물러나 울분에 차 죽었다. 대표 저서로《사서찬소(四書纂疏)》가 있다.

23 진덕수(眞德秀) : 1178~1235. 자는 경원(景元), 호는 서산(西山)이다. 후대에 서산 선생(西山先生)으로 일컬어졌다. 복건(福建) 출신으로, 본래 신(愼)씨였으나 효종(孝宗)의 휘를 피해 진(眞)으로 바꾸었다. 남송(南宋) 후기에 위료옹(魏了翁)과 쌍벽을 이룬 성리학자로서, 주희의 성리학을 정통으로 계승한 인물이다. 대표 저서에《대학연의(大學衍義)》가 있다.

24 채청(蔡淸) : 1453~1508. 명나라 복건성(福建省) 진강(晉江) 출신으로 자는 개부(介夫), 호는 허재(虛齋)이다. 1481년 진사에 합격하여 잠시 관직 생활을 하다 고향으로 돌아와 학문에 전념하였다. 일찍부터 역학에 뛰어났는데 처음에는 정주(程朱)의 이학(理學)을 계승하다가 후에 도학(道學)에 심취하였다. 저서로《역경몽인(易經蒙引)》,《사서몽인(四書蒙引)》 등이 있다.

25 왕빈(汪份) : 1655~1721. 청(淸)나라의 학자로, 자는 무조(武曹)이다. 명(明)나라 때 호광(胡廣) 등이 찬한《사서대전(四書大全)》을 증정(增訂)하였다.

덕(德)을 밝힌 것을 가리키고, 그 의리를 연구해보면 명덕(明德)의 완전한 공효는 극치(克治)로 다할 수 있는 것이 아닙니다. 그렇다면 이 절의 극(克)은 신민(新民) 전문(傳文)의 '구(苟)' 자와 같아서 '명(明)' 자의 안에 포함되어 있으니, 힘들여 분속시킬 필요가 없을 듯합니다."

어제조문에 말씀하였다. "정부자(程夫子)가 천덕왕도(天德王道)에 대한 설을 하였으니, 천덕(天德)은 명덕(明德)인가? 아니면 천명(天命)인가, 천리(天理)인가?"

내가 대답하였다. "천덕이 있으면 왕도를 말할 수 있다는 것이 정자의 설입니다. 천덕은 심(心)에 속하고 왕도는 이(理)에 속하니, 천덕을 명덕에 소속시키는 것이 신은 옳다고 생각합니다."

어제조문에 말씀하였다. "먼저 '극명덕(克明德)'을 말하고 그다음 '고시천지명명(顧諟天之明命)'을 말하고 그다음 '극명준덕(克明峻德)'을 말하였다. 세 '명(明)' 자에 대한 공부가 각각 선후가 있으며 인용하여 비유한 것도 천심(淺深)이 있는가?"

내가 대답하였다. "공부의 선후로 말하면 제1절의 '명(明)' 자는 '밝히는〔明之〕' 공부를 통론하였는데 '덕(德)' 자가 그 본체이고, 제2절의 '명' 자는 명덕(明德)의 본체를 제시하였는데 '고(顧)' 자가 그 공부이고, 제3절의 '명' 자는 명덕(明德)의 지극한 공을 미루어 말했는데 준(峻) 자가 그 한량(限量)입니다. 인용하여 비유한 순서로 말하면 제1절의 중점은 위의 '명(明)' 자에 있고, 제2절의 중점은 아래의 '명(明)' 자에 있고, 제3절의 중점은 '덕(德)' 자에 있습니다."[26]

26 제1절의……있습니다 : 여기에서 말한 위의 '명(明)' 자, 아래의 '명(明)' 자, '덕

어제조문에 말씀하였다. "〈강고(康誥)〉·〈태갑(太甲)〉·〈제전(帝典)〉을 세 절(三節)로 보는 설이 있는데, 제유(諸儒)가 말한 세 절로 본다는 설이 각자 다르니, 누구의 설을 따라야 하는가?"

내가 대답하였다. "노효손(盧孝孫)[27]은 '극명덕(克明德)은 스스로 밝히는 시초의 일이고 극명준덕(克明峻德)은 스스로 밝히는 종국의 일이고 고시명명(顧諟明命)은 중간에서 스스로 밝히는 공부이다.' 하였고, 오징(吳澄)[28]은 '〈강고〉는 명명덕(明明德)의 단서를 열어주었고 〈태갑〉은 명명덕의 방법을 제시하였고 〈제전〉은 명명덕의 공효를 드러내었다.' 하였고, 허겸(許謙)[29]은 '제1절은 명명덕을 범범히 말하였고 제2절은 밝히는 공부이고 제3절은 명명덕의 지극한 공효를 말하였다.' 하였습니다. 말에 저마다 주장이 담겼으나 의미는 실상 관통하는데, 간단명료한 말을 취한다면 허겸의 설을 나은 것으로 삼아야 할 것입니다."

어제조문에 말씀하였다. "허동양(許東陽 허겸(許謙))은 '명준덕(明峻德)'을 그 덕을 밝혀서 큰 데에 이르는 것이라고 말하였다. 이 설은 어떠한가?"

(德)' 자는 《대학》 경(經)의 '명명덕(明明德)' 구절의 글자를 가리킨다.

27 노효손(盧孝孫) : 주희의 제자로, 주희 사후에 《주자어류(朱子語類)》와 《회암집(晦庵集)》에서 연관된 부분을 모아 100권에 달하는 《사서집의(四書集義)》를 만들었다.

28 오징(吳澄) : 1249~1333. 원(元)나라의 성리학자로, 자는 유청(幼淸), 호는 초려(草廬)이다. 주희의 재전 제자 요로(饒魯)의 문인인 정약용(程若庸)에게 배웠다.

29 허겸(許謙) : 1270~1337. 원(元)나라의 성리학자로, 자는 익지(益之), 호는 백운산인(白雲山人)이다. 주희의 4전 제자인 김이상(金履祥)에게 배웠으며, 주희의 학술을 적극적으로 추종하는 북산학파(北山學派)를 창시하였다. 원대 주자학의 집대성자로 주희의 집주(集註)와 장구(章句)를 보충한 《독사서총설(讀四書叢說)》을 지었다.

내가 대답하였다. “신이 삼가 살펴보건대, 왕빈(汪份)이 말하기를 ‘이 절이 수절(首節)과 구별되는 것은 핵심이 실로 준(峻) 자에 있다. 그러나 준덕(峻德)이 명덕(明德)보다 심오하다고 하면 안 된다.’라고 하였으니, 이 말이 지극히 옳습니다. 여기에서 ‘큰 데에 이른다〔以至於大〕’ 한 것은 다만 공부에 천심(淺深)이 있음을 말한 것뿐이지 덕(德)에 대소(大小)가 있음을 말한 것은 아닙니다. 그렇다면 역시 말의 병폐라고 하지 않을 수 없습니다.”

어제조문에 말씀하였다. “명덕(明德)과 준덕(峻德)이 같은가 다른가? 명(明)은 본체(本體)의 밝음을 이르고 준(峻)은 전체(全體)의 큼을 이르니, 본체를 크다〔大〕 할 수 없고 전체를 밝다〔明〕 할 수는 없는가?”

내가 대답하였다. “수절(首節)의 ‘명덕(明德)’은 통체(統體)의 공부를 범범하게 말하였고, 이 절의 ‘준덕(峻德)’은 명덕의 분량을 자세히 말하였는데, 실제로는 명덕과 준덕이 애당초 다름이 없습니다. 이 때문에 주자가 다른 사람에게 답변하기를 ‘사람의 덕(德)은 일찍이 밝지 않은 적이 없고 그 밝음의 본체도 일찍이 크지 않은 적이 없다. 그러나 사람들 스스로 그것을 어둡게 하여 스스로 보잘것없는 일물(一物)로 전락하였다.’ 하였습니다. 이 말을 가지고 궁구해보면 똑같은 덕(德)이지만 이미 어두워진 뒤로부터 본연(本然)의 밝지 않음이 없는 것을 가리켜 ‘본체’라고 하고, 체와 용의 전체를 들어 확충을 다할 수 없는 것을 지극히 논하여 ‘전체’라고 했음을 미루어 알 수 있습니다. 그러나 선배들은 이러한 뜻을 알지 못하여 힘써 신기한 의견을 내어 오계자(吳季子)[30]는 ‘그 덕을 능히 밝혀서 큰 데에 이르는 것이다.’ 하였고 여유량

30 오계자(吳季子) : 오조건(吳兆騫, 1631~1684)을 말한다. 자는 한사(漢槎), 계자

(呂留良)[31]은 '요(堯)임금이 능히 밝힌 것을 준(峻) 자로부터 이해해야 한다.' 하였으니, 아! 경(經)에 대해 말하기 어려운 것이 오래되었습니다."

어제조문에 말씀하였다. "'고시천지명명(顧諟天之明命)'을 《대학장구》에서 '눈이 항상 거기에 있는 것〔常目在之〕'이라고 하였으니, '고시(顧諟)'라고 한 것은 볼 만한 형체가 있고 찾을 만한 자취가 있는 듯하다는 것이다. '천지명명(天之明命)'은 다만 혼연(渾然)한 일리(一理)로서 시종(始終)이 없는 데다 방향도 없으니, 돌아보는 공부는 과연 어떻게 하는 것인가?"

내가 대답하였다. "'상목재지(常目在之)' 4글자는 주자가 고주(古註)를 인용한 것으로 한유(漢儒)의 훈고가 가장 분명하고 적절합니다. '돌아본다〔顧〕'는 것은 모든 생각이 여기에 있어서 항상 보고 있는 듯하다는 뜻입니다. 그 공부를 말하면 '구기방심(求其放心)'[32]이 실로 이 뜻이고, 그 공효를 지극히 하면 '순역불이(純亦不已)'[33]도 이것을 넘어서지 않습니다. 그런데 어떤 이는 '마음으로 마음을 돌아보는 것〔以心

(季子)는 그의 호이다. 변새시인(邊塞詩人)으로 유명하다.

31 여유량(呂留良) : 1629~1683. 명말청초의 학자로, 자는 장생(莊生), 호는 만촌(晩村)이다. 청나라에 죄를 얻어 사후에 부관참시 되었다.

32 구기방심(求其放心) : 학문을 하는 가장 중요한 방도로서, 달아난 마음을 찾는다는 말이다. 《맹자》 〈고자 상(告子上)〉에 "학문의 도는 다른 것이 없고 그 달아난 마음을 찾는 것일 뿐이다.〔學問之道無他, 求其放心而已矣.〕" 하였다.

33 순역불이(純亦不已) : 순수하고 전일하여 한 올의 사심(私心)도 섞이지 않은 덕이 천도(天道)처럼 지성무식(至誠無息)하여 잠시의 멈춤도 없다는 뜻이다. 《中庸章句 第26章》

顧心]'이 '마음으로 마음을 관조하는 것[以心觀心]'에 거의 가깝다고 하니, 참으로 고루합니다. 어찌 그러하겠습니까. 사람이 미발(未發) 때에는 생각이 아직 싹트지 않고 지각이 아직 어둡지 않으니, 본래 메마른 고목이나 꺼져버린 잿더미를 말하는 것이 아닙니다. 경외(敬畏)의 생각이 지정(至靜)의 영역을 능히 통하고 정일(精一)의 공부가 반드시 초동(初動)의 기미에 이어져서 두 번째의 마음으로 첫 번째의 마음을 돌아보는 것이니, 감정을 막고 외물을 끊어버리는 불교와는 전혀 다릅니다. 그렇다면 바야흐로 가고 바야흐로 오는 용(用)과 담연(湛然)하고 허명(虛明)한 체(體)가 비록 하루에도 그 형상을 만 번 바꾸지만 애당초 어찌 마음이 두 개가 되는 병폐가 있겠습니까. 아, 참으로 미묘합니다!"

어제조문에 말씀하였다. "'고시(顧諟)'로 말하면 정존(靜存)과 동찰(動察)에 모두 이 '고(顧)' 자의 공부가 있다 하였다. 선유(先儒)가 '소리가 없는 데에서 듣고 형체가 없는 데에서 보는[聽無聲視無形]' 것을 고요할 때 보존하는 공부로 삼았으니,[34] 이 설은 과연 어떠한가? 주자의 말에 '보고 듣는 것이 있을 뿐이니, 정(靜)이 되는 데에 무슨 문제가 있겠는가?' 하였으니, 이 말을 가지고 본다면 보고 듣는 것을 정존(靜存)의 공부에 소속시키는 것이 안 될 게 없을 듯하다. 그렇다면 율곡(栗谷)이 소리가 없는 데서 듣고 형체가 없는 데서 보는 것은 정중(靜中)의 기상이 아니라고 하여[35] 주자의 논의와 매우 동떨어진[36] 것은 어째서

34 선유(先儒)가……삼았으니 : 쌍봉 요씨(雙峯饒氏) 요로(饒魯)의 설로, 《대학장구》 전(傳) 1장 '태갑왈고시천지명명(大甲曰顧諟天之明命)' 구절의 소주에 보인다.

35 율곡(栗谷)이……하여 : 《율곡전서(栗谷全書)》 권14 〈기대학소주의의(記大學小

인가?"

내가 대답하였다. "성상의 질문이 여기에 미치시니 참으로 훌륭합니다. 이는 실로 천고(千古)토록 결론 나지 않은 하나의 큰 공안(公案)인데, 이를 설명하는 제가(諸家)가 모두 갈피를 못 잡아 정해진 주장이 있다는 것을 듣지 못했습니다. 신은 주자가 이미 말해주었건만 사람들 스스로 살피지 못한 것뿐이라고 생각합니다. 주자가 《중용》을 논하면서 '온고(溫故)'와 '돈후(敦厚)'를 모두 존심(存心)에 귀속시켰고, 여자약(呂子約 여조검(呂祖儉))에게 답한 편지에서 '〈홍범(洪範)〉의 다섯 가지 일[37]이 용모는 뻣뻣하고 입은 벙어리이고 눈은 맹인이고 귀는 농아이고 생각은 막혔다고 해야 그 본성을 얻는 것이 되고, 치지(致知)와 거경(居敬)은 한낱 어리석고 흐리멍덩한 인간을 만들 뿐이다.' 하였으니,[38] 주자의 생각에는 마음에 생각이 있는 것이 다만 한가롭고 익숙한 사이에 있다면 미발(未發)이라 하기에 무방하다고 여긴 것입니다. 신에게 좋은 비유가 하나 있습니다. 심(心)은 비유하면 물이고, 일상의 행위는 비유하면 사람이 그릇의 물을 받들고 가는 것이고, 희로애락은 비유하면 바람이 수면에 부는 것입니다. 바람이 수면에 부는 것은 이발(已發)이니, 손에 들린 그릇의 물을 오직 조심스레 받들어 잡은 자는

註疑義)〉에 보인다.

36 동떨어진 : 원문의 경정(逕庭)은 과차(過差)와 같은 말이다. 곧장 가고 돌아보지 않는다는 뜻도 된다. 《장자(莊子)》 〈소요유(逍遙遊)〉에 "크게 차이가 있어서 인정에 가깝지 않다.〔大有逕庭, 不近人情.〕" 하였다.

37 홍범(洪範)의……일 : 〈홍범〉의 다섯 가지 일은 모(貌)·언(言)·시(視)·청(聽)·사(思)를 말한다.

38 주자가……하였으니 : 《주자전서(朱子全書)》 권48에 실려 있다.

비록 하루에 천 리를 가더라도 거울처럼 공허하고 저울처럼 평행한 본체가 실로 변함없습니다. 그렇다면 내 몸의 움직임은 본래 익숙함이 있어서 생각하거나 힘쓸 필요가 없습니다. 온갖 크고 작은 예를 행하는 것은 오직 내 몸에 달려 있으니 심체(心體)의 발(發)・미발(未發)과 무슨 상관이 있겠습니까. 또 쇄소응대(灑掃應對)가 경(敬)인 것으로 말해보면, 이 일에 마음을 오로지 쏟으면 저절로 생각이 없게 되는데, 마음을 오로지 쏟는 것은 또한 눈으로 보고 귀로 듣고 용모를 공손히 하고 입으로 말할 따름이고 생각에 드러나는 것은 다만 지각이 어둡지 않을 따름이니, 체(體)가 요동하는 칠정(七情)과 같은 것이 아닙니다. 이것이 어찌 그릇의 물을 받들고 갈 때 사지가 움직이더라도 그릇의 물은 움직이지 않는 경우가 아니겠습니까. 그릇의 물을 지극히 고요한 곳에 두고서 바람이 한 번 닿으면 처소가 지극히 고요하여 물결이 저절로 일지는 않으니, 이처럼 발(發)・미발(未發)이 내부에 달려 있지 외부에 달려 있지는 않습니다."

어제조문에 말씀하였다. "'극명준덕(克明峻德)'의 '극(克)' 자와 '극명덕(克明德)'의 '극' 자는 똑같이 지극한 공부인데, 지극한 공부 중에도 혹 대소의 구별이 있는가?"

내가 대답하였다. "두 '덕(德)' 자를 심천(深淺)이 있다고 보는 것을 선유(先儒)는 오히려 말의 병폐라고 하였으니, 두 '극명(克明)'을 대소로 구별해서는 안 될 듯합니다."

어제조문에 말씀하였다. "노옥계(盧玉溪)[39]가 '내가 하늘에서 얻은 것을 위주로 말하면 명덕(明德)이고, 하늘이 나에게 부여한 것을 위주

39 노옥계(盧玉溪) : 노효손(盧孝孫)을 말한다. 288쪽 주27 참조.

로 말하면 명명(明命)이니, 이름은 비록 다르지만 이치는 같다.' 하였으니, 이 말이 좋다. '극명덕(克明德)'과 '극명준덕(克明峻德)'으로 말하면 똑같이 명덕인데, 어떤 때는 덕(德)만을 말하기도 하고 어떤 때는 '준(峻)' 자를 더하기도 하였다. '극명준덕'의 덕을 이미 지선(至善)의 덕이라고 하였으니, 그렇다면 '극명덕'의 덕은 유독 지선의 덕이 아니란 말인가? '극명덕'은 어찌하여 스스로 밝히는 공부의 시작이 되고, '극명준덕'은 어찌하여 스스로 밝히는 공부의 끝이 되는가?"

내가 대답하였다. "명(明)을 위주로 말하면 명덕(明德)이고 덕(德)을 위주로 말하면 준덕(峻德)이니, 그것이 유독 지선(至善)이기 때문에 '준(峻)' 자를 더한 것은 아닙니다. 명덕의 시작과 끝이라는 설로 말하면 노효손(盧孝孫)에게서 시작되었으나 왕빈(汪份)이 비난하였습니다. 신도 왕빈의 설을 따릅니다."

《대학》 전2장

大學傳二章

어제조문(御製條問)에 말씀하였다. "반명(盤銘)은 스스로를 새롭게 하는 공부인데, 신민장(新民章)에 엮은 것은 어째서인가?"

내가 대답하였다. "새로워지는 것이 비록 백성의 진작(振作)에 달려 있으나 새롭게 하는 기틀은 실로 나에게 있습니다. 이 때문에 자신(自新)을 신민(新民)의 근본으로 삼는 것에 대해 요로(饒魯)[40]의 정론(定論)이 이미 있으니 신이 중언부언할 필요가 없습니다."

어제조문에 말씀하였다. "'구일신 일일신 우일신(苟日新日日新又日新)'을 주석에서 '진실로 어느 날 옛날의 더러움을 씻어버림이 있으면 이미 새로워진 것을 인하여 날마다 새롭게 된다.' 하였다. 어느 날 더러움을 씻어버리면 이로 인해 새롭게 된다고 한 것은 무슨 말인가? 어느 날〔一日〕이라고 한 것은 갑자기 어느 날에 내 마음이 스스로 새로워진 것을 말하는가?"

내가 대답하였다. "'진실로 새로워졌다〔苟新〕'는 것은 옛날에 더러웠으나 지금 새로워진 것이고, '어느 날〔一日〕'은 쌓고 쌓아 어느 날이 된 것입니다. 쌓고 쌓은 공력이 없으면 '어느 날'의 효과를 얻을 수 없고 '진실로 새로워진' 공력이 없으면 옛날 물든 더러움을 씻을 수 없으니, 진실로 어느 날 새로워진 것에서 학문의 공효가 극진합니다."

40 요로(饒魯) : 송(宋)나라의 학자로, 자는 백여(伯輿), 호는 쌍봉(雙峯)이다. 황간(黃榦)의 제자로 경의(經義)에 밝았다. 시호는 문원(文元)이다.

어제조문에 말씀하였다. "이 장에서는 오로지 '신민(新民)'을 해석하였는데, '신민'의 신(新) 자 공부에 대해 특별히 착 달라붙는 글자가 없는 것은 어째서인가? '작신민(作新民)'의 '신(新)' 자는 아직 새로워지지 않은 것을 새롭게 한다는 뜻과 상당히 간격이 있다. 신민장 안에서 최초의 신민의 공부를 어디에서 볼 수 있는가?"

내가 대답하였다. "장내(章內)에 있는 다섯 개의 '새롭다〔新〕'가 모두 '백성을 새롭게 한 것〔新民〕'이 아니라는 것에 대해서는 이미 전유(前儒)의 변론이 있었습니다. 그러나 백성들이 감발(感發)하고 흥기(興起)하는 것은 윗자리에 있는 이가 스스로 자신의 덕을 새롭게 하는 데에 연유하니, '작신민(作新民)' 3자가 바로 명덕(明德)과 신민(新民)의 본말이 접속되는 곳입니다."

어제조문에 말하였다. "'새로워진 백성을 진작하다〔作新民〕'의 '작(作)' 자를 《대학장구》에서 '두드려 춤추게 하는 것을 작(作)이다.〔鼓之舞之之謂作〕'라고 하였다. 두드리는 것은 내가 하는 것이고 춤추는 것은 백성이 하는 것이니, '고(鼓)' 자는 자신(自新)에 소속시켜야 하고 '무(舞)' 자는 신민(新民)에 소속시켜야 하는가? 굳이 이처럼 천착해볼 필요는 없으니, 고(鼓)란 말은 북을 치는 자로부터 말한 것이고 무(舞)란 말은 북소리를 듣고 춤을 추는 자로부터 말한 것이다. 고(鼓)와 무(舞)는 각각 별개의 뜻이 있는데, 장구에서 고와 무를 가지고 합하여 신민(新民)을 해석한 것은 어째서인가?"

내가 대답하였다. "고(鼓)와 무(舞)를 굳이 나누어서 볼 필요는 없으니, 북을 두드려 춤을 추게 하는 것입니다. 무(舞)가 비록 백성에게 속하기는 하지만 춤추게 하는 것은 윗자리에 있는 사람입니다. 《대학장구》에서 합하여 풀이한 것에 대해 신은 불가하다고 보지 않습니다."

《대학》 전3장

大學傳三章

어제조문에 말씀하였다. "'집희(緝熙)'의 '희(熙)' 자를 《대학장구》에서 '광명(光明)'으로 해석하였다. '희(熙)' 자가 어찌하여 '명(明)' 자의 뜻이 있는가? 혹시 다른 책에서 본 적이 있는가?"

내가 대답하였다. "'학문이 계속해 밝아져 광명함에 이르렀다〔學有緝熙于光明〕'는 말이 《시경》에 보이니,[41] 주자가 광명(光明)으로 해석한 것은 혹시 여기에서 취한 것이 아닌가 합니다."

어제조문에 말씀하였다. "《대학장구》에서 '다섯 가지는 바로 그 조목 중에 큰 것이니, 배우는 자가 또 유형을 미루어 그 나머지를 다해야 한다.〔五者乃其目之大者 學者又推類以盡其餘〕' 하였다. 형제(兄弟)·부부(夫婦)·장유(長幼)·붕우(朋友) 아래에다 무슨 글자를 써야 되겠는가?"

내가 대답하였다. "'부부는 유별에 그쳐야 하고〔夫婦止於有別〕 장유는 유서에 그쳐야 한다〔長幼止於有序〕'라고 진덕수(眞德秀)가 이미 말했고, 붕우는 신의에 그쳐야 한다고 전문(傳文)에서도 이미 드러냈는데,[42] 오륜 중에 형제는 장유(長幼)에 포함되니 그 조목을 별도로 세워서는 안 될 듯합니다."

41 학문이……보이니 : 《시경》 주송(周頌) 〈경지(敬之)〉에 보인다.

42 붕우는……드러냈는데 : 《대학장구》 전3장의 "나라 안 사람들과 사귈 때에는 신의에 그친다.〔與國人交止於信.〕"라는 구절을 가리킨다.

《대학》 전4장
大學傳四章

어제조문에 말씀하였다. "여기에서 '백성의 뜻을 크게 두렵게 한다〔大畏民志〕' 하였으니, 성인(聖人)이 백성을 크게 두렵게 하는 것과 백성이 성인을 크게 두려워하게 하는 방도는 무엇인가? 장(章) 안에 조응(照應)하는 글자가 있을 듯하니, 또한 지적하여 말할 수 있겠는가?"

내가 대답하였다. "이 한 장(章)은 '물유본말(物有本末)'을 해석하였으니, 명덕(明德)이 본(本)이고 신민(新民)이 말(末)입니다. '송사가 없는 것〔無訟〕'은 백성의 덕이 새로워졌기 때문이고, '송사가 없게 하는 것〔使無訟〕'은 자신의 덕이 밝아졌기 때문입니다. 주자가 《대학장구》에서 전문(傳文)에 없는 '명덕(明德)' 두 글자를 끌어내어 두려워 복종하는 것이 말미암아 생겨나게 되는 것이라고 하였으니, 참으로 없는 말을 잘 끄집어내 썼다고 하겠습니다. 그리고 채청(蔡淸)이 '사(使)자를 완미해야 하니 이면에 명명덕(明明德)을 포함하고 있다.' 한 것도 거의 말뜻을 안 것이라고 하겠습니다."

어제조문에 말씀하였다. "성인(聖人)이 송사를 심리하는 것이 일반 사람보다 다른 이유는 송사 자체가 없게 하는 덕을 갖추었기 때문이라고 하였다. 그러나 '송사가 없다〔無訟〕'고 한 것은 곧 진정이 없는 자가 변명하는 말을 다할 수 없음을 가리켜 말한 것이다. 사람마다 반드시 모두 정실(情實)이 없지는 않으니, 여기에서 '무송(無訟)'이라 한 것에 대해 의심이 없을 수 있겠는가?"

내가 대답하였다. "두 사람이 송사할 때 한쪽은 반드시 진정이 없는 자이니, 진정이 있는 자가 비록 송사하고자 한들 진정이 없는 자가 두려워 복종하여 감히 변명하는 말을 다하지 못하는데 어찌하겠습니까. 송사를 심리할 필요도 없이 저절로 없어지는 것이 당연합니다."

《대학》 전5장
大學傳五章

어제조문에 말씀하였다. "정자(程子)가 청송장(聽訟章)을 경문 끝의 '미지유야(未之有也)'의 아래와 '차위지지지야(此謂知之至也)'의 위에다 옮겼으니, 이는 청송장 및 위의 몇 절을 '치지(致知)'를 해석한 글이라고 여겼기 때문이다. 이로 보면 정자는 본래 경(經)과 전(傳)으로 구분하지 않았고, 본래 '지본(知本)'을 '치지(致知)'의 밖에다 잘라내어 별도로 본말(本末)에 대한 해석으로 만들지 않았으며, 본래 '치지'에 대한 해석이 빠졌다고 여겨 보충하지도 않았다. 주자의 학문은 정자에게 근본을 두고 있으면서 이같이 핵심적인 부분에서 이렇게 다른 것은 어째서인가?"

내가 대답하였다. "《대학》 한 편은 구본(舊本)이 뒤섞이고 어지러워 정명도(程明道 정호)와 정이천(程伊川 정이)도 오히려 이견을 보였으니, 차례를 정하기 어려움이 실로 다른 책의 배가 됩니다. 주자에 이르러 여러 설을 참고하고 본지(本旨)를 연구하여, 성인(聖人)이 경(經)으로 정립해놓은 뜻을 미루어 그 강령을 드러내고 대현(大賢)이 전(傳)으로 해석한 예를 상세히 연구하여 그 조목을 나열하였으니, 천 갈래 만 갈래 길로 그 범위를 벗어나보려 해도 안 되는 것이 마땅합니다. 명(明)나라에서는 채청(蔡淸)같이 학문이 순수한 자와 우리나라에서는 권근(權近)[43]같이 식견이 정통한 자가 일체 모두 정자를 따르고

43 권근(權近) : 1352~1409. 자는 가원(可遠), 호는 양촌(陽村), 본관은 안동(安東)

주자를 따르지 않았으니, 주자가 말한 '아무개가 당시에 공부했던 공부를 해보지 않고 아무개의 공부에 대해 알 수 없다.'[44]는 것이 아니겠습니까. 신은 의리는 무궁하고 사람의 견해는 한계가 있으니, 마음으로 깨닫지 못하고 구차히 동조하는 것은 바로 후세에 입과 귀로만 하는 학문이지 성문(聖門)에서 애써 터득하고자 하는 학문이 아니라고 생각합니다.[45] 그러므로 주자와 육상산이 주고받은 편지에 또 '옛날의 성현은 오직 이치만을 보았으니, 말이 이치에 타당하면 비록 아낙네와 어린이의 말이라도 버리지 않았고 혹 이치에 어긋나면 비록 옛 책에 나오더라도 감히 다 믿지 않았다.' 하였습니다.[46] 정자와 주자의 도통(道統)이 이어져서 부절(符節)을 합해놓은 듯한 것으로 말하면, 사물을 연구하여 이치를 궁구하는 성학(聖學)의 으뜸 공부에 있지, 문자(文字)의 주해(注解)와 장구(章句)의 분속에 있지 않습니다. 아! 속학(俗學)의

이다. 이색(李穡)과 정몽주(鄭夢周)의 문인으로, 성리학에 조예가 깊었다. 그가 지은 《입학도설(入學圖說)》은 조선의 성리학에 큰 영향을 끼쳤다.

44 아무개가……없다 : 이 말은 《대학장구대전(大學章句大全)》 〈독대학법(讀大學法)〉에 나온다.

45 성문(聖門)에서……생각합니다 : 원문의 분비(憤悱)의 진결은 배우는 자가 스스로 터득하여 일정한 수준에 올랐을 때 비로소 스승이 가르쳐주는 학습법을 말한다. 《논어》 〈술이(述而)〉에, 공자가 "알 듯 말 듯한 수준에 오르지 않으면 개도해주지 않고, 설명할 듯 말 듯한 수준에 오르지 않으면 말문을 트이게 해주지 않는다. 한 부분을 제시해주었을 때 나머지 세 부분으로 증명하지 않으면 재차 가르치지 않는다.〔不憤不啓, 不悱不發. 擧一隅, 不以三隅反, 則不復也.〕" 하였다.

46 주자와……하였습니다 : 이는 육구연(陸九淵)이 주희(朱熹)에게 보낸 편지에서 한 말로, 주희도 답장에서 이 부분을 인용하여 참으로 옳은 말이라고 극구 칭찬하였다. 《象山集 권12 與朱元晦》·《晦庵集 권36 答陸子靜》

폐단이 오래되었으니, 신이 성상의 질문에 느끼는 바가 있습니다."

어제조문에 말씀하였다. "보망장(補亡章)에 '근간에 삼가 정자의 뜻을 취하여 보충했다[間嘗竊取程子之意以補之]' 하였다. 정자는 진실로 '치지(致知)'에 대한 해석이 망실되었다고 여기지 않았는데, 지금 이와 같이 말한 것은 어째서인가? 그가 취한 정자의 뜻은 무슨 뜻인가?"

내가 대답하였다. "정자가 진실로 '치지'에 대한 해석이 망실되었다고 여기지는 않았습니다. 그러나 한(漢)나라 이후로 격물(格物)과 궁리(窮理)에 대한 설이 오래도록 세상에 전해지지 않았는데, 오직 정자만이 이 뜻을 알았습니다. 어떤 이는 '《대학》의 순서에서 '치지(致知)'를 먼저 하고 '성의(誠意)'를 뒤로 한 것은 그 등급을 건너뛰어서는 안 되기 때문이다.' 하였고, 어떤 이는 '한 물건이 있으면 반드시 한 이치가 있으니, 궁구하여 이르는 것이 이른바 격물(格物)이다.' 하였습니다. 이는 《중용》의 명선택선(明善擇善), 《맹자》의 지성지천(知性知天), 동자(董子 동중서(董仲舒))의 면강학문(勉强學問)과 함께 전후가 법도를 함께하는 것이니,[47] 지금 격물과 궁리에 대한 설을 하면서 '삼가

47 중용의……것이니 : 이는 모두 단계를 밟아서 더 깊이 나아간다는 의미이다. 《중용》의 명선택선(明善擇善)은 《중용장구》 20장의 경문과 주희의 주석에 보인다. 택선(擇善)은 선을 택하는 것이고 명선(明善)은 선을 밝힌 것으로, 명선은 성자(誠者)인 성인(聖人)에 해당하고, 택선은 성지자(誠之者)인 학자에 해당한다. 주희는 "반드시 택선을 한 뒤에야 명선을 할 수 있다.[必擇善然後, 可以明善.]" 하였다. 《맹자》의 지성지천(知性知天)은 《맹자》 〈진심 상(盡心上)〉 첫머리에 나오는 말로, 전문은 "그 마음을 다하는 자는 그 성을 알게 되니, 그 성을 알게 되면 하늘을 알게 된다.[盡其心者, 知其性也, 知其性則知天矣.]"이다. 동자(董子)의 면강학문(勉强學問)은 동중서(董仲舒)가 "학문에 힘쓰면 견문이 넓어져서 앎이 더욱 분명해진다.[勉强學問則聞見博而知益明.]" 하였는데, 이를 줄여서 쓴 표현이다. 《四書或文 卷2 大學》

정자의 뜻을 취했다'고 하는 것이 또한 마땅하지 않겠습니까."

어제조문에 말씀하였다. "'격물(格物)'의 '격(格)'을 정강성(鄭康成 정현(鄭玄))은 오게 한다〔來格〕는 의미의 격(格)으로 해석하였고, 사마온공(司馬溫公 사마광(司馬光))은 막는다〔扞格〕는 의미의 격(格)으로 해석하였다. 그런데 정자와 주자는 '이른다〔至〕'는 의미로 격(格)을 해석하였으니, 내격(來格)과 한격(扞格)의 격(格)에 대해 그 장단(長短)과 득실(得失)을 상세히 논할 수 있으며 정자와 주자가 전성(前聖)의 뜻을 얻은 바에 대해 분명하게 말할 수 있는가? 왕양명(王陽明)이 정자와 주자가 격(格)을 지(至)로 해석하고 물(物)을 사(事)로 해석하여 '지(至)' 자 위에 '궁(窮)' 자 하나를 보충하고 '사(事)' 자 아래에 '이(理)' 자 하나를 보충하고는 사물의 이치를 궁구하여 이르게 한다고 하였으니, 만일 위의 '궁(窮)' 자를 없애고 아래의 '이(理)' 자를 없애고 그 글자 훈(訓)만 남겨둔다면 '지사(至事)' 두 글자뿐이어서 문리가 성립되지 않는다.' 하고는 그 스스로 해석하기를 '격(格)은 바로잡는 것이다.〔正〕' 하였다. 그가 선현(先賢)을 비방하고 자신의 견해를 세운 것이 과연 근거한 바가 있는가? 그렇지 않다면 그 병통의 뿌리와 어긋나게 된 단서를 모두 분명하게 변론할 수 있겠는가?"

내가 대답하였다. "정강성이 격(格)을 오게 한다〔來〕라고 훈석한 것은 조고(祖考)가 감흥하여 온다〔來格〕는 격(格)에 근본을 둔 것이고 사마온공이 격(格)을 막는다〔扞〕라고 훈석한 것은 격투(格鬪)의 격(格)에 근본을 둔 것인데, 두 격(格) 자가 똑같이 바른 뜻을 잃었습니다. 왕양명이 격(格)을 바로잡는다〔正〕라고 한 것으로 말하면 비록 '오직 먼저 왕을 바로잡는다〔惟先格王〕'의 격(格)에 근본을 둔 것이지만, 그 속뜻은 이러한 간단하고 쉬운 설을 만들어 아무 일 없이 부지런히 구하여 가만히 앉아서 본심의 묘미를 얻고자 한 것입니다. 외물의 유혹을 막는 것이 바로 성의와 정심의 공부이지만 반드시 격물과 치지를 성의와 정심보다 앞에 있게 한 것은 또한 격물과 치지가 없으면 그 막는 것이 반드시 막아서는 안 되는데도 막아버리는 근심이 있게 되기 때문입니다. 또 궁리(窮理)라고 하지 않고 격물(格物)이라고 한 이유는 혹시 공허한 것을 더듬다가 불씨(佛氏)의 신통명각(神通明覺)의 설[48]로 귀결될까 싶어서 공부를 착수할 형상이 있는 것을 가지고 가르침을 베푼 것입니다. 육상산과 왕양명의 무리들은 이러한 뜻을 알지 못했으니, 문리가 성립되지 않는다는 말로 정자와 주자의 궁리(窮理)를 비난한 것이 당연합니다."

어제조문에 말씀하였다. "앎〔知〕이 미진한 바가 있으므로 이치가 다 궁구되지 못한 것이 있다 한다면 이 뜻이 매우 분명해진다. 그런데 지금 이치에 대해 다 궁구하지 못하였으므로 그 앎이 미진한 것이 있다 하여 말이 도치된 듯한 것은 어째서인가?"

내가 대답하였다. "내 마음의 앎은 본래 미진한 것이 없는데, 다만 기질에 구애되고 물욕에 가려져 그 앎을 다할 수 없습니다. 궁리(窮理)란, 기질과 물욕이 앎에 누를 끼치는 부분을 제거하려는 것입니다. 아마도 이치가 다 궁구되지 못한 것을 앎이 극진하지 못한 연유로 삼아야 할 듯하니, 주자의 훈석에 도치된 병통이 있는지는 모르겠습니다."

48 신통명각(神通明覺)의 설 : 신통력으로 깨닫게 된다는 말이다. 신통은 육신통(六神通)의 줄임말로, 일체 세간(世間)의 갖가지 형상을 꿰뚫어 보는 신통력을 말한다. 부처와 보살이 정혜(定慧)의 힘에 의해 시현하는 6종의 무애자재(無礙自在)한 묘용(妙用)으로, 신족통(神足通), 천이통(天耳通), 타심통(他心通), 숙명통(宿命通), 천안통(天眼通), 누진통(漏盡通)이다.

어제조문에 말씀하였다. "'일조(一朝)에 시원하게 관통한다〔一朝豁然貫通〕'는 설은 불씨(佛氏)의 돈오(頓悟)의 뜻과 유사하다. 우리 유가(儒家)에서 학문을 증진하는 설은 '날로 새롭게 하고 또 새롭게 한다〔日新又新〕'와 '힘써 때로 민첩하게 하라 자신도 모르게 그 덕이 닦인다〔懋時敏厥德修罔覺〕'[49]와 '뜻을 정밀히 연구하여 입신의 경지에 드는 것은 쓰임을 이루기 위함이고 쓰임을 이롭게 하여 몸을 편안히 하는 것은 덕을 높이기 위함이다〔精義入神以致用 利用安身以崇德〕'[50]라는 것에 불과하니, 이 이상 무엇이 있는지 알지 못하겠다. 이 설들은 모두 순서를 따라 점차 나아가는 뜻이지, 하루아침에 시원하게 관통함을 말하는 것은 아니다. 저 돌과 대나무의 소리에서 별안간 본래의 면목을 알아내는 것으로 말하면 바로 불교의 종지(宗旨)인데, 강서학파가 이런 기미(氣味)를 지니고 매번 '오(悟)' 자를 들어 화두로 삼자 주자가 깊이 미워하고 통렬히 배척하였다. 그런데 학문의 가장 절실하고 긴요한 이곳에서 도리어 이처럼 말한 것은 어째서인가? 아마도 같은 듯하지만 실상은 다른 점이 반드시 있으리니, 분명하게 변론할 수 있겠는가?"

내가 대답하였다. "강서학파의 돈오(頓悟)는 박문(博文)을 거치지 않고 지레 약례(約禮)에 나아간 것이고, 주문(朱門)의 관통(貫通)은 박문을 먼저 한 뒤에 돌이켜 요약한 것입니다. 이른바 일조(一朝)에 시원하게 관통한다는 것은 바로 사사건건 생각을 다하고 힘을 들여

49 힘써……닦인다 : 《서경》 〈열명 하(說命下)〉에 "가르침은 배움의 반이니, 생각의 마지막과 처음을 학문에 몰입하면 그 덕이 닦임을 자신도 깨닫지 못할 것이다.〔惟斅學半, 念終始典于學, 厥德修罔覺.〕"라고 하였다.

50 뜻을……위함이다 : 《주역》 〈계사전 하(繫辭傳下)〉에 보인다.

마침내 이룬 효과가 드러나 이 원만히 통하는 오묘함이 있는 것을 가리킵니다. 어찌 사물을 버리고 공허와 적멸을 담론하여 처음 배울 때부터 현묘함을 찾는 이단과 같겠습니까?"

어제조문에 말씀하였다. "선유의 설에 '표야조야(表也粗也)는 이(理)의 용(用)이고 이야정야(裏也精也)는 이의 체(體)이다.'라고 하였고, 우리나라 유자의 설에 '금수(禽獸)에게 있는 이(理)는 표면의 것도 조악하고 이면의 것도 조악하다.' 하였다.[51] 또 어떤 이는 '정조(精粗)가 없다고 한 것은 정밀함에 있어서는 표리가 모두 정밀하고, 조악함에 있어서는 표리가 모두 조악한 것이다.' 하였다. 세 사람의 설이 과연 다른가? 그렇다면 같지 않은 부분이 어느 구에 있는가?"

내가 대답하였다. "표(表)와 조(粗)를 이(理)의 용(用)이라 하고 정(精)과 이(裏)를 이의 체(體)라 한 것은 노옥계(盧玉溪 노효손(盧孝孫))의 설입니다. 그런데 선정신(先正臣) 이이(李珥)는 '금수에게 있는 이(理)는 표리(表裏)가 모두 조악하여 정조(精粗)로 체와 용을 나눌 수 없다.' 하였으니, 이는 또 노옥계와 다릅니다. 선정신 김장생(金長生)의 경우에는 이이의 뜻을 발명(發明)하여, 이른바 이(理)가 정밀한 데 있으면 표리가 모두 정밀하고, 조악한 데 있으면 표리가 모두 조악하다는 설이 더욱 적절하다 하였습니다. 아마도 우리나라 유자의 주장을 정설로 삼아야 할 듯합니다."

51 우리나라……하였다 : 이이(李珥)가 옥계 노씨(玉溪盧氏) 노효손(盧孝孫)의 설에 대해 논박한 말로, 《녹문집(鹿門集)》 권16 〈잡저(雜著)〉 대학(大學)에 소개되어 있다.

《대학》 전6장

大學傳六章

어제조문에 말씀하였다. "공자가 '충(忠)과 신(信)을 주로 삼는다.' 하였으니, 이는 공부에 속하는가? 주자가 '충(忠)은 실심(實心)이고 신(信)은 실사(實事)이다.' 하였으니, 이 '실(實)' 자가 성의(誠意)의 '성(誠)' 자와 어떠한 차이가 있는가?"

내가 대답하였다. "충신(忠信)은 배우는 자의 공부이고 성(誠)은 성인(聖人)의 극치인데, 성(誠)에는 또 천도(天道)와 인도(人道)가 있으니, 충신은 바로 인도의 성(誠)입니다. 그렇다면 성의(誠意)의 성(誠) 역시 주충신(主忠信)의 뜻인데, 두 실자(實字)를 훈고한 것으로 말하면 그 본연의 체(體)만을 제시하였으니, 성실히 하는 것〔誠之〕을 공부로 삼는 것과는 논리를 세운 것이 다른 듯합니다."

어제조문에 말씀하였다. "이 장에서는 '그 뜻을 성실히 한다〔誠其意〕' 하였고, 《중용》에서는 '성은 물의 종시이다〔誠者物之終始〕'[52] 하였고, 《맹자》에서는 '선을 밝히고 몸을 성실히 한다〔明善誠身〕'[53] 하였고, 주자(周子)는 '성은 성인의 근본이다〔聖人之本〕' 하였다. 제설(諸說)에서 제각각 말한 '성(誠)' 자의 의미와 '성기의(誠其意)'의 '성(誠)' 자가 말을 한 입장과 공부를 하는 측면에서 과연 차이가 없는가?"

52 성은 물의 종시이다 : 《중용》 25장에 보인다.

53 선을……한다 : 《맹자》 〈이루 상(離婁上)〉에 "몸을 성실히 하는 데 방도가 있으니, 선에 밝지 않으면 그 몸을 성실히 할 수 없다.〔誠身有道, 不明乎善, 不誠其身矣.〕" 하였는데, 이를 뒤집어 말한 것이다.

내가 대답하였다. "《중용》에서 말한 '물의 종시〔物之終始〕'와 주자(周子 주돈이(周敦頤))가 말한 '성인의 근본〔聖人之本〕'은 성(誠)의 전체(全體)를 가리켜 말한 것이고, 이 장의 '그 뜻을 성실히 한다〔誠其意〕'와 《맹자》의 '몸을 성실히 한다〔誠身〕'는 성(誠)의 공부를 가리켜 말한 것이니, 똑같은 '성(誠)' 자이지만 말의 연원이 같지 않습니다."

어제조문에 말씀하였다. "심(心)과 의(意)는 본말의 다름이 있으며 정(情)과 의(意)는 동이(同異)의 구별이 있는가? 고인(古人) 중에 성(性)이 발하여 정(情)이 되고 심(心)이 발하여 의(意)가 된다고 말한 이가 있다. 그렇다면 정(情)과 의(意)가 두 갈래가 되는 혐의가 있는 듯하니 어째서인가?"

내가 대답하였다. "심(心)이 체가 되고 의(意)가 용이 되니, 체는 본(本)이고 용은 말(末)입니다. 정(情)은 선(先)에 속하고 의(意)는 후(後)에 속하니, 선(先)은 성(性)이고 후(後)는 심(心)입니다. 그러므로 선유(先儒) 중에 성(性)이 발하여 정(情)이 되고 심(心)이 발하여 의(意)가 된다고 해석한 이가 있으니 이는 나누어 말한 것이고, 또 심(心)의 체가 성(性)이고 심의 용이 정(情)이라고 해석한 이가 있으니 이는 합하여 말한 것입니다. 각자 주장하는 바를 따라 보아야지, 합하여 말한 자를 가지고 나누어 말한 자를 배척해서는 안 됩니다."

어제조문에 말씀하였다. "심(心)이 발(發)한 것을 어찌하여 정(情)이라 하지 않고, 성(性)이 발(發)한 것을 어찌하여 의(意)라 하지 않는가? 선정신(先正臣)이 '심(心)과 성(性)을 나누어 두 용(用)으로 삼은 것이 아닌데 후인이 드디어 정(情)과 의(意)를 두 갈래로 여겼다.' 하였으니,[54] 이 말을 가지고 궁구해보면 비록 성(性)이 발하여 의(意)가 되고 심(心)이 발하여 정(情)이 된다 하더라도 안 될 것이 없을 듯하다."

내가 대답하였다. "심(心)이란 이(理)와 기(氣)의 사이에 있으면서 묘합(妙合)의 기틀을 알선하고 운용하는 것입니다. 그러므로 '정(情)'과 '의(意)' 2글자를 비록 심(心)과 성(性)에 분속하더라도 실상은 정(情)도 심(心)이 발(發)한 것이고 의(意)도 심이 발한 것입니다. 지금 심(心)이 발하여 정(情)이 된다고 한다면 되겠지만, 성(性)이 발하여 의(意)가 된다고 한다면 성(性)이 어찌 일찍이 조작(造作)하여 심(心)을 기다리지 않고 스스로 발할 수 있었습니까?"

어제조문에 말씀하였다. "의(意)란 마음에 계교(計較)가 있음을 말하고, 정(情)이란 마음에 감동(感動)이 있음을 말하고, 지(志)란 마음이 가는 바[所之]를 이른다. '계교'니 '감동'이니 '가는 바'니 하여 훈고를 구분하고 해석을 달리한 뜻을 자세히 말할 수 있겠는가?"

내가 대답하였다. "의(意)와 정(情), 정(情)과 지(志)의 훈고는 송유(宋儒) 진북계(陳北溪)[55]의 《성리자의(性理字義)》에 논한 것이 매우 자세합니다. 감동하는 것이 첫 번째이고 계교하는 것이 두 번째이고 가는 바가 세 번째이니, 그 동이(同異)와 천심(淺深)이 또한 정연하게 순서가 있다고 하겠습니다."

어제조문에 말씀하였다. "주자가 '자기(自欺)라는 것은 심(心)이 발한 바가 진실되지 않은 것이다.' 하였고, 또 '9분(分)의 의리에 1분(分)

54 선정신(先正臣)이……하였으니 : 이이(李珥)의 말로 《성학집요(聖學輯要)》〈수기(修己)〉에 보인다.

55 진북계(陳北溪) : 진순(陳淳, 1159~1223)을 말한다. 자는 안경(安卿), 호는 북계(北溪), 시호는 문안(文安)이며, 장주(漳州) 용계(龍溪) 사람이다. 주자가 장주 태수(漳州太守)로 있을 때 나아가 수학하여 황간(黃榦)과 함께 고제(高弟)가 되었다.

의 사의(私意)가 섞여 있으면 곧 자기(自欺)이다.' 하였고, 또 '선(善)이 당연히 해야 하는 것인 줄 알면서도 도리어 선을 하지 않는 것이 자기(自欺)이다.' 하였다. '무자기(毋自欺)'의 공부는 바로 '학문은 어두운 방 안에서 속이지 않는 것에서 시작해야 한다.'고 말한 정자처럼 해야 하고, 또 '가슴속에 남을 대하여 말 못할 것이 없다.'고 말한 사마온공처럼 해야 한다. 주자의 이러한 설로 말하면 배우는 자의 공부가 아직 독실하지 않고 힘이 아직 미치지 못한 부분을 가지고 곧 모두 자기(自欺)라고 하였으니, 매우 의심하지 않을 수 있겠는가. 상세히 말해보도록 하라."

내가 대답하였다. "이천(伊川)과 속수(涑水 사마광(司馬光))의 불기(不欺)는 공부의 거친 자취이고, 《대학》 성의(誠意)의 무자기(毋自欺)는 공부의 정밀한 원천입니다. 만일 공부의 정밀하고 심오한 곳을 가지고 말한다면 반드시 온갖 이치가 다 밝아지고 단 하나의 하자도 존재하지 않은 뒤에야 비로소 무자기(毋自欺)라 할 수 있을 것입니다. 마음이 아직 그러하지 못하여 터럭만큼이라도 구습을 따르고 구차한 뜻이 있다면 자기(自欺)가 아니고 무엇이겠습니까?"

어제조문에 말씀하였다. "이 장의 제1절에 '군자는 반드시 그 홀로 됨을 삼간다.〔君子必愼其獨〕' 하였는데, 《대학장구》에서 '독이란 남이 알지 못하고 자기 홀로 아는 바의 곳이다.〔獨者 人所不知己所獨知之地〕' 하였다. 선유(先儒)가 또 해석하기를 '지(地)는 곧 처(處)이니, 이 독(獨) 자는 마음이 홀로 아는 바를 가리켜 말한 것이지 몸이 홀로 있는 바를 말한 것이 아니다.' 하였다. 이 설은 홀로 아는 영역의 독(獨)만을 해석하고, 홀로 있는지 무리를 대하고 있는지에서의 독(獨)은 겸하여 말하지 않았으니, 《대학장구》의 본지(本旨)에 어긋나지 않겠는가? 일설은 이 설을 매우 강력하게 공격하였고, 일설은 '아래 문장에 한거(閑居)는 혼자 있는 곳이다〔獨處〕라는 말이 있기 때문에 여기에서 먼저 이러한 말을 하여 두 독(獨) 자가 같지 않다는 점을 밝혔다.' 하였다. 두 선정신의 주장이 각각 차이가 있으니, 두 설 중에 누구의 설이 옳은지 모르겠다."

내가 대답하였다. "마음이 홀로 아는 바라는 설이 신안 진씨(新安陳氏 진력(陳櫟))에게서 나온 뒤로 후대의 유자(儒者)들이 의견이 많이 갈라졌습니다. 그러나 독(獨)의 경계를 주자(朱子)가 《대학장구》에서 기(幾)로써 해당시켰으니, 기(幾)란 정(情)보다 앞서 선과 악이 나누어지려는 조짐입니다. 그러므로 주자(周子)가 '기는 선과 악이 있다.〔幾善惡〕'라고 하면서 그 아래에 애(愛)・의(宜)・이(理)・통(通)・수(守)의 정(情)을 이어서 말했습니다.[56] 남과 마주했는지 홀로 있는지를 막론하고 마음속에 본래 '독(獨)' 자의 경계가 있으니, 이 몸이 처한 바와 접한 바를 말할 필요는 없을 듯합니다."

어제조문에 말씀하였다. "이 장에서 신독(愼獨)을 거듭 말한 것은 기미를 살피라는 말이니, 그렇다면 이는 이발(已發) 뒤의 성찰(省察) 공부이다. 이 장에 과연 미발(未發) 전의 함양(涵養) 공부는 없는가?"

내가 대답하였다. "《중용》은 도(道)를 논한 책이므로 마음의 이발(已發)과 미발(未發)에 대해 두루 포괄하여 자세히 쓰지 않음이 없고, 《대학》은 학문을 논한 책이므로 학문은 반드시 발한 곳으로부터 공부

56 주자(周子)가……말했습니다 : 주돈이(周惇頤)의 《태극도설(太極圖說)》에, 기선악(幾善惡) 아래 구에 "덕은, 사랑〔愛〕이 인(仁)이고 마땅함〔宜〕이 의(義)이고 이치〔理〕가 예(禮)이고 통함〔通〕이 지(智)이고 지킴〔守〕이 신(信)이다." 하였다.

를 시작하기에 미발(未發)의 공부를 본래 굳이 논할 것이 없습니다. 그러나 선유(先儒)가 정심장(正心章)을 본체의 공부라고 하였으니, 성의장(誠意章)을 성찰(省察) 공부로 삼고 정심장(正心章)을 함양(涵養) 공부로 삼더라도 안 될 것이 없습니다."

어제조문에 말씀하였다. "인욕(人慾)을 막는 것이 천리(天理)를 보존하는 것이고 천리를 보존하는 것이 인욕을 막는 것이다. 그러므로 선유(先儒)가 '일이 드러난 뒤에 공력을 들이는 것은 기미가 싹튼 초기에 살피는 것만 못하다.' 하였으니, 인욕을 막고 천리를 보존하는 것을 함께 가리켜 말한 것이다. 그러나 어떤 이는 인욕을 막는 것이 성찰(省察)에 속하고 천리를 보존하는 것이 존양(存養)에 속한다고 하기도 하였으니, 위에 말한 선유의 말과 과연 동떨어졌다는 탄식이 없을 수 있겠는가?"

내가 대답하였다. "천리를 보존하면 인욕은 저절로 막히고 인욕을 막으면 천리는 저절로 보존되니, 본래 별개의 공부가 아닙니다. 그러나 만일 천리를 보존하려 한다면 인욕을 막아야만 하니, 천리를 보존하는 것은 체(體)에 속하고 인욕을 막는 것은 용(用)에 속하기 때문입니다. 두 설이 진실로 전체를 말했냐 치우쳐 말했냐 하는 차이가 있지만 천리를 보존하는 것을 체와 용에 통용한다면, 신은 말의 병폐라고 생각합니다."

어제조문에 말씀하였다. "주자가 일찍이 '측은지심(惻隱之心)·수오지심(羞惡之心)·사양지심(辭讓之心)·시비지심(是非之心)은 정(情)이고 인(仁)·의(義)·예(禮)·지(智)는 성(性)이니, 그 정(情)이 발한 것을 인하여 성(性)의 본연(本然)을 볼 수 있는 것이 마치 어떤 물건이 속에 있으면 실마리가 밖에 드러나 있는 것과 같다.'[57]

하였다. 후대의 유자들은 이 설을 인용하여 근독(謹獨)의 공부를 해석하였는데, 어찌하여 근독의 공부가 되는가? 상세하게 말해보라."

내가 대답하였다. "'독(獨)'은 장차 선이 되고 악이 될 것이나 아직 선과 악에 미치지는 않은 것이고, '정(情)'은 혹 바르기도 하고 혹 편벽되기도 하여 이미 그 선과 악이 나누어진 것입니다. 정(情)을 독(獨)이라 하는 것도 진실로 이미 옳지 않은데, 더구나 주자가 훈석에서 사단(四端)의 선(善) 쪽만을 가리켜 말했으니, 후대 유자가 인용하여 신독(愼獨)을 비유한 것에 대해 신은 그 추론이 정밀하지 못하다고 생각합니다."

어제조문에 말씀하였다. "동(動)하였으나 아직 유무간(有無間)에 드러나지 않은 것을 기(幾)라고 하고, 있는 듯하면서 있지 않은 시점에 사람이 알아차리는 것을 기(幾)라고 한다. 아무 일이 없을 때에 성찰하면 이 '기(幾)' 자를 알 수 있다고 하는데, 이는 과연 어떠한가?"

내가 대답하였다. "동(動)하였으나 유무간(有無間)에 드러나지 않은 것을 기(幾)라고 하는 것은 《역통(易通)》에서 예전 사람이 발명하지 못한 것을 발명한 것이고, 아무 일이 없을 때에 성찰하여 이 기(幾)를 알 수 있다고 한 것은 성상께서 훈석한 것으로 은미한 것을 지극히 연구하셨습니다. 일이 있으면 곧 이발(已發)에 속하게 되어서 그 장발(將發)과 미발(未發)의 오묘한 곳을 볼 수 없으니 아, 도를 아는 사람이라야 함께 이것을 말할 수 있습니다."

어제조문에 말씀하였다. "이(理)와 욕(欲)이 처음 나누어질 때 삼가

57 측은지심(惻隱之心)……같다 : 《맹자》 〈공손추 상(公孫丑上)〉 사단장(四端章)의 주석에 보인다.

고, 일의 기미가 싹트고 움직일 때 살피는 것이 실로 지극히 깊이 기미를 연구하여 은미함을 알고 드러남을 아는 공부이다. 처음 나누어질 때 삼가고 싹틀 때 살피는 것에 대해 착수하는 난이(難易)와 선후를 분명히 말할 수 있겠는가?"

내가 대답하였다. "근독(謹獨)의 공부는 지극히 말하기 어렵습니다. 정(精)과 조(粗)·은(隱)과 현(顯)이 모두 이곳으로부터 나누어지고 요(堯)·순(舜)의 유정유일(惟精惟一)과 공자(孔子)의 극기복례(克己復禮)가 모두 이 일입니다. 그러나 아성(亞聖)인 안자(顔子 안회(顔回))도 은미한 물결이 일어나는 곳이 없지 못하였으니, 진실로 삼가야 하고 소홀히 해서는 안 됩니다."

《대학》 전7장
大學傳七章

어제조문에 말씀하였다. "'심부재언(心不在焉)'을 《대학장구》에서 '경하여 곧게 한다〔敬以直之〕' 하였고, 또 '이 마음을 항상 보존한다〔此心常存〕' 하였으니, 이는 다만 심(心)의 본체(本體) 상의 함양 공부를 가지고 말한 것이다. 위의 한 절(節)은 이미 용(用)에 소속시켰고 이 한 절은 또 체(體)에 소속시켰는데, 전문(傳文)에 근거할 만한 분명한 증거가 없는데도 굳이 이처럼 분속시킨 것은 어째서인가? 이 '정심(正心)' 두 글자를 선유(先儒)가 체에 나아가 말하기도 하고 용에 나아가 말하기도 하였는데, 결국 어느 것이 옳은가?"

내가 대답하였다. "이 장의 체용(體用)의 설에 대해 사람들은 저마다 견해가 달라 각자 주장하는 말이 있어서 지금까지도 결론 나지 않은 공안(公案)으로 남았습니다. 경(經)의 정심(正心)은 체용(體用)을 겸했다 하고 전(傳)의 정심은 오로지 용(用)만을 말했다고 한 것은 주극리(朱克履 주공유(朱公儒))의 주장이고, 치지(致知)와 성의(誠意)는 용(用)에 소속시키고 정심(正心)은 체(體)에 소속시킨 것은 웅화(熊禾)[58]의 주장입니다. 정기심(正其心)의 정(正)을 용(用)이라 하고 부득기정(不得其正)의 정(正)을 체(體)라 한 것은 호병문(胡炳文)[59]의

58 웅화(熊禾) : 송말 원초(宋末元初)의 학자로, 자는 거비(去非), 호는 물헌(勿軒)이다. 저서로 《한묵전서(翰墨全書)》가 있다.

59 호병문(胡炳文) : 1250~1333. 원(元)나라의 학자로, 자는 중호(仲虎)이며, 호는 운봉(雲峯)이다. 원나라 휘주(徽州) 무원(婺源) 사람으로, 저서에 《주역본의통석(周

주장이고, 부득기정(不得其正)을 용(用)의 병통이라 하고 심부재(心不在)를 체(體)의 병통이라 한 것은 나흠순(羅欽順)[60]의 주장입니다. 경문(經文)과 전문(傳文)에 실로 체(體)에 대해 말한 것이 없지만 주자가 사람을 깨우치기에 급급하여 굳이 본원(本原)으로부터 말했다고 보는 것은 또 선정신(先正臣) 송시열(宋時烈)의 주장입니다. 신은 제설(諸說)이 비록 모두 그럴싸하지만 주극리의 설은 경과 전을 둘로 나누어 본 잘못이 있고, 호병문의 설은 문세(文勢)가 분열되는 잘못이 있고, 나흠순의 설은 체상(體上)에서 병통을 말한 잘못이 있으며, 선정신의 이른바 '사람을 깨우치기에 급급했다는 것'은 또 전문(傳文)에서 용을 말하고 체를 말하지 않았다는 말 같으니, 따를 수 없는 점은 동일하다고 생각합니다. 오직 웅화의 주장이 전(傳)을 지은 자의 은미한 뜻을 얻어서 미루어 보면 통하지 않음이 없는 듯합니다. 정(正)이란 치우치지도 않고 기울지도 않음을 말하고, 있지 않다〔不在〕란 마음속에 있지 않음을 말합니다. 《대학》의 순서는 먼저 치지(致知)와 성의(誠意)에 힘을 써서 그 성찰(省察)과 극치(克治)의 공효를 다하는 것인데, 오직 잡고 보존하는 것이 오래되지 않고 함양하는 것이 익숙지 않기 때문에 본지(本地)의 풍광(風光)이 오히려 찌꺼기가 혼연히 사라지는 경지에 이르지 못하는 것입니다. 이 때문에 일에 아직 응하지 않았을 때에는 기대하는 병통이 없지 못하고, 일에 응한 뒤에는 연연하

易本義通釋)》, 《사서통(四書通)》, 《운봉집(雲峯集)》이 있다.

60 나흠순(羅欽順) : 1465～1547. 명(明)나라의 학자로, 자는 윤승(允升), 호는 정암(整菴) 시호는 문장(文莊)이다. 벼슬을 사양하고 20여 년간 시골에서 격물치지학(格物致知學)에 전념하여 《곤지기(困知記)》를 지었으며, 문집으로 《정암존고(整菴存稿)》가 있다. 《明史 卷282 羅欽順列傳》

는 병통이 없지 못하며, 일에 딱 응했을 때에는 편중되는 병통이 없지 못합니다. 그리하여 이 마음의 체(體)가 간혹 그 중정(中正)을 잃어서 '유소(有所)'와 '부재(不在)'가 서로 원인이 되어 병통이 되는 것입니다. 그렇다면 위의 절 네 가지의 병통[61]은 다만 그 용(用)이 바름을 얻지 못한 것이 본체가 그 바름을 얻지 못한 데에 연유한다고 말하였고, 아래 절 '심부재(心不在)'의 병통은 또 그 체(體)가 바름을 얻지 못한 것이 그 용(用)이 바름을 얻지 못한 데에 연유한다고 말하였습니다. 따라서 이른바 정기심(正其心)과 심부재(心不在)는 전체의 마음으로 마음을 삼지 않은 것이 하나도 없으니, 전문(傳文)의 근거할 만한 분명한 증거가 무엇이 이보다 더하겠습니까. 그러므로 신은 주자가 이 장의 《혹문》에서 반드시 '거울처럼 공허하고 저울처럼 수평을 이루었다〔鑑空衡平〕', '지극히 비어 있고 지극히 고요하다〔至虛至靜〕', '진체의 본연이다〔眞體本然〕' 등의 말로 반복하여 훈석한 것은 바로 이 장의 귀추를 분명하게 보여주는 것이고, 《대학장구》의 이른바 '공경하여 곧게 한 뒤에 이 마음이 항상 보존된다.'는 말이 본문과 별도로 체(體) 측면의 공부를 집어내어 보충한 것은 아니라고 생각합니다."

61 네 가지의 병통 : 분치(忿懥)·공구(恐懼)·호요(好樂)·우환(憂患)을 말한다.

《대학》 전8장

大學傳八章

어제조문에 말씀하였다. "성의장(誠意章)에 '호오(好惡)' 자가 있고 이 장에 '호오' 자가 있으며 평천하장(平天下章)에도 '호오' 자가 있다. 이 세 곳의 '호오' 자는 같은 뜻인가 다른 뜻인가? 이 장은 명덕과 신민이 처음 서로 접하는 곳이고 평천하장은 곧 신민의 극치이다. 전(傳)을 지은 자가 신민의 처음과 끝에서 반드시 호오로써 논리를 편 의도는 무엇인가?"

내가 대답하였다. "선유가 '성의장의 호오가 마음에서 발한 것은 그것이 진실하기를 바란 것이고, 이 장의 호오가 집에 미친 것은 그것이 공정하기를 바란 것이고, 평천하장의 호오가 정치에 베풀어진 것은 그것이 광대해지기를 바란 것이다.' 하였으니, 이 설의 분속에 대해서는 진실로 이견이 있습니다. 그러나 호오는 음양(陰陽)의 양단(兩端)이며 칠정(七情)의 총명(總名)입니다. 응사(應事)와 접물(接物)이 비록 대소의 차이가 있다 하더라도 세 장의 호오가 내 마음에서 발하는 것은 동일합니다. 성의장 이하 예컨대 정심장(正心章)의 분치호요(忿懥好樂)와 치국장(治國章)의 반기소호(反其所好)도 어찌 호오의 뜻이 아니겠습니까? 신민의 처음과 끝을 별도로 보는 것으로 말하면 그 호오의 실상을 인하여 매번 남과 나를 서로 구분하는 사이에 있기 때문에 그러한 듯합니다."

《대학》 전9장
大學傳九章

어제조문에 말씀하였다. "정심장(正心章)에서는 심(心)을 말하면서 몸〔身〕까지 언급하였고, 수신장(修身章)에서는 몸을 말하면서 집까지 언급하였으니, 전문(傳文)의 체제가 그러한 것이다. 그런데 유독 제가장(齊家章)과 치국장(治國章)에서는 집을 말하면서 나라까지 언급했을 뿐만 아니라 도리어 신상(身上)으로부터 글을 시작하여 다른 장의 예와 다르니, 어째서인가?"

내가 대답하였다. "경(經)에서 '한결같이 모두 수신을 근본으로 삼는다〔壹是皆以修身爲本〕' 하였고, 또 '그 근본이 어지러우면서 말단이 다스려지는 것은 없다〔其本亂而末治者否矣〕' 하였습니다. 제가·치국·평천하가 비록 남에게 속한 것이지만 내 몸을 근본으로 하지 않는 것이 하나도 없습니다. 그렇다면 8장의 끝부분에서 도리어 9장의 소장호신(所藏乎身)을 맺었으니, 전(傳)을 지은 자가 자신을 돌이켜보는 정밀한 의리를 징험할 수 있습니다. 주자가 '몸이 닦이면 가(家)를 교화할 수 있다〔身修則家可敎〕'는 한 구를 가지고 연결되는 오묘함을 천명했으니, 이 또한 학문을 잘 말했다고 할 만합니다."

《대학》 전10장

大學傳十章

어제조문에 말씀하였다. "혈구장(絜矩章)의 위 절에 '이러므로 군자는 혈구의 도가 있다〔是以君子有絜矩之道〕' 하였고, 아래 절에서는 '이것을 혈구의 도〔此之謂絜矩之道〕라고 한다' 하였다. 두 절이 같지 않은 까닭은 무엇인가? 평천하(平天下)는 천자의 일인데 천자는 존귀하여 더 이상 윗사람이 없으니, '위에 대해 미워하는 바〔所惡於上〕' 한 구는 빈말이 될 것인가? 가령 이 한 절이 천자만을 가리키지 않고 상하를 통틀어 말하였으므로 이와 같이 말하였다고 하더라도 옳지 않다. 성인(聖人)의 말씀은 군색한 것이 없이 닿는 곳마다 다 통한다. 하물며 이는 평천하의 도(道)이니, 당연히 천자를 주체로 삼아야 할 것이다. 아니면 천자가 존귀하여 비록 그 위의 사람은 없다 하더라도 이 한 구를 또한 소속시킬 곳이 있는가? 어떻게 하면 제대로 볼 수 있겠는가?"

내가 대답하였다. "호운봉(胡雲峯 호병문(胡炳文))이 일찍이 두 절의 결구(結句)의 뜻을 논하면서 '이 때문에……있다〔是以……有〕, 이것을……라고 한다〔此之謂〕라는 6자를 봐야만 한다. 남의 마음은 본래 나와 다름이 없기 때문에 혈구(絜矩)의 도가 있는 것이며 나의 마음이 남들과 차이가 없게 할 수 있으니, 이것을 혈구의 도〔絜矩之道〕라고 한다.' 하였습니다. 채허재(蔡虛齋 채청(蔡淸))는 일찍이 '미워하는 바〔所惡〕' 한 절의 뜻을 논하면서 '윗사람에게서 미운 것은 혈구의 뜻을 형용하는 데에 불과하지, 실제로 천하를 다스리는 자의 일을 가지고 말한 것은 아니다.' 하였습니다. 《대학혹문》에서 '저마다 그 가운데 나아가 차지하고 있는 곳을 비교했다.〔各就其中 較其所占之地〕'라고 한 것을 가지고 미루어 보면, 이 두 설이 성상의 질문에 채택할 만한 자료를 갖추었음을 볼 수 있으니, 신이 감히 이것을 외워보았습니다."

어제조문에 말씀하였다. "호오(好惡)가 바름을 얻은 뒤에야 혈구(絜矩)의 도라고 할 수 있는데, 혈구 한 절은 오로지 미워하는 측면으로부터만 말을 하고 좋아하는 측면은 언급하지 않았다. 만일 윗사람에게서 좋았던 것으로 아랫사람을 부리고 아랫사람에게서 좋았던 것으로 윗사람을 섬기라고 한다면 안 될 것이 없을 듯한데, 굳이 미워하는 것을 가지고 말을 한 까닭은 무엇인가?"

내가 대답하였다. "어떤 이는 '좋아하는 것은 정(情)의 순한 측면이고 미워하는 것은 정의 거스르는 측면이니, 순하면 편안히 받아들여 잊어버리고 거스르면 견디지 못하여 깨닫기 쉽다. 그러므로 혈구를 해석할 때 유독 미워하는 것에만 나아가 말한 것이다.'라고 하였는데, 이는 억견(臆見)이며 억지로 해석한 것입니다. 신은 이 장 제1절은 좋아하는 것을 말하였고, 제2절은 미워하는 것을 말하였고, 제3절은 《시경》을 인용하여 총결하였으므로 주자가 이러한 뜻을 알고 《대학장구》에서는 '저와 나 사이에 각자 분수에 맞는 소원을 얻었다〔彼我之間 各得分願〕' 하였고, 《대학혹문》에서는 '그 감응해 일어나는 선한 단서를 이루었다〔遂其興起之善端〕' 하였으니, 이는 모두 좋아하는 측면으로부터 넌지시 말하여 사람들 스스로 터득하게 하려 했다고 생각합니다."

어제조문에 말씀하였다. "평천하는 명덕과 신민의 지극한 공효이다. 이 한 장을 가지고 3강령으로 나누어본다면 어느 것이 명덕(明德)이 되고, 어느 것이 신민(新民)이 되고, 어느 것이 지어지선(止於至善)이 되는가?"

내가 대답하였다. "선유(先儒)가 일찍이 이 장의 대지(大旨)를 논하면서 '앞뒤로 경전(經傳)에서 인용해온 것이 수천 마디로 뜻은 같지 않은 듯하지만 그 단서를 찾아보면 결국 호오(好惡)와 의리(義利) 두 가지 단서에 불과하고, 결론을 요약하면 또한 '혈구(絜矩)' 2자에서 벗어나지 않는다.' 하였습니다. 신이 감히 이 말을 인용하여 '호오는 명덕에 속하고, 의리는 신민에 속하고, 혈구는 이른바 지선(至善)이 이것이다.'라고 성상의 질문에 대답해 올립니다."

명고전집

제18권

강의 講義

강의講義

《논어 · 옹야》 편

論語雍也篇

어제조문(御製條問)에 말씀하였다. "'중인(中人) 이하는 높은 것을 말해줄 수 없다.〔中人以下 不可以語上〕'[1] 하였으니, 배우는 자들이 자포자기의 탄식이 없을 수 있겠는가? 배우는 자가 스스로 기약하는 것은 바로 성인(聖人)을 배우는 데에 있고 성인의 수많은 말씀도 성인의 일을 말하지 않은 것이 없는데, 여기에서 높은 것을 말해줄 수 없다고 한 것은 어째서인가?"

내가 대답하였다. "중인(中人) 2자는 전유(前儒) 중에 자품(資稟)을 가지고 말한 이도 있고 공부를 가지고 말한 이도 있는데, 주자는 두 가지 모두 안에 포함되어 있다고 하였고, 남헌(南軒 장식(張栻))은 재질(材質)에 소속시켜야 한다고 하였습니다. 그러나 공부로 말하면 쇄소응대(灑掃應對)와 정의입신(精義入神)이 관통하는 것은 다만 하나의 이치이니, 오직 배우는 자가 깊이 이해하기를 어떻게 하느냐에 달려 있을 뿐입니다. 예를 들어 《시(詩)》·《서(書)》와 육예(六藝)는 70제

1 중인(中人)……없다 : 《논어》 〈옹야(雍也)〉에 보인다.

자들이 익혀서 능통하지 않은 이가 없었으나 유독 안자(顔子)만을 학문을 좋아한다고 칭찬하였고,[2] 일이관지(一以貫之)는 증자(曾子)와 자공(子貢)에게 일러준 것이 똑같았으나 증자만 유독 깊이 깨달았습니다.[3] 성인의 말씀은 본래 상하로 두루 통하니 애당초 어찌 고하(高下)와 천심(淺深)을 논할 수 있겠습니까. 자품으로 말하면 성인이 사람을 가르칠 때 그 사람의 기질이 치우친 부분을 따라 그 병폐를 바로잡기도 하였습니다. 예를 들어 안연의 극기복례(克己復禮)와 중궁(仲弓)의 주경행서(主敬行恕), 사마우(司馬牛)의 기언야인(其言也訒)이 이것입니다.[4] 정자(程子)가 또 '성인의 말씀이 여기에 그친 것이 옳았다.' 하였으니,[5] 어찌 자품의 고하를 가지고 가르침에 차등을 두었겠습니까. 만일 지(知)·우(愚)와 현(賢)·불초(不肖)가 같지 않다 하여 그 가르침을

2 유독……칭찬하였고 : 《논어》 〈선진(先進)〉에, 계강자(季康子)가 공자에게 "제자 중에 누가 학문을 좋아하느냐."고 묻자, 공자가 "안회라는 자가 학문을 좋아했는데 불행히 단명하여 죽어서 이제는 없다." 하였다.

3 일이관지(一以貫之)는……깨달았습니다 : 《논어》 〈이인(里仁)〉에, 공자가 "증삼(曾參)아, 내 도는 하나로 꿰어져 있다." 하니, 증자가 "예." 하고 대답하였다. 공자가 나가자, 문인이 "무슨 말입니까?" 하고 물으니, 증자가 "부자(夫子)의 도는 충서(忠恕)일 뿐이다." 하고 대답하였다.

4 안연의……이것입니다 : 《논어》 〈안연(顔淵)〉에서 인(仁)을 질문한 제자들에게 공자가 답한 말로, 안연에게는 사심을 극복하여 예로 돌아가라〔克己復禮〕 하였고, 중궁(仲弓)에게는 경을 위주로 하고 너그러움을 행하라〔主敬行恕〕 하였고, 사마우(司馬牛)에게는 그 말을 참아서 하라〔其言也訒〕 하여, 제자들의 특성에 따라 답해주었다.

5 정자(程子)가……하였으니 : 《논어》 〈안연(顔淵)〉에서 사마우(司馬牛)가 인(仁)을 묻자, 공자가 그 말을 참아서 하는 것이라고 대답하였다. 이는 사마우가 말이 많기 때문에 일러준 말인데, 정자가 그 장하(章下) 주석에서 "비록 사마우가 말이 많기 때문에 이렇게 말씀하였지만 성인의 말씀은 또한 이에 그친 것이 옳다." 하였다.

각각 달리한다면 진실로 성상의 말씀대로 하등의 사람이 스스로 포기하는 것을 달가워하게 될 것이니, 《맹자》의 이른바 '훌륭한 장인이 솜씨 없는 공인을 위해 먹줄을 바꾸거나 없애지 않는다.'[6]는 것이 도리에 합당한 말〔知言〕이 아닐 것입니다. 그러므로 신은 이 장의 뜻에 대해 왕관도(王觀濤)의 설을 더할 수 없는 정법(正法)으로 삼습니다. 여기에서 가이(可以)와 불가이(不可以)는 단지 배우는 자가 받아들일 수 있느냐 없느냐를 말한 것일 뿐, 가르치는 자가 말해주어야 할지 말해주지 말아야 할지를 말한 것은 아닙니다. 왕관도의 설 가운데 '가(可)' 자를 '감(堪)' 자로 봐야 한다고 한 것이 바로 이러한 뜻입니다. 이와 같다면 '중인(中人)' 2자를 자품 측면으로 보는 것이 좋긴 하지만 공부 측면으로 보더라도 괜찮습니다. 그리고 어(語)를 '답한 말〔答語〕'이라고 훈석하였으니, 알기 위해 노력하고 말하기 위해 애써야 계발해준다는 뜻과 서로 보완되고, 또 《논어집주》에서 말한 '그 말이 받아들여지기 쉽다.'는 구절이 더욱 힘이 있게 됩니다."

6 훌륭한……않는다 : 《맹자》 〈진심 상(盡心上)〉에 보인다.

《논어 · 자로》 편

論語子路篇

어제조문에 말씀하였다. "섬기기가 쉬우면 기쁘게 하기도 쉬운 듯하고 섬기기가 어려우면 기쁘게 하기도 어려운 듯한데, 여기에서 섬기기는 쉬우나 기쁘게 하기는 어렵고 섬기기는 어려우나 기쁘게 하기는 쉽다고 한 것은 어째서인가? 군자로서 군자를 섬기면 섬기기가 쉬워서 기쁘게 하기도 쉽고 소인으로서 군자를 섬기면 섬기기가 어려워서 기쁘게 하기도 어려우며, 소인으로서 소인을 섬기면 섬기기가 쉬워서 기쁘게 하기도 쉽고 군자로서 소인을 섬기면 섬기기가 어려워서 기쁘게 하기도 어려우니, 이는 이치와 형세로 볼 때 필연적인 듯하다. 그런데 성인이 단지 윗자리에서 섬김을 받는 자가 군자인지 소인인지만을 말하고 아랫자리에서 섬기는 자가 군자인지 소인인지에 대해서는 말하지 않은 것은 어째서인가?"

내가 대답하였다. "주자가 공서사각(公恕私刻) 4자를 가지고 이것을 훈석하였는데,[7] 선유(先儒)가 주자의 훈석을 풀이하기를 '공정하기 때문에 기쁘게 하기 어렵고 너그럽기 때문에 섬기기가 쉬우며, 사사롭기 때문에 기쁘게 하기 쉽고 각박하기 때문에 섬기기가 어렵다.' 하였습니다. 군자의 마음은 활짝 트여서 공평하고 관대하여 남에게 갖추기를 요구하지 않으니 이것이 섬기기가 쉬운 이유이고, 공명정대하여 사악

7 주자가……훈석하였는데 : 주자가 이 장의 집주에서 "군자의 마음은 공정하면서〔公〕 관대하고〔恕〕, 소인의 마음은 사사로우면서〔私〕 각박하다〔刻〕."라고 해석하였다.

하고 아첨을 일삼는 사람들이 그 간사한 짓을 자행할 수 없게 하니 이것이 기쁘게 하기가 어려운 이유입니다. 소인의 마음은 각박하고 은혜가 적어서 담담하고 여유롭지 못하니 이것이 섬기기 어려운 이유이고, 사사로움에 구애받아 의리를 망각하여 자신을 따르는 자를 좋아하니 이것이 기쁘게 하기 쉬운 이유입니다. 소인이 군자를 섬길 적에 기쁘게 하기가 어렵다고만 말했으니 군자가 군자를 섬길 적에 기쁘게 하기는 또한 쉬움을 미루어 알 수 있고, 소인이 소인을 섬길 적에 기쁘게 하기가 쉽다고만 말했으니 군자가 소인을 섬길 적에 기쁘게 하기가 또한 어려움을 역시 돌이켜 알 수 있습니다. 성인이 단지 윗자리에서 섬김을 받는 사람이 군자인지 소인인지만을 말하고 아랫자리에서 섬기는 사람이 군자인지 소인인지를 말하지 않은 것은 한 모퉁이를 들어 나머지 세 모퉁이를 유추하는 의미인 듯합니다."

《논어·헌문》 편

論語憲問篇

어제조문에 말씀하였다. "이 장의 집주에 '원헌(原憲)이 고상하고 결백하여 나라에 도가 없을 때 녹을 먹는 것이 부끄러운 일이라는 것은 진실로 알고 있었으나, 나라에 도가 있을 때 녹만 먹는 것이 부끄러운 일이라는 것에 대해서 반드시 아는 것은 아니었다.' 하였다. 도가 없을 때 녹을 먹는 것이 부끄러운 일인 줄 이미 알았다면, 도가 있을 때 녹만 먹는 것이 부끄러운 일이란 것을 알지 못한 것은 어째서인가?"

내가 대답하였다. "신이 삼가 살펴보건대 〈태백(泰伯)〉 편에 '공자께서 나라에 도가 있을 때 가난하고 천한 것이 수치스러운 일이고 나라에 도가 없을 때 부유하고 귀한 것이 수치스러운 일이다.' 하였는데, 주자의 《논어집주》에 '치세인데도 행할 만한 도가 없고 난세인데도 지킬 만한 절조가 없기 때문이다.' 하였으니, 그 뜻이 바로 이 장(章)과 표리(表裏)가 됩니다. 나라에 도가 있을 때 녹만 먹는 것은 치세인데도 행할 만한 도가 없어서이고, 나라에 도가 없을 때 녹을 먹는 것은 난세인데도 지킬 만한 절조가 없어서입니다. 그러나 난세에 절조를 지키는 것은 진실로 청렴하고 삼가고 스스로 지키려는 마음이 있는 자라면 누구나 할 수 있습니다. 고결하고 지킴이 있으며 청렴하고 삼가며 가난을 편안히 여기는 원헌(原憲) 같은 이로 말하면, 나라에 도가 없을 때 녹을 먹는 것이 부끄러운 일이란 것에 대해서는 진실로 이미 익숙하게 알고 있었습니다. 그러나 치세에 도를 행하는 것으로 말하면, 만일 지혜가 세상을 경륜할 만하고 재주가 만물을 구제할 만한 이가 아니면

할 수 없으니, 그 책임의 중함과 규모(規模)의 크기는 작은 청렴과 조그마한 신중함으로 자신의 몸만을 잘 간직하는 자에 비할 바가 더욱 아닙니다. 부자(夫子 공자)의 이 말씀은 바로 그가 하지 않으려는 뜻을 미루어 넓혀 큰일을 하는 경지로 나아가기를 바란 것입니다. 이로 보면 도가 있는 세상이든 도가 없는 세상이든 녹만 먹는 것은 모두 부끄러워할 만한데 원헌이 그 하나만 알고 그 둘을 알지 못하였으니, 어찌 이것을 작게 여기고 저것을 크게 여기며 이것을 쉽게 여기고 저것을 어렵게 여긴 데에 원인이 있지 않겠습니까. 이 때문에 송유(宋儒) 호운봉(胡雲峯 호병문(胡炳文))이 이에 대해 논하기를 '고결한 자가 스스로 지키는 것은 항상 넉넉하나 일에 드러내는 것은 항상 부족하므로 부자께서 오직 도가 있는 세상에서 녹만 먹는 것이 부끄러워할 만하다고 말씀해 주셨다.' 하였으니, 이 말이 주자의 말씀 이면의 뜻을 얻었다고 할 만합니다."

어제조문에 말씀하였다. "덕(德)과 인(仁)은 같은가 다른가? 만일 같다고 한다면 덕이 있다고 말하기도 하고 인이 있다고 말하기도 하여 말에 각각 가리킴을 두어 대응시켜 말하였으니, 같은 점이 어디에 있는가? 만일 다르다고 한다면 덕이 있는 자는 반드시 인이 있고 인이 있는 자는 반드시 덕이 있어서 덕을 벗어나 인이 없고 인을 벗어나 덕이 없으니, 다른 점이 어디에 있는가?"

내가 대답하였다. "덕과 인이 비록 차이가 없으나, 덕이란 도를 행하여 마음에 얻음이 있는 것이고 인이란 심덕(心德)의 완전함입니다. 이미 도를 행하여 얻은 것이 있다고 하였으니 그 얻은 바가 얕든 깊든 간에 모두 덕이 될 수 있고, 이미 심덕의 완전함이라고 하였으니 온갖 선(善)이 모두 갖추어져서 하나의 하자도 존재하지 않은 뒤에야 인이 될 수 있습니다. 비록 두 가지로 나눌 수는 없지만 섞어서 하나로 삼아서도 안 됩니다. 이 때문에 〈술이(述而)〉 편의 거어덕(據於德)과 의어인(依於仁)에서 또한 인과 덕을 서로 마주하여 설명했는데,[8] 주자가 덕에 의거하는 것은 일로 인해 발현되는 것이고 인에 의지하는 것은 온전한 체라고 하여 이로써 경중과 체용을 나누었으니, 이 장에서 덕이 있다고 하기도 하고 인이 있다고 하기도 하여 마주하여 설명한 것도 이러한 뜻입니다. 더구나 이 장의 이른바 유덕(有德)과 유언(有言)은 내외로 나누어 말한 것이고 유인(有仁)과 유용(有勇)은 달덕(達德)으로 나누어 말한 것이니, 덕은 말 앞에 존재하고 인은 용(勇) 상에 존재하여 각각 합당한 바가 있습니다. 그리고 이미 유덕과 유언을 말하여 넉넉한 말재주로 외면을 꾸미는 것이 영화(英華)가 속에 쌓인 것만 못함을 드러내었고, 또 그 덕이 속에 있는 것을 따라서 인과 용을 나누어 말하여 그 혈기(血氣)의 용이 또 온전한 덕의 인만 못함을 드러내었으니, 인과 덕이 동일함 속에 차이점이 있고 차이점 속에 같은 점이 있어서 마주하여 설명하는 가운데 덕 밖에 인이 없고 인 밖에 덕이 없다는 뜻이 말 밖에 저절로 드러남을 더욱 볼 수 있습니다."

어제조문에 말씀하였다. "관중(管仲)은 바로 하나의 인(仁)을 빌린 자이다. 공자가 일찍이 사람들에게 인(仁)을 가벼이 허여한 적이 없었는데, 인을 빌린 관중에게는 누가 그의 인만 하겠는가 하고 재차 말하여 깊이 허여한 것은 어째서인가? 인인(仁人)이 될 수는 없지만 인(仁)의 공로가 있다는 것이 과연 《논어집주》에서 논한 대로라면 관중은

8 술이(述而)……설명했는데 : 〈술이〉 편에서 공자가 "도(道)에 뜻을 두며 덕(德)에 의거하며 인(仁)에 의지하며 예(藝)에 노닌다." 하였다.

인인이 아니다. 이미 인인이 아니라면 비록 인의 공이 있다 하더라도 허여할 만한 것이 안 되는 듯한데, 허여했을 뿐 아니라 굳이 재차 말하여 깊이 허여하였으니, '누가 예를 모르겠는가'라고 배척한 부분[9]과 어찌 그리도 상반되는가?"

내가 대답하였다. "인(仁)은 덕(德)으로 말한 것이 있고 공(功)으로 말한 것이 있습니다. 덕으로 말하면 마음에 사심이 없고 일이 이치에 합당한 자가 아니면 해당될 수 없지만, 공으로 말하면 진실로 은택이 사람들에게 미치고 은혜가 먼 후대까지 끼치는 자가 또한 해당될 수 있습니다. 관중이 제후를 규합할 때 위력(威力)을 빌리지 않았고 비록 인(仁)을 빌린 일이었지만 존주양이(尊周攘夷)의 공을 세우고 혜택을 널리 미쳤으니, 이 또한 인자(仁者)의 공효입니다. 그렇다면 덕으로 인을 말할 때는 사람들을 가벼이 허여해서는 안 되지만, 공으로 인을 말할 때는 또한 관중을 거듭 허여할 만합니다. 그러므로 《논어집주》에서 관중이 인인(仁人)이 아니라는 한 구절을 이미 말하여 부자가 깊이 허여한 것이 온전한 체의 인에 있지 않음을 밝혔고, 또 인의 공로가 있다는 한 구를 말하여 관중의 인이 오로지 이익과 혜택이 사람들에게 미친 점에 있음을 밝혔습니다. 그렇다면 이 장의 인이 이상의 제장(諸

9 누가……부분 : 《논어》 〈팔일(八佾)〉에, 공자가 "관중(管仲)의 그릇이 작구나." 하자, 어떤 이가 "관중이 검소했다는 말씀입니까?" 하였다. 이에 공자가 "관중이 삼귀(三歸)를 소유하고 관사(官事)를 겸임케 하지 않았으니, 어찌 검소했다 하겠느냐." 하였다. 어떤 이가 "그렇다면 관중은 예를 알았다는 것입니까?" 하였다. 이에 공자가 "나라의 임금이라야 색문(塞門)을 세우는데 관중도 색문을 세웠고 나라의 임금이 두 나라와 우호를 다질 때 반점(反坫)을 설치하는데 관중도 반점을 설치했으니, 관중이 예를 안다면 어느 누가 예를 모르겠느냐." 하였다.

章)의 인과 정조(精粗)가 같지 않음은 매우 분명합니다. 또《주자어류(朱子語類)》를 살펴보건대, '주(周)나라 왕실이 쇠약해진 뒤로 진(秦)나라에 이르기까지 세상의 어지러움이 극도에 달했는데 한 고조(漢高祖)가 하루아침에 평정하였고, 육조(六朝) 이후로 수(隋)나라에 이르기까지 세상의 어지러움이 극도에 달했는데 당 태종(唐太宗)이 하루아침에 쓸어버렸다. 두 군주를 비록 인인(仁人)이라고 할 수는 없으나 인(仁)의 공로가 없다고 하면 되겠는가? 관중의 공도 이와 같다.' 하였습니다. 이로 보면 부자께서 거듭 허여하신 것은 바로 성인이 그 사람의 됨됨이를 가지고 그 사람의 공로까지 버리지는 않는 뜻이니, '누가 예를 모르겠는가'의 훈석과 너무 차이가 난다고 여길 필요는 없을 듯합니다."

어제조문에 말씀하였다. "상달(上達)에서는 '달(達)' 자를 써야 하지만 하달(下達)에서도 '달(達)' 자를 말한 것은 어째서인가? '달(達)' 자는 본래 좋은 글자이다. 이 때문에《중용》의 이른바 '달도(達道)'·'달덕(達德)',[10] '달천덕(達天德)'[11]과《논어》의 이른바 '재방필달(在邦必達)'·'재가필달(在家必達)'[12]이 가리켜 말한 것은 비록 저마다 다르지만 모두 군자의 측면으로부터 말한 것이고, 이 밖에도 경전에 보이는

10 달도(達道)·달덕(達德):《중용장구》제20장에 "천하의 달도(達道)가 다섯 가지이고, 시행하는 것은 세 가지이니, 군신(君臣)·부자(父子)·부부(夫婦)·곤제(昆弟)·붕우(朋友)의 교제 이 다섯 가지는 천하의 달도이고, 지(知)·인(仁)·용(勇) 세 가지는 천하의 달덕(達德)인데, 시행하는 것은 동일하다." 하였다.

11 달천덕(達天德):《중용장구》제32장에 보인다.

12 재방필달(在邦必達)·재가필달(在家必達): 나라에서도 반드시 통달하고 집안에서도 반드시 통달한다는 말로,《논어》〈안연(顏淵)〉에 보인다.

'달' 자는 좋은 제목이 아닌 것이 없다. 그렇다면 이 '달' 자는 나날이 더럽고 낮은 곳으로 달려가는 소인에게 사용하기에는 옳지 않을 듯한데 부자의 말씀이 이와 같으니, 이미 주자와 제유(諸儒)의 설이 있다고 하지 말고 밝게 변론해보도록 하라."

내가 대답하였다. "신이 삼가 살펴보건대, 자서(字書)에 '달(達)은 통(通)이니, 행(幸)과 주(走)를 부수로 한다.' 하였습니다. '달(達)' 자는 끝까지 도달했다는 뜻이 있으므로 경전에 나오는 달 자를 모두 군자의 측면에서 해설하였는데, 궁구하여 바닥까지 이르러 지선(至善)의 경지에 그친 의미가 되니 반드시 정명(定名)이 있어서 바꿀 수 없는 인(仁)과 의(義) 같은 것은 아닙니다. 《논어》의 '재방필달(在邦必達)'의 달(達)과 《맹자》의 '달불리도(達不離道)'[13]의 달, 《예기》의 '추현이진달(推賢而進達)'[14]의 달 같은 것은 모두 현달(顯達)의 뜻이 있으니, 가리키는 바가 같지 않습니다. 그리고 또 《중용》의 '달도(達道)'와 '달덕(達德)'으로 말하면, 도(道)와 덕(德)이 주체이고 두 '달(達)' 자는 객체이며, 도와 덕이 실자(實字)이고 두 '달' 자는 허자(虛字)입니다. 그렇다면 이 장의 상달하달(上達下達)의 달(達)은 그 정신과 귀추가 또한 오로지 '상하(上下)' 두 글자에 있어서 의리(義利)의 구분과 공사

13 달불리도(達不離道) : 《맹자》 〈진심 상(盡心上)〉에 "선비는 곤궁해도 의를 잃지 않으며 영달해도 도를 떠나지 않는다.〔士窮不失義, 達不離道.〕" 하였다.

14 추현이진달(推賢而進達) : 《예기》 〈유행(儒行)〉에 "유(儒)는 내부의 사람을 추천할 적에는 친척을 피하지 않고 외부의 사람을 천거할 적에는 원수를 피하지 않으며, 공을 헤아리고 일을 쌓아서 어진 사람을 추천하여 윗사람에게 올려 도달하게 하고 그 보답을 바라지 않는다.〔儒有內稱不避親, 外擧不避怨, 程功積事推賢而進達, 不望其報.〕" 하였다.

(公私)의 구별을 객체와 주체, 허자와 실자의 사이에서 징험할 수 있습니다. 어찌 '달(達)' 한 글자만 그러하겠습니까. 《논어》 〈이인(里仁)〉의 '군자유어의(君子喻於義) 소인유어리(小人喩於利)'는 동일한 유(喩)이고, 《맹자》의 '자자위선(孳孳爲善) 자자위리(孳孳爲利)'[15]는 동일한 자자(孳孳)이지만 성인(聖人)과 광인(狂人)으로 나누이지는 것이 천양지차일 뿐이 아닙니다. 글자의 뜻이 객체와 허자에 구애받지 않는 것은 경전의 문체가 대체로 그러합니다."

어제조문에 말씀하였다. "지혜로운 자는 의혹을 품지 않고 용감한 자는 두려워하지 않는 것은 옳지만, 인자(仁者)는 어찌하여 근심하지 않는다고 말했는가? 주자가 이미 〈자한(子罕)〉 편의 지(知)·인(仁)·용(勇)의 훈석에서 이치로 사심을 이길 수 있다는 말로 불우(不憂)의 뜻을 해석하였는데, '사(私)' 자는 바로 '공(公)' 자의 상대되는 글자이다. 그렇다면 공심(公心)이 사심을 이길 수 있다고 말하지 않고 굳이 이치가 사심을 이길 수 있다고 말한 것은 어째서인가? 또 정자(程子)가 말한 '낙천(樂天)' 두 글자는 진실로 '불우(不憂)'에 딱 맞는데 《논어집주》에 첨부하지 않은 것은 어째서인가?"

내가 대답하였다. "사람의 마음은 바라는 것이 있으면 구하는 것이 있고, 구하는 것이 있으면 득실(得失)에 따라 우환(憂患)이 나타납니다. 인자(仁者)의 마음으로 말하면 시원하게 공명정대하여 자신이 있

15 자자위선(孳孳爲善) 자자위리(孳孳爲利) : 자자(孳孳)는 부지런한 모양이다. 《맹자》 〈진심 상(盡心上)〉에, 맹자가 "닭이 울면 일어나 부지런히 선(善)을 행하는 자는 순(舜)임금의 무리이고, 닭이 울면 일어나 부지런히 이익을 추구하는 자는 도척의 무리이다.〔鷄鳴而起, 孳孳爲善者, 舜之徒也; 鷄鳴而起, 孳孳爲利者, 跖之徒也.〕" 하였다.

는 위치에 맞게 행동하니, 이것이 인자가 근심하지 않을 수 있는 이유입니다. 주자가 굳이 이(理)를 말하고 공(公)을 말하지 않은 것은, 신이 삼가 생각건대 공은 이(理)를 벗어나지 않는데 공은 일에 나타나 외부에 있고 이(理)는 본성에 갖추어져 속에 있기 때문에 안연문인장(顔淵問仁章)에서 부자께서 극기복공(克己復公)이라고 하지 않고 굳이 극기복례(克己復禮)라고 하였으니, 바로 자신의 사심을 이기고 떨쳐서 천리(天理)를 다 회복하는 것이 인을 행하는 데 더욱 밀접하기 때문이라 여겨집니다. 정자가 말한 '낙천(樂天)' 두 자의 경우 진실로 불우(不憂)에는 밀접하지만 그 이른바 낙천이라는 것도 이(理)가 사심을 이길 수 있다는 한 구에서 벗어나지 않으니, 주자가 《논어집주》에 첨부하지 않은 것은 아마 이 때문인 듯합니다."

《논어 · 위령공》 편
論語衛靈公篇

어제조문에 말씀하였다. "위 영공(衛靈公)이 무도(無道)한 것은 진법(陣法)을 묻는 것을 기다리지 않고도 부자(夫子)가 본래 알고 있었지만, 알면서도 간 것은 위 영공이 변하기를 기대한 것이다. 진법을 물은 것이 허물이기는 하지만 군대의 일은 나라의 대사(大事)이니, 이 질문을 했다고 해서 더욱 무도하다고 여겨서는 안 된다. 부자가 왜 그리 급하게 떠나셨는가? 떠난 것이 옳다면 찾아온 것이 혹 불가한 점은 없는가? 찾아오고 떠나가기를 모두 너무 쉽게 한 것은 아닌가?"

내가 대답하였다. "성인(聖人)께서 위 영공에게 벼슬한 것은 제가(際可)의 벼슬[16]이었습니다. 위 영공이 함께 큰일을 하기 어렵다는 것을 부자께서 어찌 몰랐겠습니까. 다만 도리에 맞게 초빙하고 예를 갖추어 접견하였으므로 만일 덕을 좋아하는 마음이 오래도록 변치 않고 교제를 시종일관 잘하게 되면 점차 훈도되는 중에 자신도 모르게 날마다 개과천선하는 것이 없으리라 누가 장담하겠습니까. 그렇다면 부자께서 위(衛)나라에 머무신 것은 다만 예모(禮貌)의 후박(厚薄)과 성의(誠意)의 천심(淺深)만을 논해야 하니, 초빙한 뒤에 날아가는 기러기

16 제가(際可)의 벼슬 : 예우에 소홀함이 없어서 교제할 만하다고 여겨 벼슬을 수락하는 것을 말한다. 《맹자》 〈만장 하(萬章下)〉에 "공자는 도의 실현 가능성을 보고 하신 벼슬이 있었고, 교제할 만하다고 여겨 하신 벼슬이 있었고, 봉양을 위해 녹을 받는 벼슬이 있었다. 위 영공(衛靈公)에 대해서는 교제할 만함을 보고 하신 벼슬이었고, 위 효공(衛孝公)에 대해서는 봉양을 위한 벼슬이었다." 하였다.

를 쳐다본 것은 이미 존경하고 섬기는 성의가 없는 것이고 갑자기 진법(陣法)을 물은 것도 나라를 다스리는 예를 잃은 것입니다. 진법은 황제(黃帝)로부터 시작되어 병정(兵政)에서 없어서는 안 되니, 그 의미를 일반적으로 논하는 것이 어찌 박문(博聞)에 일조(一助)가 되지 않겠습니까? 그러나 당시 위나라의 급선무로, 이를테면 절용애민(節用愛民)과 유재선속(裕財善俗), 예악정형(禮樂政刑)과 전장문물(典章文物) 등 강구해야 할 것들이 또한 얼마나 많았습니까. 그런데 성인과 함께 있으면서 성대한 내면의 덕과 외면의 용모를 익히 보고 인(仁)과 의(義), 왕도와 패도의 설을 익히 듣고도 도리어 전국 시대의 습속을 편히 여기고 부국강병의 술수에 연연하였으니, 이에 위 영공이 더 이상 큰일을 할 수 없는 것이 명확해졌고 그가 성인을 대하는 것도 겉모양새로 하고 성의로 하지 않음을 알 수 있었으니, 부자께서 어찌 조두(俎豆)의 일로 전쟁에 관한 질문에 대답하여 그 잘못을 바로잡고 미련 없이 떠나지 않을 수 있었겠습니까. 성인이 출사하기도 하고 머무르기도 하며 오래 있기도 하고 속히 떠나기도 하여 그 자취가 비록 다르지만 추구하는 것은 하나이니 하나란 무엇이겠습니까? 또한 중(中)일 따름입니다. 만일 부자가 나아가야 하는데 나아가지 않았으면 진실로 중(中)이 아니고 떠나야 하는데 떠나지 않았으면 역시 중이 아닙니다. 부모의 나라에서 번육(膰肉)을 보내오지 않았어도 일던 쌀을 건져 떠나셨는데,[17] 하물며 위나라이겠습니까."

17 부모의……떠나셨는데 : 《맹자》 〈고자 하(告子下)〉에 "공자가 노(魯)나라의 사구(司寇)가 되어 자신의 도가 쓰이지 않고 이어서 나라에서 제사를 지내고 음복 고기를 보내오지 않자 관을 벗지 않고 즉시 떠나셨다." 하였고, 《맹자》 〈만장 하(萬章下)〉에 "공자가 제(齊)나라를 떠나실 때 일던 쌀을 건져서 즉시 떠나셨다." 하였다.

《맹자·공손추상》 편
孟子公孫丑上篇

어제조문에 말씀하였다. "인의예지(仁義禮智) 사덕(四德)이 비록 성(性) 속에 혼연히 섞여 있으나 일을 가지고 말하면 각각 소속된 바가 있어서 서로 섞어서는 안 되는데, 《중용》의 성기(成己)와 성물(成物)[18], 이 장의 학불염(學不厭)과 교불권(教不倦)은 상호 인(仁)과 지(智)를 말했으니, 만일 이 예를 미루면 인(仁)에 속한 일들이 모두 지(智)에도 아울러 속하고 지에 속한 일들이 모두 인에도 아울러 속한단 말인가? 비록 선유(先儒)의 설이 있지만 여전히 의심스러우니, 그 뜻을 분명히 말할 수 있겠는가?"

내가 대답하였다. "이 장의 이른바 학불염·교불권은 바로 《중용》의 이른바 성기(成己)·성물(成物)과 서로 표리(表裏)가 되는데, 자사(子思)의 말씀은 행(行)을 주장하였기 때문에 인을 앞세우고 지를 뒤로 하였고, 자공(子貢)의 말은 지를 주장하였기 때문에 지를 앞세우고 인을 뒤로 한 것입니다. 학불염은 지(知)의 체(體)이고 교불권은 인(仁)의 용(用)이며, 성기는 인의 체이고 성물은 지의 용입니다. 지에 속하고 인에 속하여 비록 같지 않지만 체와 용이 서로 필요로 하고 서로 이루어주니, 이리저리 보더라도 통하지 않는 바가 없다고 할 수 있습니다."

18 성기(成己)와 성물(成物) : 《중용장구》 25장에 보인다.

《맹자·공손추하》 편

孟子公孫丑下篇

어제조문에 말씀하였다. "조정에 달려갔다는 맹중자(孟仲子)의 말은 참으로 진실하지 않은 말이지만 맹자가 마지못해 경추씨(景丑氏)에게 갔으니, 이는 맹중자의 진실치 못함을 성취시켜준 것이다. 만일 경추씨가 이것을 가지고 맹자를 기롱했다면 맹자가 어떻게 답변했겠는가?"

내가 대답하였다. "신이 삼가 살펴보건대, 명유(明儒) 임희원(林希元)[19]이 이 장에 대하여 논하기를 '맹자가 질병을 핑계로 사양해놓고 조문을 나간 것은 제(齊)나라 왕이 맹자가 질병 때문이 아님을 알게 하려 했던 것인데, 맹중자가 도리어 임기응변의 말로 대답하였고 또 사람을 시켜 길목에서 기다리다가 조정에 나가도록 청하였으니, 맹자가 질병을 핑계로 사양했던 뜻이 끝내 제나라 왕에게 전달될 수 없게 되었다. 그러므로 어쩔 수 없이 경추씨에게 가서 묵었으니, 제나라 왕으로 하여금 자신의 질병 때문이 아니었음을 알게 하려고 한 것이다.' 라고 하였습니다. 이 말을 가지고 보면 맹자가 경추씨에게 나아가 묵었던 것은 곧 어려운 일을 권면하고 선한 도리를 진술하는 뜻이었는데, 바로 맹중자의 진실치 못함을 분명히 드러나게 하는 것입니다."

어제조문에 말씀하였다. "맹자는 빈사(賓師)였으니, 그가 관수(官

19 임희원(林希元) : 명(明)나라 무종(武宗)·세종(世宗) 때 사람으로, 자는 무정(茂貞), 호는 차애(次崖)이다. 저서에 《존의(存疑)》·《차애집(次崖集)》이 있다. 《明史 卷282 儒林列傳 林希元》

守)가 없는 것은 실로 당연하다. 그러나 선(善)을 아뢰어 사악함을 막는 것은 빈사의 책임이니, 어찌 언책(言責)에 대해 말할 수는 없겠는가. 마침내 제나라를 떠난 이유가 그 말이 쓰이지 않았기 때문이라면 또 어찌 자신의 말이 받아들여지지 않는다 하여 떠난 것이 아니겠는가? 그 종결을 살펴보면 진퇴가 지와(蚳鼃)와 차이가 없는 듯한데,[20] 공도자(公都子)에게 이와 같이 대답한 것은 어째서인가?"

내가 대답하였다. "신이 삼가 살펴보건대, 송유(宋儒) 사마광(司馬光)의 〈의맹론(疑孟論)〉[21]에 또 '맹자가 제나라에 있을 때 제나라 왕이 빈사(賓師)로 대우했으니, 빈사는 선(善)으로 사람을 인도하여 그 악(惡)을 바로잡는 것이다. 어찌 관수(官守)와 언책(言責)이 없다고 할 수 있겠는가.' 하였습니다. 주자(朱子)가 이 말에 대해 변론하기를 '관수와 언책은 하나의 직분을 지키는 것일 뿐이니, 그 진퇴와 거취가 일 하나의 잘잘못에 따라 결정되지만, 빈사가 된 이로 말하면 이와 다르다. 그러나 어찌 그 도(道)의 실행 여부를 따지지 않고 그 녹을

20 진퇴가……듯한데 : 《맹자》 〈공손추 하(公孫丑下)〉에, 맹자가 제(齊)나라의 사사(士師)로 있던 지와(蚳鼃)에게 "그대가 영구(靈丘)의 수령직을 사양하고 사사가 되기를 청한 것이 그럴싸한 것은 간언할 수 있는 자리이기 때문이네. 그런데 지금 사사가 된 지 여러 달이 지났는데 아직도 간언할 만한 일이 없었단 말인가?" 하고 나무랐다. 이에 지와가 왕에게 간언했다가 의견이 채택되지 않자 벼슬을 반납하고 떠났다. 이 일을 두고 제나라 사람이 "지와를 위한 측면은 잘했지만, 맹자 자신을 위한 측면은 잘했는지 모르겠다." 하고 맹자를 비판하였다. 정조는 맹자가 당시에 제나라에서 빈사(賓師)로 있다가 떠난 상황이 지와가 떠난 상황과 차이가 없다고 여겨 질문한 것이다.

21 의맹론(疑孟論) : 사마광(司馬光)의 작품이다. 사마광이 평소 《맹자》를 동한(東漢)에서 출현한 위서로 여겨 좋아하지 않았으므로 이 글을 지었다고 한다. 《經義考 권233》

먹겠는가. 맹자가 끝내 신하 되기를 거절하고 떠난 것을 보면 그 출처의 대강을 볼 수 있다.' 하였습니다. 지금 주자의 이 설을 가지고 미루어 보면, 일 하나를 잘하느냐의 여부와 말 한마디를 잘 따르느냐의 여부가 진실로 빈사의 거취에 영향을 끼칠 것이 못 되고, 대도(大道)가 행해지지 않아 평소의 뜻을 이루지 못하게 된 뒤에야 행지(行止)를 결정할 수 있습니다. 그러므로 제나라 왕이 만종(萬鍾)의 녹을 내려 만류해도 붙잡을 수 없었으니, 나아가고 물러나며 오래 머물고 속히 떠나는 것이 어찌 각각 알맞지 않겠습니까."

어제조문에 말씀하였다. "노 목공(魯繆公)이 자사(子思)의 곁에 사람이 없으면 자사를 편안히 머무르게 할 수 없다고 여겼으니, 현자를 존중하는 도리로 볼 때 진실로 당연하다. 그런데 설류(泄柳)와 신상(申詳)이 목공의 곁에 사람이 없으면 자신들의 몸을 편안히 머물러 둘 수 없었던 것으로 말하면 진실로 의심스럽다. 현자(賢者)는 도(道)로써 임금을 섬기고 부합하지 않으면 떠나니, 어찌 타인에 의존하여 유지하고 보호받는 계책을 삼아서야 되겠는가. 임금의 좌우에 결탁하여 그 지위를 공고히 하려는 후대의 간사한 사람이 여기에서 구실을 빌리지 않겠는가?"

내가 대답하였다. "이 절(節)은 위에서 목공(繆公)이 자사(子思)를 대우한 일을 말하고 아래에서 두 사람이 스스로 처신한 일을 말하여 현자(賢者)가 나아가고 물러가는 즈음에 이 두 가지 등급이 있음을 보여주었습니다. 자사는 남들이 존경하고 예우하는 것이 이와 같아야 했고 두 사람은 스스로의 처신이 또 이와 같아야 했습니다. 저 두 사람이 목공의 곁에 사람이 없으면 자신들의 몸을 편안히 머물러 둘 수 없었던 것이 어찌 좌우에 결탁하여 그 지위를 공고히 하려 한 것이겠습니까. 오직 현자가 그 곁에 있으면서 유지하고 보호하지 않으면 선(善)을 좋아하는 목공의 마음이 쉽게 게을러지고 현자를 대우하는 목공의 뜻이 점점 해이해져서 그 도를 행할 수 없기 때문입니다. 이 때문에 주자가 '두 사람의 마음이 그 임금 곁에 있는 사람에게 의지했다는 말이 아니라 다만 그 형세를 말하면 그렇다는 것이다. 만일 두 사람의 마음이 이와 같다면 추한 얼굴과 더러운 행실로 아첨하여 섬기고 총애를 구하는 세상 사람들과 무엇이 다르겠는가.' 하였습니다. 신이 감히 이로써 성상의 질문에 대답합니다."

《맹자·등문공》 편

孟子滕文公篇

어제조문에 말씀하였다. "《주역》에서 말한 계지자선(繼之者善)은 태어나기 전을 가리킨 것이고, 여기에서 말한 성선(性善)은 태어난 뒤를 가리킨 것이다. 이미 태어난 뒤라고 했으니 혼연(渾然)한 체(體)만 치우쳐 말해서는 안 되는데, 《맹자집주》에서 오로지 이(理)에만 소속시키고 기(氣) 쪽을 말하지 않은 것은 어째서인가? 또 정부자(程夫子)의 말을 살펴보면, '선악(善惡)을 말할 때에는 모두 선(善)을 먼저 말하고 악(惡)을 뒤에 말하였다.' 하였으니, 역시 《맹자집주》의 설과 상당히 어긋난다. 그 자세한 이유를 말할 수 있겠는가?"

내가 대답하였다. "〈계사전(繫辭傳)〉의 이른바 '계지자선(繼之者善)'은 이(理)가 바야흐로 행해지는 것을 가지고 말한 것이니 이는 태어나기 전이고, 성지자성(成之者性)은 이(理)가 이미 성립된 것을 가지고 말한 것이니 이는 태어난 뒤입니다. 그러나 계(繼)와 성(成)이 비록 선후의 차이는 있지만 선(善)과 성(性)은 애당초 근본을 달리함이 없습니다. 그러므로 태어나기 전에는 전체(全體)가 혼연(渾然)하나 음양의 기(氣)가 애당초 이(理)에서 떠나지 않았고, 태어난 뒤에는 기질이 이미 형성되었으나 혼연한 이(理)가 역시 기(氣)와 섞이지 않았습니다. 이 때문에 맹자의 이른바 성선(性善)은 그 기질(氣質) 속에 나아가 기(氣)와 섞이지 않는 것을 뽑아내고 본원(本源)을 탐구하여 인성(人性)의 선(善)함이 바로 계지자선(繼之者善)에 연유함을 보여주었습니다. 그러므로 순수하고 지극히 선하다고 하였습니다. 《맹자집주》에서 오로지 이(理)에만 소속시키고 기(氣)를 언급하지 않은 것은 또한 맹자가 본연지성(本然之性)을 말하고 기질지성(氣質之性)을 말하지 않은 뜻인가 합니다. 정자(程子)의 이른바 '선(善)을 먼저 말하고 악(惡)을 뒤에 말했다.'는 것은 선과 악을 겸한 설이고, 《맹자집주》의 이른바 '일찍이 악(惡)이 있지 않았다.'는 것은 순수한 것을 가지고 말한 것입니다. 비록 피차간에 어긋나는 의심이 들기도 하지만 《맹자집주》에서 또 사욕(私欲)에 골몰한다고 말했으니 이는 정자가 선을 먼저 말하고 악을 뒤에 말한 뜻입니다. 정자가 또 '그 유래를 따져보면 선하지 않은 것은 있지 않다.' 하였으니, 또한 《맹자집주》의 '일찍이 악이 있지 않았다.'는 뜻입니다. 신은 문고리처럼 원만하고 지도리처럼 일관된다고 생각하고 서로 모순이 되는지는 모르겠습니다."

어제조문에 말씀하였다. "하(夏)나라·상(商)나라·주(周)나라에서 모두 십분의 일의 세금을 백성에게 거두었다. 오십무(五十畝)는 오무(五畝)의 소출을 바치고 칠십무(七十畝)는 칠무(七畝)의 소출을 바치고 백무(百畝)는 십무(十畝)의 소출을 바치는 것을 말하는가? 아니면 저마다 세금을 거두는 제도에 차이가 있는가? 또 《주자어류(朱子語類)》를 살펴보면, '향(鄕)에 비록 공법(貢法)을 썼지만 농사 담당관이 들을 순시하여 작황을 보고 농사의 상·중·하에 따라 세금 거두는 법을 정하였으니, 또한 구애된 것은 아니었다.' 하였다. 이를 가지고 궁구해보면 비록 열에 하나를 거둔 것이 아니라고 해도 되지 않겠는가?"

내가 대답하였다. "신이 삼가 살펴보건대, 고염무(顧炎武)[22]가 말하

22 고염무(顧炎武) : 1613~1682. 자는 영인(寧人), 호는 정림(亭林)이다. 명나라 말기의 인물로, 당시의 양명학이 공리공론을 일삼는 데 환멸을 느끼고 경세치용(經世致

기를 '하(夏)나라가 반드시 오십무로 공법(貢法)을 하고 은(殷)나라가 반드시 칠십무로 조법(助法)을 하고 주(周)나라가 반드시 백무로 철법(徹法)을 하였다면, 이는 한 왕조(王朝)가 들어설 때마다 반드시 밭두둑을 고치고 구혁(溝洫)을 바꾸려 들어 힘이 낭비되고 번거로워져서 백성에게 무익할 것이다. 어찌 그렇게 했겠는가? 삼대(三代)에서 백성에게 세금을 거둔 차이는 공법・조법・철법에 있는데, 그 전무(田畝)의 차이는 다만 삼대의 장척(丈尺)이 같지 않았기 때문이지 전토(田土)의 크기 자체가 일찍이 달랐던 것은 아니다.' 하였으니, 이는 진실로 《맹자집주》에서 언급하지 않은 것입니다. 그런데 주자도 일찍이 시대가 바뀔 때마다 전무(田畝)를 변경하여 백성을 피로하게 만들고 동요시킨 점을 의심하였으니, 고염무의 이 설은 또한 주자의 뜻을 이어서 전대의 유자가 미처 발명하지 못한 바를 발명한 것입니다. 하(夏)나라 때에는 농토가 넓고 인구가 드물었으니 그 무(畝)가 특별히 컸고, 상(商)나라와 주(周)나라 때에는 농토가 다스려지고 인구가 많아졌으니 그 무(畝)가 점점 작아진 것입니다. 그리하여 상나라의 칠십무는 하나라의 오십무에 해당하고 주나라의 백무는 상나라의 칠십무에 해당하였으니, 명칭은 비록 달라도 실상은 동일하였습니다. 그렇다면 삼대에서 세금을 거둔 제도의 차이는 진실로 오무(五畝)와 칠무(七畝)의 차이에 있지 않으니, 하나라에서 쓴 공법(貢法)은 일부(一夫)가 받은 전토에서 단지 그 십분의 일을 계산하여 바친 것이고, 상나라에서 쓴 조법(助法)은 공전(公田)과 사전(私田)을 두어서 단지 그 공전의 소출만을

用)의 실학에 뜻을 두었다. 실증적(實證的) 학풍은 청조의 고증학을 연구하는 데 많은 도움을 주었다.

바친 것입니다. 주나라에 이르러서는 이대(二代)를 거울삼아 덜고 더하고 참작하였으니, 향(鄕)과 수(遂)에는 공법(貢法)을 쓰고 도(都)와 비(鄙)에는 조법(助法)을 써서 그 제도가 점점 치밀해졌습니다. 이것이 이른바 열에 하나를 세금으로 거두는 제도를 삼대가 함께 하였다는 것인데, 공법을 쓰기도 하고 조법을 쓰기도 하고 철법을 쓰기도 하여 그 연혁의 차이가 이와 같지 않을 수 없었습니다. 향(鄕)에 공법을 쓰고 또 농사의 상・중・하에 따라 세금 거두는 법을 만들었으니, 십일세(十一稅)를 납부하는 법보다 더욱 가벼웠습니다. 이는 향(鄕)과 수(遂)의 지역이 국중(國中)에 있어서 농사의 풍흉을 살피기 쉬웠기 때문인데, 가까운 지역은 세금을 가벼이 걷고 먼 지역은 세금을 무겁게 걷는 뜻이 또 그 사이에 행해진 것입니다."

《맹자·이루》 편

孟子離婁篇

어제조문에 말씀하였다. "주자(朱子)가 '실(實) 자는 이(理)를 상대하여 말한 것이 있으니 사실(事實)의 실(實)을 이르고, 화(華)를 상대하여 말한 것이 있으니 화실(華實)의 실을 이른다. 지금 이 실(實) 자는 바로 화실(華實)의 실(實)이다.' 하였는데,[23] 이 실(實) 자를 화(華)에 상대되는 실(實)로 보는 것이 이(理)에 상대되는 실(實)로 보는 것만 못한 듯하다. 인의(仁義)는 이(理)일 뿐이고 일이 있는 것이 아니니, 사실(事實)로써 말한다면 사친(事親)과 종형(從兄)이 이것이다. 이와 같이 해석하면 이 실(實) 자는 곧 이(理)를 상대하여 말한 것이니 그 뜻이 통할 수 있는데, 주자가 굳이 화실(華實)로써 해석한 것은 어째서인가? '임금에게 충성하고 어른을 공경하는 것은 인의(仁義)의 화채(華采)이다.'라고 한 말은 혹 타당하지 않은 것이 아니겠는가?"

내가 대답하였다. "인의(仁義)는 이(理)이고 사친(事親)과 종형(從兄)은 인의가 일에 발로된 것입니다. 이 실(實) 자를 만일 이(理)에 상대되는 실(實)로 본다면 사친(事親)은 인(仁)의 일이고 인은 사친의 이(理)이며, 종형(從兄)은 의(義)의 일이고 의는 종형의 이(理)라는

23 주자(朱子)가……하였는데 : 《맹자》 〈이루(離婁)〉 제27장에 "인의 실제는 사친이 이것이고, 의의 실제는 종형이 이것이다.〔仁之實, 事親是也, 義之實, 從兄是也.〕" 하였는데, 주자가 《맹자혹문》에서 실(實) 자를 이와 같이 해석하였다.

뜻입니다. 그 자의(字義)와 구법(句法)이 온당하게 갖추어져 있는데 주자가 굳이 화실(華實)의 실(實)로 해석한 것은 이 절(節)의 뜻이 바로 유자(有子 유약(有若))의 이른바 '효제(孝悌)는 인(仁)을 행하는 근본이다.'라는 말과 서로 유사하기 때문입니다. 본(本)은 근본을 말하고 실(實)은 핵실(核實)을 말합니다. 인민(仁民)과 애물(愛物)이 인(仁)을 행하는 일이 아닌 것은 아니지만 사친(事親)이 바로 더욱 절실한 일이니, 사친은 인(仁)의 근본이며 핵실입니다. 경장(敬長)과 존현(尊賢)이 의(義)에서 비롯되는 일이 아닌 것은 아니지만 종형(從兄)이 바로 가장 중요한 일이니, 종형은 의(義)의 근본이며 핵실입니다. 이와 같이 보면 인의(仁義) 속에 나아가 화(華)와 실(實)로 나누는 것이 그 뜻이 더욱 적절하니, 《주자어류》에서 말한 것은 어버이를 효(孝)로 섬기기 때문에 임금을 충(忠)으로 섬기고 형을 공손으로 섬기기 때문에 어른을 공경으로 섬긴다는 뜻이지 진실로 임금에게 충성하고 어른을 공경하는 것을 인의(仁義)의 화채(華采)라고 여긴 것은 아니니, 굳이 이것을 의심할 필요는 없을 듯합니다."

《맹자·만장》편

孟子萬章篇

어제조문에 말씀하였다. “요(堯)임금이 자신의 자식들 9남 2녀에게 순(舜)을 전야(田野)에서 섬기도록 하여 부부간의 은미(隱微)한 즈음을 살펴보고자 했으니, 2녀로써 그 내정(內政)을 관찰한 것은 실로 성인(聖人)이 사람을 살피는 방도였다. 그러나 동성(同姓) 간에는 백세(百世)토록 통혼하지 않는 것이 예법상 당연하건만 요임금이 자신의 딸을 시집보냈다. 《제왕세기(帝王世紀)》를 살펴보건대, 순임금은 바로 요임금의 지친(至親)이다. 지친을 등용하여 사위로 삼았으니 백세토록 통혼하지 않는 예법에 혐의가 없을 수 있겠는가?”

내가 대답하였다. “예로부터 경서를 읽고 옛일을 상고한 선비들치고 이것을 하나의 큰 의안(疑案)으로 삼지 않은 이가 없었습니다. 어떤 이는 《사기(史記)》를 근거로 말하기를 ‘순임금은 황제(黃帝)의 후손이니 실로 요임금과 동족이다. 그런데도 서로 혼인했던 것은 이 당시에 의문(儀文)이 아직 갖추어지지 않고 예절이 아직 엉성하였기 때문이다. 동성(同姓) 간에 혼인하지 않는 예법은 실로 주(周)나라 이후부터이다.’ 하였습니다. 어떤 이는 《국어(國語)》를 근거로 말하기를 ‘순임금의 계보가 우막(虞幕)과 오제(五帝) 속에서 나왔으니, 순임금이 유독 황제(黃帝)를 조상으로 삼지 않은 것은 애당초 요임금과 동성이 아니었기 때문이다. 마숙(馬驌)이 《역사(繹史)》를 지음에 이르러 여러 설을 널리 참고하여 절충하기를 「《좌전(左傳)》의 사추(史趨)의 말에 『막(幕)으로부터 고수(瞽叟)에 이르기까지 위명(違命)이 없었고 순임금이 명덕(明德)으로 거듭하였다.』 하였으니, 이는 순임금의 조상이 막(幕)인 것이 분명하다.」 하였다. 《사기》의 오류는 《세본(世本)》[24]을 가벼이 믿은 것에 연유한 것이다. 과연 《세본》에 말한 대로라면 황제(黃帝)로부터 요임금까지 5세이고 순임금까지는 9세이며, 전욱(顓頊)으로부터 우(禹)임금까지 3세이고 순(舜)임금까지는 9세이니, 어찌하여 순임금만 연대가 촘촘하고 요임금과 우임금은 연대가 드문드문한 것인가.' 하였습니다. 신은 다음과 같이 생각합니다. 징험하고 믿을 만한 문헌으로는 경서만한 것이 없는데 순임금이 우막(虞幕)을 조상으로 삼았다는 설이 경전(經典)에 보이고, 절충할 만한 사리(事理)는 의리만한 것이 없는데 지친 간에 서로 혼인했다는 의심이 의리에 혐의가 되니, 그렇다면 그 취사선택하는 사이에 진실로 많은 말이 필요치 않습니다. 그런데도 혹 의문(儀文)이 갖추어지지 않았기 때문이라는 설을 가지고 왜곡되게 해석하는 것은 다만 《사기》와 《세본》의 설이 있기 때문입니다. 《세본》은 주(周)나라 말기에 출현하였으니 전대(前代)를 기록한 내용 중에 틀림없이 빠진 것이 많았을 것인데, 《사기》에서 그 책을 그대로 인습하여 오류를 전하였으니 그 말을 다 믿을 수 있겠습니까. 따라서 신은 반드시 마융(馬融)의 설을 천고토록 해결보지 못한 안건에 대한 정법(正法)으로 삼을 것이니, 백세토록 통혼하지 않는다는 예법 조목에 대한 모든 의심도 변론할 필요 없이 얼음 녹듯 풀릴 것입니다."

24 세본(世本) : 옛날 고서(古書)의 이름으로, 모두 15편으로 이루어져 있으며, 황제(黃帝) 이후의 제왕(諸王)이나 제후(諸侯), 경대부(卿大夫)들의 계보(系譜)와 명호(名號) 등을 기록한 책이다. 《漢書 卷30 藝文志 藝略》

어세조문에 말씀하였다. "대문(大文)에 '한 고을의 선사(善士)라야 한 고을의 선사를 벗할 수 있다.' 하였는데, 《맹자집주》에서 '자신의 선(善)이 한 고을을 덮은 뒤라야 한 고을의 선사를 모두 벗할 수 있으니, 미루어서 한 나라와 천하에 이르러서도 그 덕의 높낮이에 따라 교제의 폭이 정해진다.' 하였다. 대문 중의 '사(斯)' 자는 '내(乃)' 자로 보아야 하는데, 혹 당(當) 자로 볼 수도 있는가? 우(友) 자는 저가 와서 나를 벗하는 뜻을 가리키는가, 아니면 내가 가서 저를 벗하는 뜻을 가리키는가? 위 구(句)의 이른바 '한 고을[一鄕]'과 아래 구의 이른바 '한 고을'은 그 뜻이 같은가 다른가? 이미 선사(善士)라고 해놓고 또 선사라고 했으니 두 선(善) 자에 대해 혹 조예(造詣)의 대소를 말할 수 있는가? 《맹자집주》에서 '모두 벗한다[盡友]'라고 한 것은 한 고을에 있는 평범한 선비들을 혹 모두 벗으로 삼을 수 있다는 말인가? 아니면 나의 선(善)이 한 고을을 덮으면 선이 있는 곳에 자연히 의기가 서로 투합하여 함께 계합(契合)한다는 말인가? 광협(廣狹)이라 한 것은 선(善) 자에 나아가 대소를 가리킨 것인가? 혹 사람의 많고 적음[衆寡]으로 봐도 괜찮은가?"

내가 대답하였다. "신이 삼가 살펴보건대, 선유(先儒) 오인(吳因)이 이에 대해 논하기를 '세 사(斯) 자를 당(當) 자로 봐서는 안 되고, 세 우(友) 자를 저가 와서 나를 벗하는 것으로 봐서는 안 된다.' 하였습니다. 이로 보면 사(斯) 자의 뜻은 내(乃) 자로 봐야지 당(當) 자로 봐서는 안 되고, 우(友) 자의 뜻은 교우(交友)의 교(交)로 봐야지 붕래(朋來)의 붕(朋)으로 봐서는 안 됩니다. 또 살펴보건대, 선유 임희원(林希元)이 말하기를 '「만일 벗하는 대상 또한 선(善)이 한 고을을 덮은 자이다.」라고 한다면 집주의 「그 광협(廣狹)을 따른다.」는 한 구절의 설이 통하지 않으니, 한 고을에 있는 선사가 모두 교우하는 대상이 되어야 한다.' 하였습니다. 이로 미루어 보면 위 구의 한 고을과 아래 구의 한 고을이 비록 동이(同異)의 구별은 없지만 위 구의 선사와 아래 구의 선사에 대해 또한 어찌 조예의 대소를 말할 것이 없겠습니까. 《맹자집주》에서 '모두 벗한다〔盡友〕'라고 한 것은 나의 선(善)이 이미 한 고을을 덮었으면 선이 있는 곳에는 소리가 호응하고 기(氣)가 추구하여 자연히 계합(契合)함을 말한 것입니다. 그 빈주(賓主)와 피아(彼我)의 사이에 비록 천심(深淺)이 있을 수 있지만, 만일 한 고을의 평범한 자들이 모두 벗이 될 수 있다고 한다면 혹 '주인을 정할 때에 친할 만한 이를 잃지 않는다.〔因不失親〕'[25]는 의리에 문제가 되지 않겠습니까? 광협(廣狹)이라고 한 것은 선(善)이 한 고을을 덮은 자는 한 고을의 선사(善士)를 벗할 수 있지만 한 나라의 선사를 벗할 수는 없고, 선이 한 나라를 덮은 자는 한 나라의 선사를 벗할 수 있지만 천하의 선사를 벗할 수는 없으니, 그 덕의 높낮이에 따라 교우의 폭을 정한다는 말입니다. 만일 선(善) 자를 가지고 광협을 말했다고 한다면 《맹자집주》의 이른바 고하(高下)는 이미 선의 고하를 가리켜 말한 것이 되니, 혹 중언부언에 가깝지 않겠습니까?"

25 주인을……않는다 : 《논어》 〈위정(爲政)〉에 나오는 구절이다.

《맹자·고자》 편
孟子告子篇

어제조문에 말씀하였다. "'생(生)을 성(性)이라고 한다.〔生之謂性〕'는 것은 고자(告子)의 설인데 맹자(孟子)가 그 말이 그르다고 깊이 배척하였고, 주자(朱子)도 '고자는 성(性)이 이(理)인 줄 몰랐으니, 근세에 불교에서 말하는 작용(作用)이 성(性)이라는 것과 대략 서로 같다.' 하였으니, 이는 실로 만세토록 바꿀 수 없는 정론(定論)이다. 정백자(程伯子 정호(程顥))의 설을 살펴보면 '생(生)을 성(性)이라고 하니, 성(性)이 곧 기(氣)이고 기가 곧 성이니, 생(生)을 이른다.〔生之謂性 性卽氣氣卽性 生之謂也〕' 하였으니,[26] 맹자와 주자의 설과 비교해볼 때 어찌 그리도 크게 어긋난단 말인가? 후학이 만일 같고 다른 차이를 제대로 알지 못한다면 그 폐단이 반드시 어지럽고 어그러지는 데에 이르게 될 것이다. 어떻게 보면 서로 통하고 서로 해치지 않을 수 있겠는가?"

내가 대답하였다. "성(性)은 본연(本然)과 기질(氣質)의 다름이 있습니다. 그 본연지성(本然之性)을 말하면 혼연(渾然)한 일리(一理)가 순수하고 지극히 선(善)하여 기(氣)에 붙어 있으면서도 기에 섞이지 않으니, 《중용》의 이른바 '천명지성(天命之性)'입니다. 그 기질지성(氣質之性)을 말하면 청탁(淸濁)이 있고 편색(偏塞)이 있어서 기(氣)

26 정백자(程伯子)의……하였으니 : 《이정유서(二程遺書)》 권1 〈단백전사설(端伯傳師說)〉에 보인다.

가 저마다 같지 않기에 성(性)도 다름이 있으니, 《논어》의 이른바 '서로 가깝다.〔相近〕'는 성(性)입니다. 맹자가 말씀한 성(性)은 기질 속에서 그 본연의 성을 집어내어 말한 것이고, 정자(程子)가 말씀한 성은 본연의 성 밖에서 그 기질의 성을 발명(發明)한 것이니, 가리키는 바가 같지 않고 말이 각각 주장이 있습니다. 그러나 인(人)과 물(物)이 태어날 때 본래 이 이(理)를 갖추지 않은 것이 없고 이 기(氣)를 부여받지 않은 것도 없으니, 성(性)을 논하고 기(氣)를 논하지 않으면 갖추어지지 않고 기를 논하고 성을 논하지 않으면 분명하지 않습니다. 이것이 기질에 대해 말씀한 정자의 공로가 맹자 못지않고 기(氣)를 성(性)으로 인식한 고자와는 동일 선상에서 말할 수 없는 까닭입니다. 이 때문에 송유(宋儒) 진순(陳淳)[27]이 논하기를 '고자의 설은 눈금 없는 저울과 마디 없는 자와 같고, 정자의 설은 밝은 해가 중천에 떠올라 만물의 형상이 은닉되거나 누락됨 없이 요연하게 보이는 것과 같다.' 하였습니다. 이로 보면 정자와 고자가 성(性)을 말한 것이 비록 자구는 유사하지만 지의(旨意)가 주장하는 바는 천지처럼 판연히 다릅니다. 또 맹자와 주자의 설과 무엇이 크게 다르겠습니까?"

어제조문에 말씀하였다. "맹자와 정자가 성(性)을 말한 것이 다르다고 하기도 하고 같다고 하기도 하여 서로 어울리지 않는 것 같은데, 그 본지(本旨)는 근본적으로 동일하다. 고자는 인(人)과 물(物)이 부

27 진순(陳淳) : 1159～1223. 자는 안경(安卿), 호는 북계(北溪), 시호는 문안(文安)이며, 장주(漳州) 용계(龍溪) 사람이다. 주자가 장주 태수(漳州太守)로 있을 때 나아가 수학하여 황간(黃榦)과 함께 고제(高弟)가 되었다. 저서로 《성리자의(性理字義)》가 있다.

여받은 기(氣)가 같은 것을 성(性)으로 인식하고 인과 물이 부여받은 성(性)이 같지 않은 줄을 몰랐다. 이 때문에 맹자가 개와 소의 성(性)과 사람의 성으로 알려주었다. 맹자의 본지(本旨)를 모르는 후학은 필시 사람에게 있는 기품(氣稟)이 같지 않은 것을 성(性)으로 인식하고 그 타고난 바의 이(理)가 모두 같은 줄을 모를 것이다. 이 때문에 정자가 '성은 바로 이이다.〔性卽理〕'라고 말하여 밝혀주었다. 우리나라 유자(儒者)가 남김없이 변론하여 논파(論破)했으나 천년이 지난 지금까지도 명료하지 못한 뜻이 많아 논설이 분분하여 어느 설을 따라야 할지 모르는 것은 어째서인가? 심지어 맹자를 종사(宗師)로 여기는 무리들이 누구나 맹자의 말을 숭상하고 믿지만 동이(同異)의 이유와 동이의 추향을 변론하게 한다면 대부분 의심하여 어떻게 말할지를 모르니, 이는 또 무엇 때문에 그러한가? 속수(涑水 사마광(司馬光))의 학문은 오로지 독실(篤實)에 종사하였으니, 송(宋)나라 때의 대유(大儒) 중에 바른 문로(門路)를 얻은 분이다. 그러나 《맹자》 가운데 단수(湍水)와 생지위성(生之謂性) 이 두 장(章)에 대해서는 의견이 맞지 않았으니, 이것이 맹자를 의심하는 논의가 일어나게 된 까닭이다. 그가 말하기를 '이 두 장은 내가 아직 모르겠다.' 하였는데, 속수의 이른바 '아직 모르겠다〔未曉〕'는 것은 정확히 어느 곳인가? 위의 장에서 맹자가 순전히 사람의 성(性)이 선하다는 것만 거론하고 물(物)을 언급하지 않았고, 뒤에 또 개와 소의 성(性)과 사람의 성이 같지 않다고 하였으니, 후인의 의혹을 야기한 것은 바로 이 두 단락과 관련된다. 생인(生人)과 생물(生物)의 이(理)에 대해 그 근원을 소급해보면 인(人)과 물(物)이 간격이 없고 형인(形人)과 형물(形物)의 뒤에 분속하면 인과 물이 다르게 된다. 그러나 사람을 가지고 말하면 본래 현(賢)·불초(不

肖)의 구별이 없고 성(性)의 본연(本然)의 체(體)가 선하지 않은 이가 없다. 사람은 오상(五常)의 온전한 덕을 갖추었고 물(物)은 약간의 밝은 부분을 부여받았기 때문일 텐데, 참으로 그러한 것인가? 아니면 이외에 또 다른 뜻이 있는가?"

내가 대답하였다. "맹자와 정자가 성(性)을 말할 때 기질지성을 말하기도 하고 본연지성을 말하기도 하여 말한 것이 비록 같지 않지만 그 대지(大旨)의 소재는 서로 발명한 것이어서 애당초 동이(同異)를 말할 만한 것이 없습니다. 고자가 말한 성(性)으로 말하면 이미 성(性)과 기(氣)의 구분을 몰라서 기를 성으로 인식하였고, 또 기가 고르지 못하여 성도 차이가 나는 것을 모르고서 인(人)과 물(物)을 구별 없이 뒤섞어 어지럽고 복잡하며 두루뭉술하게 말하였으니, 그 잘못은 바로 한갓 지각운동(知覺運動)하는 기(氣)가 인(人)과 물(物)의 차이가 없는 것만 알고 인의예지(仁義禮智)의 이(理)가 그 기(氣)의 편전(偏全)으로 인해 발용(發用)의 차이가 나게 되는 줄을 모른 데에 있습니다. 이 때문에 맹자가 개와 소, 사람의 성(性)에 대한 설을 가지고 꺾었으니, 그 뜻이 정밀합니다. 그런데 본지(本旨)를 제대로 모르는 후대 유자 중에 부여받은 기가 같지 않은 것을 가지고 성(性)으로 인식하고 받은 이(理)에 차이가 없는 것을 모르는 이가 있었으니, 또 정부자(程夫子)의 '성(性)이 곧 이(理)이다.'라는 설이 있게 된 것입니다. 맹자의 말씀이 이와 같았고 정자의 논의가 이와 같았으며, 기타 송(宋)나라와 명(明)나라의 제유(諸儒)가 발명하고 유추한 설과 우리나라의 명현(名賢)이 토론하고 변석한 것이 더 이상 미진한 것이 없건만, 오늘에 이르러서도 분분하고 어그러진 채 여전히 결론 나지 않은 의안(疑案)으로 남아 있는 것이 어찌 다른 이유가 있겠습니까. 단지 읽는 자가 표피만을 이해하고 융회관통(融會貫通)하는 오묘함이 없어 인습만 할 뿐 정밀하고 절실하게 스스로 터득한 견해가 없기 때문입니다. 비록 독실하고 정대한 속수조차도 오히려 의심을 면치 못했고 이구(李覯)[28]와 조공무(晁公武)[29]의 무리에 이르러서는 그 설이 더욱 제멋대로 나왔습니다. 신이 일찍이 〈의맹론(疑孟論)〉을 보니 속수의 이른바 '아직 모르겠다〔未曉〕'는 것은, 단수장(湍水章)에 있어서는 사람이 불선(不善)이 있지 않다는 설을 잘못된 말로 여겼고 이 장에서는 백우(白羽)와 백설(白雪)의 비유를 이기기 위해 변론했다고 여겼습니다. 그 말의 오류에 대해서는 이미 여은지(余隱之)의 변론[30]이 있으니, 신이 어찌 중언부언할 필요가 있겠습니까."

어제조문에 말씀하였다. "인성(人性)이 모두 선하다는 것은 일리(一理)의 체(體)를 가리킨 것이고, 인(人)과 물(物)이 같지 않다는 것은 기국(氣局)이 다름을 가리킨 것이다. 맹자가 성(性)을 말한 것을 보면 사람을 가지고 말했을 때에는 오로지 이 이(理)만을 말하였고 물(物)과 함께 말했을 때에는 또 이 기(氣)를 빠트리지 않았는데, 맹자가 말한 성(性)이 진실로 같지 않은 부분이 있는 것은 아니다. 어떤 이는 '맹자가 개와 소, 사람의 성(性)이 같지 않다고 논한 것도 단지 이(理) 측면만을 말한 것이다.' 하였는데, 이 설은 과연 어떠한가?"

28 이구(李覯) : 1009~1059. 송(宋)나라 학자로, 자는 태백(泰伯), 호는 우강(盱江)이다. 맹자를 비판하였다.

29 조공무(晁公武) : 1105~1180. 송나라 학자로, 자는 자지(子止)이다.

30 여은지(余隱之)의 변론 : 송나라의 여윤문(余允文, ?~?)이 지은 〈존맹변(尊孟辨)〉을 말한다. 은지는 그의 자이다.

내가 대답하였다. “앞 장(章)에서 말한 성(性)은 사람을 가지고 말했으므로 오로지 이(理)만을 말하였고, 이 장에서 말한 성(性)은 인(人)과 물(物)을 비교하여 말했으므로 기(氣)를 겸하여 말했습니다. 인(人)과 물(物)이 태어날 때 본래 이 이(理)를 가지지 않는 것이 없고 이 기(氣)를 가지지 않는 것도 없는데, 이(理)는 같지 않은 것이 없지만 기(氣)는 혹 같지 않으니, 이에 인(人)과 물(物)이 부여받은 것이 치우치고 온전한 차이가 있고 그 성(性) 또한 통색(通塞)의 다름이 있게 되는 것입니다. 그러나 사람을 가지고 말하면 기질(氣質)의 품수가 순수하고 잡박함이 비록 다르지만 본연의 체는 성인(聖人)과 범인(凡人)이 모두 동일하니, 이것이 맹자가 사람의 성(性)을 말한 경우에는 선하지 않음이 없다 하고 인(人)과 물(物)의 성(性)을 말한 경우에는 같지 않다고 하여 전후의 말이 애당초 부합하지 않는 것이 없습니다. 만일 맹자가 개와 소, 사람의 성(性)이 같지 않다고 말한 것도 이(理) 쪽만을 따라 말한 것이어서 기(氣)와 무관한 것이라고 한다면 이(理)가 동이(同異)가 없을 것이니, 인(人)과 물(物)이 치우치고 온전한 차이를 어느 곳에서 볼 수 있겠습니까? 이 설은 정론(定論)이 될 수 없을 듯합니다.”

어제조문에 말씀하였다. “오상(五常)의 성(性)을 혼연한 태극(太極)의 체(體)와 상대하여 말하면 기질지성(氣質之性)이 되니 저마다 그 기(氣)의 이(理)를 가리키므로 다섯 가지의 구분이 있고, 기품선악(氣稟善惡)의 성(性)을 상대하여 말하면 본연지성(本然之性)이 되니 기(氣)를 섞지 않고 말하였으므로 순선무악(純善無惡)하다. 어떤 이는 ‘이처럼 분석하여 맹자의 이 장을 비교해보면 본뜻에서 벗어나지 않는다.’ 하였는데, 이 설은 어떠한가?”

내가 대답하였다. “신이 삼가 살펴보건대, 주자(周子 주돈이(周敦頤))의 〈태극도설(太極圖說)〉에 ‘오행(五行)의 기운을 받고 태어날 때 각각 하나의 성(性)을 받았다.’ 하였고, 《통서(通書)》에 또 ‘오상(五常)과 백행(百行)이 성(誠)이 아니면 안 된다.’ 하였습니다. 이미 ‘각각 하나의 성(性)을 받았다.’ 하였으니 성(誠)이 혼연한 태극에서 나누어진 것이고, 이미 ‘성(誠)이 아니면 안 된다.’ 하였으니 성(誠)과 오상(五常)도 간격이 있는 것입니다. 이것이 오상의 성(性)을 태극과 상대하여 말하면 기질지성(氣質之性)이 되는 까닭입니다. 그러나 이(理)는 하나이고 둘이 없으니, 오행이 각각 그 성을 하나로 했다는 것은 또한 태극의 전체가 오행 속에 각각 갖추어져 있다는 것이지 근본이 둘이 있다는 것이 아닙니다. 이것이 오상의 성을 기질선악(氣質善惡)의 성과 상대하여 말하면 본연지성(本然之性)이 되는 까닭일 것입니다. 기질지성과 본연지성이 이(理)는 하나이지만 기(氣)에 섞이지 않은 것으로 말하면 본연지성이라고 하고 기질 속에 떨어져 있는 것으로 말하면 기질지성이라고 하니, 기질지성이 본연지성 밖에 따로 있는 것이 아닙니다.”

어제조문에 말씀하였다. “의(義)는 밖에 있는 것이 아니니 다른 데서 찾을 필요가 없다 하였으니, 의가 저 사람이 어른이라는 것에 있지 않고 내가 그를 어른으로 여기는 마음에 달려 있다는 것이다. 여기에서 흰 사람을 희다고 하는 것은 흰 말을 희다고 하는 것과 같다고 한 말은 본래 의심할 것이 없지만, 말의 어른을 어른으로 대하는 것이 사람의 어른을 어른으로 공경하는 것과 다르다고 한 것은 어째서인가? 두 구(句)의 상(上) 자와 장(長) 자는 곧 내가 어른으로 여겨 공경하는 뜻이다. 인(人)과 물(物)은 본래 경중이 있으니, 사람의 어른에 대해 공경으로 대우하는 것은 어른으로 여겨 공경하는 것이고, 말의 어른에 대해 나이가 많다고 인식하는 것도 그것을 어른으로 대우하는 것이다. 공경으로 대우하는 것과 나이가 많다고 인식하는 것이 비록 피차간에 다르지만 내가 어른으로 여기는 마음으로 말하면 어찌 꼭 사람과 말에 대해 구별할 필요가 있겠는가. 고자의 설을 논리적으로 깨트리고자 한다면 '어른으로 여겨 공경하는 것이 의리이겠는가?〔長之者義乎〕' 한 구(句)면 충분할 터인데, 굳이 이와 같이 논리를 세운 것은 어째서인가?"

내가 대답하였다. "말의 어른을 어른으로 여기는 것과 사람의 어른을 어른으로 여기는 것에 있어서 어른으로 여긴다〔長〕는 뜻은 비록 같을지라도 어른이라고 인식하는 것과 공경으로 대우하는 것에 있어서는 어른으로 여기는 마음이 또한 서로 판연히 다릅니다. 이 때문에 《주자어류(朱子語類)》에 '말을 어른으로 여기는 것은 그것이 나이 든 말이라고 입으로 말하는 것이고, 사람을 어른으로 여기는 것은 공경하는 마음이 속에서 발하여 그에 따라 공경하는 것이다.' 하였습니다. 이로 보면 장마(長馬)와 장인(長人)의 장(長)이 비록 구별이 없는 듯하지만 구별이 있는 것은 바로 어른으로 인식하느냐와 공경으로 대우하느냐는 구분에 있는 것입니다. 고자의 말에 이미 희다고 여기는 것으로 어른으로 여기는 것을 비유하였으니, 맹자가 대답할 때 말의 흰 것을 희다고 여기고 사람의 흰 자를 희다고 여긴다고 하지 않을 수 없었던 것입니다. 비록 똑같이 희다고 여긴다고 할 수는 있지만 말의 어른을 어른으로 여기는 것과 사람의 어른을 어른으로 여기는 것은 똑같이 어른으로 여긴다는 뜻으로 논파할 수 없었으니, 그 핵심 뜻은 본래 오로지 '어른으로 여겨 공경하는 것이 의리이겠는가?〔長之者義乎〕'라는 한 구에 있습니다."

어제조문에 말씀하였다. "고자가 '성(性)은 선(善)·불선(不善)이 없다.' 하였는데, 주자가 배척하여 '이는 근세(近世)의 소씨(蘇氏 소식(蘇軾))와 호씨(胡氏)[31]의 설이다.' 하였다. 일찍이 동파(東坡)의 설을 살펴보니, '요(堯)·순(舜) 이후로 공자(孔子)에 이르기까지 어쩔 수 없어서 중(中)이라 하고 일(一)이라 하였고 일찍이 선악으로 나누어 말한 적이 없다.' 하였다. 또 오봉(五峯)의 설을 살펴보니, '사람이 태어날 때에는 수연(粹然)한 천지의 마음을 받아 누구나 같지 않음이 없으니, 선악으로 분변할 수 없다.' 하였다. 또 호문정(胡文定 호안국(胡安國))의 설을 살펴보니, 말한 뜻이 대략 서로 같았다. 그리고 성(性)을 말하는 순간이면 악과 상대하여야 한다는 것으로 말하면 후세의 명유(明儒) 왕양명(王陽明)이 또 이 세 설을 종주로 삼아서 더욱 방자하게 떠벌린 것이다. 이와 같은 논의가 후학을 속이고 현혹시켜 유폐(流弊)가 그침이 없으니 참으로 한탄스럽다. 지금 천리(天理)와 인욕(人欲)을 뒤섞어 하나로 만든다면 이는 구리와 철, 금과 은을 뒤섞어 그릇 하나를 만드는 것과 무엇이 다르겠는가? 그러나 정자(程子)의 말은 인생이정(人生而靜) 이상은 말할 필요가 없고 성(性)을 말하는 순간이면 이미 성이 아니라는 것이다. 이 때문에 귀산(龜山 양시(楊時))의 여파(餘派)가 소씨(蘇氏)와 호문정(胡文定)의 학설로 점점 빠져들었다. 정자와 주자의 입론(立論)의 동이(同異)를 또한 자세히 말할 수 있겠는가? 미발(未發) 이전에도 일찍이 선악이라는 것이 있었는가? 그렇다

31 호씨(胡氏) : 호굉(胡宏, 1105~1155)을 말한다. 송(宋)나라 사람으로, 자는 인중(仁仲), 호는 오봉(五峯)이다. 호안국(胡安國)의 아들이다. 저서에는 《호자지언(胡子知言)》, 《황왕대기(皇王大紀)》, 《오봉역외전(五峯易外傳)》 등이 있다.

면 고자의 설 가운데 '성(性)은 선·불선이 없다.'는 구(句)를 인생이정(人生而靜) 이상에 소속시켜서 선악이 아직 나누어지지 않은 시점이라고 한다면 과연 어떠한가? 제1절에서는 성(性)이 선·불선이 없음을 말하였고, 제2절에서는 성이 선·불선이 있음을 말하였다. 두 유(有) 자를 두 무(無) 자와 상대하여 그 유폐를 논한다면 어느 것이 더 심한가?"

내가 대답하였다. "성(性)에 선악(善惡)이 없다는 설은 고자에게서 비롯되었는데, 그 뒤에 선악으로 나누어진 적이 없다는 소씨(蘇氏)의 설과 고집할 것 없다는 오봉(五峯)의 주장과 성(性)이 선(善)하다고 말할 수 없다는 문정(文定)의 논설이 분분하게 쏟아져 나왔습니다. 그 지의(志意)를 살펴보면 본래 반드시 고자의 설을 옳다고 여긴 것은 아니지만 미세하게 차이가 나서 현격하게 어긋나 버렸으니, 자신도 모르게 고자의 학설로 점점 빠져든 것입니다. 명유(明儒) 왕양명으로 말하면 그 학문이 비록 소씨(蘇氏)와 호문정(胡文定)과는 달랐으나 성(性)에 대해 말한 뜻은 또한 방만하게 성무선악(性無善惡)의 설로 함께 귀결되어 천리(天理)와 인욕(人欲)을 뒤섞어 분별하지 않아 이리 보나 저리 보나 잘못되었습니다. 그 폐단이 오늘날까지 이르러 마치 물이 내려갈수록 쉬지 않고 도도히 흐르는 것과 같으니, 참으로 한탄스럽습니다. 정자의 이른바 '성(性)을 말하는 순간이면 이미 성(性)이 아니다.'라는 것은 맹자가 말한 성선(性善)이 계지자선(繼之者善)의 근원을 소급하여 말한 것이라고 여겨서이지 성(性)이 본래 선악(善惡)이 없다고 한 것은 아닙니다. 귀산(龜山)의 여파(餘派)들이 소씨와 호문정에게 빠진 것은 어찌 정자와 주자의 말이 같지 않음으로 인해 그렇게 된 것이 아니겠습니까. 미발(未發) 때에는 전체가 혼연하여 징정당당(亭亭當當)하니, 정자의 이른바 '희로애락의 정이 발하기 전에 어찌 불선(不善)이 있었겠는가.'라는 것이 이것입니다. 신은 미발 때에는 원래 선악이 혼재되지 않다는 것을 알겠습니다. 인생이정(人生而靜) 이상은 일리(一理)가 순수하고 지극히 선하여 악이 없으니, 《주역》의 이른바 '계지자선(繼之者善)'이 이것입니다. 신은 고자의 설을 인생이정 이전에 소속시키더라도 통하지 않음을 알겠습니다. 제1절의 성(性)은 선(善)·불선(不善)이 없다는 설과 제2절의 선·불선이 있다는 설이 도(道)를 해치는 점에서는 동일하지만, 선·불선이 있다는 설은 그 잘못을 알기가 쉽기 때문에 한유(韓愈)의 삼품(三品)의 주장이 세상에 유행하지 못하였고, 선·불선이 없다는 설은 그 잘못을 분변하기 어렵기 때문에 후세에 소씨와 호문정이 말한 성(性)이 모두 이 구(句)로부터 나오게 되었으니, 고자의 설이 유폐(流弊)가 심하다 하겠습니다."

《맹자 · 진심》 편

孟子盡心篇

어제조문에 말씀하였다. "진심(盡心)과 존심(存心) 공부는 어느 것이 먼저이고 어느 것이 뒤이며 어느 것이 쉽고 어느 것이 어려운가? 진심을 지(知)에 소속시키고 존심을 행(行)에 소속시키니, 지(知)가 행(行)보다 앞서고 행(行)이 지(知)보다 어려운 것인가?"

내가 대답하였다. "진심은 지(知)에 속하니 곧 《대학》의 지지(知至)이고, 존심은 행(行)에 속하니 곧 《대학》의 성의(誠意)와 정심(正心)입니다. 이와 같이 보면 진심이 본래 존심보다 앞서지만 이미 지지(知至)라고 했으니 진심은 지성(知性)의 공효이고, 이미 성의와 정심이라고 했으니 존심은 양성(養性)의 공부입니다. 그러므로 송유(宋儒) 호병문(胡炳文)이 논하기를 '진심은 공부가 없고 존심은 공부가 있다.' 하였으니, 이로써 말한다면 지(知)와 행(行)이 비록 선후가 있으나 공효와 공부가 각각 주장하는 바가 있습니다."

어제조문에 말씀하였다. "'충실한 것을 미(美)라고 한다〔充實之謂美〕'는 구절의 《맹자집주》에 '미가 그 속에 존재하여 외부에 기다리는 것이 없다〔美在其中而無待於外〕' 하였으니, 선(善)이 자신에게 있는 것이 신(信)이 되는 경지에서는 이미 외부에 기다리는 것이 없는 게 당연하다. 어찌 꼭 미(美)의 경지가 되기를 기다린 뒤에야 그렇겠는가. 만일 반드시 미의 경지를 기다린 뒤에야 기다림이 없게 된다면 자신에게 있는 시기에는 기다림이 없을 수 없는 것인가?"

내가 대답하였다. "《맹자집주》의 이른바 '외부에 기다림이 없다〔無

待於外〕'는 것이 비록 '자신에게 있는 것〔有諸己〕'과 서로 유사하지만 천심(深淺)과 대소(大小)의 구분이 없지는 않습니다. '자신에게 있는 것을 신(信)이라고 한다〔有諸己之謂信〕'는 것은 몸을 세우고 행실을 가다듬는 선(善)이 모두 실제로 자신에게 있어서 허위가 없는 것을 말하고, 미(美)가 그 속에 존재하여 외부에 기다림이 없다〔美在其中而無待於外〕는 것은 힘써 실천하여 그 선(善)이 자신에게 있는 것을 인하여 확충해서 쌓이고 두터워지며 맑고 순수한 데 이르러 사물을 응접할 때에 단지 이 속에서부터 흘러나옴을 말합니다. 그렇다면 외부에 기다림이 없다는 것이 자신에게 있는 것에 비해 한 단계를 더 나아간 것이니, 공부의 조예가 참으로 등급이 있는 것입니다."

《중용》 서
中庸序

임금께서 말씀하였다. "이미 중(中)을 말하고서 또 용(庸)을 말하였으니, 중용(中庸) 두 글자가 대대(對待)[32]하는 뜻인가 아니면 상인(相因)[33]하는 글인가? 또 중(中) 밖에 별도로 용(庸)이라는 것이 있는가?"

내가 대답하였다. "중(中)은 단지 가장 좋은 도리(道理)이고 용(庸)은 이 중(中)이 한결같음을 말하니, 중용 두 글자는 상인(相因)하는 글이고 대대(對待)하는 뜻이 아닙니다."

임금께서 말씀하였다. "그렇다면 정자(程子)가 중용(中庸)을 해석하면서 정도(正道)와 정리(定理)로 대대하여 논리를 세운 것은 어째서인가?"

내가 대답하였다. "정자의 설은 도리(道理)를 범범히 말한 것입니다. 그러므로 단지 중용의 뜻을 발명(發明)하려고 하여 상대해서 말했습니다. 그러나 중용 2글자는 '중하여 용하다〔中而庸〕'를 정설로 삼아야 할 듯합니다."

임금께서 말씀하였다. "《중용》은 본래 《예기》 속에 있었는데 여기에서 '《중용》은 무엇 때문에 만들었는가'라고 말하여 마치 별도로 한 책이 세상에 따로 유행한 것 같으니 어째서인가?"

32 대대(對待) : 양립(兩立)하여 서로 대응하는 것을 말한다.

33 상인(相因) : 어느 하나가 다른 하나의 바탕이나 원인이 되는 것을 말한다.

내가 대답하였나. "《한서(漢書)》 〈예문지(藝文志)〉에 《중용설(中庸說)》 2편이 있으니, 《중용》이 세상에 따로 유행한 것은 그 유래가 이미 오래되었고 정자가 실로 처음 표장(表章)[34]한 것은 아닙니다."

임금께서 말씀하였다. "계천입극(繼天立極)의 극(極) 자는 무슨 뜻인가?"

내가 대답하였다. "극(極)은 중(中)을 말하니, 동서남북의 끝이 이 중(中)의 경계입니다."

임금께서 말씀하였다. "윤집궐중(允執厥中)의 중과 중용의 중은 같은가 다른가?"

내가 대답하였다. "윤집궐중의 중은 일(事)에 있는 중만을 가리켜 말하였고, 중용의 중은 마음속에 있는 중과 일에 있는 중을 통틀어 말한 것이니 같지 않습니다."

임금께서 말씀하였다. "중용의 중은 실로 윤집(允執)의 중에 근본한 것인데, 그 뜻이 전체적이냐 치우치느냐 하여 같지 않은 것은 어째서인가?"

내가 대답하였다. "자사(子思) 이전에는 모두 발(發)한 곳을 가지고 중을 말하였고, 미발(未發)의 중을 말한 것은 실로 자사로부터 비롯되었습니다."

임금께서 말씀하였다. "여기에서 '인심(人心)은 위태롭고 도심(道心)은 은미하다.' 하였다. 도심은 본래 미묘하여 보기 어렵다고 할 수 있지만 인심 중에 이(理)와 부합되는 것 또한 도심이니, 인심이 본래 악(惡) 일변도는 아니다. 무슨 까닭에 갑자기 위태롭다고 하였는가?"

34 표장(表章) : 드러내어 밝힌다는 뜻이다.

내가 대답하였다. "비록 성인(聖人)이라도 인심이 없을 수 없으니 인심은 본래 인욕(人欲)과 같지 않습니다. 그러나 도심은 이(理)를 주장하고 인심은 기(氣)를 주장하는데, 기의 기틀이 운용되는 것은 유탕망반(流蕩忘返)[35]에 이르기 쉬우므로 위태롭다〔危〕고 한 것입니다."

임금께서 말씀하였다. "사람은 형체를 가졌으니 형기(形氣)에서 생겨난 것은 인심이라 하는 것이 옳지만, 도(道)는 형체가 없으니 성명(性命)에 근원한 것을 어찌 갑자기 도심이라고 이름 지을 수 있겠는가?"

내가 대답하였다. "도가 비록 형체는 없지만 그 발한 곳을 따라 징험하여 이 도가 있는 줄을 아니, 예를 들어 측은지심이 발함으로 인해 인(仁)이 있는 줄 알고 수오지심이 발함으로 인해 의(義)가 있는 줄 아는 것이 이것입니다."

임금께서 말씀하였다. "인심과 인욕이 같지 않다고 대답한 것은 참으로 좋다. 그러나 정자(程子)는 도리(道理)를 따르는 것은 도심이고 정욕(情欲)을 따르는 것은 인심이라고 하였으니, 이는 인심을 곧장 인욕에 소속시킨 것 같은데 어째서인가?"

내가 대답하였다. "예를 들어 '외물에 감응하여 동한 것은 성의 욕구이다〔感於物而動性之欲〕'의 욕(欲) 또한 범범하게 칠정(七情)이 발(發)한 것을 가지고 말한 것이 있는데, 정자는 도리와 정욕을 가지고 마주 거론하여 상호 말하였으니, 말의 병폐가 없을 수 없는 듯합니다."

임금께서 말씀하였다. "허령(虛靈)과 지각(知覺)은 인심(人心)과 도심(道心)에 분속시켜야 하는가?"

35 유탕망반(流蕩忘返) : 방탕한 데로 흐르고 흘러가 되돌아 올 줄 모르는 것을 말한다.

내가 대답하였다. "허령은 도심에 소속시켜야 하고, 지각은 인심에 소속시켜야 합니다."

임금께서 말씀하였다. "그렇다면 아래 글에 인심과 도심을 나누어 놓고 '지각' 두 글자만을 제기하여 '지각하는 것이 같지 않다.'라고 맺은 것은 어째서인가?"

내가 대답하였다. "아래 글은 발한 곳을 가지고 말하였으므로 '지각' 두 글자만을 제기하여 맺은 것입니다. 그러나 그 체(體)와 용(用)의 전체를 거론한다면 허령과 지각이 각각 체와 용이 있으니, 도심을 허령에 소속시키고 인심을 지각에 소속시켜야 할 듯합니다."

시관(試官) 김희(金憙)가 말하였다. "인심과 도심은 모두 지각으로 보아야 합니다. 지금 도심이 허령에 속한다고 한다면 '허령' 두 글자에서 어느 것을 용(用)으로 삼아야 합니까?"

내가 말하였다. "허(虛)는 체에 속하고 영(靈)은 용에 속합니다."

김희가 말하였다. "《대학》에서 '허령(虛靈)' 두 글자는 모두 체에 속하는데, 지금 이 허령 두 글자를 또 어떻게 체와 용에 분속시킬 수 있겠습니까?"

내가 말하였다. "《대학》은 만사(萬事)에 응하는 것이 아래에 있기 때문에 허령이 모두 체(體)에 속하나, 영(靈)을 용(用)으로 삼는 설도 있습니다."

임금께서 말씀하였다. "정(正)은 사(邪)의 반대이고 사(私)는 공(公)의 반대인데, 지금 형기(形氣)의 사사로움을 가지고 성명(性命)의 정대함과 대치시켰으니, 선(善)과 악(惡)이 판연히 두 갈래가 되었다. 인심(人心)이 인욕(人欲)과 다른 점이 어디에 있는가?"

내가 대답하였다. "성명은 천하의 공변된 것이고 형기는 내가 가진 사사로운 것입니다. 그러므로 형기를 비록 사사롭다〔私〕고 하지 않을 수는 없으나, 이 '사(私)' 자는 인욕의 사(私)와는 다름이 있어서 악(惡)쪽으로만 치우친 것이 아닙니다."

임금께서 말씀하였다. "천리(天理)의 공변됨이라고 하지 않고 성명(性命)의 바름이라고 한 것은 어째서인가?"

내가 대답하였다. "천리는 존재하지 않는 곳이 없고 성명은 내 마음에 소속되어 있습니다. 그러므로 심(心) 자를 붙여 풀어서 반드시 성명으로 해석하고자 한 것입니다."

임금께서 말씀하였다. "여기에서 성(聖)과 광(狂)이라고 하지 않고 상지(上知)와 하우(下愚)라고 한 것은 어째서인가?"

내가 대답하였다. "자품(資稟)을 가지고 말하려 한 것입니다. 그러므로 상지라고 하고 하우라고 하였습니다."

임금께서 말씀하였다. "인심(人心)은 본래 없을 수 없다〔不能無〕고 할 수 있지만 도심(道心)은 없어서는 안 된다〔不可無〕고 해야 할 것인데, 또한 없을 수 없다고 한 것은 어째서인가?"

내가 대답하였다. "없어서는 안 된다는 것은 공부에 속하고, 없을 수 없다는 것은 성명(性命)과 형기(形氣)에 나아가 인심과 도심을 얻은 까닭을 발명한 것뿐입니다."

임금께서 말씀하였다. "'저 두 가지를 살핀다〔察夫二者〕'의 이자(二者)와 '두 가지가 마음에 섞여 있다〔二者雜於方寸〕'의 이자가 같은가 다른가?"

내가 대답하였다. "같습니다."

임금께서 말씀하였다. "이에 대해 같지 않다는 견해가 있다. 위의 이자(二者)는 위에 있는 도심(道心)이 없을 수 없고 인심(人心)이 없을 수 없다는 것을 이어서 말하였으니, 이는 인심과 도심 두 가지를 범범히 가리킨 것이고, 아래의 이자(二者)는 위에 있는 천리(天理)의 공변됨과 인욕(人欲)의 사사로움을 이어서 말하였으니, 이는 천리와 인욕 두 가지를 나눈 것이다. 마음속에 섞여 있을 때에는 인심을 아직 바로 인욕이라 할 수는 없으나 그 위태로운 것이 더욱 위태로워져서 지극히 공변된 것이 사심을 이기지 못하게 되면 이미 인욕으로 흘러들어 위에 있는 '마음속에 섞여 있는 두 가지'와는 경계가 아득히 달라지니, 세세하게 분석한 것이 더욱 정밀한 듯하다."

나와 김희가 모두 대답하였다. "지금 성상의 말씀을 듣고 환히 깨달았으니, 상하의 이(二)는 모두 인심과 인욕의 구별이 있습니다."

임금께서 말씀하였다. "호오봉(胡五峯 호굉(胡宏))의 《지언(知言)》에 '천리(天理)와 인욕(人欲)이 체(體)는 같으나 용(用)은 다르고 행(行)은 같으나 정(情)은 다르다고 하였는데, 주자가 체는 같으나 용은 다르다는 한 구에 대해서는 옳지 않은 설이라고 배척하였고, 행은 같으나 정은 다르다는 한 구에 대해서는 공부하기에 좋은 말이라고 취하였다. 어떻게 해야 행은 같으나 정은 다른 곳을 명쾌하게 설파할 수 있겠는가?"

내가 대답하였다. "주자가 일찍이 문인에게 이르기를 '똑같은 엿이지만 문왕(文王)이 보면 노인을 봉양하고자 하고 도적이 보면 지도리에 바르고자 하니, 이 같은 곳이 바로 천리와 인욕이 행은 같으나 정은 다르다는 것이다.' 하였으니, 이것이 가까이에서 비유를 취했다고 할 만합니다."

임금께서 말씀하였다. "진서산(眞西山 진덕수(眞德秀))의 《대학연의(大學衍義)》에 '인심(人心)이 발하는 것은 칼날과 같고 사나운 말과 같아서 쉽게 제어할 수 없고, 도심(道心)이 발하는 것은 불이 처음 타오르는 것과 같고 샘물이 처음 솟아나는 것과 같아서 쉽게 확충할 수 없다.' 하였다. 인심은 어찌하여 이렇게 강하고 도심은 어찌하여 이렇게 약한가?"

내가 대답하였다. "선유(先儒)가 또한 '기(氣)가 강하고 이(理)가 약하니 그것을 관섭(管攝)[36]할 수 없다.' 하였습니다. 형체가 있는 물건은 강하여 제어하기 어렵고 형체가 없는 물건은 약하여 확충하기 어려운 것은 자연스러운 형세입니다."

임금께서 말씀하였다. "왕노재(王魯齋)[37]의 〈인심도심도(人心道心圖)〉에는 정(正)과 미(微)를 가운데 줄에 두고 사(私)와 위(危)를 한쪽에 비스듬히 붙여놓았다. 이와 같다면 인심(人心)은 부정(不正)의 발(發)이 되어서 오로지 인욕(人欲)에 속해야 할 것이니, 막히는 곳이 없을 수 있겠는가?"

내가 대답하였다. "《통서(通書)》의 〈기선악도(幾善惡圖)〉에 악(惡)을 한쪽에 비스듬히 붙여놓았는데, 그것을 따르지 않는 후유(後儒)의 견해가 종종 있었습니다. 기미(幾微)가 싹트는 즈음은 선악의 조짐에 불과하고, 기(氣)를 타고 유행하는 뒤에야 비로소 악의 형상이 드러납니다. 그렇다면 아직 악이 되기 전 시점에 대번에 옆으로 돌리는 것은 옳지 않습니다. 이로 미루어보면 노재의 〈인심도심도〉 또한 옳지 않은

36 관섭(管攝) : 맡아 주관하여 소유한다는 의미이다.

37 왕노재(王魯齋) : 남송(南宋) 무주(婺州) 금화(金華) 사람인 왕백(王柏, 1197~1274)이다. 자는 회지(會之) 또는 백회(伯會)이고, 호는 장소(長嘯) 또는 노재이다. 저서에 《독역기(讀易記)》, 《독서기(讀書記)》, 《시변설(詩辨說)》, 《천문고(天文考)》, 《지리고(地理考)》 등이 있다.

듯합니다."

임금께서 말씀하였다. "이 설이 옳다."

임금께서 말씀하였다. "위에서 이는 인심(人心)과 도심(道心)을 논한 것이니, 정밀하게 살피고 힘써 유지하는 공부는 모두 이발(已發)에 속하고 미발(未發)에는 공부가 없다. 어떻게 하면 동(動)과 정(靜)을 통하고 체(體)와 용(用)을 겸하여 중화(中和)와 위육(位育)의 경계에 이를 수 있겠는가? 《중용》 한 편 안에 반드시 갖추어 적어서 상세히 말했을 것이니, 아뢰도록 하라."

내가 대답하였다. "수장(首章)의 계신공구(戒愼恐懼)는 미발(未發) 때의 함양(涵養) 공부이고, 신독(愼獨)은 이발(已發) 때의 성찰(省察) 공부입니다."

임금께서 말씀하였다. "계신공구를 어찌하여 정(靜)에만 소속시켰는가?"

내가 대답하였다. "선유(先儒)의 논의는 비록 모두 동(動)과 정(靜)에 통한다고 하였으나 《중용장구》에서 이미 계신공구로부터 요약하여 지극히 고요한 데에 이르러 치우친 바가 없고 근독(謹獨)으로부터 정밀히 하여 사물을 응접하는 곳에 이르러 조금의 어긋남도 없다고 하였으니, 계신공구와 근독을 동과 정에 분속시키지 않을 수 없습니다."

임금께서 말씀하였다. "《중용》은 성(誠)을 말했고 《대학》은 경(敬)을 말했다는 것은 유가(儒家)에서 으레 하는 말이다. 그러나 성(誠)과 경(敬)은 본래 두 갈래가 없고 공부도 서로 필요로 하는 것을 중시한다. 《대학》에 이미 성의(誠意) 공부가 있다면 《중용》에도 필시 거경(居敬) 공부가 있을 것이다. 《중용》에서 경(敬)을 말한 곳을 두루 논할 수 있겠는가?"

내가 대답하였다. "미발(未發) 때의 함양(涵養)은 경(敬) 1글자일 뿐이니, 경을 자세히 말한 것이 실로 이 책보다 더한 게 없습니다."

김희가 질문하였다. "수장(首章)의 천명(天命), 솔성(率性), 수도(修道) 세 구(句) 안에서 어느 것이 미발(未發)이고 어느 것이 이발(已發)입니까?"

내가 말하였다. "천명은 미발에 속하고, 솔성과 수도는 이발에 속합니다."

김희가 말하였다. "세 구 안에서 공부를 보고자 한다면 어느 곳에서 찾아야 하겠습니까?"

내가 말하였다. "이 세 구는 자사(子思)가 성(性)·도(道)·교(敎)의 명의(名義)를 발명했을 뿐이지 애당초 공부에 대해 말한 것은 아닙니다."

김희가 말하였다. "수도(修道)의 수(修)가 어찌 공부가 아니겠습니까?"

내가 말하였다. "'수도' 두 글자는 가르침을 베푼 뜻을 미루어 말한 것에 불과하니, 이는 가르치는 자의 일에 속하지 배우는 자가 닦는다는 수(修)와 관련된 것이 아닙니다."

김희가 말하였다. "'수도' 두 글자는 본래 가르치는 자의 일에 속하지만 반드시 스스로 닦은 뒤에 남을 가르칠 수 있으니, '수도' 두 글자를 비록 가르치는 자가 스스로 닦는 것에 소속시키더라도 또한 어찌 안 되겠습니까?"

내가 말하였다. "그렇지 않습니다. 사람은 본래 스스로 닦은 뒤에 남을 가르칠 수 있지만, 이 세 구로 말하면 자사(子思)가 단지 성(性)·도(道)·교(敎)의 명의(名義)만을 미루어 발명한 것뿐이니 수도(修

道)라고 한 것은 단지 예악형정(禮樂刑政)이 이 도(道)를 닦아 밝힌 것을 가지고 보아야 합니다. 어찌 본지(本旨) 밖에 별도의 뜻을 쓸데없이 만들어 한 층을 더 올려서 가르치는 자가 스스로 닦는 것으로 말할 필요가 있겠습니까."

김희가 말하였다. "중용(中庸) 두 글자가 이미 대대(對待)하는 뜻이 아니라고 하였으니, 그렇다면 어떻게 해석해야 하겠습니까?"

내가 말하였다. "중이용(中而庸)의 뜻으로 봐야 합니다."

김희가 말하였다. "중이용의 뜻으로 본다면 중용 두 글자가 어느 것이 허자(虛字)이고 어느 것이 실자(實字)입니까?"

내가 말하였다. "모두 실자입니다."

김희가 말하였다. "모두 실자라면 대대(對待)하는 글이 되어야 할 듯합니다."

내가 말하였다. "주자가 중용을 풀이하기를 '중용은 치우치지도 않고 기울지도 않고 과(過), 불급(不及)이 없으며 평상(平常)의 이(理)이다.' 하였습니다. '평상' 두 글자는 위의 불편불의(不偏不倚)와 연결되고 그것과 상대하여 입론한 것이 아니니, 주자의 뜻도 본래 중이용(中而庸)으로 본 것입니다."

《중용》 제27장

中庸第二十七章

어제조문에 말씀하였다. "여기에서 예의(禮儀) 3백과 위의(威儀) 3천이라고 한 것을 《중용장구》에서 예의를 경례(經禮)로 해석하고 위의를 곡례(曲禮)로 해석하였다. 지금 예서(禮書)를 살펴 단락을 따라 이해해본다면 3백과 3천을 하나하나 분속시킬 수 있겠는가?"

내가 대답하였다. "주자가 일찍이 '예의(禮儀)는 《의례(儀禮)》 중의 사관례(士冠禮)와 제후관례(諸侯冠禮), 천자관례(天子冠禮)의 종류이니, 대절(大節)이 3백 조목이 있다. 위의(威儀)는 시가(始加), 재가(再加), 삼가(三加) 같은 것과 또 앉음새는 시동(尸童)과 같고 선 자세는 재계한 것과 같은 종류가 모두 그 중의 작은 항목이니, 3천 가지가 있다.' 하였으니, 지금 주자의 이 설을 정론으로 삼아야 할 것입니다. 그러나 명(明)나라 말기의 제유(諸儒)는 한(漢)나라 진충(陳忠)의 전(傳) 및 양(梁)나라 서면(徐勉)의 표(表), 진(晉)나라 진총(陳寵)의 소(疏)에는 모두 예경(禮經) 3백과 위의(威儀) 3천으로 되어 있다 하여 예의(禮儀)의 의(儀)가 혹 경(經) 자의 오자일 것이라고 모두 의심하였습니다. 비록 근거가 있는 듯하지만 반드시 그럴 것이라고는 감히 확신하지 못하겠습니다."

어제조문에 말씀하였다. "존덕성(尊德性)과 도문학(道問學) 이 두 구(句)는 참으로 완미하며 따져보아야 한다. 덕성을 높이는 공부와 문학을 말미암는 방법을 자세히 말할 수 있는가? 성(性)을 높이고자 하면 도리어 힘이 부족하니, 학(學)을 어디로 말미암아야 하는가? 손에 잡히는 것이 없는 듯하니, 이 또한 분명히 말해보도록 하라."

내가 대답하였다. "덕성을 높이는 공부는 함양(涵養)에서 벗어나지 않고 문학을 말미암는 방법은 궁격(窮格)을 넘어서지 않는데, 함양은 경(敬)으로 해야 하고 진학(進學)은 치지(致知)에 달려 있으니, 또한 본래 정부자(程夫子)의 정론(定論)이 있습니다. 다만 '궁격(窮格)' 두 글자는 비록 손에 잡히는 것이 없는 듯하나 《대학》 격물치지(格物致知)의 전(傳)과 《대학혹문》에서 주자가 널리 인용하여 구석구석 증명한 것이 매우 자세하니, 그 원근(遠近), 선후(先後), 표리(表裏), 완급(緩急)을 오히려 의거하고 따를 수 있습니다. 그러나 존덕성(尊德性)으로 말하면 육구연(陸九淵)이 따로 세운 문호(門戶)의 해(害)를 유독 입어서 이 설을 주장하는 자는 대부분 염주를 굴리는 화두의 학문으로 들어갔습니다. 순유(醇儒)인 오징(吳澄)[38]조차도 도리어 '주자는 도문학의 뜻이 많고 육자(陸子)는 존덕성의 뜻이 많다.' 하였으니, 하물며 그보다 못한 자들이겠습니까. 이에 주자와 육구연의 주장을 조정(調停)하여 앞에서 외치고 뒤에서 맞장구쳐서 정민정(程敏政)[39]의 〈도일편(道一編)〉과 왕수인(王守仁)의 〈만년정론(晩年定論)〉, 이불(李紱)[40]

38 오징(吳澄) : 1249~1333. 원(元)나라의 성리학자로, 자는 유청(幼淸), 호는 초려(草廬)이다. 주희(朱熹)의 재전 제자 요로(饒魯)의 문인인 정약용(程若庸)에게 배웠다.

39 정민정(程敏政) : 1445~1499. 명나라 휘주부(徽州府) 휴녕(休寧) 사람으로, 자는 극근(克勤), 호는 황돈(篁墩)이다. 육구연(陸九淵)의 학파(學派)로, 진덕수(眞德秀)의 《심경(心經)》에 부주(附註)를 내었다. 학문이 해박하여 당대 으뜸으로 불렸고, 벼슬은 예부 우시랑(禮部右侍郞)을 지냈다. 저서에 《심경부주(心經附註)》, 《황돈집(篁墩集)》 등이 있다.

40 이불(李紱) : 청(淸)나라 학자로, 학문은 육구연(陸九淵)을 종주로 하였다. 박문

의 《만년전론(晩年全論)》을 지금에 와서는 변론하고 힐난할 수 없게 되었습니다. 주자의 가르침은 본래 궁격(窮格)을 선무로 삼지만 매번 '궁격 전에 본원(本源)을 함양하지 않아서는 안 된다.' 하였으니, 어찌 존덕성의 공부를 빠트린 적이 있었습니까. 육구연의 이른바 '덕성을 높인다.'는 것은 또 오로지 허정(虛靜)만을 가지고 형체 없는 것을 더듬어 찾는 것을 면치 못하였으니, 이것을 가지고 함양이라 하면 되겠습니까. 이 '존(尊)' 한 글자는 곧 힘을 들이지도 않고 대충 지나가지도 않는다는 의미이니, 《대학》의 '돌아보고 살핀다〔顧諟〕', 안자(顔子)의 '가슴에 새겨둔다〔服膺〕', 《맹자》의 '잊지도 말고 조장하지도 말라〔勿忘勿助〕'와 동일한 뜻이고, 정자(程子)의 '하나를 주장하여 감이 없다〔主一無適〕', 사현도(謝顯道 사양좌(謝良佐))의 '항상 일깨우는 법〔常惺惺法〕', 윤언명(尹彦明 윤돈(尹焞))의 '그 마음을 수렴한다〔其心收斂〕'는 것은 모두 공부의 경계를 가리킨 것입니다. 어찌 꼭 힘을 소비하여 어지럽게 해서 도리어 담연(湛然)한 본체(本體)에 누를 끼친 뒤에야 존덕성이라고 하겠습니까."

어제조문에 말씀하였다. "치광대(致廣大), 극고명(極高明), 온고(溫故), 돈후(敦厚) 이 네 단락은 존덕성(尊德性)에 속하고, 진정미(盡精微), 도중용(道中庸), 지신(知新), 숭례(崇禮) 이 네 단락은 도문학(道問學)에 속한다는 것은 《대학장구》와 《대학혹문》에서 이를 자세히 말

강기(博聞强記)하고 붓을 대면 즉석에서 1천여 언(言)을 지어냈으므로 이광지(李光地)는 그를 구양수(歐陽脩)와 증공(曾鞏)에 비유하였고, 왕사진(王士禛)은 만부(萬夫)의 기품을 가졌다고 칭하였으며, 논자(論者)들은 이불이 강서(江西) 여러 선정(先正)들의 장점을 겸득하였다고 했다. 저서에 《춘추일시(春秋一是)》·《육자학보(陸子學譜)》·《주자만년전론(朱子晩年全論)》·《양명학록(陽明學錄)》 등이 있다.

하였다. 그러나 온고는 도문학에 속하는 듯한데 지금 군이 존덕성에 소속시킨 것은 어째서인가? 숭례는 존덕성에 속하는 듯한데 지금 군이 도문학에 소속시킨 것은 어째서인가? 도중용이 도문학에 속하는 것으로 말하면 더욱 의구심을 이길 수가 없다. 지(知)와 행(行)이 지나침과 모자람이 없는 것과 도체(道體)가 지극히 크고 지극히 작은 것이 중용(中庸) 두 글자 속에 포함되지 않는 것이 없으니, 이 두 글자를 지(知)에만 소속시켜놓고 작은 것이라고 말해서는 안 될 듯한데, 장구의 이른바 '치지(致知)에 소속되는 것'에는 도중용(道中庸)이 그 안에 하나로 들어 있다. 《혹문》의 이른바 '한 구 안에 대(大)와 소(小) 두 가지의 뜻이 모두 갖추어졌다.'는 것 또한 장구 안에 있는 대소(大小) 두 글자의 뜻을 발명(發明)한 것이니, 만일 첫 번째 한 구(句)의 의례(義例)로 미루어 보면 그 아래 네 구를 존덕성과 도문학에 분속시킨 것은 진실로 주자의 의견과 같지만, '중용' 두 글자를 지(知) 쪽에만 소속시키고 '도(道)의 작은 것'이라고 한 것은 끝내 이해할 수 없다. 더구나 중용의 중(中)이 실제로 중화(中和)의 뜻을 겸하였으니 도중용을 존덕성에 소속시키는 것이 더욱 옳다. 그런데 주자의 의견이 이와 같으니, 이 어찌 의구심을 가질 곳이 아니랴. 제군자(諸君子)와 밝게 분변해보고자 하노라."

내가 대답하였다. "신이 일찍이 명유(明儒) 나흠순(羅欽順)의 '사람이 생각이 없으면 만사를 할 수 없다. 싹트기 전에는 비록 지극히 고요한 중일지라도 생각하는 것이 해롭지는 않지만 사악한 생각이 있어서는 안 된다.'라는 말을 좋아하였습니다. 심체(心體)의 동(動)은 오로지 힘을 붙이는 것에 연유하니, 옛 걸음을 따르고 옛 수레바퀴 자국을 따르는 것을 이발(已發)이라고 할 수 없습니다.[41] 그리하여 모습은 시체이고 말하는 것은 벙어리이고 보는 것은 맹인이고 듣는 것은 귀머거리라는 주자의 설이 있게 된 것입니다.[42] 온고가 존덕성에 속하는 것이 또한 옳지 않겠습니까. 신이 일찍이 원유(元儒) 호병문(胡炳文)의 '중용의 도는 지(知)와 행(行)에 있는데, 자사(子思)가 여기에서 도중용(道中庸)을 치지(致知)의 일로만 삼은 것은 어째서인가? 수장(首章)의 중화(中和)는 미발(未發)의 중(中)이니 바로 여기에서 말한 덕성(德性)이 이것이고, 이 장의 중용(中庸)은 이발(已發)의 중(中)이니 택하여 행하는 것은 치지(致知)보다 먼저인 것이 없다.'라는 말을 좋아하였습니다. 중용의 중은 실제로 중화(中和)의 뜻을 겸하였는데 단독으로 중용만을 말한 곳을 가지고 말한 것일 뿐입니다. 이 장으로 말하면 중용이 극고명(極高明)과 상대되니, 사사건건 지나침도 모자람도 없는 것을 찾는 것이 어찌 이발(已發)의 중(中)으로서 도(道)의 작은 부분에 속하는 것이 아니겠습니까. 신이 일찍이 명유(明儒) 채청(蔡淸)[43]의 '예(禮)의 절문(節文)이 매우 번다한데 하나하나 이것을 의거

41 심체(心體)의……없습니다 : 감정을 발하여 의식적으로 해야 이발(已發)이 되고, 지각(知覺)의 작용을 받아 무의식적으로 하는 익숙한 행위는 이발(已發)로 볼 수 없다는 말이다.

42 그리하여……것입니다 : 주자가 여자약(呂子約, 여조겸)에게 답한 편지에서 한 말로 《주자전서(朱子全書)》 권48에 보인다. 여기에서 "〈홍범(洪範)〉의 다섯 가지 일이 용모는 뻣뻣하고 입은 벙어리이고 눈은 맹인이고 귀는 농아이고 생각은 막혔다고 해야 그 본성을 얻는 것이 되고, 치지(致知)와 거경(居敬)은 한낱 어리석고 흐리멍덩한 인간을 만들 뿐이다." 하였는데, 이는 미발(未發) 때에도 지각(知覺)의 존재를 인정하고 오직 정(情)이 발했을 때에만 이발(已發)로 간주해야 한다는 주장이다.

43 채청(蔡淸) : 1453~1508. 명나라 복건성(福建省) 진강(晉江) 출신으로 자는 개부(介夫), 호는 허재(虛齋)이다. 1481년 진사에 합격하여 잠시 관직 생활을 하다 고향

하려 한다면 행(行)은 반드시 궁리(窮理)를 먼저 하여 옳은 것을 얻어야 하니, 그 중한 것은 모두 지(知)에 있다.'라는 말을 좋아하였습니다. 숭례(崇禮)와 도중용(道中庸)을 막론하고 비록 속에 있는 행할 뜻을 가지고 그 힘쓰는 선후로 말을 하더라도 지(知) 측면으로 편중되지 않을 수 없으니 숭례를 치지(致知)에 귀속시키는 것이 또 어찌 모순됨이 있겠습니까."

어제조문에 말씀하였다. "존덕성(尊德性) 이하 네 구(句)에는 모두 이(而) 자를 썼는데, 유독 끝의 한 구에만 이(而) 자를 쓰지 않고 이(以) 자를 쓴 것은 어째서인가?[44] 호씨(胡氏 호병문(胡炳文))의 이른바 중점이 아랫다리에 있다느니 중점이 윗다리에 있다느니 하는 설은 얼핏 보면 그럴싸하지만, 《중용혹문》에서 '온고(溫故)한 뒤에 지신(知新)할 수 있고 온고하였더라도 지신하지 않아서는 안 되며, 돈후(敦厚)한 뒤에 숭례(崇禮)할 수 있고 돈후하였더라도 숭례하지 않아서는 안 된다.' 하였다. 이로써 궁구해보면 이(而) 자와 이(以) 자가 비록 같지 않은 듯하지만 온고와 돈후 두 구의 의례(義例)는 피차일반이다. 더구나 존심(存心)이 아니면 치지(致知)할 수 없고 존심을 한 자도 치지하지 않으면 안 된다 하였으니, 바로 《중용장구》의 설로서 다섯 구를 통론(統論)한 것이다. 그렇다면 호씨(胡氏)가 구분하여 둘로 만들어

으로 돌아와 학문에 전념하였다. 일찍부터 역학에 뛰어났는데 처음에는 정주(程朱)의 이학(理學)을 계승하다가 후에 도학(道學)에 심취하였다. 저서로 《역경몽인(易經蒙引)》, 《사서몽인(四書蒙引)》 등이 있다.

44 존덕성(尊德性)……어째서인가 : 존덕성이도문학(尊德性而道問學), 치광대이진정미(致廣大而盡精微), 극고명이도중용(極高明而道中庸), 온고이지신(溫故而知新), 돈후이숭례(敦厚以崇禮)를 가리킨다.

윗다리와 아랫다리의 설을 증명한 것은 오류를 면치 못하는 듯하다. 이는 비록 한 글자이지만 밝히지 않아서는 안 되니, 올바른 논의를 듣기를 원하노라."

내가 대답하였다. "운봉(雲峯 호병문(胡炳文))의 '이(而)' 자와 '이(以)' 자에 대한 구분은 본래 잘못되었습니다. 그리고 허재(虛齋 채청(蔡淸)) 도량(都梁)도 두 글자가 동일한 뜻이라고 하였는데, 이 또한 상고하지 않은 말입니다. 주자가 '온고(溫故)를 하면 절로 지신(知新)하게 되니, 이(而)는 순접(順接) 조사(助詞)이다. 돈후(敦厚)는 또 숭례(崇禮)를 해야 얻어지니 이(以)는 되돌아 위로 말해 가는 것이다.' 하였으니, 이것이 가장 분명하고 적확하여 근거할 만합니다."

어제조문에 말씀하였다. "존덕성(尊德性)은 행(行)이고 도문학(道問學)은 지(知)인데, 성인(聖人)의 입론이 행(行)을 지(知)의 앞에 두어 마치 경중의 차이를 총괄하여 보여준 듯하니, 이는 과연 무슨 뜻인가? 그렇다면 지(知)가 행(行)의 앞에 있지 않아도 되는가? 양명(陽明)의 이론(異論)이 혹 이 같은 곳에 있는 것은 아닌가?"

내가 대답하였다. "이 장(章)의 《장구》에서 '존심(存心)에 속하고 치지(致知)에 속한다.'라고 한 것은, 주자의 뜻 또한 지(知)와 행(行) 두 가지를 판연히 나누어 말한 적은 없지만 존덕성이 도문학보다 우선하는 것으로 말하면 학문을 하는 차례가 그러하지 않을 수 없다는 것입니다. 소학(小學)이 폐지된 뒤로 정자(程子)가 어찌 '경(敬)' 한 글자로 소학의 궐실을 보충하지 않았습니까? 그리고 주자가 인용하기를 '이는 본원(本源)을 함양하는 공부를 말했으니, 격물치지(格物致知)하는 근본일 것이다.' 하였습니다. 양명학으로 말하면 오로지 존덕성 한 길만을 주장하고 이른바 치지(致知)라는 것도 반드시 치량지(致良知)를 말한다고 하였습니다. 그렇다면 도문학의 공부가 모두 생략되었으니, 고명(高明)한 데 마음을 써서 실덕(實德)에 무익한 것이 당연합니다."

《중용》 제28장

中庸第二十八章

어제조문에 말씀하였다. “지금 세상에 태어나 옛날의 도(道)로 돌아가는 것을 불가하다고 한다면 학문을 할 때 성인(聖人)이 되는 것을 기필할 필요가 없고 정치를 할 때 삼대(三代)를 기약하는 것이 옳지 않다는 것인가? 이 장의 본지(本旨)를 분명히 말해보도록 하라.”

내가 대답하였다. “이 장의 반고지도(反古之道)의 도(道) 자는 오로지 예악(禮樂)만을 가리켜 말한 것입니다. 삼왕(三王)이 예(禮)를 서로 인습하지 않았고 오제(五帝)가 악(樂)을 서로 인습하지 않았으니, 예악은 본래 시대마다 가감한 것입니다. 학문을 할 때 반드시 성인이 되기를 기약하고 정치를 할 때 반드시 삼대로 돌아가기를 기약하는 것으로 말하면 본래 고금의 공통된 의리이니, 어찌 이것과 나란히 논할 수 있겠습니까?”

어제조문에 말씀하였다. “한 편 속에 현달하여 윗자리에 있는 자의 일을 대부분 말했는데, 이 장에서는 다만 곤궁하여 아랫자리에 있는 자의 일을 말한 것은 어째서인가?”

내가 대답하였다. “여기에서 위의 장 위하불패(爲下不倍)를 이어서 말한 것에 대해서는 본래 주자의 정론(定論)이 있고, 요쌍봉(饒雙峯)[45]의 이른바 ‘끝에 공자(孔子)를 인용하여 모양을 이루었다.’는 것도 일설이 되기에 충분합니다.”

45 요쌍봉(饒雙峯) : 송(宋)나라의 학자 요로(饒魯)를 말한다. 자는 백여(伯輿), 호는 쌍봉이다. 황간(黃榦)의 제자로 경의(經義)에 밝았다. 시호는 문원(文元)이다.

《중용》 제29장

中庸第二十九章

어제조문에 말씀하였다. "하(夏)나라와 상(商)나라의 일은 비록 훌륭하나 고증할 수 없고 공자와 맹자의 말은 비록 훌륭하나 존경받지 못하였으니, 사람들이 믿지 않고 백성이 따르지 않은 것은 동일하다. 그렇다면 고증하고 존경받을 수 있는 방법을 어디에서 찾아야 하는가?"

내가 대답하였다. "이 한 절은 위 단락을 이어 아래 단락을 일으킨 것입니다. 위에서 오직 천하에 왕도를 이룬 군자라야 세 가지 중한 도를 가지고 백성의 허물을 적게 할 수 있다고 하였습니다. 그러므로 여기에서 위에 있는 자와 아래에 있는 자의 무징(無徵)과 불존(不尊)을 말하여 아래 절의 군자의 도 이하 여섯 구를 일으켰습니다. 그렇다면 고증할 만하고 존경받을 만한 방법은 반드시 천자의 자리에 있는 성인(聖人)이어야 할 것입니다."

어제조문에 말씀하였다. "'귀신에게 물어봐도 의심이 없다〔質諸鬼神而無疑〕'는 것은 지성(至誠)이 신(神)과 같다는 뜻과 같은가 다른가? 이 장의 귀신은 16장의 귀신과 동일하고 주자가 이미 16장에서 귀신의 뜻을 자세히 풀었으니, 이 장에 이르러 또다시 풀이하면서 중복되는 것을 꺼리지 않은 것은 어째서인가? 또 이미 그것을 해석하려 했다면 음과 양의 영(靈)에게 질정해봐도 의심이 없다는 뜻과 더욱 잘 들어맞을 듯한데 이렇게 해석하지 않고 단지 천지의 공용(功用)을 끊어버렸다는 정자(程子)의 설 한 구에 나아가 조화지적(造化之跡) 네 글자만을 취하여 해석한 것은 어째서인가?"

내가 대답하였다. “복서(卜筮)의 점이 순하여 그 길흉에 부합한다는 설을 가지고 이 귀신을 논한 자가 있었는데, 주자가 답하기를 ‘그것도 옳다. 그러나 오로지 여기에만 있지는 않으니, 귀신의 이치에 합당하다면 이는 지성여신(至誠如神)의 신(神)과 동일한 귀신이다.’ 하였습니다. 주자가 경문(經文)을 훈고함에 이르러 이미 천지에 세운다〔建諸天地〕는 한 구가 있었으니, 천지의 공용에 대해 본래 이것을 인용할 필요가 없고 음(陰)의 영(靈)과 양(陽)의 영도 이기(二氣)가 대대(對待)한 곳을 따라 말한 것이니, 굴신(屈伸)하고 소식(消息)하는 이 귀신을 논한 것이 아닙니다.”

《중용》 제30장

中庸第三十章

어제조문에 말씀하였다. "이 편에서 부자(夫子)의 말을 누차 인용하면서도 부자의 도를 말하지 않다가 이 장에 이르러서야 비로소 자세히 말한 것은 어째서인가? 부자가 위로 천시(天時)의 운행을 법도로 삼고 아래로 수토(水土)의 이치를 따른 공화(功化)는 또한 어디에서 비유를 취해야 하는가? 또 20장부터 32장까지는 모두 천도(天道)와 인도(人道)를 논하였는데 굳이 이 장에서 부자의 천도를 비로소 말한 것은 그러한 까닭이 있을 것이다. 그 까닭에 대해 듣기를 원하노라."

내가 대답하였다. "《중용》에 중니(仲尼 공자)를 일컬은 곳이 두 군데 있습니다. 제2장의 '중니왈(仲尼曰)'은 중니의 말이고, 이 장의 '중니는 요순의 도를 종주로 삼았다〔仲尼祖述堯舜〕'는 것은 중니의 행실입니다. 여기에 이르러 부자의 도를 자세히 말한 것은 부자의 행적을 자세히 기록하려 한 것으로 보이는데, 위로 법도로 삼고〔上律〕 아래로 따른〔下襲〕 공화(功化)에 대해 송유(宋儒) 진순(陳淳)은 '천시의 운행을 법도로 삼았다는 것은 제철 식물(食物)이 아니면 먹지 않고 천둥이 치면 반드시 얼굴빛을 변한 것과 같은 것이 바로 그 일이고, 출사하고 멈추고 오래 머무르고 속히 떠나는 것이 모두 합당했던 것은 그 행실이다. 수토의 이치를 따랐다는 것은 노(魯)나라에 있을 때 봉액(縫掖)[46]

46 봉액(縫掖) : 옛날 선비가 입는 옆이 넓게 트이고 소매가 큰 도포(道袍)의 한 가지이다. 봉의(縫衣)라고도 한다.

을 입고 송(宋)나라에 있을 때 장보관(章甫冠)을 쓴 것 같은 일이 바로 그것이고, 쓰이면 도를 행하고 버려지면 은둔하여 닥친 상황에 따라 편안했던 것은 곧 그 행실이다.' 하였으니, 이 설이 장(章)을 나눈 차례에 대해 잘 설명한 듯합니다. 《중용》은 3대절(大節)로 나누는데 제1절의 끝은 나는 하지 않는다〔吾不爲之〕, 나는 그만둘 수가 없다〔吾不能已〕는 부자(夫子)의 말로 끝냈고, 제2절의 끝은 부자가 발한 구경(九經)으로 끝냈고, 제3절의 끝은 부자의 행실은 위로 천시의 운행을 법도로 삼고 아래로 수토의 이치를 따랐다는 것으로 끝냈습니다. 그리고 뒤 두 장의 지성(至聖)과 지성(至誠) 또한 이 장을 가지고 그 극치를 말한 것입니다. 그 조리와 맥락을 이처럼 환히 볼 수 있으니, 참으로 성인(聖人)의 말씀이라 하겠습니다."

《중용》 제31장

中庸第三十一章

어제조문에 말씀하였다. "중정(中正)을 인의(仁義)와 상대하여 말하면 중(中)은 대중(大中)의 예(禮)이고 정(正)은 지정(至正)의 지(智)이니, 주자(周子)의 〈태극도설(太極圖說)〉에 자세히 말하였다. 이 장에서 인의예지를 말하면서 중(中)과 정(正)을 합하여 예(禮)라 하였으니, 중은 본래 예이지만 정도 예라고 할 수 있는가? 똑같은 정(正) 자인데 지(智)가 될 수도 있고 예(禮)가 될 수도 있다 하였으니 틀림없이 나름대로의 설이 있을 것이다. 자세히 말할 수 있겠는가?"

내가 대답하였다. "예지(禮智)의 체(體)로 말하면 중(中)은 예(禮)에 속하고 정(正)은 지(智)에 속하며, 예지의 용(用)으로 말하면 중과 정이 모두 예에 속할 수도 있고 지에 속할 수도 있습니다. 〈중용도설(中庸圖說)〉이 같지 않은 것은 체와 용의 다름이 있기 때문입니다."

《중용》 제32장

中庸第三十二章

어제조문에 말씀하였다. "이 장의 이른바 기연(其淵)과 기천(其天)은 다만 이와 같을 뿐이 아니니, 위 장의 이른바 여천(如天)과 여연(如淵)에 비해 다르게 볼 수 있을 듯하다. 그런데 위 장과 이 장은 모두 천도(天道)를 논한 것이니, 또 어찌 논할 만한 차이가 있겠는가? 그러나 《주자어류》에는 표리(表裏)로 본다는 해석이 있는데, 《중용장구》에는 다만 '이와 같을 뿐이 아니다.'라고 하여 표리의 뜻이 조금도 보이지 않는 것은 어째서인가?"

내가 대답하였다. "위의 장은 소덕(小德)의 천류(川流)이고 이 장은 대덕(大德)의 돈화(敦化)입니다. 그러므로 똑같이 천도(天道)인데, 주자가 표리(表裏)로 본다는 해석이 있습니다. 여천(如天)과 여연(如淵)은 일반 사람이 성인(聖人)을 보는 것이고, 기천(其天)과 기연(其淵)은 성인이 스스로 아는 것입니다. 성인이 스스로 아는 것과 일반 사람이 성인을 보는 것이 어찌 천심(淺深)의 차이가 없겠습니까. 그러므로 다만 이와 같을 뿐이 아니라고 하였습니다."

어제조문에 말씀하였다. "21장부터 이 장까지 천도(天道)와 인도(人道)를 말하였는데, 21장에서는 천도와 인도를 아울러 말하고 22장에서는 천도를, 23장에서는 인도를, 24장에서는 천도를, 25장에서는 인도를, 26장에서는 천도를, 27장에서는 인도를 말하여 매번 천도와 인도를 서로 번갈아 말하였고 또한 반드시 천도를 먼저 말한 뒤에 인도를 말하였다. 그렇다면 28장 이하도 이와 같아야 하는데 28장부터 29장까지는 인도를 연이어 말하고 그 아래 세 장은 천도를 연이어 말하였으니, 서로 번갈아 말하는 예와 선후의 순서가 27장 이전과 같지 않은 것은 어째서인가?"

내가 대답하였다. "28장과 29장에서 인도를 아울러 말한 것은 27장의 거상(居上)과 위하(爲下)를 이어서 세분한 것이고, 31장에서 천도를 아울러 말한 것은 30장의 대덕(大德)과 소덕(小德)을 이어서 세분한 것입니다."

《중용》 제33장

中庸第三十三章

어제조문에 말씀하였다. "불염(不厭) 두 글자를 장구(章句)에서 해석한 것이 없으니, 진씨(陳氏 진력(陳櫟))의 설에 의거하여 남들이 싫어하지 않는 것으로 봐야만 하는가? 과연 이 설 대로라면 문(文)과 이(理)가 모두 자기에게 속하고 불염(不厭)만 유독 남에게 속한다. 비록 문장의 체제로 말하더라도 상하의 3구(句)가 이처럼 다르지는 않을 듯하다. 만일 자기가 싫어하지 않는 것으로 본다면 어떤 식으로 말을 만든 뒤에야 본문의 뜻을 얻을 수 있겠는가?"

내가 대답하였다. "불염 두 글자는 곧 군자의 도를 찬미한 것이어서 애당초 도(道)를 체현한 사람에게 속하지는 않는 듯합니다. 간단하면서도 문채가 있고〔簡而文〕 온화하면서도 조리가 있는〔溫而理〕 것은 단지 하나의 예(例)일 뿐입니다. 어찌 성덕(成德)의 기상으로 남이 싫어하고 싫어하지 않고를 비유한 적이 있었습니까? 진씨(陳氏)의 설은 말의 병폐를 면치 못한 듯합니다."

어제조문에 말씀하였다. "수장(首章)은 이면(裏面)으로부터 외면(外面)을 말한 것이고 이 장은 외면으로부터 요약하여 이면에 이른 것이라는 주자의 이 논의가 간략하면서도 극진하다. 그러나 수장과 이 장은 각자 표리(表裏)가 있으니, 수장을 이(裏)라 하고 이 장을 표(表)라 해서는 안 되고 이 장을 이(裏)라 하고 수장을 표(表)라 해서도 안 될 듯하다. 그렇다면 주자가 반드시 이 장과 수장을 서로 표리가 된다고 한 것은 어째서인가?"

내가 대답하였다. "수장은 일리(一理)로부터 흩어져 만사(萬事)가 되므로 내부로부터 밖으로 미루어 가지 않을 수 없고, 이 장은 만사로부터 끝에 다시 합해져 일리가 되므로 외부로부터 내부로 이끌어가지 않을 수 없습니다. 그러나 내부로부터 외부로 미쳐 가고 외부로부터 내부로 미쳐 가는 것이 각자 표리가 있는 것은 똑같습니다. 어찌 일찍이 이 두 장을 어느 한쪽에만 소속시킨 적이 있습니까."

어제조문에 말씀하였다. "수장의 이른바 희로애락(喜怒哀樂)이 발하지 않은 것이 중(中)이라는 것은 무극이태극(無極而太極)이고, 이 장의 이른바 상천(上天)의 일은 소리도 없고 냄새도 없다는 것은 태극본무극(太極本無極)이라는 호씨(胡氏 호병문(胡炳文))의 이 말은 진실로 매우 타당하다. 만일 이에 대해 견해가 투철하고 설명이 분명하다면 33장의 은미한 말과 심오한 뜻을 곳곳마다 관통할 수 있을 것이다. 신중히 생각하여 분명히 분변하기를 바라노라."

내가 대답하였다. "주자(周子)의 이른바 무극이태극은 근본에서 미루어나가는 설로서 만물이 태어나는 순서이고, 태극본무극은 말단에서 거슬러 올라가는 설로서 만물의 근원에 관한 논의입니다. 이 편의 수장은 천명지성(天命之性)으로부터 천지가 제자리에 서고 만물이 발육되는 지극한 공효에 이르렀으니 어찌 이른바 순추(順推)하는 설이 아니겠습니까. 이 장은 입덕(入德)의 방법으로부터 무성무취(無聲無臭)의 미묘함까지 이르렀으니 어찌 역추(逆推)하는 설이 아니겠습니까. 그러나 이는 다만 그 입론의 차례를 말했을 뿐입니다. 그 실제를 따져보면 무극이태극이라는 것은 곧 이른바 태극본무극이니, 또한 어찌 두 이(理)가 있겠습니까."

지은이 **서형수(徐瀅修)**

1749(영조25)~1824(순조24). 본관은 달성(達城), 자는 유청(幼淸)·여림(汝琳), 호는 명고(明皐)이다. 대제학 서명응(徐命膺)의 둘째아들로 태어나 숙부 서명성(徐命誠)에게 입양되었다. 35세(1783, 정조7)에 증광 문과에 급제하고 이듬해 홍문록에 들어 부수찬(종6품)이 되었으며 그해 12월 초계문신(抄啓文臣)에 선발되었다. 내외 관직을 두루 거쳐 57세(1805, 순조5)에 경기 감사에 올랐으며, 51세에 진하겸사은부사(進賀兼謝恩副使)로 중국에 다녀왔다. 《군서표기(群書標記)》·《규장각지(奎章閣志)》 등 많은 국가 편찬 사업에 참여하였다.

숙부 서명선(徐命善)이 정조의 즉위 과정에 세운 공으로 인해 특별한 지우(知遇)를 받은 한편, 정조의 즉위를 방해하려던 홍계능(洪啓能)의 제자라는 이유로 출사 전후에 몇 차례 탄핵을 받기도 했다. 1805년 김달순(金達淳)의 발언 — 사도세자(思悼世子) 대리청정 시에 학문 정진과 정사의 근면 등을 간언(諫言)했던 박치원(朴致遠)·윤재겸(尹在謙)을 표창해야 한다고 주장 — 으로 인해 이듬해 불거진 옥사에 연루되어 1824년(76세) 별세할 때까지 19년 동안을 유배지에서 지냈다.

문장은 청(淸)나라 서대용(徐大榕)으로부터 당송팔대가 중 하나인 유종원(柳宗元)의 솜씨라는 평을 받았다. 학문은 주자학적 사유에 발을 딛고 있으나 그에 갇히지 않았다. 시 창작의 배경과 의미 맥락에 주의하여 《시경》의 시를 온전히 이해하기 위한 노력으로 《시고변(詩故辨)》을 저술하는 등 고증적인 학문 방법과 정신을 수용하였다. 조선 학문의 폭과 체계가 일신되던 시대 그 현장의 중심에서 개방적인 태도로 기윤(紀昀) 등 중국의 석학들과 교유하며 정조(正祖)의 의욕적인 도서 구입에 조력한 인물로, 진취성과 신중함이 아울러 돋보이는 학자·문인이다.

옮긴이

장성덕(張星德)

1977년 경북 봉화에서 태어났다. 충남대학교 중어중문학과를 졸업하고 경상대학교 한문학과 대학원에서 석사 학위를 받았으며, 성균관대학교 동아시아학술원 한문고전번역 협동과정을 수료하였다. 성균관대학교 대동문화연구원 연구원을 지냈으며, 현재 전주대학교 한국고전학연구소 연구원으로 재직 중이다. 번역서로 《향산집 5·7》, 《월사연보》 등이 있다.

권역별거점연구소협동번역사업 연구진

연구책임자 이영호(성균관대학교 HK 교수)
공동연구원 이희목(성균관대학교 한문학과 교수)
진재교(성균관대학교 한문교육과 교수)
안대회(성균관대학교 한문학과 교수)
책임연구원 김채식
이상아
이성민
선임연구원 이승현
서한석
연구원 임영걸

번역 장성덕
교열 정태현(한국고전번역원 명예교수)
윤문 이민호

명고전집 5

서형수 지음 | 장성덕 옮김
2019년 12월 31일 초판 1쇄 발행
편집·발행 성균관대학교 출판부 | 등록 1975. 5. 21. 제1975-9호
주소 (03063) 서울시 종로구 성균관로 25-2
전화 760-1253~4 | 팩스 762-7452 | 홈페이지 press.skku.edu
조판 김은하 | 인쇄 및 제본 영신사

값 25,000원
ISBN 979-11-5550-358-4 94810
979-11-5550-265-5 (세트)